U0115570

无常劫

水千丞 著

Wu Chang Jie

湖南文艺出版社
HUNAN LITERATURE AND ART PUBLISHING HOUSE

博集天卷
CS-BOOKY

光阴百年，一切都已归为尘土，

当年种种，一个忘了，一个记得……

目录

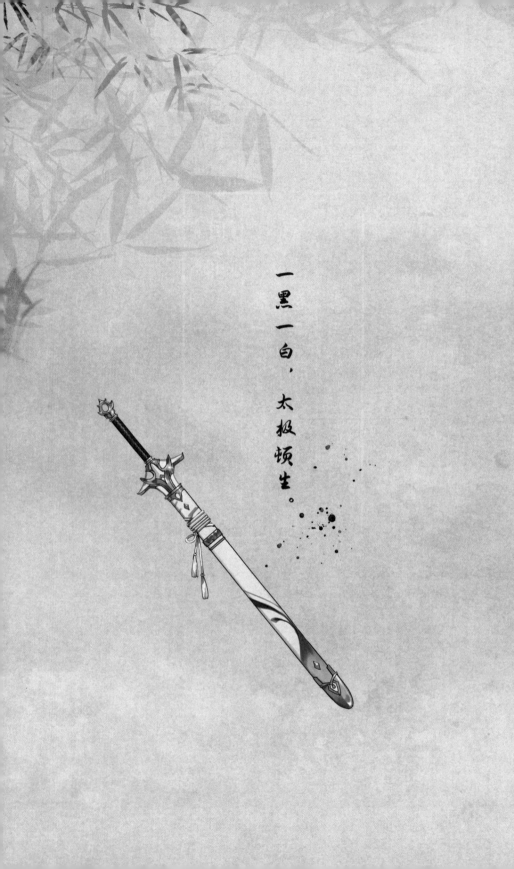

一黑一白，太极顿生。

有时候，一个人就能抵过世间所有。

走各无名，谁之无常

一脉恩仇，两世抑邪。

地狱百年，

犹不及相思苦。

念念无常

如果命有定数，道有定法，那他不信命也不信道，他从无间地狱里爬回人间，绝不是为了让前世的一切重演。

❧… 楔子 …❧

九幽之地，阴冥之所。

被鲜血浸染的焦红废土上，堆满了残肢败蜕，伏尸一望无边，剑破坼缺，幡旗碎烂，原是人鬼交界、彼此不犯的罗酆山，变成了尸臭熏天的修罗战场。

一片死寂——

遽然起风，风旋四野，凄凄厉厉，声如鬼魅，在暗夜中哭号。

尸堆下起了异动。

天上，踏虚而立的数人都如临大敌，死死盯着下方。

为首者眼神晦暗，抿唇不语。

尸堆轰然炸了开来，一袭黑气如离弦箭矢，弹射而出，然而落地之时，他身襟摇晃，恐怕已是强弩之末。

那黑气缭绕之人，浑身浴血，连面目都不大看得清了，只有一双吊梢黑眸，迸射出恶鬼般凶狠的瞳光。

他血淋淋的手，紧紧抓握着一枚符，此符青莹如玉，丹血为文，诡谲的符箓正闪现着阵阵红芒。

"宗子枭，你召唤阴兵，进犯冥府，打破人鬼两界的平衡，乃是逆天而行，罪无可赦，还不交出轩辕天机符，束手就擒！"

宗子枭缓缓抬起手，那泛着红芒的玉符令几人都情不自禁后缩了一下，只有为首之人面沉如水。

"若我交出天机符，你会把我大哥还给我吗？"那声音桀骜阴冷，满是凛凛杀气。

"若本座将宗子珩还阳，你会交出天机符吗？"

宗子枭发出一声诡笑："不愧是北阴大帝，你不来，我马上就要踏平九幽了。我不会交出天机符，你也不会把我大哥还给我。所以，我来抢。"

"竖子猖狂！"北阴大帝一怒，有泰山临顶之威，"是你逼得人皇自戕，如今又只身闯幽冥，要将他的名字从生死簿上抹去？生死乃天之道也，冥府乃地之枢矣，岂容你一介凡人放肆！"

宗子枭笑而露出森白利齿，眸中却淌下两道猩红血泪，他宏声道："天道损我，我屠天，地不就我，我戮地——"

轩辕天机符血光大盛。

身后，万千阴兵平地而起，森森林立。

蜀山层峦叠嶂，耸翠入云，以其山体之恢宏、峰壑之深邃、林木之壮美而闻名天下，但令其尊居世人心目中的第一仙山，还要归功于隐逸此山的仙盟魁首——无量派。

数百年来，上蜀山云鼎求助的、求学的、求药的，无论寒暑易节，日日不绝。

但解彼安感兴趣的，却是蜀山点苍峰有一种奇花，专在百花凋敝的秋天盛放，移植则不活，鸳鸯池的泉水天然沁甜，用来烹茶唇齿飘香，回甘无穷，山脚下的兰溪镇盛产各种美味美酒，他每次去都大饱口福。

可惜这一趟来蜀山，无缘山水茶酒，是蜀山的城隍向冥府奏报，请他前去收魂。

这位城隍名叫孙霞真，曾是无量派的一个长老，生前四处除祟降妖、接济百姓，享有善名，但修为有限，尸解未能飞升，冥府便令他自己选，或投生个权贵世家，一辈子奢享荣华，或在当地做城隍，有朝一日攒够了功德，便可位列鬼仙，超脱轮回。

寻常的往生者，都由当地的城隍或冥差直接收回冥府，只有碰上那些不好对付的，才会奏请冥将出马。

这一次孙霞真报来的人，是无量派的一名高阶修士，其死因令人闻之胆寒——被挖了金丹而死。

解彼安身为冥将，自幼跟着师父穿梭人鬼两界，见过的可怖死状多不胜数，有人死于金丹被窃，真正让人害怕的，是这意味着"以内丹练外丹"的魔修可能又要卷土重来了。

自古以来，这种丧尽天良的修行方式在人间修仙界犯下累累罪行，以内丹练就的外丹，名唤"人丹"，越厉害的修士的金丹练就的人丹，对服用者的修为提升就越显著，杀一人、夺一丹，可增几年，甚至几十年修为，彻底改变根骨也不在话下，这诱惑实在太大了，使得此类魔修屡杀不尽。

由于窃金丹必须活人生挖，被窃丹者，毕生修为尽毁不说，大多会死于重伤或灭口，性情刚烈者，为了不遂魔修的愿，宁肯自杀。这样的往生者，必然怨念深重，魂不好收，还容易为祸人间。

解彼安未解详情，光是听到"窃丹"二字，已经开始忧心，到城隍庙一看，孙霞真也正急得团团转。

"哎呀，小白爷。"孙霞真的眼睛直直越过解彼安，往他身后飘去，"钟天师呢？"

解彼安拱了拱手："孙长老，师尊外出游历去了，归期未定。"

孙霞真是个暴脾气，修为浅皆因入世深，他闻言顿时又气又急："那个老醉鬼又去哪里厮混了？就让你一个人来。"

解彼安无奈地道："晚辈也不知道，孙长老不妨跟我说说情况。"他十四岁起就已独当一面，见过风浪，就算师父不在，倒也没怵过什么。

"小白爷，不是我信不过你，是这次的人真的难对付，此人是我师侄的师侄的……"孙霞真算了半天没算明白，"反正，他是香渠真人的入室大弟子，孟克非，你可听过此人名号？"

"香渠真人？那不是李盟主的师弟吗？"

"正是啊！这孟克非天资过人，修为了得，放在普通仙门，都足够当家了。"

解彼安顿时明白孙霞真为何如此着急了。香渠真人的大师兄，正是蜀山无量派掌门、无量剑传人、仙盟盟主李不语。香渠真人身为无量派长老，能做他入室弟子的绝非俗人，这样的修为，这样的地位，在自家地盘上，都被窃丹而死，那魔修该有多厉害、多狂妄？天下修士岂不人人自危？

"无量派一直率领众仙家剿戮魔修，这些年虽然也偶有窃丹贼，但遭殃的只是少数低阶修士，孟克非被害，就说明出了高阶魔修，我怕这江湖，又要腥风血雨了。"孙霞真顺着白须，愁云凝于眉目。

人间修仙者，修行方式分门别类，剑修、武修、器修、丹修、符修，并无定法，但以损害他人或不入流之手段修行的，统统归入魔修之列，为正统仙门世家所不齿。不过，普通的魔修不至于被赶尽杀绝，唯有窃丹贼，是人人得而诛之。不仅仅是因为此道残忍下作，更因百年前，于此道曾出过一个几乎倾覆人鬼两界的盖世魔尊，那是人间修仙界最悠长的噩梦。

孙霞真当年还是无量派的一个小小弟子，亲历过魔尊的恐怖，而解彼安从小到大也听过不少邪乎其邪的传说。世人对窃丹贼又恨又惧，对那位魔尊更是讳莫如深，连他的名字都不敢轻易出口。

解彼安安慰道："孙长老，您不要太担心了，那魔修定然逃不过无量派的追查。我们先去看看往生者吧，久则生变。"

他们还是迟了一步，赶到孟克非被害的地方，解彼安察觉到了不同寻常的灵压——有人在设阵招魂。

招魂阵乃禁术，此术十分凶险，是以自身的灵力强行令死魂还阳，即便是修为深厚者，也未必控得住怨念深重的魂魄，稍有不慎就会引火自焚，轻则损失修为，重则危及性命。

即便只是被上了身，对人的伤害也不小。而且，他们收魂的时候还要面临既不能伤活人，又要收死魂的难题。

看来孟克非的死，对无量派冲击很大，竟然甘冒此风险。身为天下第一仙门，掌门的师侄在自己家地盘上被挖走金丹，丢了性命，简直是对无量派，乃至整个仙盟的公然挑衅，若不能尽快查出凶手，无量派颜面扫地不说，更难以向弟子、向友盟、向天下人交代。

而要查出凶手，自然是问受害者最快。

想阻止已是不及，解彼安和孙霞真眼见着一名长老带着几个修士，用灵力催阵，反而不敢打搅了，生怕他们分了神，被孟克非的人魂反噬。

孙霞真气得胡子都飞了起来："这个香渠真是糊涂，我师弟那一脉传下来的都是什么蠢货，招魂必不能全身而退，何况是孟克非这种高阶修士的怨魂！"

招魂阵蓝光莹莹，妖异非常，无量派的修士们看不见，但两个冥界人看得清楚，孟克非的人魂一脸茫然地出现在了阵中，起初他试图走出阵法，可屡试不灵后，神情便逐渐变得愤怒、狰狞，而后开始横冲直撞，撞向一层层无形的屏障。

阵法的动荡可苦了修为尚浅的修士，有人开始脸色发白，灵力不济，香渠真人紧绷着脸，隔空画符，打入阵中，高喊道："回魂！"

孟克非的人魂被暂时镇住了，一股妖风悬起，卷着细小的沙石在阵中盘桓不下。

香渠真人叫道："孟克非，是你吗？师父在这里，告诉师父，是谁对你下此毒手?!"

孟克非依旧茫然。

"克非，告诉师父，是谁挖了你的金丹?!"

新死之人，三魂七魄正在弥散，神志懵懂，大多不知道自己已死，更不知道自己此时此刻在干什么。但这句话一下子拨动了孟克非的记忆，他低头看向自己的腹部，原本完好无损的衣料，突然血涌如泉，丹田处被挖了一个窟窿。他想起来死前经历的瞬间，怨念冲天，狂吼着要冲破阵法。

一名修士"哇"地吐出一口鲜血，阵法明明灭灭，如风中残烛。

"不好。"解彼安冲了过去，右手虚空一抓，手中多了一根通体翠碧的长棍。

"什么人?!"香渠真人看向来者。

一名白衣少年手持青玉杖，从天而降。他白裳翻飞如雪浪，乌发秀逸如墨海，白色高帽上铭刻着古老的符箓，其下一张俊脸，天姿神采，流盼生辉，翩翩若仙。

孟克非的人魂如饿虎扑食，进入了那低阶修士的身体，解彼安持镇魂杖抵向那人背心，拿捏着分寸一顶，想将孟克非的魂逼出来，可由于不敢施力，一试不成，反惹怒了孟克非，怨念如疾风般狂作，一众修士都被弹了出去，阵法眼看就要熄灭。

只剩灵力深厚的香渠真人苦苦护阵："你……你难道是无常仙？"

解彼安叫道："真人，快收了招魂阵！"孟克非正在通过阵法吸收灵力，会越来越难对付。

"可我还没问出凶手！"

解彼安与被孟克非上身的修士缠斗起来："他已身死，生前种种，自有冥府审问，岂可犯禁招魂？你问不来答案，反而会害了这修士的命，再不收，我便告你一状，减你阳寿！"

那修士两眼赤红，像是把解彼安当成了仇人，招招要命，孟克非修为了得，无量剑高深莫测，本就难对付，解彼安生怕伤了无辜之人，处处掣肘，狼狈闪躲，右臂很快中了一剑。

孙霞真在一旁干着急。他碰不到活人，所以帮不了解彼安。

香渠真人见那修士形容癫狂，只能含恨收了招魂阵，帮解彼安一同压制孟克非。

众人齐上，终于制服了那修士，解彼安的镇魂杖在他天灵盖上一敲，便将孟克非的魂敲了出来，在镇魂杖的威压之下，那缕人魂变得老老实实了。

香渠真人一时老泪纵横："我徒儿到底为何人所害，无常小仙君可否告诉我？"

解彼安掐了个凝血诀，止住自己的伤，他叹道："真人节哀。不是我不肯告诉你，我只管收魂，他生平种种，要到阎罗殿去审问评判。活人的事是人间事，死人的事是幽冥事，不可逾越。"

"可是……钟天师不也时常管人间事？"

解彼安很是尴尬："呃，师尊与我职级不同。"他师尊我行我素，要是上得了天，昊天大帝的事兴许也敢管一管。

"那钟天师身在何处？钟天师不也痛恨窃丹魔修吗？"

"师尊游历去了，归期未定。真人，告辞了。"他虽然是个活人，但收魂时都尽可能避人而行，就是因为活人大多对他们有所图。香渠真人是懂人鬼两界的规矩的，仅是求个答案，不算过分，他碰到过不少试图苦求他、逼迫他、贿赂他以期达到各种目的的人，每每遇上，都很头疼。

香渠真人失望、悲痛至极，看着孟克非的尸体，恨道："克非，你且去投个好胎吧。师父一定会查明凶手，为你报仇！"

解彼安将孟克非的人魂带回冥府，交与鬼差，他的任务便完成了，接下来的善恶审判，是阎罗殿的事。他正打算去处理一下伤口，便听得一个咋咋呼呼的大嗓门老远响起："白爷，白爷！"

一名不过十一二岁的俊秀少年噔噔噔跑了过来，一脸惊恐地嚷道："天师……天师回来了！"

这少年是他们的近侍，名叫薄烛。

解彼安又惊又喜："什么，师尊回来了？"他已经数月没有师父的消息，此时当然是高兴的，可见薄烛神色慌张，他担心师父是不是又又又闯祸了。

"回来了，还……还带回来个人。"

"咦？师尊倒是突然干起正事了。"

"不是啊。"薄烛急得手舞足蹈，"他不是收了人魂回来，他……他带了个活人回来。"

解彼安张大了嘴："活人？"

"趁着还没把崔府君招来，您可快去看看吧。"

解彼安冷汗直下："走！"

鸿蒙初开之际，天地始分，一切还处于混沌，那时天地间灵气充沛，取之不竭，万物不分贵贱，一草一蛭也可修炼有成。但随着地祇、鬼仙的不断壮大，与天神互生嫌隙，彼此纷争不停。

为了止战，于百万年前，颛顼氏绝地天通，划分上九天、中九州、下九幽，使人、鬼、神三界不扰，各为其序。

可自那一天起，人间的灵气就越来越稀薄，时至今日，已经没有人能在活着的时候得道飞升，于是便应运生出两条新的修行之法：一是借助外丹来增补内丹，二是去幽冥界采补灵气。

前者是无数修士惨死于窃丹的原因，后者则是被称为天下第一人的钟馗如今在冥府当差的理由。

不过，解彼安并不觉得自己的师父是为了修行而来，多半是在人间玩儿腻了，想去冥界耍一耍。

凡是富有功德之人，死后都可以要求去罗酆山上修行，罗酆山是九幽灵气最充沛的地方，在冥界修仙被叫作鬼修，鬼修之路亦非坦途，因为失去了阳体，修行速度比活人慢一半，条件比尸解飞升还苛刻，所以大多数人都选择入轮回，运气好的来世有一身好根骨，百年修行换死后飞升。

总而言之，想来冥界修仙，得先舍了阳寿。但这样的情况在百年前发生了变化，那位不可说的盖世魔尊，以一己之力打破了酆都结界，攻入冥府，杀得整个九幽人仰马翻，若不是北阴大帝出关，那魔尊或可一统人鬼两界。

自那之后，冥府元气大伤，千疮百孔的酆都结界，对内要镇压地狱的万千恶鬼，对外要提防人间修士趁乱去罗酆山偷灵气，吃力极了。

值此焦头烂额之际，某一天，钟馗大摇大摆地来到罗酆山，穿过结界，驾临冥府。他不仅有一身傲视天下的修为，还拥有远古四大法宝之一的东皇钟，可以巩固结界，北阴大帝破例让他以活人的身份做了冥将，与崔珏一同，被授命为文武判官，可自由穿梭人鬼两界。

活人是严禁出入九幽的，钟馗恃才放旷，将还是婴孩的解彼安捡了回去，闹得冥府一阵鸡犬不宁，如今竟然又带回来个大活人，简直是唯恐天下不乱。

解彼安一路小跑回了天师宫，隔着老远就闻到一股酒气。

"薄烛，你去给师尊烧上热水，准备醒酒汤，然后拿一身……"

"白爷呀，您还顾得上这些，先赶紧把那个活人悄悄送回去，要是被崔府君发现了，咱们都要被骂个狗血淋头。"

"我有轻重，你快去。"解彼安认为，钟馗此举多半有他的道理，当然也可能只是喝大了，无论如何，听说对方还是个少年，体弱之人沾太多鬼气，少说也要大病一场，所以他才把薄烛遣开，要送回去，也得让人好好地回去。

步入九酆殿，解彼安听到一串带着酒味儿的呼噜声："师尊？您这是又喝了多少……"

一名青衣粗衫的道人歪歪扭扭地瘫坐在椅子里，正窝着脖子大睡。他满脸杂鬓，衣衫脏旧，酒臭熏天，若是换条街边小巷一躺，狗都要绕着走。

解彼安早已习惯了这样的场面，一旁背对自己而立的清瘦身影更吸引他的注意。

"你……就是师尊带回来的人？"

那背影几不可察地颤了一下。

解彼安温言道："我师父喝多了，大约是又犯浑了，你不要害怕，我会将你平安送回去。"

那少年缓缓地、缓缓地转了过来，似乎这一个转身的动作要耗费他经年积攒的力气。

解彼安愣了愣。

少年约莫十四五岁，一身黑衣，衬得脸庞瓷白如釉，精美绝伦，尤其是那一对眼尾上挑的狐狸眼，有一种穷尽丹青难绘的魅，可偏偏眼神冷若寒潭，如火与冰激烈冲撞，被望上一眼，心魂都跟着震颤。

世上竟有人生得这么一副颠倒众生的相貌。

少年就用这样一双眼睛，死死盯着解彼安，好像要把他的每一寸皮肉、每一根毛发都咂摸清楚。

解彼安听得自己的腔室传来一阵鼓噪的心跳声，这少年给他一种难以言说的、从未有过的感觉，仿佛俩人早有渊源，绝非只是轻浅的初次照面，可他又不记得以前见过此人。

"你……"解彼安不解道，"你叫什么名字？"

少年抿了抿唇，眼底分明有一团火焰，痛苦、思念、期许、仇恨在源源不断地添薪。

可惜解彼安看不懂，他人生十九年，大多跟鬼打交道，摆脱了因果得失的鬼，比人单纯，他只当对方是害怕："我叫解彼安，我是活人，你不用害怕，这里虽是鬼界，但不会有人害你的。"

少年负手而立，两手都在背后紧握成拳，堪堪克制住狂浪大作的心湖，他曾经幻想过无数次，有朝一日再见面，第一句话要说什么、怎么说，前世种种，千言万语难抒一二，最后，只脱口一句："为何受伤？"

"啊？"

少年的目光落在解彼安染血的右臂上。

"哦。"解彼安低头看了看，"刚收了个魂回来，受了点轻伤。"他粲然一笑，"不碍事的。"

少年心头大震，目光落向他处，似乎无法承受那样的笑容。

他怎么会跟当年一模一样?!

立如芝兰玉树，笑如朗月入怀，与他们之间还没有面目全非的"当年"，一模一样。

"你……"解彼安突然被钟馗一个大大的酒嗝吓了一跳，他晃了晃钟馗的肩膀，"师尊，师尊，您醒醒。"

钟馗的眼皮子抖了半天，才费力地睁开了："嗯……彼安？"

"难为您老人家还认得我。"解彼安无奈地道，"您快醒醒，这小公子是哪儿来的？"

"乖徒儿。"钟馗拍了拍解彼安的手，调了个方向打算继续睡。

解彼安更用力地推了推他："师尊，您快醒醒吧，要是被崔府君知道您带了个活人回来，可不得了。"

这句话奏效了，钟馗睁开眼睛，茫然地环顾四周："我回来了？"

"您回来了，还带回来一个活人。"解彼安把他的脸掰到那少年的方向，"到底是怎么回事？我得抓紧把人送回去。"

"哦，他。"钟馗搓了搓脸，"他是谁啊？"

解彼安哭笑不得。

少年冷冷清清地说："你欠了我的酒钱，答应收我为徒。"

解彼安傻住了。换作旁人，说一顿酒钱就能拜进一位稀世高人的师门，他是肯定不信的，但若这高人是他师父，那什么荒唐事也不足为奇。

钟馗将信将疑："真的？"

少年从怀里掏出一张字据，抖搂开来，上面用工笔写着所欠为何、欠银几许、如何偿清，白纸黑字，清清楚楚，下面印着一个脏兮兮的手印，"你说你很厉害，做我师父，当还我酒钱。"

钟馗心虚地偷偷看了解彼安一眼。

解彼安一把抢过字据，横看竖看："师尊，这是真的吗？"

"……好像是吧。"

"您可真是……"解彼安莫名地对那少年心生歉疚，"师尊，您打算怎么办？"

他小时候总央求师父给他收个师弟或师妹，最好是既有师弟又有师妹，多多益善，可惜一直未能如愿，如今好像有可能真的要多一个随便捡来的便宜师弟，他心里希望是真的，但又觉得此事不靠谱，恐怕白高兴一场。

"那也不能怎么办。"钟馗嘀咕了一声，"你叫什么名字？"

"范无慑。"

"好，彼安，从今往后，他便是你师弟了。"

解彼安目瞪口呆。

真的吗？他真的有师弟了？

范无慑二话不说，扑通跪了下来，对着钟馗伏地叩首："师尊在上，请受徒儿一拜。"

"等等，先等等。"解彼安上前就要把范无慑拉起来。

范无慑却猛地躲开了，连衣角都未让他碰触，简直避之如蛇蝎。

解彼安顿时有些不知所措："……我真的是活人。"

范无慑面无表情地退到一边，藏在衣袖里的手都在发抖。

"师尊，虽然我真的很想有一个师弟，但此事不能草率。这位小公子阳寿未尽，还有家人等着他回去，再说，崔府君是绝对不会让您再收一个活人做徒弟的。"

"我没有家人。"范无慑冷冷地说。

"那……那你可知这是什么地方？"

"九幽，冥府。"

"你真的愿意终年与鬼为伍？"

"胜过与人为伍。"

解彼安劝道："范公子，你年纪尚幼，此事务必慎重，不如我先送你回……"

"钟馗！"

一声正气十足的厉喝，把钟馗吓得从椅子里蹦了起来。

一个书生模样的人急匆匆闯入九酆殿，他面如冠玉，文质俊雅，哪怕形神匆忙，也没有失了仪态，只是见到钟馗的瞬间，脸就气得发青："钟正南！你居然又带回来个活人，你眼里可有一点规矩，一点分寸？！"

解彼安行礼道："崔府君。"

来人正是文判官崔珏崔子玉，他执掌生死簿与判官笔，亦是冥府律法的编纂者，为人刚直狷介，公正磊落，管着书写万物生灵阳寿的生死簿，却无一例徇私。

"子玉呀。"钟馗酒醒了大半，干笑道，"误会。"

"什么误会，这人是活人不是，是你带回来的不是？"崔珏看了解彼安一眼，"你当年带无常回冥府，说他孤苦无依，我且放过了你，今日你又有什么理由？"

"这孩子也孤苦无依。"

"一派胡言！有手有脚长这么大，人间没他一口饭吃？"崔珏命令道，"彼安，立刻把人送回去。"

解彼安偷瞄了钟馗一眼，见钟馗也在看自己，忙别开眼睛，悄悄往后退，不想卷入俩人的纷争。

钟馗见徒弟不管他，便耍起了赖："可是我已经答应了收他为徒，我钟馗岂是出尔反尔之辈？"

"你身为判官，屡次破坏人鬼两界的规矩，难道冥府的律法还比不上你的脸面重要？"

崔珏劈头盖脸一通大道理，把钟馗喷得没有回嘴之力，钟馗认错认　，但抵死不改。

就在两方僵持不下时，范无惥冷冷插了一句："既然不收活人，那我死了不就成了？"

九酝殿内顿时安静了下来。

"我已拜了师，哪儿也不去。请崔府君一笔画尽我阳寿，让我留下来。"范无惥说这一席话时，目光始终追着解彼安。

"胡……胡闹！"崔珏怒道，"你当生死簿是你酒肆的账簿，可以随便添减？"

"那就不劳烦崔府君了，我自我了断，待我死后，请无常仙君把我的魂再引回这里。"

"万万不可！"解彼安见他一脸认真，根本分辨不出他说的是真是假。

钟馗瞄了崔珏一眼，哀怨地小声说："何必要逼死人家嘛。"

崔珏气得七窍生烟："好，好，怪不得你要收这个徒弟，跟你真是……真是一丘之貉！你等着，等帝君出关，此事没完！"

崔珏拂袖而去。

钟馗懒懒地笑道："这人，什么都较真儿，也不嫌累。"

解彼安低头憨笑。

"好了，别打扰我睡觉了。"钟馗挥挥手，"你师兄自会帮你安顿下来。"

范无惥深深地看着解彼安，叫出了耐人寻味的两个字："师兄。"

"你是哪里人？家住何处？可有兄弟姐妹？以前拜过师吗？"解彼安把范无惥安顿在了与自己相邻的别院，忙进忙出地帮他打扫、搬东西，插缝跟他聊天，主要是问东问西。

但范无惥惜字如金，偶尔回答也是避重就轻，似乎很防备，也没什么交谈的兴致。

解彼安铺着从自己屋里抱来的被褥，笑着说："你不要嫌我啰唆，我从小在这里长大，鲜有年龄相近的朋友，何况还是活人。其实我一直都想有个师弟的，我……师兄会好好照顾你的。"这"师兄"二字的自称一出口，他有点不好意思，但心里是美滋滋的，好像担当了什么了不得的要职，他终于做了别人的师兄了，终于有师弟了。

大约是因为从小就接管了钟尴的起居，他一直以照顾人为乐，以后就算师父不在，他做了好吃的，酿了好酒，也有人分享了。

范无慢看了解彼安一眼，突然皱了一下鼻子，用力嗅了嗅。

解彼安马上反应过来："是被子吧，我在柜子里放了我做的香囊。"他抓起自己的被子闻了闻，"你不喜欢这个味道吗？"

范无慢走过去，拎起一片被角凑近脸，却根本不敢吸，只令那气味弱弱地飘过鼻尖，已觉心旌摇荡。

这个味道……

拼命压制的记忆潮涌而来，他想起前世种种，属于这个人的味道，他分毫不曾忘记。

"师弟？"

范无慢如大梦初醒，烫手似的将被子扔了回去，沉声道："太香。"

"太香吗？"解彼安又闻了闻，"这里面我放了丁香、藿香、苍术、白附子、青桂、陈皮，这是个安神助眠的方子，提香只用了一些兰花，是兰花放多了吗？那可能是放多了，院子里种了太多，不用可惜了。"

君子如兰，君子如兰，这个人，还是那么爱种兰花。

范无慢的眼神晦暗难明，一股怨气毫无征兆地冲了上来。

凭什么，凭什么他可以全都忘了？他做过的事、造过的孽、害过的人，都被他忘得一干二净，清清白白地投胎转世，在厉害师父的蒙荫下过着无忧无虑的日子。

如今一派纯良洒脱，好像一切都不曾发生过。

凭什么自己拼了命记得，而他轻易就忘了？！

"师弟，你来得突然，我一时也找不到新的被褥，你将就一晚，明日我带你去镇上好好置办置办，好不好？"

范无慢一言不发，提起一桶脏水就出了门。

解彼安看着少年的背影，嘟囔道："脾气有点古怪啊。"旋即又是一笑，"怕生吧。"

这从未有人居住过的别院，被粗略打扫一番，焕然一新，解彼安又从花园里剪了些嫩生生的花，给屋子添上人气。

范无慑打了水回来后，更不拿正眼看人了。做师弟的刚进门就对师兄这般无礼，在别人家早就挨整治了，解彼安虽然有些郁闷，但没有往心里去，想着一个普通人在一日之内遭逢这样的变故，有些反常也可以理解。若是他从小到大都如此，那定然是过得不顺遂，自己就更没必要计较了。

在叮嘱范无慑绝对不要一个人擅自离开天师宫后，解彼安就告了辞，打算去看看自己的师父。

钟馗嗜酒如命，这天师宫的每一处地方，名字都取自酒，比如正殿叫九酝，钟馗的寝殿叫竹叶青，范无慑暂住的是寒潭香，解彼安给自己的别院取名逍遥酿。

他到了竹叶青殿，撞见了正往外走的薄烛。

"师尊呢？"

"天师刚沐浴完，又睡下了。"薄烛无奈地说，"也不知道又去了什么地方，又脏又臭的。"

"又睡了？也没吃点东西垫垫肚子吗？"

"只喝了醒酒汤。他说白爷炖好了排骨再叫他起来。"

解彼安笑了笑："说得我自己都饿了，我去准备点吃的，估计师弟也饿了。"

"天师真的收了那人做徒弟？"

"嗯，师尊虽然行事乖张了些，但说话总是算数的。"

"可是，天师看上他什么了呢？倒是长得很好看，却不知资质根骨如何。"

解彼安没告诉薄烛那一顿酒钱的事，给钟馗留了点面子："师尊看中的人，必然是不差的，只不过……"

"怎么？"

解彼安苦笑道："他好像不太喜欢我，不爱说话，也不爱搭理我，想问问他的身世，他也不愿意说。"

薄烛瞪起眼睛："这什么人啊，哪儿会有人不喜欢白爷呢，有天师做师父，又有白爷做师兄，他未免不识抬举。"

"倒不必这么说，可能……可能他被吓到了，还没缓过来呢。"解彼安揉了揉薄烛的脑袋，"幸亏今日你早早通知我，让我在崔府君之前赶到，不然我可能就没有师弟了。"

薄烛有些忧心地说："府君那边……"

"府君嘴硬心软，明天我带些好茶，替师尊去赔罪。"解彼安眉目含笑，看来心情极佳。

薄烛有些吃味地说："白爷，你就这么高兴啊，若是师妹的话，我也替你高兴，哪怕是个机灵乖巧的师弟也好，偏偏那个人……反正，我总觉得他有些古怪。"

"人不可以貌取之，说不定他是外冷心热，我猜他只是戒心比较重，熟了就好了。"解彼安叮嘱道，"薄烛，无慊还不太懂规矩，你多盯着点，千万别让他乱跑。"

他从小在这里长大，又有官职在身，自然能在冥府畅行无阻，但他小的时候可不是这样的，钟馗从不允许他自己踏出天师宫，活人的精气可增补修为，能在冥府当差的全是生前没有怨念的鬼，但也无法保证谁都能抗住这种诱惑。天师宫有结界，在没有自保之力前，范无慊只能待在里面。

"我知道了。"

"对了，我今日带回来的那个人魂，你去帮我打听打听，送去了哪个阎罗殿？"

"哦，他怎么了？"

"他……"解彼安知道自己不该过问人间的事，人鬼本该泾渭分明，彼此不犯，而且他与阎罗殿各司其职，他不好管那么宽。可是，窃丹一事，事关重大，毕竟当年就是人间的窃丹魔修，把火烧到了冥界，要是师尊知道了，也不会坐视不理吧。

薄烛不再追问："知道了，白爷，我这就去。"

解彼安去看了看钟馗，见他睡得正酣，便放下心来，转身去厨房准备晚饭。

师尊的口味他是清清楚楚的，师弟爱吃什么呢？忘了问了。解彼安决定做些家常菜，不放辣不放甜，应该哪里的人都吃得惯吧。

解彼安做了一桌饭菜，有芋头炖排骨、脆皮包浆豆腐、芦笋烩蛋、清蒸鳜鱼、胭脂鸡脯，加上一个凉拌三丝、一个肉丝蘑菇汤，平时他还会给钟馗准备二两小酒，今晚可以省了。

做好饭，他把钟馗叫醒了。

小憩一个时辰，钟馗一扫醉态，神清气爽，加之人也梳洗干净了，与刚回来时的邋遢模样判若两人。他生得高大威猛，浓眉美髯，有成的修仙者大多飘逸出尘，只可远观，他却一身侠气，疏朗狂放，在哪里都像个异类。

但解彼安觉得这样的师父才是好的修士，不避人间烟火气，出世入世，皆凭本心。

道不远人，人之为道而远人，不可以为道。若是为了修行无视百姓疾苦，一意只为飞升，岂不违背了修道的初心？

钟馗一屁股坐下来，眼睛都放光："为师在外啊，就想你做的饭菜。"

解彼安给他盛上一碗汤："师尊，您先吃，我去叫师弟。"

"等等。"钟馗头也不抬地啃着排骨，"怎么受伤的？"

"收魂的时候不小心被擦了一剑，已经没事了。"

"你有镇魂杖傍身，能伤着你的鬼魂不多见，可是碰上什么棘手的事了？"

"我正想跟您说呢。"解彼安就把孟克非被窃丹而死的事简述了一遍。

钟馗嘴上没停，两道眉毛却拧了起来。

"我觉得此事不简单，便叫薄烛去打听一下他被送去了哪里，之后……我还没想好怎么办。"

"交给我吧。"

"是。"

"无量派的长老竟敢以身试法，真是胆大妄为。"

"师尊，那香渠真人也是一时糊涂，急于为徒弟报仇，他和那些修士也得到教训了，估计不敢再犯了，我想就……"他当时只是想吓唬香渠真人，尽快收了阵法，若真的去崔府君那儿告上一状，施展招魂禁术一项，少说要被减去十年阳寿，但这并非大奸大恶之事，他也不想香渠真人受此惩罚。

"嗯，你看着办吧。"

解彼安松了口气："那……那我去叫师弟了。"

到了范无慑的住处，屋内没有掌灯，一片漆黑，解彼安有些犹豫，轻轻叩了叩门，小声道："师弟？师弟？"

不会这么早就睡了吧？难道……还因为被子太香而不高兴？

解彼安想了想，折返回去，把饭、菜、汤分别盛出来，放在竹篮里，打算给范无憸送过去。

钟馗不满道："不吃就饿着，哪有师兄给师弟送饭的？"

解彼安笑道："他年纪小，又突然到了鬼界，心里指不定怎么慌呢，我先照看他几天。"

他将竹篮送到范无憸屋门口，又敲了敲门："无憸，我给你把饭菜都放在门口了，你要是起来看见了，就趁热吃。"

久久没有回应，解彼安有些失望地走了。

屋内，范无憸将自己裹在被子里，几乎是幼儿蜷缩于母体的姿态，他听着解彼安的脚步声逐渐远去，颤抖着张开嘴，咬住了那散发着兰花香的松软的被子。

一片黑暗中，瞳晶显得格外明亮，只是逐渐浮上一层水幕，黑暗像是稠结成了浓雾，令人愈发难以喘息，一个微弱的声音求救般叫了一句："大哥……"

๑⋯ 第二章 ⋯๑

解彼安每日起于卯时，禅坐、用饭、看书、练剑、侍弄花草，一个早上就过去了。

但今早他起来后，却是先去了隔壁，想看看昨晚的饭菜范无憸吃了没有。

见门口已经不见了竹篮的踪影，解彼安心情大好，吃了他做的饭，小师弟定会跟他亲近一些。

死人是不用吃东西的，所以这偌大的冥府，从前只有他和师父需要吃饭。尽管俩人也可以辟谷，但因为爱吃，所以顿顿不省，就连薄烛也要跟着吃。不过，下厨这事必须他亲力亲为，薄烛做饭太难吃了。

解彼安去厨房准备清粥小菜，想象着师徒三人围坐一桌，共用早饭的画面，上慈下孝，兄友弟恭，多么温馨啊，若师父再给他找个师娘，那就更像一个家了。

饭做好了，看看时辰，钟馗也该醒了，让薄烛把饭菜端出去，解彼安自己去叫范无憸。

刚刚走近寒潭香，隔墙就听得一阵舞剑的破空之声，仅是闻声，也能粗估出对方的剑速与力道，判定剑法定然不俗。

解彼安踏进别院，果然是范无慑在练剑，但他只来得及看到一个干净利落的收势。

范无慑气息微动，鼻翼翕张，额上浮着一层细汗，在晨光下犹如珠霞，更衬得他面庞生辉，他看着解彼安："师兄。"

"怎么不练了？料你剑法不错，师兄正想看看。"

解彼安抄手靠在墙边，眉眼含笑。

他乌发半束，头顶青玉如意冠，一身皓衫赛雪，束腕、绅、襟皆银纹，着重瓣兰花，那一笑百花齐放，在晨阳下灼灼而立、隐隐飘香。

范无慑的喉结才微微隆起，在嫩皮肉下滚了滚，他立刻把眼睛从解彼安身上挪开，收起剑，扭头往屋内走去。

"你跟谁学的剑？以前拜过师？"

"青城山的一个散修，小时候曾收留过我，后来他云游四海去了。"

"你结丹了吗？"

"结了。"

第一次见范无慑，他就觉得这少年气度不凡，现在看来果真天资过人，能在这个年纪结丹的都是人中翘楚，何况范无慑师从的是一个没名没姓的散修，今后得到钟馗的指点，又有罗酆山的灵力滋养，未来不可小觑。

解彼安跟了上去："我是来叫你吃早饭的。"

"好。"范无慑拿起布帕拭着汗。

解彼安往屋里一瞄，在桌上看到了他的竹篮："你昨晚吃了吗？饭菜凉了吗？"

"没有。"

"没有是……"

"吃了，没有凉。"

解彼安期待地问："那就好，师兄做饭好吃吧？"

范无慑顿了顿，头跟着手一起垂了下去，低声道："好吃。"

解彼安朗声一笑："你喜欢吃什么、忌口什么，回头都……"

"你对谁都这么好吗？"垂下的浓长羽睫挡住了阴鸷的目光。

明知这个人跟前世一样，温柔背后包藏祸心，纯良之下毒如蛇蝎，他竟还是……

他也无数次地想，究竟此人是本性如此，还是被利欲熏心，若没有发生那一切，他的大哥是不是永远都这个样子，哪怕是装一辈子。

解彼安失笑："怎么会呢，你是我师弟嘛。"

范无慑拿起竹篮："走吧。"

看着范无慑又冷下来的脸，解彼安摇头淡笑："一会儿吃完了饭，师兄带你去酆都城，买床新的被褥，还有些平日用的东西。"

"不必了。"

"怎么？"

"被子，我睡习惯了。"

"那也得买床新的，总要有换洗的嘛，再给你裁几身衣裳，你有什么需要的尽管开口，要是想不起来，可以先记下，我时不时都要去酆都采买。"

"酆都……现在情况如何？"

"什么情况？"

"当年不是宗子梟坏了酆都的结界吗？"

解彼安一惊，瞪大了眼睛看着范无慑。

范无慑皱了皱眉："怎么？"

"你……你……"就这样说出了魔尊的名字？

那魔尊的名字虽是全天下人的"不可说"，但解彼安并不避讳，因为钟馗对此不屑一顾，常常放言若自己早生几十年，宗子梟这等邪魔外道根本没有机会作乱，而他也相信自己的师父。他惊讶的是范无慑真是初生牛犊不畏虎，居然敢这么堂而皇之地直呼魔尊其名，要知道就连仙盟中人也是不敢乱议的，在冥府更是忌讳。

范无慑不以为然地冷哼："死都死了，名字有什么不能提？"

解彼安对他的小师弟又多了一分激赏："你知道吗，师尊也是这么说的，一字不差。"这番破例收徒，恐怕不是真的差那一顿酒钱，此人根骨资质俱佳，又人如其名，性情颇对他师父的胃口，师父是真的看中了这块可造之才吧。

"听说是师尊用东皇钟补了酆都的结界。"

"对，若没有东皇钟，帝君恐难以维系结界。"解彼安道，"如今酆都城人声鼎沸，热闹富庶，人在上、鬼在下，和睦共处，全靠东皇钟。"

"……此物果然厉害。"范无慑若有所思。

"是啊，东皇钟乃上古四大法宝之首，驾驭者可呼风唤雨、唯我独尊。那宗子枭，不就是因为四大法宝得其二，才敢践踏人鬼两界吗？"解彼安不免自豪道，"还好东皇钟在师尊这样的人手里，师尊不图私欲，不贪功名，宁肯把那神宝用来巩固结界，护佑人鬼两界的太平。"

范无慑眸中闪现寒光："当年若有东皇钟，罗酆山一战，胜负或未可知。"

"嗯，师尊也常说，若当年有他在，轮不到那魔尊为所欲为。"

谈话间，已经到了竹叶青殿，钟馗正坐在桌前等他们。

二人齐道："请师尊早。"

钟馗看着一黑一白两个俊挺少年，满意地点点头："坐吧。薄烛，你也坐。"

"你在冥界过了一夜，可有不适？"钟馗问道。

"没有。"范无慑想了想，"灵力运行略有不顺，但无大碍。"

"嗯，你是阳体，受阴气侵袭必然有损害，体弱之人是受不了的，你适应一段时间应该就没事了。"

"是。"

"天师宫有结界，已经为你阻挡了很多阴气和不必要的麻烦，你现在不可独自离开，什么时候你师兄觉得你能在冥府活动了，你才可以出去。"

"是。"

"师尊，我会照顾好无慑的，今日我想带他去酆都置办些东西。"

"去吧。"

薄烛兴奋道："白爷，你又要去酆都啦。"

"是啊，你又想要什么东西了？"活人会受阴气侵害，死人也会受阳气冲击，像薄烛这样修为浅的鬼，是没办法在白天、人多这种阳气盛的地方活动的。所以每次出门，他都会给薄烛带点小东西。

"什么都可以。"薄烛"嘿嘿"笑着，"白爷带回来的，我都喜欢。"

解彼安笑笑："对了，昨日让你查的事，查到了没有？"

"哦，我刚刚向天师交代了。"

钟馗道："那孟克非生平并无大奸大恶，没去阎罗殿。"

解彼安皱起眉，心知此事难办了。

新死之人到了冥府，要先带去孽镜台，孽镜台可照出一人的善恶比重，若一生都是善行，修大功德者，至高可以飞升，善大于恶者，可直接入人道轮回。但若是善恶等分，难以评判，或作奸犯科者，就要被随机送去十个阎罗殿，是善恶相抵，还是要投入地狱受刑，都由十殿阎罗审判。

这世上大部分人，都是善大于恶的，不必经阎罗殿，这也就意味着，没人会问孟克非他是被何人所害。

"那怎么办？可否请秦广王提审他？"

钟馗摇摇头："通过了孽镜台，就不必受审阎罗殿，阎罗只断身后善恶，不管生前因果，更不能向阳间泄露，这都是规矩。若此人去了阎罗殿，我还能去卖个老脸悄悄问问，但他连阎罗殿都没去，此时说不定都已经投胎了。"

解彼安叹道："那只能寄望于无量派尽快查出凶手了，能生挖孟克非金丹的，一定是高阶魔修，在江湖上应该都有名号了，真是让人担心。"

"我更在意为何那魔修找他下手。"钟馗思索道，"孟克非是李不语的师伯，这样的身份地位，注定了那魔修要被无量派追杀到不死不休，挖了这一颗金丹，都未必有命吃，而且，他还是在无量派的地盘上动的手，为何要冒这么大的风险？简直就像是在给无量派下战书。"

"是啊，何人如此胆大妄为，他怎么确保自己能全身而退呢？"

师徒二人沉默半晌，钟馗道："改日我上云巅走一遭。"

"师尊带我一同去吧。"解彼安看了看埋头吃饭的范无惧，"也带师弟一起去？"

范无惧抬起头，嘴角噙着一丝冷笑："蜀山云巅。"

"对，那是无数修士向往的地方。不过我却觉得无量派太古板了，但去见见世面也是好的。"

吃过早饭，解彼安带范无惧离开冥府，前往鄷都城。

人间鬼界，共处一处，只有一道结界相隔，但这道结界却彻底隔绝了阴阳生死，使两界互不侵扰，各自为序。

两人穿过一条森森长长的幽径，前方出现一块黑色的大方碑，上书"阴阳"二字，笔势遒劲雄健，仿佛它不是一块碑，而是一座山。

"这是阴阳碑，是冥府唯一的出入口，穿过此碑，就是阴阳两隔。"解彼安召唤出那柄青玉杖，"我是活人，出入冥府全赖此物。"

"这是……？"

"这是帝君赐予我的镇魂杖，我为它取名——无穷碧。"

无穷碧在虚空中划下一道弧形翠影，阴阳碑金光环绕，犹如巨力神搬山，发出隆隆声响，碑身向一旁退去。

一条通往人间的路。

罗酆山脚下的酆都城，无疑是九州之内最有故事、最富谈资的一方土地。

它是人鬼交界、冥府门户，它是百年前魔尊与北阴大帝鏖战之战场，它是八方通衢的交通要塞，它是天下修士游历、寻宝、切磋的必拜山门，它还是天骄权贵、能人异士们的黑市与销金窟。

自颛顼氏绝地天通，划分三界，这个地方就发生了太多太多的故事，酆都的繁华与糜烂、诡秘与市井、醉生与梦死、人杰与鬼雄，共同构筑了这个小千世界。

江湖笑言，说书先生三寸舌，穷一生出不了酆都城。

此时，街上出现了一黑一白一对绝顶俊俏的少年，即便在人群熙攘之中，也格外出众。

解彼安熟门熟路地给范无慑介绍起了风土人情。他自幼旁观生死，见了太多人虚掷一生去追求浮华不实的东西，到最后悔恨莫及，所以从小就乐天知命，见一花一草，得一花一草的欢喜，琴棋诗画，星月茶酒，吃喝玩乐，他无一不爱。

走了小半条街，范无慑已经知道哪家的红枣糕最好吃，哪家的肉称量最准，哪家的布庄料子最好，但裁缝却是另外一家的更出名，解彼安眉飞色舞、如数家珍的模样，他在一旁静静看着，不愿叨扰。

最后那些年，这个人已经不会笑了，如此生动的、快乐的模样，他以为他永远都看不到了。

"老板，这些菜给我送到琴台巷第三户人家。"

"好嘞，解公子，您不说咱也不会送错的。"

俩人买了一路，大多都让商贩直接送去了解彼安在城里的住处，只有买给薄烛的小玩意儿他自己抱着，不一会儿两只手都快满了。

在解彼安买第三个糖人的时候，范无悔忍无可忍："太阳这么大，一会儿全化了。"

"哦，对啊。"解彼安被提醒了，从怀里摸出一张寒冰符，贴在了糖人上，还问范无悔，"你热不热，要不要来一张？"

范无悔黑着脸："不要。"

"看你都流汗了，咱们去看布吧，我刚才说的那个布庄，旁边就是一家冰粉铺，玫瑰冰粉是一绝，去那儿做衣裳，免费吃个够。"

到了布庄，解彼安暂时解放了手，挑拣起了布匹。

老板介绍道："解公子，这些都是昨天新到的，您看这瑞草云鹤散花锦，色泽丰润，针脚绵密，我原本啊只定了蟹壳青，看到样品后，又追了三个颜色呢。"

解彼安摸着那料子，笑道："这布好看，师弟，你看这匹如何？"

"随便。"

"你喜欢什么颜色？这湖蓝色如何？鲜亮一点，你穿着……"

"黑的。"

"小公子青春年少，总穿黑的多沉闷啊。"老板笑盈盈地说。

范无悔冷冷瞥了老板一眼。

老板顿时不说话了，心道这人小小年纪，眼神怎么跟刀子似的。

"好吧，那来一匹黑的。其他布样，我各挑一些，给他多做几身衣裳。"

解彼安挑完了布，就坐在一旁吃隔壁送来的冰粉，看裁缝给范无悔量身。

那裁缝一边量一边赞叹："小公子这身形生得太好了，我当了一辈子裁缝，没见过几个这样的骨相，这胳膊腿儿这么长，将来不知要长多高呢，至少该有……该有……"

"五尺七寸。"

"嚯哟，那可是老高的。"

解彼安笑道："想长那么高，你可要多吃点。"他又逗那裁缝，"许伯，我从小在您这儿做衣裳，也不见您夸我呢。"

"怎么没夸，从小就不知夸了多少回，解公子如今不就俊挺得很嘛。"

"那我是不是也能再高些？"

许伯刚要接话，范无悔就道："你长不了了。"

解彼安有些不服气："你怎么知道？"

范无慑浅浅地勾了勾唇角："我就是知道。"

解彼安惊喜道："师弟，你刚刚是……笑了？"

范无慑的面皮顿时紧绷起来，那一丝他自己都未察觉的笑意消失了，却在脸上留下了心虚的痕迹。

解彼安眨了眨眼睛："不要不好意思，你笑起来很好看，应该多笑。"

范无慑别扭地别过了脸去。

解彼安美美地想，他和小师弟又亲近了几分。

定完衣裳，也到了中午，俩人去了一座茶楼吃午饭。

这金颐轩是鄠都有名的馆子，常年宾客满堂。俩人来得晚，没了雅阁，只能坐在大堂，正赶上一场说书。

那说书人折扇一甩，朗朗开口，自报家门后，道："今日开讲，上古四大法宝。"

"天地玄黄，宇宙洪荒，日月盈昃，辰宿列张。自盘古开天辟地，混沌两分，这世间原本灵气充沛，你我皆可成仙。可惜，好景不长，这仙多了，神就不满了，神颐指气使，仙也不乐意了，于是彼此争斗无休，人、鬼、神开启了一场浩大的封神大战，无数生灵涂炭。最后，人皇颛顼，绝地天通，彻底断绝了天与地的沟融，从此划分三界，虽然仍旧以天为首，可实际是各为其政，这才换来三界太平。"那说书人声音抑扬顿挫，脸上神动色飞，很快就吸引了客人们的注意力，"传说封神大战后，有四样上古法宝流落人间，相信各位客官也都听过，那便是东皇钟、神农鼎、山河社稷图和轩辕天机符。"

关于上古四法宝，修仙者尽人皆知，解彼安知道的肯定比这说书人多，他还见过其中两样，但他依然听得津津有味。

"法宝嘛，不稀奇，天下之有成的修士，谁还没有一两样法宝傍身，可这上古四大法宝，个个有毁天灭地之威力，得其一者独步天下，得其二者……"说书人轻咳两声，摇头晃脑，"不可说，不可说。"

席下响起笑声和掌声。

解彼安也笑了起来。

范无慑腹诽道："怎么这么爱笑，这有什么好笑的？"

小二开始上菜了，解彼安把一大盘红烧鱼头放到范无慑面前："这是他们家的招牌菜，鲜得很，快尝尝。"

"先说这四大法宝之首的东皇钟，此法宝乃东皇太一之法器，可攻可守，攻，则所向披靡；守，则固若金汤。大家也都知道，此法宝所归何人、所在何处。"

底下有人叫道："就在咱们酆都。"

"不错。这法宝为冥府武判官钟馗钟天师所得，得了这么一件宝贝，称帝称雄，不在话下。可钟天师是何等人物，他竟将这宝贝放在酆都补结界，使人、鬼互不侵扰，这等境界，真是高山仰止，叫凡人望尘莫及。"说书人朝天作揖，以示敬仰之情。

"钟天师是在世神仙。"一个小贩在下面吆喝，"我这里有钟天师的最新画像，贴在家中，可镇宅辟邪，只要三文钱一幅。"

解彼安"扑哧"一笑："他们总把师尊画得这么丑，师尊每次都气死了。"

范无慑看了一眼那钟馗画像，画中一虬髯大汉，眼如铜铃，虎背熊腰，表情狰狞，看来是凭着民间的想象，怎么吓人怎么画，又想起钟馗醉得东倒西歪的邋遢模样，实在是荒诞滑稽。

"这第二件法宝，便是神农鼎，乃是神农炎帝的法器，世间万物皆可炼化，能淬炼出最顶级的法宝、武器、仙丹，令天下修士趋之若鹜。可这神农鼎，人人皆知它在何处，人人都看得见、摸得着，却谁也无法据为己有。"

那神农鼎身在昆仑，化形一座仙山，的确是看得见、摸得着，能使用者却寥寥无几。

"这神农鼎是座活火山，常年休眠着三昧真火，此火只能用灵力催动，在炼化的过程中，灵力不绝，则火不熄，否则就前功尽弃，世上还没有一人能够独自催动此鼎，用一次，所耗巨大。这宝贝最近一次开炉，还是六年前，金陵衔月阁阁主，给自己的大公子兰吹寒淬一把剑。"

解彼安悄悄对范无慑说："师尊当时也带我去看热闹了，衔月阁招来百名高阶修士，轮番护鼎，足足炼了三天三夜。"

范无慑不以为意："听说过。"

解彼安一脸敬仰地说："那真是一把稀世好剑，配得上天下第一公子的美名，兰大哥人也好，知道我喜欢兰花，便送我一棵莲瓣兰的百年母株，极为珍贵，我……"

范无慑"啪"地一声撂下了筷子。

解彼安不解道："怎么了？"

解彼安为别人露出崇拜的神情，令范无慑怒意横生，他磨了磨后槽牙，挤出一个字："……辣。"

解彼安把水杯递给范无慑："来喝点水，我适才问你，你又说可以吃辣，下次我让他们少放点辣子。"

那边的说书人，已经说到了山河社稷图。

"这山河社稷图，是女娲氏的法器，传说有包罗万象之能，移山填海之威，曾在宗天子的藏宝库里待了几百年，也无人能发挥其用，直到有人盗走了它。"说书人故作神秘地说，"后来的事，大家都知道了。百年前的罗酆山大战，此图又消失得无影无踪。这山河社稷图，是四大法宝中最神秘的，究竟有何效用，众说纷纭，据说啊，此图可以让人如临仙境，如坠地狱。"

听到"宗天子"三个字，范无慑的瞳光变得阴阴沉沉。

"那宗天子……"解彼安突然道。

范无慑心脏一窒。

"宗氏的故事，你要是感兴趣，下次我带你去听雨楼听，那家有位先生讲得好。"解彼安给范无慑夹了一块鱼，"小心刺。"

范无慑捏紧了筷子："民间不是不敢提宗子枭吗？"

"那位先生胆子大，听客也开明，再说他也不提魔尊的名字，也不说宗子枭入魔之后的事。只把宗氏从创派到称帝，到因为宗子珩、宗子枭兄弟阋墙而覆灭，由盛极至衰败，梳理得清清楚楚，我只听过两次，后来买了他编的书，颇为有趣。"

范无慑心潮翻涌，无法平静。光阴百年，一切都已归为尘土，当年种种，一个忘了，一个记得，听着此人用闲话野史的口吻谈论前世的他们，那不痛不痒的模样，只让他又怨又恨。

说书人说到了听客们最感兴趣的最后一件法宝——轩辕天机符。

"这轩辕天机符，原该和山河社稷图一同说，因为他们都曾经为一人所驭，此人凭这两样法宝，几乎毁了人鬼两界。"

听客们发出"吁"声，明显都兴奋了起来。

"轩辕天机符，乃西王母之法器，她曾派遣九天玄女助轩辕黄帝大败蚩尤，传授其'三宫五意阴阳之略，太一遁甲六壬步斗之术，阴符之机，灵宝五符五胜之文'，并赠予此符，可号令天、地、人三界之兵。轩辕氏后著《黄帝阴符经》，又称《黄帝天机经》，书此符之玄诡。"说书人振奋激昂地说，"传闻中此符流落人间，但百万年来无人得见，都说传闻不可信，它却偏偏被那不可说之人给找到了，从此，天地变色，乾坤颠倒，一声号令，得百万阴兵，神佛难挡。"

大堂内鸦雀无声。

静默片刻，一个稚嫩的童声突然说："爹爹，我要这个符。"

肃杀的气氛一秒破功，哄笑声起，说书人也没绷住，忍着笑说："总之，罗酆山大战后，此符被北阴大帝镇压在了九幽某处，再也没机会得见天日。这位小小姐，可难为令尊啦。"

解彼安跟着众人鼓起了掌，说书人的学徒在大堂内穿梭请赏，他也准备了点碎银。

突然，街上传来一阵骚乱声，解彼安从窗户探头往外看，见一伙穿着无量派青衣道袍的修士正在追一个人。

"站住——"

被追捕之人已经负了伤，正狼狈逃窜，一伙人在车水马龙的闹市你追我赶，接连撞翻了摊贩与路人，将整条街弄得鸡飞狗跳，但见来者是无量派，众人是敢怒不敢言。

那人顽抗一番，最终还是被抓住了，但仍不死心地叫嚷："我什么都不知道，你们抓我干什么，无量派就可以在光天化日之下抓人吗？仗势欺人！还有没有王法了！"

"少废话，别以为没人知道你干的是什么营生！带走！"

茶楼小二正过来添茶，解彼安向他打听道："小哥，你知道外面这是在干什么吗？"

"哦，昨天无量派出了件大事，公子是仙门中人吗？若是的话，应该早听说了。"

"嗯，听说了，难道这人是凶手？"

"自然不是了，听说那孟克非很厉害的，他要是凶手，怎么可能被一帮无量派的低阶弟子抓着？"

"小哥分析得有理，那这是……"

"这人啊，多半是浮梦绘逃出来的。昨天夜里，'孤悟剑'宋春归带人将浮梦绘翻了个底朝天，听说要把所有跟买卖人丹有关的都抓回去云峁审讯。"小二撇了撇嘴，压低声音说，"抓人抓疯啦，我们村有几个爷们儿，只是去浮梦绘打打杂工，混口饭吃，也莫名其妙被抓走了。"

解彼安蹙起眉，若有所思。

那宋春归的名号，即便对于不是修仙界的普通百姓，也如雷贯耳。他是李不语最小的入室弟子，当世赫赫有名的独臂剑客，一只手就能把无量剑法使得出神入化，如今在无量派风头最盛。李不语把此人派了出来，足见对孟克非之死的重视。

而小二口中的浮梦绘，距离酆都城不过二三十里，它是九州最大的黑市与寻乐窝。那里的一切，只有人不敢想的，没有不敢做的；只有买不起的，没有不能卖的，当数世间第一魔幻之地。

"无量派动作倒是快，先查浮梦绘。"范无慑看着窗外被五花大绑带走的人，冷道，"可惜是病急乱投医，这个风口浪尖上，谁敢交易孟克非的金丹？"

"是啊，但若抓到一些与交易人丹有关的人，或许能查到一点线索吧，不过广撒网，乱抓人，确实有损无量派的威名。"

那"威名"二字，令范无慑暗自冷笑，时间真是个粉饰门面的好东西，现在又有谁知道，如今身为仙盟魁首、仙家典范的无量派，在百年前又是怎样的嘴脸呢？

"不过，只要无量派查明真相，不会伤害无辜之人的。"解彼安道，"无慑，我们先吃饭，吃完饭，带你回家看看。"

回家……

范无慑心中一动。

吃过午饭，他们回到琴台巷。

钟馗在这里购置了一个宅院，宅子不小，但年代久远，外观朴素，并不起眼，这是师徒二人在阳间的住处。解彼安还年幼的时候，不能长期待在冥界，有一多半的时候在这里长大。

推门而入，一阵馥郁的兰花香扑鼻而来，眼前豁然出现一片小花海，这四方庭院里竟种满了各色各品种的兰花，枝枝累累，丛丛簇簇，每一株都优雅芬芳，绰约多姿。如此美景，如临仙境。

解彼安用力将那香氛吸入脾肺，顿觉神清气爽，他开怀笑道："我给这里取名兰园，这一园兰花，我种了十多年呢。"

范无慑看着这片美景，却像被滚钉板碾过一般，尖刺直入五脏。眼睛因莫名的灼痛而变得虚糊，时间与空间在这一刻纷纷倒错，素雅的庭院与描龙画凤、亭台水榭的皇宫花园渐渐交叠，从一样的蓝天开始重合，然后是太阳，然后是云，然后是花，最后，是站在一片花海前冲他温柔微笑的少年。

"无慑，孔夫子说，兰花有君子之德，王者之香，师兄最喜欢兰花了，你喜欢兰花吗？"

"小九，孔夫子说，兰花有君子之德，王者之香，大哥最喜欢兰花了，你喜欢兰花吗？"

万箭穿心。

范无慑踉跄着后退了一步，双目一片赤红。

解彼安发现了范无慑的异状，紧张地问："无慑，你怎么了，不舒服吗？是不是中暑了？"他上前就要扶住范无慑。

范无慑狠狠打开解彼安的手："不要碰我！"

解彼安僵住了，脸上的担忧还来不及变换，浓浓的失落已经爬上纹理，显得有些滑稽，他喟叹一声，轻轻地说："无慑，你我相识不过一日，甚至不曾有过龃龉，不知道你为什么好像……有些排斥师兄。"

范无慑看着解彼安低垂的眉眼，眼神意味不明。

解彼安还在自顾自地说："你我师兄弟一场，是缘分，师兄希望与你和睦相处，一起问道修仙，侍奉师尊。我知道你身世凄苦，孤独无依，可能很难相信别人，但我会把你当亲弟弟的。"他说着，抬起头，目光真诚地看向范无慑。

范无慑却背过了身去，半晌，才低声说："我只是不喜欢与人碰触。"

我只是不能让你碰我。我希望你不要对我好，不要对我笑，不要碰我，我不会忘记你曾经背弃于我。

我不能重蹈覆辙。

解彼安探头想偷看范无慑的表情，却看不到，他犹豫道："那……你认我这个师兄吗？"

"……认。"

解彼安立刻就释怀了，他心胸宽广，从不拘泥于小事："只要你认我这个师兄就行。是师兄做事欠考虑，咱们昨天才认识，不可能马上就熟稔起来，以后师兄有让你为难的地方，直说无妨。"

范无慑调整好情绪才转过身来，表情已经淡漠如一："兰花很好看。"

"是啊，我花了好多心思呢。不过我也不只种了兰花，这里都是些喜阳的植物，九幽没有太阳，在天师宫我还种了许多喜阴的，回头带你去看我在天师宫的花园。"

"好。"

"啊，你看。"解彼安指着一丛粉白色的、开得极为繁茂美丽的兰花，兴奋地说，"这就是我跟你说过的，兰大哥送我的那株莲瓣兰母株，这个品种叫作荡山荷，名字美，花更美。"

范无慑斜眼瞪着那株兰花。

"对了，你都想不到，我跟薄烛说起它的时候，薄烛是什么反应。"解彼安学着薄烛的模样，一惊一乍地说，"'啊！什么母猪能活百年，岂不成了精?!'哈哈哈哈哈——"

范无慑："……"

"薄烛这个傻小子，总说些傻话，可爱得很。"解彼安伸出一只白皙修长的手，怜爱地抚了抚那株荡山荷，指尖之温柔，简直触之即化，"他哪里知道，这株荡山荷的百年母株，在黑市上价值千金。就算衔月阁有上千个品种的兰花，这株也是很珍贵的，兰大哥与我都是爱花之人，他能如此割爱，我……"

"他不过是为了讨好师尊。"范无慑恶声恶气地说，"若你是个名不见经传的小修士，他会搭理你？"

一口一个薄烛，一口一个兰大哥，范无慑感觉头皮都在冒火。

一百多年前，什么狗屁衔月阁还不知道在哪里，否则就是把他们家所有兰花都搬空，他也不会让这个人满嘴念别人的好。

解彼安不在意地笑笑："这个你不说我也明白，但你师兄也自诩风流，与兰大哥是君子之交，彼此相惜，兰大哥也并非需要攀高结贵的人，他敬仰师尊，和乐意与我结交，并不冲突嘛。"

范无慑气得想把那株破花连根掘了。

宅院里住着一对刘姓夫妇，平日看家护院，侍弄花草，他们知道钟馗和解彼安的真实身份，对范无慑的到来，绝不多嘴问一句，十分懂规矩。

解彼安把今天采购的东西都装进乾坤袋，准备带回冥府。趁着天光尚好，他换了一身下地的衣服，戴上草帽，去院子里培培土、除除草、浇浇水，看起来怡然自得，很享受这样的时光。

范无慑坐在一旁阴凉处，痴痴地看着。

他见过宗子珩像现在这般精心打理自己的兰园，又亲眼看着那片兰园百花凋敝、杂草丛生、一片荒芜。

解彼安是一切都尚在美好时的宗子珩。

只是，一样是十九岁，宗子珩的十九岁，所有剧变始于那一年；解彼安的十九岁，他们跨过两世重逢。

如果命有定数，道有定法，那他不信命也不信道，他从无间地狱里爬回人间，绝不是为了让前世的一切重演。

晚上，吃过饭，解彼安将乾坤袋交给范无慑，叮嘱道："无慑，我送你过阴阳碑，让薄烛来接你回天师宫，记得把吃的放到冰窖，要不就不新鲜了，师兄明天早上给你包馄饨吃。"

范无慑没有接，一双黑黢黢的狐狸眼盯着解彼安："你不回去？"

"师兄还有正事要办。"

"浮梦绘？"

"嗯。"

"带我一起去。"

"此行可能有危险，师兄自己去就行了。"宋春归查的是人，但他能问鬼，也许在浮梦绘真的能找到线索。

范无慑皱起眉："难道你以为我需要你保护吗？"

解彼安失笑："师兄知道你厉害，天资过人，但你还小，那不是你该去的地方。"

"带我去。"范无慑丝毫不退让，"不然你也别想去。"

解彼安无奈地看着他。

"我不会拖你后腿，而且……"

"而且什么？"

范无慑不情不愿地小声说："我会听师兄的话。"

"这么乖。"解彼安笑道，"好吧，那你可要好好听我的话，不可擅自行动。"

"嗯。"

阴冥癸地鬼夜哭，洞天浮梦一念空。

这是世人眼中的浮梦绘。

浮梦绘，位于罗酆山脉西南，离酆都城不过二三十里，酆都的繁华与这里相辅相成。它原本叫酆梦鬼，因其身在冥府门户、万众死气汇集之罗酆山，地貌又吊诡奇谲而得名。有传闻它就是北阴大帝和魔尊的决战之地，但已不可考。

靠着得天独厚的地形，它逐渐成了各种不可见人之勾当的集中地，后来名气越来越大，成就了如今这片供活人醉生梦死的销金窟。酆梦鬼这个名字太煞气，唯恐吓到金主，才改了如今的名字。

一道结界，两番天地，一面是阴气森森的幽冥，一面是洞天福地般的享乐，奢靡、贪婪、黑暗、欲望、罪恶，这是人间，也是鬼域。

浮梦绘是一处凹形山谷，"怪石嶙峋"四个字已经难尽其态，这片山谷由无数大大小小、形形色色的状似骷髅般的峰石、洞窟堆叠而成，好像万千恶鬼被封印在了山石之中，每每有风刮过，就会兜悬于谷地和深穴间，发出层叠绵连的可怖声响，如鬼哭鹤唳。

这难以计数的大小洞窟在内部大多是相通的，极适合藏匿和逃遁，因而最初，这里是杀人越货、养尸炼蛊、黑市交易的不法之地，很多修士的金丹就曾在这里被悬赏、买卖，经仙盟多次清剿，也是春风吹又生。后来，这里逐渐开起了酒肆、当铺、乐坊、妓窟、赌场、斗场、拍卖行等，不法交易变得隐蔽难寻，又有很多百姓靠此地维生，仙盟只好睁一只眼闭一只眼，默许了浮梦绘的存在。

白天的浮梦绘是静悄悄、昏沉沉的，可一旦入了夜，一个个洞窟都亮起了红烛，将山谷映得血红，店家开门迎人，宾客慕名而至，洞窟之间人影攒动，舞乐笙箫彻夜不绝，场景之怪诞诡美，不似人间，遥遥看去，犹如百鬼夜行。

范无慑看着眼前如魔似幻的场景，若有所思。

"你是第一次来吧？"解彼安问，"这浮梦绘，与传闻中相比，如何？"

普通人是不大可能来浮梦绘的，一是这里阴气重、鬼祟多，身无长物的可能回去就要病一场；二是来此地的大多一掷千金，若是穿戴不好，少不了要遭白眼。

"差不多。"这里曾是宗子枭在人间的最后一站，故地重游，范无慑的心绪却很平静。再沸腾的恨意，也在百年间平复了下来，变成文火慢炖，更加厚重绵长。也只有眼前这个人，能给他添柴加薪。

"进去之后，不要乱跑，里面很容易迷路，要跟着师兄。"

"知道了。"

浮梦绘的内部是一个巨大的山洞，以天然山体为依托，见石开路，遇壑搭桥，修建出了纵横交错、四通八达的通路，自下往上仰视，星罗棋布。

一黑一白二人皆器宇不凡，一看就像仙门世家的公子，马上就有人迎上来招揽生意，解彼安好言推却了这个，还有不死心的那个，一个伙计很没眼见地上来就想把解彼安拉进自己的乐坊，爪子还没碰到雪白的衣角，就被剑鞘抽中了手背。

那伙计痛叫一声，手缩了回去。

范无慑冷道："滚。"利剑半出鞘，护在解彼安身边，周围再也没人敢近前。

"无慑，低调。"解彼安低声说。

范无慑沉着脸："走你的。"

解彼安穿梭在通道间，寻找着什么，很快地，他就发现了两个冥差。

这里就是冥府地界，没有设城隍一职，但时常都有冥差四处巡视。在浮梦绘死上几个人，是家常便饭，有时候一个人悄无声息地没了，也没有人发现，只有鬼带他上路。

解彼安将两个冥差叫到一个隐蔽的角落。

"白爷。"两人恭敬行礼。

解彼安想起范无慑看不到，便召唤出无穷碧，叫他握着。

范无慑一触上那温凉的青玉杖，立刻看到了之前看不到的东西，两个鬼也有些惊异，无措地看向解彼安。

"无妨，他是天师新收的徒弟，是我师弟。"

"白爷到访此处，可是有新魂要收？我们还没发现。"

"不是，只是想问你们几个问题。"解彼安问起这些日有没有跟孟克非的金丹有关的线索。

一般的窃丹贼挖了金丹，要么自己拿回去炼，要么在浮梦绘高价卖掉，解彼安也认为这个风口浪尖上，没人敢交易孟克非的金丹，但这里常年有跟买卖人丹相关的魔修出没，或许孟克非曾经在这里被悬赏，或许有人打听过他的金丹，或许有人讨论过是谁杀了孟克非，无论如何，那个窃丹魔修修为如此深厚，极有可能有人知道他的真面目，或者是多人所为。而那些不敢当着人说的话，很可能都被鬼听了去。

"回禀白爷，从昨日到现在，确实有很多人谈论这件事，昨晚有个独臂修士还来这里抓走了很多人。"

"你们是否听到什么有用的线索？"

两个冥差想了想："我们也不知道有没有用。听到有人说，越是厉害的修士的金丹越难炼，普通的炼丹师、普通的金石药草、普通的丹炉都不行，有胆量、又有本事炼孟克非的金丹的，只有神鬼手了。"

"还有呢？可曾有人悬赏过孟克非的金丹，可曾听说谁是凶手，哪怕是有人的猜测？"

二人摇头。

范无慑问道："那无量派抓人，可有什么根据？"

"他们把所有丹药铺的老板和伙计都抓走了，还有经常出入此处送货的、干活的以及看起来可疑的，我看着大多也没什么根据。"

"那就是乱抓人了。"解彼安蹙了蹙眉，"如此惊扰百姓，也不知道能不能找到有用的线索。"在他看来，每日在此地巡视的冥差都没听到什么重要的，宋春归也不大可能从他带走的人里问出太多。

俩人又问了一些，所获甚微，看来那个窃丹魔修的身份当真是隐秘非常，而且很可能就是一个人干的，孟克非的尸身解彼安匆匆看过，从伤势来看，应该没有第二人。

范无慑道："师兄，回去吧。"他心中虽然没有大波澜，但此地毕竟勾起他太多黑暗的回忆，他并不想久留。

"也好。"解彼安朝范无慑笑了笑，"但是，难得来一趟浮梦绘，你不想四处逛逛？"世人对浮梦绘都是好奇的，尤其是少年人。

"不想。"

"那我们就回去。"

正打算离开，忽听着门口传来一阵骚动，往下看去，一堆青衣道人冲了进来，又是无量派。

周围抱怨声连连："怎么又来了？"

"又来了，昨天抓的人还不够多吗，无量派真是欺人太甚！"

"那你能如何，一会儿老老实实的，可千万别出头。"

听着无量派的意思，是要将丹药铺旁边的店家和伙计都带走，显然是想确认那些丹药铺的人是否对近期出入的人有所隐瞒，但这要抓的就太多了。

解彼安和范无慑趁乱下了楼，却发现唯一的出入口已经被堵住了，解彼安正犹豫要不要从洞窟外御剑离开，就有几个修士走过来，将他们上下打量一番，问道："两位公子是哪门哪派的？"

解彼安道："我们兄弟二人都是散修，路过此地看个热闹罢了。"

那修士看了一眼解彼安的佩剑："散修？公子这剑看着不凡，是出自什么炉、哪位大师之手？"

解彼安正色道："与道友无关吧。"

"无量派正在追查杀害孟师兄的凶手，任何可疑人等都要审问，请二位随我走一趟吧。"

范无慑只有简单一个字："滚。"

修士冷笑一声："那就别怪我们不客气了。"

"等等。"解彼安不想在这里惹人注目，"我们确实只是路过此地，无量派不分青红皂白随意抓人，岂不有损正道门风？"

"所以我'请'公子去云嵩做客，公子赏脸否？"

范无慑不悦道："你跟他们废什么话？"

解彼安突然一把抓起范无慑的衣领，一跃跳上悬空的链梯："走，从洞窟出去。"

"追！"那修士一声令下，十几人纷纷飞身而上，朝他们追来。

俩人在通道间来回逃窜，那些洞窟大多里外相通，只要跑到峰石主体上就能离开。但无量派的修士从四面八方汇了过来，不得已之下，解彼安抽出佩剑，并叮嘱范无慊："跟在师兄后面，尽量不要伤人。"

一众修士挥剑来刺，解彼安挡在范无慊身前，两招将其逼退，又跳到另一条步道上，只听一声哀叫，回头一看，范无慊一脚把一个人从链梯上踹了下去。

"无慊，这边！"前方不远处就是个酒馆，正好通向外面。

"在这里，快追！"青衣修士蜂拥而来。

链梯猛烈摇晃，俩人稳住下盘，定住身形，却见前后已尽是追兵。

解彼安安慰道："无慊，别怕，有师兄在。"

范无慊沉声道："杀出去。"

"不要杀人。"解彼安道，"我们本不该出现在这里，若有人因此丢了阳寿，我们便造了因果，对谁都没有好处。"

"你以为他们会放过我们吗？"

解彼安看了看四周，指着下方的一个铺子："我们从那里走。"说罢，他挥剑砍向链梯的粗麻绳。

范无慊会意，举剑砍向另一边的麻绳，链梯应声而断，俩人抓着绳索，随着链梯荡向下方，稳稳地跳到了步道上，直往那铺子冲去。

他们一举冲出洞窟，御剑而起。

恰在这时，一把利剑破空，在暗红的光晕中化作一道银白闪电，直取解彼安而来。

那剑速实在太快，接招是来不及了，范无慊将自己的剑射了出去，解彼安则飞身而起。

"叮"的一声，兵刃相撞。

俩人先后从半空掉了下去，狼狈地滚了好几圈。

两把剑一前一后刺入山体，而第三把则断成两截，掉在了地上。

范无慊看着地上的断剑，一双极魅的吊梢狐狸眼杀气四溢。

解彼安看着范无慊，想安慰他，却一时不知该说什么，这把剑不是什么好剑，但对任何一个剑客来说，佩剑被挫断都是极大的羞辱。

一道修长的身影从黑暗中走来，他面庞端正，眼神锐利，即便只有一只手臂，也不减威仪。

此人正是李不语的小徒弟，"孤悟剑"宋春归。

宋春归一伸手，他的佩剑在山石中猛烈晃动，自己把自己拔了出来，飞回主人手中。

解彼安也召回了自己的佩剑。

"两位公子若不心虚，逃什么？"宋春归平淡地说，"无量派不会伤害无辜之人，仅是请二位去云嶒问些话。解除了嫌疑，自会将二位平安送回。"

解彼安怒道："你们过分了。"他在犹豫要不要真的动手。宋春归不好对付，一旦动手，他的身份必定暴露。

范无慑突然召来自己那半截断剑，看着宋春归的眼神，就像在看一个死人。

宋春归皱了皱眉："小公子打算用这断剑对付我？"

范无慑冷冷地道："足够取你狗命。"

宋春归成名已久，于剑修一道，少有对手，他从未见过如此狂妄的少年。

"无慑，你不准……"

他话音未落，范无慑已经举剑逼向了宋春归。

解彼安原本想阻止范无慑，但又有点好奇，他的剑法究竟如何，想着看上一招两式再帮忙不迟。

这一看却是惊讶不已，范无慑竟用一把断剑跟宋春归过了完整的一招，毫不露怯。

宋春归也面显异色："你师从何人，怎么从未听过你的名号？"

范无慑并不回答，只是更凌厉地向宋春归袭去，招招要命。

宋春归认真了起来，与范无慑对上几招，愈发心惊，他将范无慑暂且逼退，厉声道："你究竟是何人门下？"

解彼安也一直观察着范无慑的剑法。天下仙门世家，剑修占了大多数，每一家的剑法他至少都能看出一二，但这套却是十分古怪，他见那招招式式都有说不上来的熟悉感，却又不记得自己曾在哪里见过。以此剑法的霸道，早该成名了，他见过一次绝对不会忘。

范无慑依然不说话，似乎一心只想置宋春归于死地。

宋春归神色凝重："这可是……宗玄剑?!"

闻言，解彼安大惊。

宗玄剑? 那不是失传已有百年的宗氏剑法?!

❧⋯ 第三章 ⋯❧

自先祖开宗立派，以宗玄剑和归元心法名扬天下，大名宗氏已经制霸九州三百年。哪怕其违背修仙界"大道之行也，天下为公"的通识，堂而皇之登基称帝，天下仙门也无人敢置喙，只能俯首称臣，划地封侯，拥宗天子为人皇，九州共主。

只是无常即是常，盛极必衰，乃亘古不变的定律。到了宁华帝君宗明赫这一代，宗氏的威势已颓，修仙界人才辈出，在几百年的岁月间，对宗氏的不满日积月累，看似平静的水面下已是波涛汹涌。

其实宗氏的式微，与其近三代没能出绝顶天骄有极大关系。

问道修仙，后天的勤勉和参悟固然重要，但先天的根骨资质，往往从一出生就决定了一个人的上限，而修仙界又是一人得道九族升天，没有登峰造极的领军之人，光靠人多势众，是难以服人的。

宗明赫育有九子三女，长子与幺子都根骨奇佳，有问鼎仙道的潜质，可惜，众仙门对宗氏明里暗里的对抗、祖业的衰落和风雨飘摇的局面，都不是两个还未成才的孩子可以扭转的。

⚘ 大名府·无极宫 ⚘

后花园里传来一阵笑闹声，一个少年挽着裤脚衣袖，正领着一帮小孩儿在玩儿蹴鞠，那羊皮圆球像是长在了他脚上，怎么都脱离不了他的控制，高矮不一的孩童们围着他叽叽喳喳、团团转悠，都想从他脚下抢走球，那跳脱的场面活像一只大狗领着一群小狗撒欢儿。

那少年眉分八采，目若朗星，神采不逊骄阳，笑靥更胜琼华，真是一个叫人惊艳的翩翩公子。

"大哥……啊!"一个孩童"咚"的一声绊倒在地，马上呜咽了起来。

宗子珩放下球，拨开众人，笑着把那孩子从地上抱了起来，捏着他的鼻子调侃道："哎呀，小九，这就要哭鼻子了？"

宗子枭眼里根本没泪，还要装出一副泫然欲泣的模样，用脏兮兮的手抹眼睛："我摔到腿了，你还笑我。"

"我看看。"宗子珩撩起他的裤腿，见膝盖上擦出了血，"大哥带你去上点药好不好？"

"嗯。"

宗子珩单手将宗子枭托抱起来，几个孩童拽着宗子珩的衣服："大哥还回来吗，还回来陪我们玩儿呀。"

宗子珩挨个揉他们的脑袋："太阳太大了，你们也该散了，大哥下次再陪你们玩儿。"

宗子枭搂紧了宗子珩的脖子，暗暗露出一丝得意的笑。

"大哥，好热呀。"他把脸贴着宗子珩的脖子，蔫蔫地小声抱怨。

"热你还搂我这么紧。"宗子珩把他一只小胳膊从汗湿的脖子上拽了下来，喘了口气，"大哥还能摔着你啊？"

"我……"

宗子珩突然擒住宗子枭的腰，把他在半空中荡了三圈，又大头朝下地悠到身后，最后从腋下掏了过来。

宗子枭一边尖叫一边大笑，兴奋得整张小脸红扑扑的。

宗子珩笑着说："不疼了？"

"本来也不疼，我只是不想玩儿了。"宗子枭撒娇道，"想吃大哥做的冰银耳汤。"

"就你小心思多。"宗子珩抱着他回了清晖阁，路上顺便考了他这几日的功课，见他对答如流，没有偷懒，便夸赞几句。

"好吃，好甜。"宗子枭吸溜了一大口滑软的银耳，美美地舔着嘴唇。

宗子珩拿来一块濡湿的布帕，先给宗子枭擦了擦脏污的小脸。八岁的年纪，如粉雕玉琢，一张脸和他那被誉为天下第一美人的母亲简直是一个模子里、刻出来的，尤其那对眼尾上勾的狐狸眼，望着人的时候，瞳光莹烁，仿佛欲说还休。

"慢点吃。"擦完脸，宗子珩想给他清理一下伤口。

宗子枭晃着小腿："不用，几天就好了。"

"至少要冲洗干净。"

处理完伤口，宗子枭那一碗银耳汤都快见底了，他眨巴着眼睛道："大哥，我有个好消息要告诉你。"

"什么好消息？"

"我快结丹了。"

宗子珩一怔："真的？"

"嗯。"宗子枭骄傲地扬了扬下巴，"大哥也是十岁前结丹的，我要跟大哥一样。"

宗子珩欣慰地拍了拍宗子枭的肩膀："你会比大哥还早的，小九，你一定要勤勉修行，有朝一日得成大道，不叫天下人嘲笑我们宗氏后继无人。"

"有大哥在，谁敢嘲笑我们？"宗子枭的眼底尽是崇拜，"大哥是最厉害的。"

看着宗子枭无忧无虑的天真模样，宗子珩暗叹一声。

"大哥，我能再吃一碗吗？"

"不能，你上次吃了太多冰的，都拉肚子了。"

"就一碗嘛。"

"再过一个时辰就要用晚膳了，你是想喝银耳汤，还是想吃大哥做的狮子头？"

"狮子头，狮子头！"

屋外传来响动，宗子珩探头看了一眼，遂站了起来。

一名女子被侍仆簇拥着走进来，她生得国色天香，眉目如画，一身锦罗玉衣，头戴金钗步摇，仪态端庄华贵。

"母亲回来了。"宗子珩施礼道。

宗子枭也站了起来："沈妃娘娘。"

"枭儿也在啊。"沈诗瑶微笑道，"来找你大哥玩儿吗？"

"嗯。"

"都快吃饭了，别吃这么多凉的了。"沈诗瑶把宗子枭拉到自己身前，用绢帕给他擦了擦汗，"枭儿晚上留在清晖阁吃饭吧。"

"好，大哥说给我做狮子头。"

沈诗瑶扑哧一笑："就数你爱缠着你大哥。回去把你母亲叫来，吃过晚饭，我们一起去洛水湖畔赏月。"

"好！"宗子枭蹦蹦跳跳地跑走了。

宗子枭走后，沈诗瑶看着自己一表人才的儿子，心中甚慰："子珩，今日功课如何？"

"都完成了，刚才带着弟弟妹妹们玩儿了半个时辰。"

"听说帝君又给你委派了任务。"

"平阳一代有鬼祟作乱，派了两拨修士去，死伤惨重，我明日就出宫去看看。"

"很好，弟妹们都还没长大，只有你能为帝君分忧，你一定要好好表现，不要让帝君失望。"

宗子珩驯顺地说："母亲放心。"

"听说……"沈诗瑶那纤纤玉指，轻抚过手上的赤金九转玲珑镯，"赤松子验了你九弟的根骨，天资不逊于你呀？"

"是，小九乃上上乘的资质。"宗子珩笑了笑，"他适才跟我说，他快要结丹了。"

沈诗瑶微微一顿，目光飘向了窗外，幽幽说道："宗氏已经足足三代没能出这样的根骨了，没想到一下子就出了两个，帝君肯定很高兴。"

"父君是很高兴，着儿子与弟妹们一起，光复宗氏。"

沈诗瑶转头看着宗子珩，眼神晦暗难明："你生为天之骄子，在这一辈世家子弟中都是翘楚，可惜娘出身不好，耽误了你。"

宗子珩大惊失色："母亲，您为何这样说？儿子生在宗氏，从小衣食无忧，很是满足，从未有过这种想法。"

沈诗瑶拉住宗子珩的手，温柔地笑了笑："你天资这么高，若是嫡子，在别的仙门世家必然是未来的掌门。娘是觉得，你这么争气，我反倒不争气了。"

"娘，您千万别这样想。"宗子珩急道，"什么嫡子庶子的，有什么要紧，我从来不在意。"

沈诗瑶凝视着自己的儿子，半晌，才道："也罢，你九弟也一样是庶出，倒也不是你一个人可惜。"

宗子珩知道自己的母亲好强，从小到大对他很是严格，不许他落于人后，但那都是为他好，今日这番话却是第一次听说，实在有些古怪。

他想不明白，便暂且不再想，安慰了沈诗瑶几句，就去给宗子枭做狮子头去了。

晚上赏月时，沈诗瑶一派如常，她和宗子枭的母亲交好，两宫常有走动。

赏完月，宗子枭又要和宗子珩一起睡。两人相差七岁，宗子枭几乎是宗子珩带大的，从小便很黏他。

暑夏闷热，蚊子又多，宗子珩在蚊帐里贴了两张寒冰符，又用扇子扇着风，宗子枭才不再摊煎饼一样翻来覆去，开始昏昏欲睡。

"大哥。"宗子枭迷迷糊糊地说，"你明天是不是要出宫，什么时候带我出宫啊？"

"等你长大点，就可以跟大哥一起去除祟了。"

宗子枭打了个呵欠："等我结了丹，大哥给我什么奖励？"

宗子珩失笑："你想要什么奖励？"

"带我出宫，大哥十二岁就可以出宫游历，我却从来都没有出过宫呢。"

"好吧，等你结丹了，我去请示父君，带你出宫玩儿。"

宗子枭转身钻进宗子珩怀里："说话算话！"

"哎呀，别贴着我，热死了。"

宗子珩十岁结丹，十二岁外出游历，就独自降伏了一只祸害百姓的山魅，自此少年成名，兼又德貌双全，在同辈中一直是被比照的典范。

不久之后，四年一度的蛟龙会就要开始了，那是专为少年英才们举办的比试大会，乃修仙界千百年来的传统，只允许十二岁至十八岁的后生参加，凡在仙道一途留有姓名的天骄们，几乎都在少年时就风头强劲。

宗子珩也一直在为这次的蛟龙会做准备，因为宁华帝君对他寄有厚望，命他在蛟龙会上要拔得头筹。他每日勤勉修行，不舍昼夜，他知道帝君从前并不在意他们母子，是他展露天资后才得到重视，哪怕是为了母亲，他也不敢令其失望。

其实问道修仙，孤独且枯燥，宗子珩身为长子，不敢惰怠，可他真正向往的，既不是得道飞升，也不是问鼎人极，他爱花鸟山水，爱琴棋书画，爱美味佳酿，这世上有趣的事物这么多，他想多见识见识，大约比一味追求修为、剑术更有意义。

可惜，这样的想法不能说出来，否则就连母亲也会斥责他不懂事吧。

这天下午，金乌开始西落，不那么晒了，宗子珩惦记着他的兰园里最近长了很多蜗牛，把他的花啃得乱七八糟，便领着宗子枭去抓蜗牛、除草。

他的兰园建在一个无人居住的偏殿里，里面种满了他多年收集而来的一百多个品种的兰花和其他花卉，到了花开的季节，群芳争艳，成了宫中一景。平日虽然也有侍仆打理，但宗子珩更喜欢自己动手，这是他在修行之余的乐趣。

宗子珩正蹲在地上抓蜗牛，宗子枭光着脚丫子在花丛里跑来跑去，他不时胆战心惊地盯着："小九，你小心点，千万别踩到我的花。"

"不会的。"

"你还是别跑了，快过来。"

宗子枭狡黠一笑，足下突然绊了一下，整个身体往前扑去。

"哎——"

宗子枭一手撑地，身体灵巧地弹了起来，在空中翻了一圈，稳稳地落在花圃外，哈哈大笑起来。

宗子珩佯怒道："敢诈你大哥？是不是皮痒了？"

宗子枭摊开小手："我不是在帮你抓蜗牛吗，那我扔回去了？"

"扔桶里。"

宗子枭蹦蹦跳跳地跑到宗子珩身边，整个身体压在宗子珩背上："大哥，你为什么老是弄这些花呀？"

"花不美吗？"

"美。"

宗子珩递给他一把铲子："来，干活。"

宗子枭蹲在一旁，学着大哥的样子忙活起来，原本被太阳晒得有些燥热的心，竟慢慢平静了下来。

宗子珩扭头看着他，露出一个很好看的笑容："小九，孔夫子说，兰花有君子之德，王者之香，大哥最喜欢兰花了，你喜欢兰花吗？"

宗子枭点点头："大哥喜欢我就喜欢。"

"这兰园里有一百七十一种兰花，江南是兰花的故乡，明年大哥打算去趟江南，去搜集更多的品种。"

"等我能出宫了，就陪着大哥云游九州，把世上所有的兰花，都种到这兰园来。"

"真的吗？"宗子珩笑道，"你不会是为了吃的，故意说好听的哄我吧？"他拿起干净的布帕，给宗子枭擦了擦汗。

"当然是真的。"宗子枭的眼眸极亮，像洒落了星斗，"你总说君子如兰，大哥就是君子，大哥就像兰花一样。"

宗子珩宠溺道："今晚想吃什么？"

"想吃红烧肉！"

宗子枭正嘀嘀咕咕地点菜，就听着一墙之隔外，有脚步声和交谈声渐近。俩人是修仙之人，耳聪目明，若凝神听，可以听得很远，当他们在模糊的对话中捕捉到"沈妃娘娘"的字眼时，都顿住了。

"今天帝后说那些话时，你有没有注意到沈妃娘娘的表情？"

"哎呀，看到了，要不是大殿下现在受器重，她以前哪里敢当众摆脸色？"

"是啊，沈妃娘娘是今非昔比了，不过是个无依无靠的孤女，当年可差点把性子烈的帝后气到要悔婚，现在却是母凭子贵了。"

"大殿下若能在蛟龙会上夺魁，那可更不得了了，哎，可惜二殿下，确实是不如大殿下。"

宗子珩脸色十分难看，他还未发作，宗子枭已经一跃翻墙而过，两个侍女惊呼。

宗子珩追了出去，俩人已经跪在地上求饶："大殿下、九殿下，奴婢错了，奴婢错了。"

宗子枭袖袍一甩，凌空将二人扇倒在地："嘴碎的贱婢，是不是不想要舌头了?!"稚嫩的嗓音却是威势十足。

"大殿下饶命，九殿下饶命！"

宗子珩怒火中烧："你们身为侍仆，敢在背后妄议主人，可知这是重罪？"

"大殿下饶命啊，奴婢知错了，求大殿下轻罚！"

宗子枭抬头看着宗子珩："大哥，我割了她们的舌头。"

宗子珩见两人不过十几岁的年纪，吓得缩成一团的模样，气也消了大半，他深吸一口气："罚你们……在这里跪上一夜，若有再犯，一定不轻饶。"

"谢谢大殿下，谢谢大殿下开恩！"

宗子枭皱眉道："大哥，就这么放过她们？"

宗子珩拉起宗子枭的手："走吧。"低头见宗子枭没穿鞋，他把人抱起来，返回兰园，让宗子枭坐在自己大腿上，沉默地给孩子穿鞋。

宗子枭的唇抿成一条线，突然搂住了宗子珩的脖子，俩人挨得很近，他似乎能通过大哥压抑的呼吸连接胸腔的震颤，体会到一种安静的伤心。

穿好鞋，宗子珩站了起来，神色如常："我们走吧。"

沈诗瑶自小家道中落，被先帝收留，因为天资过人，成为宗氏的入室弟子，算是宗明赫的师姐。但在十几岁的时候两人珠胎暗结，那时候宗明赫的未婚妻都还没过门，此事让两家很难堪，只好将她收作妾室，生下长子后，母子都备受冷落。

宗子珩并非不知道他们在宫中的地位和处境，但自己年岁渐长，崭露头角，结丹之后，帝君对他也越来越器重，他没想到都这么多年了，这些宫人在背后还是不饶人，若是这些话传到母亲耳朵里，她该多难受。

"大哥。"宗子枭小声说，"你别难过了，等你在蛟龙会上夺魁，看谁还敢不敬重沈妃娘娘。"

宗子珩叹道："子枭，你还小，你不懂，这世上最厉害的功法，也堵不住别人的嘴。"

"若为蛟龙，何须在意蝼蚁？"

宗子珩低头看着宗子枭，微微一笑。宗子枭的母亲貌比天仙，备受恩宠，他本身又生就上上乘的根骨，所以从小到大，没受过一丝委屈，这样不曾被磨损的傲气，真让人羡慕。

宗子枭认真地说："大哥，你不要不开心，等我长大了，所有让你不开心的人和事，我都让他们消失。"

宗子珩把宗子枭肉嘟嘟的小圆脸揉得变形："你少翘课、少偷懒、多吃青菜，大哥就会开心了。"

"那我不开心！"

"你还敢理直气壮？"

兄弟俩笑闹起来，冲淡了低沉的气氛。

如众人所期盼的那样，宗子枭在刚过九岁生日不久就结成了金丹，比宗子珩还要早半年。

若十五岁是普罗大众的成人礼，那么结丹，就是一个人正式迈入仙途的标志。只要在成人之前结丹，都代表着优越的资质和不懈的努力，何况宗家这一辈出了两个天才。宁华帝君将这一喜讯昭告天下，更为此大摆宴席，无论是为人父还是为人君，这都是极为得意的时刻。

席间，所有人都是喜悦之情溢于言表，只有帝后神色寡淡，心不在焉。她出身高门，连宗氏也要礼让三分，可惜嫡出的儿子，根骨不可说不好，但对比大哥和幺弟，就差强人意了。

沈诗瑶拉住宗子珩的手，笑吟吟地低声说："还好吾儿争气，不然坐在那个位置上，看着别人的儿子比自己的强，该多难受呀。"

宗子珩暗自苦笑。后妃之间的明暗较量，一直让他感到无奈。其实他与弟妹都交好，哪怕是二弟，两人年岁相当，一起长大，彼此间从无芥蒂，将来二弟承帝位，他与弟妹们就用心辅佐，共筑宗氏百年基业。所以帝后也好，母亲也罢，这样的比较实在没什么意义。

但宗子珩也不好扫母亲的面子，便默不作答。

"子珩，蛟龙会，你一定要夺魁。"沈诗瑶紧握住儿子的手，"子枭虽然还小，但有一天，也可能掩盖你的光芒。"

宗子珩温言道："母亲，蛟龙会儿子必当全力以赴，但我和子枭……日月各自成辉，没有谁掩盖谁。"

"日月岂能相提并论？"沈诗瑶瞪起一双杏目，声音还是一贯的绵柔，但口吻已经变了，"日月本不可同天。"

宗子珩没想到一个随口的比喻，会被母亲这样解读，他蹙眉道："母亲，我和子枭是亲兄弟，不必这般比较。"

沈诗瑶凝眸看了儿子半晌，松开了他的手，淡淡地说："你还是太年轻了。"

宴会结束后，宾客逐渐散去，大殿内只剩下宗氏族人。

宁华帝君宗明赫把宗子枭招到身前，看着幼子的眼神满是骄傲和宠爱："枭儿，今日是你结丹的庆典，为父以你为傲，你有什么想要的东西，尽管提出来。"

"儿子想要一把好剑。"宗子枭的态度落落大方，显然是自己的要求大多能被满足。

"哈哈，本座早就为你准备好了，此剑乃……"

"我要一把神农鼎淬出来的剑。"

大殿内顿时安静了。

宗子枭的母妃楚盈若呵斥道："子枭，不要胡说八道。"

上古四大法宝之一的神农鼎，能炼化世间万物，此鼎淬出来的剑，都是稀世名剑，是每一个剑修梦寐以求的宝贝。只是开一次炉，所耗极大，至少需要上百名高阶修士，同时以灵力催火，中途有一点差池就会前功尽弃。所以这鼎几十年都未必能开一次，即便是宗氏，也只会为当家人开炉。

宗子枭年幼，只想要一把人人都想要的好剑，哪里知道自己的话落在大人们心中会激起什么波浪。

宗明赫摸了摸宗子枭的脑袋："枭儿知不知道，神农鼎淬的剑，不是一般人能得到的？"

"我不是一般人啊。"

宗明赫哈哈大笑起来："本座的儿子，自然不是一般人。好，本座答应你，为你用神农鼎淬一把剑。"

殿内响起几道压抑的抽气声。

"但是……"宗明赫用手指轻点宗子枭的额心，"你要在蛟龙会上夺魁。"

"那还要等四年。"宗子枭噘起嘴。

"四年？你十三岁就想夺魁？"宗明赫呵呵笑道，"好大的口气。"

"就四年。"宗子枭倨傲道。

宗子珩看着宗子枭成竹在胸的模样，脸上不觉带了浅笑，不管这是不是大话，至少这四年宗子枭会奋发图强。

"好，本座就等你四年。"

"对了，父君，我还有一事。"

"说。"

"儿子从来都没有出过宫，大哥上次答应我，等我结丹了，可以带我出宫游玩，只要父君同意。"

宗明赫看了宗子珩一眼："是吗，你大哥要带你去哪里玩儿？"

宗子珩道："儿子可以带九弟去除祟，让他历练历练。"

"也好，你就带他出去吧，正好随你一同去蛟龙会。"

"是。"

"若蛟龙会夺魁，你有没有想过，向帝君请什么赏？"

"儿子还没想。"

"无论赏什么，都不会是神农鼎淬出来的剑。"

宗子珩凝神望着水面上自己的倒影，想着临行前与母亲的一番对话，不禁发怔。

"大哥，地瓜烤好了，好香啊。"

宗子珩回过神来："就来。"他匆匆洗了手，收敛起情绪。

离开无极宫这些天，宗子枭快要玩儿疯了，他长这么大第一次出宫，见什么都新鲜，住腻了客栈，非要在野外露宿。正好这古陀山有鬼祟作乱，宗子珩打算入了夜就去处理，便就近安顿了下来。

"大殿下，您尝尝。"烤得皮焦里嫩的地瓜被递到了宗子珩跟前。

此次出行，宁华帝君给他们派了两名高阶修士做护卫，是一对兄弟，分别叫黄弘和黄武。

宗子珩道："拿些酒来。"

黄武将酒壶送了过来，宗子珩倒上三杯酒，让给俩人："一路上辛苦二位了。"

俩人受宠若惊："大殿下，这都是属下应该做的。"

"出了宫，不必太过拘泥于礼数。"宗子珩朗笑道，"这逍遥酿可是好酒，初入喉是淡雅甘醇，但余韵无穷，所谓逍遥似神仙。我一人独酌岂不无趣？来吧。"

俩人这才接过酒杯，对饮起来。

宗子枭眼巴巴地盯着那酒："大哥，我能不能……"

"不能。"

"给我尝一口嘛，我从来都没喝过酒。"

"你才几岁，谁敢给你喝酒？"

黄弘黄武兄弟跟着笑了起来。

"出了宫，不必拘泥礼数，这是你刚刚说的。"宗子枭攀着宗子珩的肩膀，

"大哥，给我试试，真有那么好喝吗？"

宗子珩睨了他一眼，勾唇一笑："好吧，就给你尝一点点。"他拿拇指蘸了点酒，抹到了宗子枭嘴唇上。

宗子枭好奇地伸出舌头舔了一下，小脸骤变："呸，呸，好辣。"

三人哈哈大笑起来。

宗子枭怒道："难喝死了！"

"这是你自己要尝的，可怪不得别人。"宗子珩笑着把他抱坐到自己腿上，"来，喝点水。"

宗子枭咕咚咕咚喝了几大口水，终于老实了。

吃完饭，天光渐暗，兄弟俩靠在一起欣赏日落。

"大哥，那邪祟在哪里？什么时候出来？"

"那就要问它了，我们只能等。"宗子珩用手指轻轻弹了弹放在一旁的引灵符，只要鬼祟出现在方圆一里内，这符就会烧起来。

"为何世上有这么多鬼祟，除也除不尽？"

"只要有人，就会有鬼。"宗子珩道，"你是不是又没好好听课，怎么还问这种问题？"

"我这是在感慨。"

"来，我考考你，这魂与魄有何区别？民间除祟和阴间收魂，又有什么不同？"

"魂有天魂、地魂、人魂，魄分喜、怒、哀、惧、爱、恶、欲，此为三魂七魄。"宗子枭轻哼一声，"我记着呢。"

"好，继续说。"

"天魂、地魂原本就是天地之精气，人死之后，天魂归天，地魂归地，只有人魂带着人的因果业力，阴差冥将收的便是这人魂，而七魄则会在头七逐渐散去。"

"若人魂没收走，或七魄没散去，当如何呢？"

"那就变成了邪祟呗。"宗子枭对答如流，"魂与魄变成的鬼又不一样。魂无形体，只能上别人的身；魄因执念太深不肯散去，便会起尸。"

"不错。"宗子珩点点头，"若是魂作乱，百姓一般会祭拜当地城隍，请阴差冥将来收；若是魄作怪，就需要我们出马了。不过，除祟时什么情况都可能遇到，无论是魂还是魄，永远不能掉以轻心。"

"嗯。"宗子枭靠在大哥怀里，有点犯困，"那城隍是什么样的？冥府里，真的有那么多阴差冥将吗？大哥，你去过冥府吗？"

"城隍啊，不是一个人，是一个官职，每个地方都有当地的城隍。冥府嘛，其实大哥去过，大哥曾经去过罗酆山，冥府就在罗酆山，但那里有一道结界，分隔了阴阳两界，咱们活人是看不到的。"

"那有一天我们死了，是不是可以在冥界重逢？"

宗子珩失笑："提什么死不死的，太不吉利了。"

"因为，人死了，活人就见不到他了，可是我不想见不到大哥，无论是人间还是冥界，我都想和大哥永远在一起。"

宗子珩心中一暖，贴着宗子枭的脸蹭了蹭："大哥也想和小九永远在一起，可是，人死了呀，投胎转世之前，要喝孟婆汤，喝了那孟婆汤，下一世就什么都不记得了。所以人活着的时候，我们要加倍珍惜，死后就顺应天命吧。"

"那我不喝，死都不喝。"宗子枭想到自己要喝的时候已经死了，改口道，"我死活都不喝，我不要忘了大哥，大哥也不要喝，不要忘了我，转世投胎了，我就去找你，我们还做兄弟。"

宗子珩被这童言无忌逗笑了。

"我说的是真的，你答应我啊，大哥，我们都不喝孟婆汤。"宗子枭非常认真地在为这件事焦虑，一定要得到一个承诺。

宗子珩无限温情地说："好，我答应你，我们都不喝，下辈子你还来烦死我。"

"哼，说不定下辈子是我做你大哥，不，做你爹。"

"反了你了。"宗子珩抱着宗子枭胳肢起来，引来一阵又哭又笑的求饶。

半夜时分，宗子枭都已经趴在大哥身上睡着了，突然就被摇醒了。

"小九，你看。"宗子珩悄声说。

宗子枭眼底收进一丝火光，是那引灵符！他猛地跳了起来，紧张又兴奋地左顾右盼，"在哪里，在哪里？"

"沉下心来。"

宗子枭深吸一口气，将灵力扩散，向四面八方探索鬼祟的怨念，但他修为尚浅，且从没有实战过，凝神感知了半天，也没找到。

"跟我走。"宗子珩抽出剑，朝西南面飞掠而去。

宗子枭跟在大哥身后，黄弘黄武则在最后护佑。

古陀山这鬼已经侵扰当地一年之久，专门挖人肚肠，受害的至少有六七人了。但此地地处纯阳教和五蕴门势力交界处，两派素有不和，谁都不愿意管这里的事，这才导致这鬼祟被越养越厉害。

大名宗氏虽然称帝，但九州幅员辽阔，各地始终是由当地的仙门世家守护，百姓奉税以求仙门庇护，各仙门又要向宗氏纳贡。而那些偏僻的、穷困的，或夹在不同势力之间地方的百姓，往往因为奉税不够而被忽视，受尽妖魔鬼怪的祸害。

宗子珩每次外出游历，都会为百姓除害，像他这样的修士不在少数，天大地大，如此仗剑天涯、逍遥自在，才是他心中最向往的生活。

他们很快就追上了那邪祟。

宗子珩道："黄弘、黄武，你们来掠阵，别让他跑了。"此次除了要收这东西，他也想让宗子枭历练一番。

"是。"

那邪祟果然是起尸的，他的腹部被掏了一个几乎是对穿的大洞，极为骇人，尸身已经烂了一半，在盛夏的夜里散发出让人难以忍受的恶臭。

那行尸意识到威胁接近，发狂地扑向宗子枭。

宗子枭第一次面对真正的鬼，就这样形容可怖、腐臭熏天，吓得他脸色煞白，他握着剑，一时竟愣在当场。

宗子珩挡在宗子枭身前，一脚将行尸踹开，举剑就刺，那行尸的速度比俩人想象的都快，反身闪避后，又扑向宗子枭，他显然是知道在场谁的灵力最弱。

"小九，拿符来！"

宗子珩手挽剑花，将那行尸接连逼退，却不急着制服他。

宗子枭终于回过神来，想到自己刚才竟吓傻了，一时羞愤，从怀里掏出一张符，上面用朱砂写着伏魔诀，他转到那行尸后方，将符打了出去。

那行尸感受到背后的灵压，快速闪避，他发出凄厉的号叫，那烂得只剩下两个黑黢黢的洞的眼睛，凶狠地"看着"宗子枭。

宗子枭咬了咬牙，挥剑击了过去。

行尸伸出十指利爪，抓向宗子枭。

一道白影飞过，抱起宗子枭躲过行尸的攻击："小九，不要怕，有大哥在，再试一次。"

宗子珩在前方与行尸缠斗，宗子枭再掏出一张符，故技重施，想要偷袭行尸的后背。

那行尸也早有准备，一察觉到灵压，就飞身闪躲。

这一次宗子枭却没有退，他目露凶光，小小的身体原地弹射而起，趁着行尸被宗子珩和符箓前后夹击，闪躲不及时，欺近后方，一剑狠狠挥出。

一颗脑袋飞上了半空。

宗子珩呆了呆。

第一次除祟，他不想给宗子枭留下太可怕的印象，所以以降伏为主，却没想到宗子枭天生带股狠劲儿，抓到机会直接砍头。

头颅落地，行尸也应声倒在了地上。

宗子枭持剑而立，小胸脯剧烈起伏，脸上汗出如浆，显然是心有余悸。

宗子珩走了过来："小九，你没事吧？"

宗子枭摇摇头："大哥，我不怕。"

宗子珩摸了摸他的脑袋："你怕也没关系，大哥第一次面对邪祟，也怕得要命。"

"真的吗？"

"真的。"

宗子枭笑了一下："但我真的不怕，至多有点紧张，有大哥在，我知道什么东西都伤不到我。"

宗子珩也笑了："你表现得很好，亲手了结这邪祟，父君知道了，肯定会很高兴。"

"大殿下。"黄武正在检查行尸，"有些古怪。"

俩人走了过去。

黄武皱眉看着那行尸，又看了看自己的兄弟，询问道："你觉得呢，像不像？"

"像。"

"怎么了？"宗子珩不解道。

黄武道："回大殿下，这人的伤，看着像是个被挖了金丹的修士。"

宗子珩一惊，蹲下身来，仔细查看那行尸的致命伤。由于腐烂的缘故，具体的位置已经无法确定，但无疑是在腹部一带。他第一次见到传闻中被窃丹的修士，没什么经验，但这两兄弟行走江湖，见多识广，他问道："你们是怎么看出他被挖了金丹？"

黄弘道："大殿下，您看，他的腹部开了这么大一个窟窿，虽是因为腐烂，但死时这个地方肯定有很大的伤口。此外，除了丹田一带，其他地方多处有伤，却都不致命，好像故意要留他性命，这修士的修为不浅，如此轻敌的打法很可能会搬石砸脚，冒这样的险，多半是因为挖人金丹，必须是活人生挖，人一死，灵力跟着溃散，金丹就没用了。最后，这行尸专门挖人肚肠，显然是怨念执着所致。窃丹贼屡杀不尽，我们也算见过几个，被害的修士，死法跟他都差不多。"

"这些魔修真该千刀万剐。"宗子珩咬牙道，"偷人毕生修为，还要害人性命。"

黄武叹道："皆是因为人丹的诱惑太大，越厉害的修士练就的人丹，增补越厉害，听说顶级的人丹，甚至能改变人的根骨。"

"根骨不是天生的吗？"宗子枭看着那行尸，想到被人活生生挖走金丹的绝望，不寒而栗。

"金丹凝结的是一个人先天的资质和后天的修行，吃下这样的人丹，就等于吃掉了修士先天、后天的部分精华。据说，被挖了金丹的人，投胎转世，都无法再结丹。"

"自专修此道的邪教天枢被剿灭后，窃丹魔修已经很少在修仙界出没，再碰到此类魔修更是人人得而诛之，没想到他们还是如此胆大包天。"宗子珩看着这枉死的修士，心中生出怜悯。

"天枢教被连根拔除后，此类魔修确实少了许多，但不可能完全消失，其实……"黄武欲言又止。

"怎么？"

"十几年前兖州出过一起与窃丹有关的惨案，不知大殿下是否听说过？"

"不曾。"

"大殿下当时年幼，没听过也正常。那是个小门派，但也是正道仙门，那掌门为了给自己的儿子改根骨，竟骗杀了他三十年的挚友。"

宗氏兄弟都僵住了。

黄弘面色沉重："他把那修士灌醉，挖了对方的金丹，毁尸灭迹，后来事情败露，被寻仇的屠了满门。"

宗子珩听得头皮发紧。人之恶，远胜鬼祟。

"所以，并不是只有专营此道的魔修才会窃人金丹，江湖上有专门的'猎丹人'，金丹要价极高，不是一般人负担得起的，这些修士的金丹最后到底被谁吃了，哪里说得准呢？"

黄弘的话留了几分，没有说破，但在场人岂会听不懂？难道那些正道的修仙者，就从来没有对人丹动过心吗？

宗子珩看着那修士惨不忍睹的尸身，想他生前多半也有过兼济苍生的豪情、问道修仙的理想，自懂事之日起就刻苦修行，风雨无阻，毕生付出换来的成果，却被人残忍掠夺，最后甚至不能入土为安，沦落成一具祸害百姓的行尸走肉，同为修仙者，这样的悲剧令人无法不共情。

宗子珩心里堵得慌，他道："我们途经此地，刚好碰上他，也算一种缘分，他也是受害人，渡人渡到西天，此事不该就这样了结。黄弘、黄武，天亮了，你们分别去一趟纯阳教和五蕴门，令他们调查这位修士的死因。一是找到凶手，阻止他再作恶；二是查出这修士的身份，送他回乡安葬。"

"是。"

"大哥。"宗子枭拽了拽大哥的衣角，"为什么有人要用这种害人的方式修行？"

"……因为这世上有坏人。"

❧··· 第四章 ···❧

此次承办蛟龙会的是蜀山无量派，兄弟二人从大名府出发后，一直骑马而行，一路游山玩水，走走停停，时间本是很充裕的，但现在为了调查这起窃丹案，他们要在古陀镇耽搁上几日，打算到时候直接御剑前往蜀山。

晚些时候，黄弘、黄武回来了，脸色都不是很好看。

"怎么样？"

黄弘道："这纯阳教和五蕴门都应承了，但言辞间却还在互相推诿，不知道会不会认真查。"

宗子珩皱眉道:"不行我亲自去一趟。"

"大殿下,您还是别去了。"黄武面有难色。

"怎么了?"

"纯阳教以古板固执而闻名,几次拒绝大名府的政令,失礼于帝君,而那五蕴门,表面上是圆滑许多,但已经有两年没有奉税,找各种借口拖延。我怕大殿下去了,只是惹一肚子气。"

宗子珩沉默起来。

宗氏先祖曾经靠宗玄剑法名动九州、问鼎仙界,打下了之后的百年基业,可连续三代没能出绝顶天骄的宗氏,已经难以维系往日荣光,各仙门世家对他们的抗拒,也越来越明目张胆。这些都是宗子珩在外游历才知道的,现在纯阳教和五蕴门,都没把他这个长皇子放在眼里,他更能明白父君为什么一定要他在蛟龙会上夺魁,那是为了昭示天下,大名宗氏后继有人。

"他们身为驻守本地的仙门,一不管修士被窃丹而死,二不理百姓对邪祟的求助,如此冷漠失职,修的是哪门子道?"宗子珩面显愠色,"超脱红尘不等于避世,只顾自己飞升,无视人间疾苦,岂不违背了修道的初心?"

"大殿下说得极是。"

宗子枭道:"大哥,他们不查,我们自己查。"

"好,我们自己查。"

四人花了两天时间,走访了古陀山附近的几个村镇,略有所获。符合他们描述的,只有一个一年多前曾在古陀镇出现过的修士,约莫四十岁,皮肤很黑,身上没有明显的门派标志,一人独行,有可能操着闽南口音,除此之外,再没什么有用的线索了。

虽然不算一无所获,但要靠这些查出那修士的身份,以及被何人所害,至少这几天工夫是肯定来不及的。

两天之后,纯阳教派了人来,一是向宗氏兄弟请好,二是报来一些他们调查到的线索。,看来怠慢是怠慢,推诿是推诿,但纯阳教至少查了,可惜他们掌握的也有限,但已经同时飞书给华英派协助调查,华英派乃是建州一代最大的仙门。

黄武道："看来这童男教还是比五蕴门实在一些。"

宗子枭好奇道："什么童男教？有全是小孩儿的教派？"

宗子珩刚喝下去的茶差点喷出来。

黄弘瞪了自己弟弟一眼："当着九殿下的面口无遮拦。"

黄武微讪。

"大哥？"宗子枭不解地看着宗子珩。

宗子珩轻咳一声："他们说的是纯阳教，纯阳教以武修为主，修的是纯阳之体，所谓纯阳之体就是……修元阳，然后……"他说到最后，也不知道该如何解释合适，又好气又好笑地瞪了黄武一眼。

"纯阳之体？到底是什么意思呀？"宗子枭正是喜欢刨根问底的年纪，自然不会被虚晃过去。

"就是要修他们的功法，就不能成亲。"黄弘委婉地说。

那纯阳教修纯阳之体，功法的奥义就是要保元阳完整，一旦泄了元阳，功法立破，除非从头开始修行他法，否则再无精进的可能，因而一生都要清心寡欲，不能近色。这纯阳功法虽然大有所成，在修仙界始终有举足轻重的地位，但愿意修这功法的人还是不多，毕竟外人看他们，简直是了无生趣。

宗子枭也不知道听懂了没有："大哥，你为何不修这功法？"

宗子珩失笑："我为何要修？"

"你修了纯阳功，是不是就不会成亲了？"

"嗯？"宗子珩费解道，"难道你不想我成亲？"

"不想。"

"为什么？"宗子珩捏了捏他的脸，逗弄他，"你不想有一个温柔漂亮的嫂嫂，说不定做饭比大哥还好吃。"

"不想。"宗子枭很认真地说，"二哥说了，你成了亲，我就不能和你在一块儿了。"

"哈哈哈哈。"宗子珩忍不住笑了，"难不成你要一辈子粘着大哥，你以后也要成亲的。"

宗子枭的小脸都快皱成一团了："那我就不成亲，我们都不成亲，不就可以一直这样吗？"他还不懂成亲的真正含义，只知道如果有一个人出现之后，他和大哥就不能像现在这般亲近，那就不对，他不允许。

黄武笑道："九殿下，您不想成亲可以，但大殿下已经到了婚配之龄，听说这次蛟龙会，帝君就要给大殿下物色一位千金呢。"

宗子珩笑道："真的吗？我怎么没听说？"他正是青春萌动之时，对情爱也有幻想，但对未来的妻子却没有想象，毕竟，这轮不到他做主。

宗子枭怔怔的，不说话了。

"帝君和沈妃娘娘是担心您分心，所以没说吧，我是听惠能长老说的。"黄弘道，"若大殿下在蛟龙会上夺魁，又与哪位高门千金订下婚约，那真是喜事成双啊。"

宗子珩略有些不好意思，心中却隐隐期待。

宗子枭狠狠推了宗子珩一把，扭头跑了。

"哎……"宗子珩被推了个趔趄，差点从椅子上栽下去，"这孩子，太惯着他了，没大没小的。"

宗子枭闹起了脾气，晚上不肯吃饭，也不跟宗子珩一起睡了，非要再开一间房。宗子珩只当他使小性子，没当回事，让店小二把饭留好，以备他半夜饿了找吃的。

到了午夜时分，宗子枭也没出屋，宗子珩就在他隔壁，正犹豫着要不要去哄哄他，自己又犯起了困，迷迷糊糊就睡着了。

不知睡了多久，宗子珩突然惊醒了，他感觉到一阵灵压混杂着杀气正在逼近，他们宗氏的归元心法，能让人对危险的感知变得敏锐。

宗子珩翻身而起，他不管那是什么，首要的就是确保宗子枭的安全。

宗子珩破门闯入隔壁，一个小小的身影从床上弹坐而起："谁?!"

宗子珩心中稍安："小九，是我，快穿上衣服。"

"……啊？"宗子枭还迷糊着。

门外忽地传来一阵打斗声，宗子珩顾不上衣服了，一手持剑，一手抱起宗子枭，跑出了客房："黄弘、黄武……"他脚步一刹，僵住了。

他们的客房在二楼，虽是位于最南面，但这个客栈很小，应是几步就能走到楼梯口，可两人分明看到眼前的走廊像是被用力抻开的绳子，诡异地变长了许多，而那楼梯口也跟着跑到了很远的地方。

宗子枭揉了揉眼睛，以为自己睡糊涂了，就连宗子珩一时也怀疑这是不是在做梦。

"大殿下！"黄弘的声音让俩人回过神来。

黄弘就在楼下，宗子珩低头看去，更觉毛骨悚然，原本不过二层楼的高度，怎么俩人之间的落差至少有三四丈？

"大殿下，我们被埋伏了，你一定要抓紧九殿下，千万不要跟他分开。"

"这……这是怎么回事？"宗子珩循着打斗的声音想要找到黄武，"黄武呢？"听来明明是很近的，可就是看不到人。

黄弘咬牙道："我们都在这个客栈里，但是彼此碰不到对方，这是鲁班的法宝，公输矩。"

宗氏兄弟对视一眼，都惊讶得说不出话来。

修仙界的法宝，大体可分为三类。最厉害的自然是上古四大法宝，其下是千古留名的地祇们创造出来的法宝，被一代代流传下来，最后一类，则是当代英杰炼造的法宝。

那上古四大法宝，即便是登峰造极的天骄，又有幸寻得，能够发挥出来的力量也仅是皮毛，否则神农鼎也不会需要百名高阶修士护炉火了。百万年过去了，也只有两样现世，一是化作仙山的神农鼎，一是蒙尘于宗氏藏宝库、无人能驭的山河社稷图。

而新炼造的法宝，功能五花八门，效力参差不齐：有的只供大仙门世家，有的专为某一人打造，有的人手一个，比如乾坤袋，有的出自顶级宗师之手，如麟角凤毛，有市无价。

在这种情况下，那些地祇们流传下来的法宝，一无主，二无价，且样样都大有神通，是修士们毕生的追求，能者得之，为抢夺法宝而引来的血腥杀戮，从来不比窃丹少。

这公输矩，就是鲁班留下来的一把神尺，可以在一定时间和范围内，改变死物的尺寸，使用者修为越深，这范围就越大，一旦入局，如同落入对方股掌之间，哪怕出口近在眼前也出不去。

他们从前只在书上读到过公输矩，没想到有一天会亲身体会这法宝的厉害，能得此宝，又能操控一个客栈的，绝非易与之辈，对方是何人，想干什么?!

宗子珩稳了稳心神，朝楼梯口跑去，可这走廊却像是与他赛跑一般，怎么都拉近不了距离。低头一看，并不是楼梯口在远离他，而是他几乎在原地踏步，他想从二楼跳下去，又摸不准那施术者到底能将这落差拉到多大。

"大哥，你放下我吧。"宗子枭挣扎起来。

"不行，来人想将我们逐个击破。"宗子珩道，"小九，大哥背着你，无论发生什么事，你千万千万不能松手，知道吗？"

宗子枭趴到宗子珩背上："知道了。大哥，这到底是……"

"我也不知道是怎么回事，别怕，有大哥在。"

别怕，有大哥在。

好像只要听到这句话，宗子枭就能立刻安心下来，在他的认知中，大哥无所不能，有大哥在，就不需要怕。

黄弘试图跑上楼，却也根本办不到，那施术者真是好计谋，将他们分隔开来，彼此无法相顾，否则以他们的实力，一般人根本奈何不了。黄弘喊道："大殿下，我去找那施术者，他一定就在客栈内，你们当心。"

"好。"宗子珩想了想，决定退回客房，虽然不知道来者目的为何，但必然是冲着他们俩来的，有宗子枭在，需以守为主。

然而背后灵压立显，数名黑衣蒙面人从窗户外跳进了客房，直逼兄弟二人而来。

宗子珩袖袍一甩，两扇房门"砰"的一声齐齐合上，他咬破手指，以血虚空画符，打在了门上。这血灵符是能将符箓的威力发挥到最大的媒介，同一个符咒，以血画和以朱砂画，效用差别很大，当然，施术者的损耗差别也同样大。那房门被施了强结界，暂时成为一道屏障，可里面的人轮番冲撞，也撑不了多久，他们被困在这窄窄的走廊上，处境十分不利。

"大哥你看，走廊距离变短了。"宗子枭道，"那施术者必然是东挪西凑，才能巧妙地将我们困在三个不同的地方，他也很吃力。"

"没错，这法宝极耗灵力，我看他能撑多久。"宗子珩再次试图下楼，黄弘、黄武两个高阶修士不好对付，这场伏击不会持续太久，只要坚持到对方收了法宝，现出真身，再回击不迟。

这一次，他虽然也跑了很久，但最终还是让他跑到了楼梯口，他想尽快下楼与他们会合，可刚刚踏下楼梯，两片踏步之间的罅隙陡然变宽，他一脚踩空，向下坠去，而脚下的地面深深下陷出一个黑不见底的洞，洞很窄，却根本就是为他们量身准备的。

宗子珩挥剑刺向楼梯扶手，借着这一点点力，身体用力旋拧，暂缓了一刹那的坠势，他抢起宗子枭的胳膊，将人抛了上去。

宗子枭的身体荡了半圈，两条腿钩住扶手，另一只手紧紧揪住宗子珩的衣袖，将人拽了回来。

下一瞬，踏步开始闭合，且变成两块又厚又长的大木板，眼看就要将宗子珩夹住。宗子珩的目光依旧沉稳，剑光飞舞之下，大木板眨眼间被削成了一堆木片。

"大哥！"宗子枭惊叫。

宗子珩转头一看，宗子枭的脚腕被畸变的楼梯扶手缠住了，整个人被向后拽去，两人紧握的手一松，宗子珩脸色骤变，他不顾一切地扑了过去，再次抓住弟弟的手。他挥剑砍断扶手，将人紧紧搂进怀里，紧张得心脏猛跳："小九，你没事吧？"

宗子枭尚来不及发出一个音，只见适才被宗子珩削得七零八落的木片，变作一柄柄尺来长的尖木，骤雨般从四面八方朝两兄弟刺来。

宗子珩抓住宗子枭的腰带，将人抛扔回了二楼，一身灵力蓬勃，宗玄剑法随势而发，将那些尖木一一斩落。

然而……

"大哥——"

宗子珩只觉一阵剧痛，一柄尖木插进了他的大腿，尽管没有伤到骨头，但透肉而过，顿时血流如注。

就在此时，结界破了，房门四分五裂地飞了出来，几名黑衣蒙面人冲出客房。

宗子珩咬牙拔掉尖木："小九，快过来。"

宗子枭飞身从二楼跳了下来，这一次与地面的落差没有变化，因为那些黑衣人也同时下了楼。宗子枭看着宗子珩的裤子上全是血，急哭了："大哥，大哥……"

"没事。"宗子珩单手掐了个凝血诀，然后拉起宗子枭就跑。

这一跑，牵动了伤口，血自然止不住，且每一步都是钻心地痛。宗子珩循着声音想找到他的护卫，打斗声是从后厨传来的，可就这么几张桌椅的距离，再次变得遥不可及。

而身后的追杀者却是缩地而来，眨眼间就到了他们背后，宗子珩将宗子枭挡在身后，他厉声喝道："你们是谁，可知我们是什么人？"

"宗天子的两位皇子嘛。"一个黑衣人冷笑道，"找的就是你们。"

"你们想干什么?!"

"金——丹。"

宗子珩瞳孔收缩，浑身发寒，他们竟然碰上了窃丹魔修？这会不会与他们这两天调查的那名修士的死有关？"你们想要我的金丹？取了我的丹，你们会被整个修仙界追杀。"

"呵呵，大殿下怕是没听懂，我要的，是你们两个的金丹。"

宗子珩目眦欲裂："我弟弟刚刚结丹，你们要一个九岁孩童的金丹有何用?!"

"小殿下的金丹虽然灵力浅，但他根骨好啊，这先天的上上乘根骨，可比几十年的修为稀罕多了，再说，等他长大了，取起来就太费工夫了。"

闻言，宗子珩下意识地用身体挡住了宗子枭，恨不能让这群人看不见他。

"畜生！"宗子枭怒叫道，"你们这群畜生，我就是化作厉鬼也绝不放过你们！"

黑衣人狂笑两声，扑了上来。

宗子珩右腿已伤，还要护着一个人，以一敌众，被逼得节节败退，若不是那些人要活取金丹，没有下杀手，他根本撑不了太久。

很快地，宗子珩身上多处负了伤，一身白衣浸染鲜血，宗子枭几次想要冲出来，都被死死护在背后，他的哭喊声就在耳边，可宗子珩失血过多，眼前发花，已经渐渐听不清了。

"小九，别怕……"宗子珩退到无路可退，剑横胸前，将宗子枭挡在自己和墙壁之间，依然颤抖着说，"有大哥在。"

黑衣人执剑袭来，宗子珩周身灵压暴涨，衣袂无风飞舞，他瞳眸凝血，灵力奔涌倾注于手中长剑，一招释出，灵压化作有形之剑弧，有横扫千军之威，锋锐不可当。

所有黑衣人都被那万钧之势撞飞了出去，地面砖飞土扬，桌椅碗碟尽数崩碎，就连大堂内做支撑的两根大木柱也惊现道道裂痕，随时可能折断。

宗子枭震撼不已，喃喃道："七重天……"

宗子珩刚刚参悟宗玄剑法第七重天，还不能驾驭，这一招诚然是威力巨大，却透支了他的灵力，他口吐鲜血，身体摇晃着跪了下去。

"大哥！"宗子枭扶住宗子珩，无助地哭喊着。

"快……跑……"宗子珩推了宗子枭一把，"跑。"

"不要，大哥，我们一起走，我们一起走！"

"跑！"宗子珩用尽力气将宗子枭推了出去。

那群黑衣服都受了重伤，但有两个人已经挣扎着在爬起来。

宗子枭坐倒在地，满脸是泪地看着自己的大哥，却不肯走。

"走啊！"宗子珩浑身浴血，表情狰狞而绝望，像垂死的兽。

宗子枭将嘴唇咬出了血，他一把抹掉眼泪，从地上爬了起来，夺门而出。

宗子珩挡在门前，恶狠狠地说："想要……我的金丹，就……放了我弟弟，否则……"他将剑抵住自己的脖子，"让你们白忙一场。"

黑衣人果然顿住了脚步："好，那你就自己把金丹挖出来吧，小殿下的金丹，哪里比得上大殿下的，如此年少就能突破宗玄剑法第七重天，留你不得。"

宗子珩感受着体内的金丹，灵力充沛时，它如灵湖气海，汹涌澎湃，自结丹至今，它不仅是自己毕生修为之凝晶，更像是生命力的源泉，一个修仙者失去了金丹，同死了又有什么区别？

宗子珩闭上了眼睛，满是血污的手，覆在了丹田处。

岂能让你落入歹人之手？

倏地，一把剑从窗户外飞了进来，直取梁柱。

本就被宗子珩的剑气劈得摇摇欲坠的木柱再也承受不了这一击，一声巨响，从中折断。

这根一断，另外一根更难以独自承重，也跟着断裂，整间客栈在隆隆巨响中坍塌。

宗子珩就在门口，奋力逃了出去，身后传来几声惨叫。

他滚倒在地，眼见着砖瓦木石从头顶砸落，却已经无力闪避。

一只小手突然拽住他，将他拖出去老远。

宗子珩抬头一看，是宗子枭。

"……是你？"

"大哥，起来。"宗子枭想要将人扶起来，却也没了力气。

宗子珩灵力耗尽，失血过多，全凭意志吊着最后一丝神志才没有晕过去，他虚弱地说："不是叫你……跑……"

"我怎么能扔下你自己跑，我要和大哥共进退。"

宗子珩已经无力回答，此时恐怕还没有脱险，他只希望宗子枭尽快离开。

"大殿下、九殿下！"

听到黄弘、黄武的声音，紧绷的弦终于松了下来，宗子珩的视线渐渐模糊，直至一片漆黑。

在宗子枭的记忆中，大哥一直是兰花香味儿的，衣服是香的，头发是香的，被子是香的，整个人都是香的。

可是现在，那幽淡沁雅的兰花香不见了，只剩下药石的苦和鲜血的腥，被浸泡在这种味道里的大哥，苍白得几近透明，好像随时会消散。

宗子珩昏迷了两天，宗子枭就在床边守了两天，直等到他醒来，突然如同噩梦惊醒一般慌张地叫着"小九"。

"大哥，大哥，我在这里。"宗子枭轻轻按住大哥的肩膀，防止他乱动牵拉伤口。

宗子珩的目光渐渐找回焦点，在看清了眼前人后，他的身体软了下去，剧痛随之蔓延全身，他忍着没有吭声，只是茫然地盯着头顶的帷幔："你……我……"

"我没事，你受伤了，但是你的金丹还在，大哥，他们没有得逞。"宗子枭握住宗子珩的手，眼圈又湿了。

宗子珩长吁出一口气，轻轻捏了捏宗子枭热乎乎的小手："我在哪里？"

"我们在鄂县，这里是纯阳教在鄂县的分部，是黄弘、黄武带我们来的。"

"他们没事吗？"

"他们也受伤了，但只有大哥伤得最重。"宗子枭愤然道，"他们身为护卫，护主不利，真是废物！"

"事出突然，也不怪他们。"宗子珩想起客栈发生的事，仍然心悸，"那公输矩，好厉害……对了，人抓到了吗？"

宗子枭失望地摇头："当时怕有危险，便先离开了，待安顿好后，他们带着纯阳教的人回去一看，客栈被一把火烧了，虽然挖出了几具尸体，但什么都辨认不出来，施术者肯定跑了。"

正谈着话，黄弘、黄武敲门而入，见宗子珩醒了，如释重负，两人跪在床前，惭愧道："属下护卫不利，实在无颜见大殿下。"

宗子枭怒道："这话你们留着跟帝君说吧。"

"敌在暗，又是有备而来，你们不必太过自责。"宗子珩问道，"帝君来了？"

"帝君昨日已抵达蜀山，蜀山离这里不远，应该很快就会到。"

"蜀山……"宗子珩猛然想起什么，"蛟龙会！"

黄弘不忍道："大殿下，蛟龙会已经开始了。"

宗子珩脑中一片空白。

蛟龙会已经开始了，而他还躺在床上。

四年前的蛟龙会他才十二岁，当时只能小试身手，主要是去见见世面，而这一届的蛟龙会，是他最后的机会，所有人都对他寄予厚望，他自己亦是成竹在胸，誓要一举夺魁，为大名宗氏寻回昔日荣耀。

可如今却来不及了，他竟错过了这么重要的事，他要如何面对父君和母亲？

宗子枭安慰道："大哥，你不要想这些，好好养伤就是。你能够参悟宗玄剑的第七重天，同辈之中哪还有敌手，得不得那虚名有什么要紧？"

宗子珩的眼眸如熄灭的灯火，黯淡极了："父君和母亲，会很失望的。"

"不会的，他们不会怪你的，父君一定会把那些魔修都找出来，为我们报仇！"

宗子珩缄默不语，心伤比身伤要痛苦得多。从小到大，他一直将蛟龙会当作最大的目标，因为所有人都说，身为大名宗氏的皇长子，他必须在蛟龙会上胜过其他世家子弟。

岂料老天爷会这样戏耍他，让他的努力化作一场空。

黄武道："大殿下，九殿下说得对，您天资之优越，后天之勤勉，根本无需别人来证明。"

"那我该如何证明呢？"宗子珩幽幽道。

屋内一时沉默。

黄弘轻咳一声："大殿下，纯阳教的掌教大师兄从荆州赶来，调查我们在古陀镇客栈遇袭一事，您是否要见他？"

宗子珩闭上眼睛，摇了摇头："我累了，你们先出去吧。"

黄弘、黄武两兄弟退了出去。

宗子枭依旧守在床边，眼睛一眨不眨地看着宗子珩，将他的痛苦、他的失意、他的懊悔都一一收入眼中，心里沉甸甸的，很是难受。好半天，他才嗫嚅出声："大哥，你疼不疼？"

宗子珩轻声道："不疼。"

"骗人。"

宗子珩勉强一笑："那你还问我。"

宗子枭握住宗子珩的手，咬牙道："大哥，是我太没用了，帮不了你。"

"不准你这么说，最后可是你一剑弄塌了客栈，救了大哥的命呢。"

"可是，他们围攻你的时候，我什么忙也帮不了，反而拖累你。"

"你没有拖累我，无论有没有你，我们都难逃这一劫。"宗子珩想起那几个黑衣人说的话，身上的伤口再次狠狠抽痛起来，"这帮魔修，竟狂妄至此，连我们的金丹也敢觊觎，天下修士又有谁人是安全的？"

"待父君抓到他们，定要将他们千刀万剐！"宗子枭只觉恨意滔天，他从来没见过宗子珩这样脆弱落拓的模样，那个温柔爱笑又仿佛无所不能的大哥，竟被伤成这样！

宗子珩想起自己错失的蛟龙会，就算抓到那帮人，时光也不可逆流。

宗子枭爬上床，将脸轻轻贴着宗子珩的肩膀，抽了抽鼻子，小声说："大哥，我再也不翘课了，再也不偷懒了，以后都听大哥的话，我会变得很厉害很厉害，再也没有人可以伤害大哥。"

宗子珩轻轻握着弟弟的手，想着至少他们兄弟二人都死里逃生，已经是不幸中的大幸，心中顿时安慰了许多，他浅笑道："好，小九更懂事了。"

晚些时候，宗子珩勉强能起身了，吃过晚饭，宗子枭正在喂他吃药，就听一阵急促的脚步声从屋外走近，接着，门被粗暴地推开，"咣"的一声撞在墙上。

"父君！"

宗明赫看着宗子珩，脸色阴沉，眼里全是怒意。

"父君，我……"

"你为了一个没名没姓的行尸，滞留那穷乡僻壤，暴露身份，惹来魔修，害得你弟弟跟你涉险不说，还错过了蛟龙会，你蠢不蠢?!"

屋内一片死寂。

宗明赫直冲而来的怒火令宗子珩感到一阵烧心烧肺的痛。

他身为长子，被迫早慧而懂事，可毕竟也只有十七岁，此时九死一生，重伤卧床，满以为父亲至少会安慰他几句，没想到……

宗子枭率先缓过神来："父君，这怎么能怪大哥，他……"

"你闭嘴!"宗明赫厉声道，"你知不知道蛟龙会的重要性？你知不知道此战你只许胜不许败，你知不知道身为长子，你肩负的是复兴宗氏的使命？结果你倒好，为了什么乱七八糟的破事，竟生生把蛟龙会错过了，我生你何用?!"

宗子珩眼圈一红，他僵硬的十指紧紧抓着被子，嘴唇嚅动着说不出话来。

宗子枭腾地站了起来："父君，您……您为何说这种话？我们遭到袭击，大哥险些就没命了呀!"

"那该怪谁？此时你们应该在蜀山云巅，而不是这里。蛟龙会和一具行尸，孰轻孰重，你难道都分不清？谁让你多管闲事？是谁要查的，是谁要留在那客栈的，是你弟弟吗，是黄弘、黄武吗?!"

宗子珩颤声道："是……儿子。"

"你不仅错过了蛟龙会，还让子枭跟着你涉险，是你把他带出来的，如果他有个三长两短，你拿什么交代?!"

"……是儿子的错。"宗子珩忍着眼泪，颤巍巍地掀开被子，想要下床。

"大哥，你不要动!"

宗子枭急忙搀扶，却被宗子珩推开，他忍着一身伤痛，执意爬下了床。

宗明赫冷眼看着自己的长子，艰难地跪在了自己面前。

宗子珩深深叩首，声音抖得不成样子："儿子错了，让父君失望了。"

宗明赫却没再看他："子枭，跟本座回大名。"

"可是大哥……"

"走。"

"不要，我要陪着大哥!"

"黄弘、黄武。"

"是。"

黄弘虽是为难，也不得不过去将宗子枭抱了起来。

宗子枭愤怒地踢打起来："你滚开，不要碰我，滚开！大哥——"

宗明赫拂袖而去，宗子枭也被带走了，转瞬间，屋内只剩下宗子珩一人，他还维持着跪地的姿势，头颅低入尘埃，半晌，肩膀微微抽动起来。

宗子珩在鄂县养伤半个月，一直是纯阳教的人在照顾他。宗明赫派了太微长老来与纯阳教一同调查他们遇袭一事，但他只见过太微长老一次，回答了很多当日的细节，倒是纯阳教的掌教大师兄许之南，来看过他几次。

修仙之人本就青春长寿，这纯阳教因为修习清心寡欲的功法，还要加个"更"字，阳寿百年者屡见不鲜，许之南该是半百之人了，但看起来仍是年轻俊逸的翩翩公子，他也不像大多纯阳教众那般冰冷刻板，为人圆融一些，不出意外的话，他便是纯阳教的下一任掌门。

这一日，宗子珩正在整理衣物，他的伤势调养得差不多了，想早点回大名，免得母亲和弟妹们担心。

正巧许之南上门探望他。

"真人。"

"大殿下。"

俩人互行揖礼。

"大殿下这是……"许之南见宗子珩把床褥铺得平平整整，没有一丝褶皱。身为纯阳教的掌教大师兄，他半生都在与宗氏之人打交道，骄纵跋扈者有之，颐指气使者有之，媚上欺下者有之，众仙门受压制几百年，真是天下苦宗氏久矣，却没想到宗氏的皇长子如此温润疏朗，叫人很难不心生好感。

"叨扰数日，晚辈也该告辞了。"宗子珩诚挚地说，"这些天多亏真人照料，我这伤才能好得这么快，这份恩情晚辈铭记在心。"

"大殿下客气了，只是您的伤还没有痊愈，不必急着走，不如再休养几天。"

"这么久不回去，母亲该担心我了，我弟弟也从小离不开我。"

"如此，就不挽留了，我会派几名弟子将您护送回大名。"

"不必麻烦了。"

"请大殿下不要拒绝，两位殿下在古陀镇出事，我纯阳教难辞其咎，我必须确保大殿下平安回家。"

"那就多谢真人了。"宗子珩道，"也请真人代我向掌门仙尊问好。"

"家师已经闭关多年，我代师尊心领了。"

宗子珩笑了笑："我师尊也闭关三年了。"

"大殿下好像是师从……"

"对，我大伯，他正在闭关突破宗玄剑第八重天。"

许之南点了点头，若有所思："八重天……大殿下如此年少，就已经突破了七重天，同辈中当为翘楚，后生可畏啊。"

宗子珩淡笑不语。他大伯突破七重天时，也不过二十几岁，但又过去了二十年，依然止步不前，从七重天到八重天，就是宗氏子孙能否问鼎仙途的那道龙门，宗氏已经有三代无人达到八重天。而先祖曾臻至化境的九重天，早已变作遥不可及的传说。

"真人，窃丹贼一事的调查，若有消息，可否飞书于我？"

"我今日来正是想告诉大殿下，我们查到了一些线索。"

宗子珩心中一紧。

"那公输矩，曾被昆仑苍羽门一位长老所得，大约八九年前，此人在除祟时意外身亡，公输矩下落不明。近几年，江湖上流窜一个专门猎丹的组织，名叫狮盟，已经残害了多名修士，据幸存者描述，为首之人的法宝可能就是这公输矩。苍羽门一直在追踪狮盟，认为此人与那位长老的死有关，可此人神出鬼没，无人知晓其身份和功法路数，至今逍遥法外。"

宗子珩沉声道："猎丹……我听说这些猎丹人，通常喜欢找散修下手。"

"对，若是害了大仙门的修士，定然要被追查到底，后患无穷，除非……"

"除非有人悬赏。"宗子珩的眸中凝了寒霜，"有人重金悬赏我和我弟弟的金丹。"

"多半如此。"许之南正色道，"以大殿下和九殿下的身份，又有高阶修士护卫，一般人不敢进犯，更别提要取金丹了，除非有巨大的好处。"

宗子珩心中堵得厉害，他不曾与人结仇，宗子枭更只是个孩童，是何人如此丧心病狂？何人要害他们?!

"大殿下，有一些传闻，说那狮盟的人，是苍羽门的叛徒，在除祟时偷袭那长老才得手，但苍羽门碍于颜面，又或其他原因，不肯承认，若要找到此人，恐怕少不得苍羽门的配合，太微长老打算亲自去一趟苍羽门，希望能有所获。"

宗子珩叹了一声："多谢真人，我……告辞了。"

宗子珩在纯阳教修士的护卫下，御剑飞回了大名。

他一进无极宫，就直奔清晖阁，在这深宫中，母亲极依赖他，他还有弟弟妹妹，可母亲除了他，这世上已经没有别的亲人了。

"母亲。"刚踏入清晖阁，宗子珩就迫不及待地喊道。

沈诗瑶匆匆跑了出来，见到宗子珩的瞬间，神色几经变化，担忧、愤怒、悲切、痛恨，一张柔美明艳的脸生生扭曲了。

宗子珩的心一沉。

沈诗瑶对着迎上来的儿子，甩手就是一个响亮的耳光。

宗子珩被打蒙了，维持着偏着脸的姿势，久久没有动作。

沈诗瑶又一把抱住宗子珩，哭道："你为什么要错过蛟龙会，你为什么要错过蛟龙会呀！"

宗子珩的眼神明明灭灭，最终黯淡无光，他小声说："对不起。"

沈诗瑶颤抖地抚摸着宗子珩的脸："娘打过你吗？这十六年来，娘恨不能拿自己的一切哺育你，只希望你成材，让帝君赏识你，让那些人再也不敢瞧不起我们。你知不知道蛟龙会是你翻身的机会，你怎么能在这么关键的时候出岔子啊！"

宗子珩也湿了眼圈："对不起，都是儿子的错。"

"你让我……我们怎么办啊？你父君就指望着你在蛟龙会给他争回脸面，他现在还会看你一眼吗?! 你还想被冷落、被苛责、被明嘲暗讽吗？你至今连一把好剑、一个像样的法宝都没有，你不难过吗？"

宗子珩低着头，泪珠无声地滴落。

沈诗瑶泣不成声："娘一直以你为傲，你是娘的一切啊！"

除了"对不起"，宗子珩已经说不出别的了。他只觉胸腔窒闷，每一次喘息都耗尽了力气。是他错了，他不该滞留古陀镇，应该早点去蜀山，这样就不会叫所有人失望了，可是，可是为何他觉得自己行的是正途，最后却犯下错误呢？

沈诗瑶抱着他哭了很久，才平静下来，忧心地问道："你的伤势怎么样了？"

"回母亲，好多了。"

沈诗瑶小心翼翼地抚过宗子珩的伤处，眼泪又有失控之势："你在外的这些天，我没有睡过一个好觉，听到你受伤后，更是……"她拭掉眼泪，"我知道责怪你也于事无补，可我实在太失望了，又心疼，又失望。"

宗子珩抿唇不语。

"我一直不甘心，一辈子也不甘心。"沈诗瑶目光空洞地看着前方，"当年我们青梅竹马，明明是他说喜欢我，许诺我终生，最后怎么成了我不择手段勾引他，怎么我和我的儿子就变得如此不堪，怎么你一出生，就要遭尽白眼？"

宗子珩怔怔的，不敢看母亲，这是她第一次当着自己的面说起和父君的事，从前这是他们母子之间的禁忌话题，不懂事的时候，若他问起为何父君不喜欢自己，她总要以泪洗面，后来他就不敢问了。

"好不容易，好不容易你出息了，生的上上乘的根骨，叫谁也不敢忽视你，把宗子沫狠狠比了下去，只要你在蛟龙会夺魁，我们娘俩在宗氏的地位就稳了，可偏偏这个时候……"沈诗瑶的眼中浸着明晃晃的恨，"偏偏这个时候，有人要害你，险些要了你的命，她居然歹毒至此。"

宗子珩一惊："母亲，你在说谁？"

沈诗瑶看着宗子珩，恶狠狠地说："还能是谁，你和小九出了事，谁最得意？谁的儿子是个烂泥扶不上墙的纨绔子弟，嫉妒你们的根骨资质，谁最怕你在蛟龙会夺魁，威胁他儿子的地位？"

宗子珩压低声音，急道："这种话岂可乱说啊。"

沈诗瑶竟是暗示帝后李襄桐要害他们?!

沈诗瑶冷笑一声："我已经听说了，害你们的猎丹人，一般只杀散修，没有足够的诱惑，他们吃了熊心豹子胆，也不敢对宗氏皇子下手。你们被害了，可不就是她得利？你和小九都是上上乘的根骨，只要你们死了，再没有人会笑话宗子沫身为嫡子却资质平庸，到时候再把你们俩的金丹炼给他吃，他从此脱胎换骨，简直是一举多得！"

"娘，您别说了！"宗子珩将沈诗瑶拉进里间，不得不承认，这番话句句在理，可他不敢往那个方向想，那太可怕了。

"你不相信?"沈诗瑶抓住宗子珩的胳膊,用力摇了摇,"你从小就这样,总想着与人为善,你不害人,别人就不会害你吗?你仔细想想娘说得对不对。血亲之人的金丹,吃起来功效更强,李襄桐就是想害你们,就是想挖你们的丹给……"

宗子珩一把捂住沈诗瑶的嘴,厉声道:"别说了,这话会引来杀身之祸!"

沈诗瑶大睁着双眼,俩人瞪视了彼此半晌,沈诗瑶才泄了气,她拽下儿子的手,但胸膛仍剧烈起伏,无法平复。

"子珩,你相信我,一定是她……"

"没有证据,不可妄议。此事不要再提。"

沈诗瑶捂住了脸:"我好恨,你被害得这么惨,十六年来,她处处刁难我们母子,如今定然躲在暗处,不知道怎么得意。"

"我和小九都没事,便算是有惊无险。太微长老正全力调查此事,真相没有水落石出之前,这番话可千万不能再提,跟任何人都不能提。"

母子俩正僵持着,屋外传来了宗子枭的呼喊:"大哥!"

宗子珩抹了一把脸,调整好情绪,走了出去:"小九。"

"大哥!"宗子枭双目骤亮,猛冲了过来,待要像平日般扑进大哥怀里时,又及时刹住了脚步,犹豫道,"你的伤……"

宗子珩温柔一笑,展开双臂:"好得差不多了,轻轻抱一下。"

宗子枭小心翼翼地抱住了宗子珩,眼圈一热:"大哥,你总算回来了,我好想你。"

"我没事了,我们都没事了。"

宗子枭把眼泪憋了回去,目光灼灼地看着宗子珩:"大哥,你不要难过了,四年之后的蛟龙会,我一定为宗氏夺魁。"

身后传来沈诗瑶一声冷笑。

宗子珩背脊一僵,宗子枭还小,看不懂大人的神色,只觉平素温柔可亲的沈妃娘娘此时好古怪,他不解地看着宗子珩。

宗子珩摸了摸宗子枭的脑袋:"大哥相信你。"他凝望着宗子枭澄澈的双眼,其中的自傲与笃定,令他心生一丝异样的情绪。他相信宗子枭能夺魁,得到他这辈子都无法得到的荣耀。从小到大,所有他期望的、得不到的东西,他这个么弟似乎总是唾手可得,说从未嫉妒过,他自己也不信。可人各有命,他不强求。

"对了,大哥,你什么时候突破的第七重天?"

"不久前，我还不能掌控，所以上次一下子就把灵力耗空了。"若不是孤注一掷，他绝对不敢贸然使出，否则一招之后，再无战力。

"大伯这么多年，也没能突破第八重天，父君也同样在第七重天……"宗子枭握住宗子珩的手，安慰道，"大哥，你不要担心父君生气，父君知道你突破了第七重天，夸你资质果然不俗，你这么厉害，何须用区区蛟龙会来证明自己，以后有的是机会在修仙界扬名立万。"

"真的吗，父君夸我了？"

"嗯。"宗子枭用力点头，眼中闪烁着崇拜，"大哥，我会努力追上你的，我也要突破第七重天，将来有一天，跟你一起突破第八重天、第九重天，我们兄弟一起，让宗玄剑再次尊临天下！"

那个时候的宗子枭不会想到，他的豪言宏愿终将实现，可那时的他和大哥，不再有"我们"，而宗玄剑在迎来它的极致辉煌后，也消失在了时间的滚滚洪流中。

๑··· 第五章 ···๑

"宗玄剑"这三个字，勾起了范无惧太多回忆。

孩提时他总和大哥在银杏树下练剑，他从木剑换作短剑，短剑换作长剑，他见过那棵大树春来发芽，夏来叠翠，秋来铺金，冬来裹银，他也从蹒跚小童，长成翩翩少年。星移斗转，寒暑易节，大哥始终在他身边，从教他怎么握剑，到切磋交流，年少时懂什么世事无常，他以为他和大哥永远不会变。

岂料到了最后，他们练了半辈子的宗玄剑，是用来对付彼此的。

被迫回忆锥心的过往，范无惧看着宋春归的眼神已经带了移情而来的恨，杀气沸反盈天，出招愈发凌厉凶猛，剑速快到普通人的眼睛已经追不上了。

解彼安回过神来，喊道："无惧，住手，别打了！"他仍然震惊于范无惧所使的剑法是失传百年的宗玄剑，更震撼的是，他对这剑法的熟悉程度超出自己的想象，好像范无惧使出这招，他就能猜出下一招。

只是俩人越打越狠，他已经无心观赏，唯恐真的造成无可挽回的损伤。范无惧虽然大大出人意表，但以他的年纪和修为，不可能是宋春归这种顶级剑客的对手，而宋春归来自名门正派，为人有口皆碑，今日之事实在不至于闹到你死我活的地步。

范无慑充耳不闻，他调动灵力注入断剑，在场每一个人都能感受到那异于常人的灵压。任何高深的剑法，到了极致都在追求人剑合一、剑随心发，宗玄剑的第七重天，就是初入此境。虽然范无慑自知以现在的身体和修为，发挥不出第七重天的真正威力，但对付这个人，应该够了。

宋春归脸色大变，他挣扎了一下，但感知危险的本能还是胜过了对一个少年的恻隐，两人已经过了三十几招，这个少年是绝顶天骄，万万不能小觑，他知道这一招如果接不住，会有性命之虞。

宋春归展胸而立，剑指青天，而后独臂画满月于身前，周身出现了重重剑影，那些剑影须臾间化作有形之利剑，全部掉转剑身，锋指范无慑。

无量剑第六式——剑雨术！

无量剑的奥义，便是以灵力幻化万千利剑，剑出如雨，避无可避——无穷无尽，是为无量。

宋春归竟打算用剑雨术来对付范无慑！

眼看着俩人就要两败俱伤，解彼安大喊道："住手——"

剑招同时释出，宗玄剑的剑弧与无量剑的剑雨遭遇的一刹那，灵压如一个庞然大物，向四面八方扩散开来，远远围观的人都没逃过灵压的波及，纷纷被冲倒在地。

剑弧虽强劲，但还是逊了剑雨一筹，仍有数把利剑躲过剑弧的冲抵，直向范无慑而来。

瞬息之间，解彼安出现在范无慑身前，一手护着身后人，一手持握无穷碧，巨大的青色咒印浮现在半空，将那些灵力化作的剑一一阻了下来。

宋春归受到剑弧的冲击，跟跄着后退了几步，面色惨淡。

青色咒印消失了，解彼安汗出如浆，脸白如纸，抓着无穷碧的手直发抖。

"师兄！"范无慑一把抱住解彼安轻晃的身体，"你怎么了，受伤了吗？"

解彼安怒道："我叫你住手！"

"我……"

宋春归沉声道："阁下是无常仙？阴间人管阳间事，不妥吧。"

解彼安一时不知该如何解释，干脆抓住范无慑，御剑而起，飞速逃离了浮梦绘，这一次，宋春归没有追来。

俩人飞出去很远，解彼安才在一座山上停了下来，他气喘吁吁地收了剑，怒瞪着范无慑。

范无慑的脸色也很难看，他没想到这具身体弱到这个地步。

"来之前我们约定了什么？你说会听师兄的话，你为何要跟他打！"

"他伤你。"

"他没有要伤我，他只是打掉了我的剑。"

"有何不同？"

"当然不同了！"解彼安叫道，"宋春归为人正派，不可能平白无故伤人，他们到处抓人确实不对，我们跑掉便是，何必造这因果，惹这麻烦？"

范无慑冷冷地说："我胜了就不麻烦了。"

"胡说八道，你胜败都是错！"解彼安重重地叹了一口气，"宋春归是修仙界排得上名号的、宗师级的修士，你我二人联手，也未必能打败他，你怎么会这么胆大妄为？"

范无慑提起一口气，想要告诉解彼安，因为自己能赢，但这话一出，就难解释了，而且，他确实轻敌了，要取宋春归的命，势必会暴露自己的身份，他是一时被愤与恨激到了。

"刚刚宋春归只不过使出了无量剑的第六式，他已经手下留情了，你根本接不住，如果师兄不在，你要吃大亏的。师兄知道你天资高，难免有所自恃，但人不可以轻狂傲物、莽莽撞撞，你小小年纪更要戒骄戒躁，虚心才能使人精进。"

范无慑怔怔地看着解彼安，看着他苦口婆心训诫自己的模样，那神态与当年如出一辙，就连说的话都差不多，他突然笑了一下，可笑过之后，又觉心伤。

解彼安愣了一下："你还笑。"

"师兄，我错了。"范无慑轻声说。

解彼安没想到范无慑会这么痛快地认错，反而有些无措，他心中的怒气顿时消了大半，寻了一块石头坐下了，缓了口气，说："虽然你认错了，但始终是错了，我要罚你。"

"认罚。"

解彼安转了转眼珠子，却想不好怎么罚，他第一次有师弟，第一次遇到师弟犯错，对此毫无经验："……回冥府再说。"

"好。"

"对了，你为什么会使宗玄剑法？"

"我那散仙师父教我的，我不知道那是宗玄剑法。"

这个解释虽然听来敷衍，但也无法驳斥，解彼安皱眉道："看来你那个师父，是宗氏后裔，这倒也不奇怪，宗氏鼎盛时，开枝散叶，就算后来衰落了，也必然有继承了此剑法的人传给了后代。"

"嗯。"

"听说宗玄剑一共有九重天，达到七重天就少有敌手了，你刚刚那一招，是第几重啊？"

范无慑面不改色地说："师父没告诉我，大约他自己练得也不太正统。"

解彼安点点头，又有些茫然地喃喃道："好奇怪啊，我总觉得我在哪儿见过这套剑法。"

范无慑心中一紧："你见过？"

"不是，我没见过，但也不知道为什么，我就是觉得这剑法很熟悉，你跟宋春归过招的时候，我常常能猜出你下一招要怎么走，可我真的不记得我见识过宗玄剑法。"

范无慑沉默了。他无法告诉解彼安，前一世，你从四岁就开始练这套剑法了，也许它刻在了你的灵魂上，让你无论怎么投胎转世都无法抹去。一套剑法就能让你两世不忘，那我呢？我在你的灵魂上，可留下了什么？

"或许你与此剑法有缘。"范无慑道，"师兄想学吗？我可以教你。"

解彼安眼前一亮："真的？这宗玄剑法可是修仙界顶级的功法，宗氏先祖曾靠着它统御修仙界三百年，那魔尊也靠它独步天下，这样厉害的剑法，我当然想学。"

"我教你。"

解彼安高兴地说："好。"

范无慑走了过去："你身体可有不适，可有受伤？"

解彼安低头看了一眼自己的右臂，从刚刚到现在，一直在隐隐作痛。他生生挡下了宋春归的一招，即便是被宗玄剑法消解了大半的一招，也很不好受。

范无慑道："让我看看。"

"算了，没有大碍。"

"让我看看。"范无慑执拗地看着解彼安。

解彼安犹豫了一下，慢慢解开了衣襟，他把衣物褪到手肘处，只见右上臂已经淤肿了一圈，肤色隐隐发青，他放松的时候，手指还在止不住地颤抖。

范无慑慢慢伸出手，握住了解彼安的胳膊，从上至下轻轻揉捏："没伤到骨头。"

"嗯，那就好。"

范无慑释出灵力，给他化瘀。

"不必了。"

"别动。"范无慑站在解彼安背后，看着他的伤，目光沉了下来，对宋春归有了杀意。

"无慑？"解彼安"嗞"了一声，"你轻点儿。"

范无慑倒吸一口气，惶惶地松开了手，不敢再碰解彼安。

返回冥府后，解彼安显得有点忐忑。

范无慑看了他一眼："说要去的是我，和宋春归动手的也是我，我会向师尊说明。"

"此事不需要你操心，我自会跟师尊解释。"解彼安皱眉道，"我并不是担心师尊责骂，我是担心我们在浮梦绘闹了一通，会不会影响无量派追查窃丹贼。"

"不会，他们多半找错了地方。"

"为什么？"

"那窃丹贼的种种行为，都不合常理，我不认为孟克非的金丹会被交易，至少不会在浮梦绘。"

"哦？你继续说。"

范无慑分析道："挖孟克非的金丹，动机无非有三：第一，想要高阶修士的丹；第二，有人悬赏；第三，与他有仇。而动机之下，又要考虑冒如此高的风险取他的丹，是有预谋的，还是没有预谋的？若是有预谋的，为什么不等他外出游历时下手？天大地大，杀了他再毁尸灭迹，可能一辈子都没人发现。所以，我认为，无论那窃丹贼的动机是什么，孟克非的死，不是预谋中的。"

解彼安点点头："你说得有道理啊，哎，昨天你怎么不跟师尊说？"

范无慑淡漠地道："他死了跟我有什么关系？我是见你这么上心才……"

解彼安不赞同地打断他："别这么说，同为修道之人，该有悲悯之心，再说，窃丹贼人人得而诛之，早点帮无量派抓到凶手，便是少一个人受害。"

"嗯。"

"如此说来，孟克非的死，很可能是预谋之外。你说的三个动机，想来应该是仇杀的可能性最大，浮梦绘没有人悬赏孟克非的金丹，而若只是为了高阶修士的丹，李不语的师侄，是最不该动的人。"

"不错，所以我猜，孟克非是死于私人恩怨，俩人是一言不合之下打了起来，对方挖了他的丹，嫁祸给窃丹魔修，无量派未必没有想到这一层，应该也查了与孟克非有过节的人，去查浮梦绘，也许是敲山震虎，也许是不想有漏网之鱼。"

"若是私人恩怨，或许更好查。"

"若是私人恩怨。"范无慑冷哼一声，"多半是他们无量派的内斗，在自己地盘上动手就是个很好的证明。"

解彼安倒吸一口气，这个思路越想越合理。

"说不定他们早就查到了是谁干的，只是为了颜面而隐瞒真相，装模作样四处搜查，无量派这种两面三刀……"范无慑看到解彼安惊讶的表情，才意识到自己失言。

解彼安眨了眨眼睛："师弟可是听过无量派的什么传言？"

"以前在酒肆帮工，听过些风言风语。"

"无量派身为仙盟魁首，处事难免有得罪人的地方，且他们门徒过万，并不能保证每个人都端方，酒肆那种地方，又多是不经之谈。没有根据的事，要慎言。"解彼安叹了一声，"只是我们得罪了宋春归，若是跟师尊去云嶂，实在有些尴尬。"

"是他先动手的，我们两个加起来都没有他大，他才该羞愧。"

"话虽如此……"

俩人说着话，行过黄泉路，眼前出现一群巨大的柳树，之所以为"群"，是因为此树的母根有数人合抱之粗，而它的根茎倒垂，钻地而入，生子树，子树又生子树，盘根错节，最终成就了一片一眼望不到头的柳林，不熟悉者深入其中，甚至会迷路。细看它的根茎，呈黑红色，如干稠的血。

一阵风穿林而过，亿万茎叶猎猎婆娑，沙沙作响，声如鬼哭。

此树名唤鬼柳，传闻它与天同寿，与地同庚。

过阴阳碑，就是过了民间所说的鬼门关，再行过黄泉路，尽头便是这片鬼柳林，穿过鬼柳林，才能抵达冥府。

解彼安对这片柳林自是熟门熟路的，可此时他却顿住了脚步，抬头看着惨绿树影间一抹刺眼的红。

那红是一袭红衣。

范无慑眯起眼睛看着树上的人，不，鬼。

"无常。"树上的人轻笑一声，"又去人间玩儿了？"

解彼安的神色变得拘谨："红王。"

红衣人从高高的柳树上飞身而下，青丝起舞，衣袂当风，缥缈若嬉戏林间的一只蝴蝶，此景般般入画，却令人不寒而栗。

红衣人是一个身形颀长的男子，面白如纸，唯有薄唇一点红，他容貌靡艳至极，像开到最盛的花，美得勾魂摄魄。

他便是十大冥将之首——万王之王——红衣鬼王江取怜。

"这就是天师新收的徒弟？"江取怜一步步走到范无慑身边，步履无声无息，他轻轻皱了皱鼻子，"嗯，青春童子的味道，一定很美味。"他说的是范无慑，眼睛却睨着解彼安。

解彼安挡在了范无慑和江取怜之间："红王，这是我师弟，范无慑，无慑，见过红王。"

范无慑冷冷地看着江取怜。

江取怜勾唇一笑："这脾气，跟天师倒有几分相像，难怪得天师赏识。"

"红王，我们还有事要回天师宫，就……"

"你呀。"江取怜朝解彼安眨了眨眼睛，"我从小看着你长大，要是真想吃了你，天师看得住吗？你怎么还是这么怕我？"

解彼安正色道："我与红王同为帝君授命的冥将，我没有怕你，只是我师弟年少，又初来冥府，还望红王不要戏弄他。"

江取怜扑哧一笑："当年不过是个穿开裆裤的娃娃，现在倒是敢说与我同授命了。"

解彼安有些羞恼："红王不要拿我取笑了。"

"有时候我真觉得，你的师父该是崔府君那个老古板，见到我总是这么紧张，我不过是来找你讨些好茶好酒。"

"明日我就送去红王府上。"

范无慑脸色已经很难看了，刚要张嘴，解彼安一把擒住他的肩膀："无慑，走吧。"

江取怜看着俩人的背影，眼神忽明忽暗，他突然懒懒地叫道："彼安。"

解彼安停下脚步，但没有回头。

"代我向天师问好。"

"……多谢红王。"

直到俩人走出鬼柳林，解彼安才放松下来。

范无慑不悦道："你这么怕他？"

"你可知道他是谁。"

"鬼。"

"他是鬼王。"解彼安深吸一口气，"不是一般的鬼王，是万王之王，所有鬼王的王。"

范无慑无波无澜地"哦"了一声。

北阴大帝统御鬼界，其下有五方鬼帝，分别镇守九幽东、南、西、北、中，防止人鬼两界互犯。但五方鬼帝不参与冥府事务，冥府有十殿阎罗，掌管鬼界的一切枢机要务，主要是赏罚与审判。又有文武判官，文判官执生死簿与判官笔，依据善恶德行为活人添减阳寿，武判官乃镇府之战力，守成之大将。再下，就是十大冥将。

这十大冥将，职责又各不相同。日游与夜游主责巡视人间，无常主责收人魂，牛头、马面主责管理收回来的魂，豹尾、鸟嘴、鱼鳃、黄蜂主责收畜生的魂，而冥将之首的鬼王，主责地狱刑罚。

每个冥将之下，都有很多从属阴差。地狱十八层，便有十八鬼王，日日夜夜带着小鬼惩罚那些在地狱赎罪的人，而鬼王之王，便是江取怜。

解彼安道："他是从饿鬼道出生的鬼，不是像崔府君那般，因为生前有大功德，死后位列鬼仙，投生饿鬼道的，生前就是万恶不赦之徒，投胎转世，还是鬼。"

范无慑眼神阴鸷："他害过你？"

"没有……"解彼安有些不好意思，"其实小时候他还指点过我修道，但我还是怕他，从小就怕。要吃一百个人，或一千只鬼，才能当鬼王，那万王之王，吃了多少鬼？帝君让他做冥将之首，管理地狱，也是怕他去人间作乱，酆都结界可拦不住他。"

"以后有我在，你不必怕他。"

解彼安笑了笑："有你在，我在这冥府确实多了个伴儿。"

"你明天真要给他送茶？派薄烛去吗？"

"不，薄烛怕他，就没有小鬼不怕他的。我自己去，其实他也不会把我怎么样，他忌惮师尊。"

"我代你去。"

"不行，你忘了吗，你还不能在冥府单独行动。"

"那我陪你去。"

"也好。"解彼安确实不想独自面对江取怜。

"他生前作了什么恶，才会投生饿鬼道？"

六道轮回，饿鬼道、畜生道、地狱道，都是下三道，非一般的恶，才会投生此三道。

解彼安摇摇头："我记得我小时候问过他，他说他不知道，我就问他为什么不去三生石看看，他说他不想知道。"

范无慑瞳眸一沉："那你呢，你为什么不去三生石看看自己的前世？你不好奇吗？"

"我去过。"

范无慑的呼吸一滞。

解彼安压低声音："三生石是喝孟婆汤之前才能看的，不能随便看，你可不要在外人面前提起，我是偷偷去的。"

"你看到了什么？"你可看到自己前世犯下的罪孽？！

"我什么都没看到。"解彼安失望地说。

"……为什么？"

"我问过崔府君，当然我没敢说我去看了，不然肯定会被他骂，我是听说也有人三生石上什么都照不出来，崔府君说，三生石照不出天人。投生天道的是神，神超脱轮回，三生石自然照不出。"

"既然已经超脱轮回，为什么还来冥府投胎？"

"因为那人是天子。"解彼安笑了笑，"崔府君说，有帝王命格的人，是天人下凡历劫的，既投生过天道，又来人间做人皇，死后若是功德圆满，就能重回天道，飞升九天，反之就会沦落人道，受轮回之苦，所以，我多半是不知道哪一世做过人皇。"

范无慑凝眸看着解彼安，眼中逐渐爬上血丝。

解彼安却没有发现范无慑此时的神色有多可怕，还自嘲道："可惜，我大概做了个昏君，所以回不了天上，要入轮回赎罪。"

范无慑紧了紧双拳，扭头走了。

"哎，师弟，明天早上吃馄饨吗？"

解彼安说包馄饨就包馄饨，说罚也是真的罚，吃完饭后，罚范无慑把天师宫里里外外所有地都擦一遍。

范无慑听到解彼安让他擦地的时候，一脸的不敢置信："你让我擦地？"

"天师宫不小，怎么也要擦上一两天吧。"解彼安嘿嘿一笑，"不准用法术。"

范无慑嘴角抽动着，半天没吭声。让他一个曾经威服九州、颠覆鬼界的堂堂魔尊趴在地上用抹布擦地?!

"这次只是小施惩戒，以后如果再不听师兄的话，莽撞行动，天师宫可以干的活儿多着呢，知道吗？"

薄烛提来空桶和抹布，在一旁幸灾乐祸："打水在后院，抹布给你准备了五块，应该够了。"

范无慑："……"

看着范无慑不情不愿的样子，解彼安感觉自己找到了一些为人兄长的乐趣，他笑着说："师尊去巡视九幽了，等他晚上回来，我讨一把好剑给你。"

范无慑见解彼安要走："你去哪儿？"

"去练剑啊。"

"不要自己去见江取怜。"

"知道了，我等你擦完地。"

俩人扔下范无惧往外走去，薄烛拽着解彼安的衣袖晃了晃，欢快地说："白爷，晚上做什么好吃的？"

"刚吃完早饭就想晚饭。"

"那午饭做什么好吃的？"

"嗯……我们去菜地里看看吧。"

范无惧看着俩人的背影出神，当年大哥十九岁时，他也跟薄烛一样十一二岁，身形都差不多，原来外人眼中的他们，是这个样子……

钟馗回到天师宫时，毫不意外又是一身酒气，人未到，笑声先至："嵇康藏了一坛好酒，被我诈出来了，哈哈哈，痛快。"

嵇康乃中央鬼帝，和钟馗一样嗜好这桂浆玉液，钟馗每次去巡视九幽，都少不了找他喝上几杯。

解彼安笑着说："师尊喝美了？"

"美。"

"师尊，徒儿有事相报。"

"哎，明天再说吧。"

"现在说吧。"

钟馗看着他的两个徒弟，微眯起眼睛："你们两个，是不是打着什么算盘呢？"

"师尊，师弟的剑断了，你给他一把剑吧。"

"剑断了？怎么回事？"钟馗是海量，轻易不醉，闻言立刻就清醒了几分。剑修的剑不仅仅是武器，更代表着修士的意志，若被人斩断剑，人格受辱不说，还寓意不详。

范无惧想开口，被解彼安一个眼神制止了，他道："我带师弟去浮梦绘，想要调查孟克非一案，结果碰到了'孤悟剑'宋春归。"

"宋春归？那独臂小子？"

"正是。"

"他斩断了你的剑？"钟馗看向范无惧，"为何呀？"

"他们也去浮梦绘调查，看到可疑的人就要带回云嶓审问。"解彼安老实地说，"徒儿带师弟去浮梦绘有错，但无量派随便抓人也不对。"

"你们过招了？"

"嗯。"

"输了？"

范无懜剑眉紧蹙："没打完。"在解彼安面前逊了宋春归一筹，令他耿耿于怀。

"你竟能跟宋春归过招。"钟馗笑了一下，"看来师父还小瞧你了。"

"师弟剑法高超，用一把断剑，使出了宗玄剑法。"解彼安言辞间有几分骄傲。

钟馗脸色一变："你说什么？宗玄剑？"

范无懜面不改色地说："在师尊之前，徒儿曾师承青城山一位散修。"

"他教你宗玄剑法？他是谁，什么名号，哪里人，如今身在何处？"钟馗的酒完全醒了，犀利的目光直勾勾地瞪着范无懜。

解彼安被钟馗突如其来的严肃震住了。

只有范无懜神色如常："师父从未透露过自己的身份，他将我养大后，就云游四海去了，如果不是宋春归，我也不知道这套剑法叫宗玄剑。"

钟馗的目光在范无懜脸上巡睃，似乎想辨出这话有几分真假："你当真不知道这是什么剑法？"

"徒儿不知。"

解彼安小心翼翼地问："师尊，宗玄剑，练不得吗？"

钟馗沉吟片刻："宋春归知道你的身份了？"

解彼安低着头："知道了，是徒儿的错。"

"那就更要去一趟云巅了。"钟馗抚须道，"你们都知道宗玄剑的来历吧。"

"知道。当年随着宗氏的覆灭，宗玄剑法也失传百年，宗氏后人大多隐姓埋名，逃过清算，所以有人偷偷将这套剑法流传了下来，倒也合理。"

"但李不语容不得这剑法现世，他的一家人都死于宗氏之手，他若知道有人使这套剑法，是不会善罢甘休的。"钟馗睨着范无懜，"你随我去蜀山，解释清楚，否则后患无穷。"

"是。"

解彼安原本还想问问钟馗，他可不可以跟范无懜学宗玄剑法，但现在也不敢开口了："师尊，李盟主不会为难师弟吧？"

"我的徒弟，他不敢。"钟馗再次深深看了范无懜一眼，站起身，"对了，你不是要剑吗？跟我来。"

钟馗领着俩人回了竹叶青殿，他先在自己书房里兜了一圈，做恍然大悟状，打开了西边的一个柜子，里面横七竖八地堆了一堆武器和法宝，一眼看过去，像是杂物柜间。

解彼安无奈道："师尊，去年不是给您整理过吗，怎么又这么乱。"

"哎呀，不记得了，多半是喝多了翻出来看了看，忘记归整了。"

"这都是些上好的丹药、武器、法宝，您多少珍惜着点。"

钟馗在那一堆东西里翻了半天，抽出一把剑，那剑涂身乌黑，剑鞘镏金纹银，嵌有宝石，一看就价值不菲，他将剑抛给了范无惬。

范无惬接过剑，一把抽了出来，这剑刃如秋霜，锋锐逼人，闪耀着银色寒芒，他毫不客气地说："好剑，多谢师尊。"

"这剑与你师兄那把是对剑，出自虞山巨灵庄，名唤汀墨和沛雪，都是上等好剑。"

解彼安解下自己的沛雪，与汀墨放在一起比较，一黑一白，果真形如一模而出。

范无惬修长的指尖轻轻抚过剑身，银刃倒映出他一对美极、魅极的吊梢狐狸眼。这剑与神农鼎淬的剑自然不能比，但也是顶顶好剑，最令他满意的是，这剑和解彼安的是一对。

解彼安也喜道："太好了，师弟，这剑你要好好珍惜，必能伴你一生。"

钟馗嘿嘿一笑："当时巨灵庄的庄主打算送我另外一把剑，我却一眼就相中了这一对剑，硬要了过来，他心疼着呢。"

"师尊真有先见之明。"解彼安突然想起了什么，"哎呀，师尊，时候不早了，我们还要去趟红王那儿，您早点歇息吧。"

"哦。"钟馗打了个呵欠，突然反应过来，"你们去他那儿干吗？"

"昨日在鬼柳林碰到红王，他让我给他送些茶酒。"

"我不是叫你少与他来往吗？"

"徒儿没有与他来往，是在鬼柳林碰……"解彼安想了想，"他应该是在那里等我们，也许是好奇师弟。"

钟馗冷哼一声："江取怜行事诡谲，阴晴不定，他都说了什么？"

"也没说什么要紧的，徒儿平日都尽量避着他，但他主动找我，我也不能拂他面子，我怕得罪了他，他会趁机为难师弟。"

钟馗看向范无慑："他吓唬你了？"

范无慑不屑道："他吓唬不到我。"

"他那个人，不，鬼，他始终是个鬼，你这种根骨好的童男，对鬼是大大的增补。"钟馗思索片刻，又一头扎进那乱糟糟的柜子里，半晌，掏出一样叮叮当当响个不停的东西。

那是一条红铜色的索链，一头为柄，一头为矛。

钟馗道："这是帝君赏赐的勾魂索，有了它，你就可以穿梭人鬼两界。"

范无慑面上平静无波，但眸中喜色一闪而过。

魂兵器！这正是他需要的第一样东西。

解彼安有些慌张："师尊，魂兵器是帝君赐予阴差冥将的法器，若被崔府君知道你将它给了师弟，我怕……"

"哎呀，不要那么害怕子玉，他又不吃人。无慑既然做了我的徒弟，那便也算是阴差了，只等帝君出关再册封就是。"

"那……那师弟当什么差呢？"

钟馗想了想，突然一拍手："无常。"

"啊？"

钟馗笑道："对了，你们俩一起做无常，一黑一白，一阴一阳是为道，谁说无常只能有一人呢。"

解彼安虽然对钟馗的跳脱和不靠谱早有了十几年的准备，但这一回还是被吓了个结实，他师尊这是把冥府当自己家了，否则岂能越过帝君授任冥将？

"以后你去收魂，也正好有个伴，免得师父担心。"

"师尊，这事不能儿戏，万一帝君出关后……"

"那都不知道是多少年以后的事了，现在操那个心干吗？"钟馗懒洋洋地抻了抻腰，"你身为活人，在这冥府确实需要一个身份，否则十分危险。有了这魂兵器，江取怜就不敢随便动你，冥府大小鬼差也会对你敬而远之。"

"多谢师尊。"范无慑拿着那勾魂索，心潮涌动不已。

有了魂兵器，他就可以在九幽的大部分地方畅行无阻！

"不过，魂兵器非一般的法器，附有帝君的一丝神念，只可用来收魂和穿梭阴阳碑，不可滥用。"钟馗半开玩笑半认真地说，"若你用它惹出麻烦，别怪我不顾念师徒情分，清理门户。"

"徒儿谨记。"

解彼安虽然也忧心，但想想帝君对师尊的器重，几乎到了纵容的地步，所以师尊才如此无所顾忌吧，又见范无慑明显是高兴的，也不禁为他高兴："师弟，既然师尊将它授予你用了，那就给这勾魂索取个名字吧。"

范无慑看了他一眼，唇角微弯："别样红。"

解彼安拿上两包白毫，抱上一坛逍遥酿，带着范无慑去了红宫。

这白毫是解彼安上次在酆都城买的，本打算送给崔珏，但今日钟馗把勾魂索给了范无慑，他觉得这事儿要是被崔珏知道了，绝不是两包茶能抹过去的，便打算暂时不去判官府了。

一路上，他们碰到了不少阴差，一见二人都是毕恭毕敬的，魂兵器因为附着北阴大帝的神念，算是另类的法宝，对鬼魂有震慑的作用。

"师兄。"范无慑突然问道，"你去过冥府以外的地方吗？"

"你指哪里？地狱吗？"

听到"地狱"二字，范无慑的瞳仁瞬间缩紧："你去过地狱？"

"去过，但再也不想去了。"解彼安趁机教育他，"我要你在人间低调行事，少结因果，都是为了你好，有时候人未必有作恶之念，但就算是无意铸成了大错，死后也必受因果所累，入地狱受刑罚之苦。"

范无慑没有说话。

"怎么，你好奇？想去地狱看看？"

"不必。"

他在无间地狱受百年极刑，还有谁比他更熟悉地狱？他不会重返地狱，但他可以把地狱带回人间。

"嗯，不去也罢，那地方很是可怕。"

"我刚刚指的是，九幽。"

"哦，当然去过，我多次随师尊巡视九幽。"

"九幽是什么样的地方？"

"世人皆对九幽有很多猜想，其实，九幽就是鬼居住的地方。九幽有三种鬼，最多的是饿鬼道投生的鬼，比如江取怜，是真正生长于九幽的鬼民。还有地狱道化生的凶鬼，化生地狱道的，生前都有大奸大恶，在冥府地狱刑满之后，再入地狱道，没有人形，没有神志，没有记忆，只是受苦，永世不得超脱，这些凶鬼多藏在水下、密林、山峦中。最后，就是因为各种原因不愿意投胎的鬼。他们会各自划地而居，因为饿鬼和凶鬼都会吃鬼。"解彼安道，"五方鬼帝负责守护九幽结界，使人鬼互不侵扰，但不管鬼民之间的争斗，所以九幽是无法无序的，十分危险。"

"我对九幽有些好奇。"范无慑道。

"下次师尊巡视九幽，可以一同前去，但我们不能擅自去九幽。"

"为什么？"

解彼安笑道："师兄刚刚不是说了吗，九幽很危险。"

"有魂兵器，鬼不是轻易不敢来犯吗？"

"一个两个自然不足为惧，若是多了，寡不敌众啊。"

"是吗？难怪那些偷入九幽的人大多有去无回。"

解彼安无奈地摇摇头："是啊，百年来，总有人能找到结界的漏洞，试图去九幽找轩辕天机符，帝君亲自封印的地方，岂会轻易被找到。"

范无慑微微眯起眼睛，呢喃道："不能轻易找到。"

"何止人在找轩辕天机符，鬼也同样在找，那法宝实在是太厉害了。其实我一直怀疑天机符已经被帝君毁掉了，可师尊却说，即便以帝君的修为，也无法摧毁神宝。"

"当然，那是能号令天、地、人三界之兵的法宝。"范无慑像是在询问，又像是在说与自己听，"那样的法宝，究竟会被封印在什么地方……"

"还好宗子枭终归只是个凡人，哪怕以他问鼎人间的修为，也只能召唤阴兵，否则，人间必成地狱。"

谈话间，二人眼前出现了一座深赭色的宫殿，在幽暗的冥府显得格外阴森。

"啊，到了。"解彼安深吸一口气，不大情愿地说。

门口守卫的阴差将两人引了进去。

江取怜正躺在椅榻上，一边吃着葡萄，一边翻手中的绘本。

解彼安一眼认出那是最近人间很流行的绘本小说《升龙记》，讲的是一个出身贫贱的少年登顶仙道的故事，剧情十分浮夸，但还挺好看的，这第三十九集应该是新出的，他都还没买到。

江取怜身为鬼王之王，有的是办法弄到人间的好东西，他自己甚至都不需要踏出红宫，解彼安自然不会真的认为他就图这茶酒。

看着一黑一白一双俊美少年，江取怜微弯双眼："无常，你给我带什么好东西了？"

"承蒙红王不嫌弃，这里有两包白毫和一坛逍遥酿。"

"你怎么知道我不嫌弃？"

解彼安微讪。

江取怜低笑起来："逗你的，你孝敬我的，我当然喜欢，放下吧。"

解彼安刚把东西放下，江取怜突然"咦"了一声，看着范无惧："你身上怎么突然有了鬼气？"他马上明白过来，惊讶道："天师给了你魂兵器？"

解彼安郑重道："从今往后，师弟与我一同任职无常。"

"一同任职？"江取怜微眯起狭长的凤目，"如何一同任职？"

"师尊说我二人一黑一白，一阴一阳是为道。"

"白无常、黑无常？"江取怜冷哼一声，"什么时候天师都能授命冥将了？莫非帝君闭关，这冥府就是他说了算？"

"所谓授任，并非真的授任，我一不列鬼仙，二不食俸禄，只得一个名头，与师兄同进同出，一起收魂罢了。"范无惧眼凝寒霜，"至于魂兵器，既然帝君赐予了师尊，师尊要给谁，轮不到他人置喙。"

解彼安赶紧给范无惧使眼色，示意他闭嘴。

江取怜扑哧一笑，他坐起身，拢了拢松垮的衣襟，懒洋洋地从榻上站了起来，一步步走向二人。

解彼安戒备地盯着江取怜。

此人修为之高，足以做钟馗的对手，且脾性十分邪，无人可揣摸，解彼安怕他并非没有原因。

江取怜站定在解彼安面前："彼安，你从小到大都很可爱，但你这个师弟，就一点都不可爱。"言语间，他伸出手，修长的手指探向解彼安的面颊。

"锵"的一声响，汀墨半出鞘，挡住了江取怜的手。

电光石火间，江取怜用拇指和食指捏住了剑刃，他小指微翘，那力道看来像是捻着一枝花，优雅又轻巧，可剑却是一动不能再动。

解彼安低声道："无慊，不得无礼。"

范无慊比江取怜矮了半头，但气势丝毫不弱，解彼安十分不解，他这个师弟，怎么好像什么都不怕呢？

江取怜松开了手，调侃道："怎么，你师兄我碰不得？"

"碰不得。"

江取怜低笑道："我错了，其实你也挺可爱的。"

解彼安额上沁出汗来："红王，我师弟还小，不必与他一般见识。"

江取怜但笑不语，他隔空一抓，那一坛逍遥酿便直接飞入手中，他拍开泥封，高举酒坛，豪气地将酒倒入口中。"好酒。"他赞道。

解彼安道："红王，时候不早了，我们先告辞了。"

"等等，有件事，我想请你帮忙。"

解彼安神经紧绷。江取怜用"请"和"帮忙"二词，实在让他心惊肉跳。

"前几天你们天师宫几次派人去查那个叫孟克非的鬼，听说他是李不语的师侄。"

"是。"

"为何？因为他被窃丹而死？"

"是。"

"他的死，怕是在无量派掀起了轩然大波吧。"江取怜睨着解彼安，"以天师那个性子，恐怕不会坐视不管。"

"……那毕竟是人间的事，师尊自有分寸。"

江取怜发出一声讥笑："人间最怕窃丹魔修，毕竟听到魔尊宗子枭的名字都会瑟瑟发抖，天师一定也很想知道孟克非究竟为何人所杀吧。"

解彼安看着江取怜："莫非红王知道？"

"我不知道，但有人知道。"

"谁？"

"孟克非。"

解彼安一怔："他没有投胎？"

"他在我手里，如果想知道是谁杀了他，只要问问他就行。"

解彼安慎道："红王想如何？"

"天师那里有我想要的一样东西。"江取怜嘴角微扬，"帮我转告天师，他自然明白。"

离开红宫后，俩人的脸色都不太好看。

范无慑忍不住问道："他平时也这样对你轻浮？"

解彼安却根本没听范无慑在说什么："不行，此事要尽快告诉师尊，但师尊肯定已经睡下了，嗯……还是明天早上吧。"

"师兄。"范无慑突然挡在了解彼安身前。

解彼安一个不留神，俩人直接撞在了一起。

解彼安连忙稳住身体，无意间抓住了范无慑的胳膊。

一股兰花香沁入鼻息，范无慑心神一荡，他急忙挥开了解彼安的手。

解彼安也觉得有些尴尬，早前范无慑才说过不喜欢别人碰他，就算不是针对自己，但这样好像是被人嫌弃，总归是有点难堪的。

解彼安不解地看着范无慑："师弟，你刚刚说什么？"

解彼安的瞳仁又大又黑，像小鹿一样干净纯粹，透着不谙世事的清明。

范无慑阴沉着脸："他平时也那样对你吗？"

解彼安叹道："他不常威胁我，很多时候，大约是以看我害怕为乐吧。"他以为范无慑也有些惧怕红衣鬼王，"你不必担心，只要有师尊在，他不敢真的把我们怎么样。"

范无慑将手背到背后，紧握成拳，任何可能对解彼安有威胁的人，都让他想除之后快。

解彼安原是打算一早就把江取怜的事告诉钟馗，但一觉醒来，却发现钟馗在指导范无慑练剑。见他小师弟黑衣服变得灰扑扑的，该是练了有一阵了。

解彼安饶有意趣地在一旁看着。

这天师宫清冷太久了，师尊为了他的安全，从来不准阴差服侍，薄烛也不过来了一两年，在此之前，偌大的宫宇只有他们师徒二人，他从小渴望有适龄的玩伴，这个愿望虽然实现得有点晚，但他还是很高兴。他希望他们师徒三人和薄烛，能一直这样下去。

师徒俩连过数招，范无慑再次被钟馗破了攻势，打落了手里的剑。

钟馗不留情面地训诫道："你的招式没什么问题，基础也很扎实，但速度太慢，且杀气重，只有五分力，偏有十分傲，眼高手低，于己毫无益处。"

范无慑气息不稳，但眼神并无不忿，反而显得很平静，因为这话没说错。他此前以为，钟馗被称为天下第一人，靠的是东皇钟，修仙界对此也确有争议，毕竟钟馗又没和许之南、李不语打过，胜负难说，如今看来，就算没有东皇钟，钟馗也是当世修仙界的顶级宗师，配当解彼安的师父。

解彼安含笑道："师尊、无慑，休息一会儿吧，该吃饭了。"

"好，吃饭去。"钟馗大摇大摆地走了。

"无慑，得师尊指导，肯定受益匪浅吧。"解彼安拿来一块毛巾，示意范无慑擦一擦衣服上的灰。

"尚可。"范无慑道。

"狂妄。"解彼安斥责道，"刚刚师尊还说过你呢。满招损，谦受益，你这个自大的坏毛病必须改。"

范无慑满不在乎地说："我说的是实话。"

解彼安皱眉看着他："真是年少轻狂，是不是又想挨罚了？"

想到上次擦了一天地，令范无慑颇为恼火，他睨着解彼安："师兄能赢过我吗？"

"什么？"

"师兄和我比一场，若你赢了，我就都听你的。"

解彼安被气乐了："你就这样做人师弟的？"

"我没做过人师弟。"

"好啊，改日我们比一场。"解彼安心想，真要治一治这小子骄横的脾性了。

"师兄，若你输了呢？"无意间问出这句话，范无慑盯着解彼安黑黢黢的眼睛，心跳骤然加快，有个声音在脑海中响起——"大哥，若你输了呢？"他会怎么回答，他会不会说……

"任你处置。"

范无慑胸口一滞，随后气血翻涌。

当年，他带着山河社稷图和轩辕天机符重返大名，与已经践祚人皇的宗子珩生死一战时，发生过一模一样的对话。

他赢了，他是如何"处置"宗子珩的呢？

他把宗子珩困在无极宫三清殿的龙椅上，极尽羞辱，他要让他那个为了皇位不择手段、杀父弑弟的大哥，好好尝尝不惜一切成为宗天子的代价，且往后端坐于此的每一天，都想起今日之耻！

然而解彼安终究不是宗子珩，他说这四个字的时候，脸上没有行至山穷水尽的决绝，只有少年意气、神采飞扬——他丝毫不认为自己会输。

范无慢板着脸："你跟别人切磋，也会轻易许下这种承诺？"

解彼安不甚在意："怎么？你师兄与人切磋，还不曾输过，若当真输了，那也只能愿赌服输嘛。走，吃早饭去吧。"

"你就不怕别人提出非分的要求？"

"什么非分要求？我一个大男人，总不至于要我以身相许吧。"说完自己哈哈笑了起来。

范无慢瞪着他的后脑勺。

"无慢，你也要愿赌服输，若输了，就要对师兄言听计从。"解彼安扭头冲范无慢粲然一笑，"你呀，还不是师兄的对手，我会好好给你上一课的。"

范无慢快走几步，与解彼安并肩而行："若你输了，你就不怕我有非分要求？"

"哦？"解彼安觉得他的小师弟有时候很有趣，"你会有什么非分的要求？说来听听。"

范无慢抿了抿唇："没想好。"

"那你好好想着，说不定有一天能用上。"

吃饭的时候，解彼安将昨晚在红宫的事告诉了钟馗。

钟馗冷哼一声："你们知道他想要什么吗？"

"法宝？"

"对，早年我得了一样法宝，是一个擅用巫蛊的南苗修士流传下来的偶身，能做灵力或者魂魄的宿体，被宿之后，就会化成寄宿者想要的模样。"

"他想要来做灵舍？"

冥界之人，在人间是没有实体的，就算强行化出实体，或者上活人的身，也维持不了多久，且很损耗修为，若是想要长时间返阳，就需要一个可以寄宿的身体，这个身体叫作灵舍。

以江取怜的修为，可以自己淬出灵舍，但以草木做的灵舍，维持不了几天就会烂，所以，他应该是想要一个专门用来寄宿魂灵的法宝。

钟馗点了点头。

"他要灵舍做什么？"解彼安皱起眉，"帝君可是不准他随便去人间的。"

"哪里拦得住他，只要他没惹出麻烦，就算是帝君也睁一只眼闭一只眼。"钟馗扒了一口饭，"反正，他应该是不敢乱来的，至少不敢被我知道，但我还是不能给他灵舍。"

"师尊说得对，那孟克非怎么办？"

钟馗道："我去会会他，此人狡诈，说的话不可轻信。"

"也是。"

"几日后，就是李不语的寿诞，因为出了孟克非的事，这次不办寿宴，但各大门派少不了要派人去祝寿，我们便正好有了理由去云嶙。彼安，你去准备一份寿礼。"

"是。"

◐… 第六章 …◑

蜀山被誉为天下第一仙山，皆因无量派驻于此地。

但即便没有无量派，此山千峰竞秀，万壑藏云，比之三山五岳也是各领风骚。而令天下修士趋之若鹜的当代第一大仙门无量派，就在蜀山第一峰——点苍峰的峰顶，因其云雾缭绕、仙气氤氲而得名云嶙。

无量派已开宗立派数百年，在宗天子的时代亦是举足轻重的仙门。百年前，在对宗氏的围剿中，无量派立下大功，又有绝顶天骄的李不语将无量剑发扬光大。于是在宗氏覆灭、百废待兴时，无量派迅速崛起，李不语成立仙盟并出任盟主。如今无量派拥有门徒过万，财富、法宝、高阶修士数不胜数，稳坐天下第一仙门宝座。

李不语为人正派，秉公执事，在修仙界德高望重、令人信服。因而，李不语每年的寿诞，成了修仙界的隆重聚会，人人以受邀约为身份地位之象征。

蜀山脚下最热闹的城镇，叫兰溪镇，修道者在别处，都是较为少见的，但在这里却满街都是，一点不稀罕。

钟馗带着两个徒弟走在兰溪镇，三步一停，五步一驻，看到什么酒都想试一试。

解彼安平日是要管着钟馗，不能多喝的，但他也爱逛集市，除了酒，还有那么多新鲜好玩儿的东西，他看都看不过来。

于是范无慑就看着这师徒二人，短短一条街一个时辰都还没走出去。

"无慑、无慑。"解彼安兴奋地朝范无慑招手，"你看这个小玩意儿，我都没见过，我给薄烛买一个，你喜不喜欢，给你也买一个？"

范无慑突然想起，从前宗子珩外出游历，总会带回一大堆礼物，分给弟弟妹妹，这习惯就是投胎转世了也没改。拒绝的话到了嘴边，又咽了回去，他道："好。"

解彼安这边正付了钱，那边就听着钟馗跟人吵了起来。

"怎么就画得不行了？"一个书生怒道，"人人都说我有吴道子之风采，这兰溪镇数我画的钟馗卖得最好！"

"钟馗长这样？你见过？"钟馗指着图上满脸络腮胡的雄壮大汉怒道，"这什么玩意儿，长得跟狗熊似的。"

"你……你可以侮辱我，但不能侮辱天师！"

"你画成这样才是侮辱天师！"

解彼安连忙跑了过来，憋着笑把钟馗往回拽："师尊，算了算了。先生，我师尊喝了点酒，不好意思，莫怪，莫怪。"

那书生一看解彼安，不敢置信道："这小仙长是你的徒弟？你这粗蛮无礼之人，怎么会有这么斯文俊俏的徒弟？"

"这就是我徒弟！"钟馗翻了翻画摊，拿起另外一张，"为什么把崔子玉画得这么好看？不是，你见过吗？你见过钟馗吗？你见过崔珏吗?!"

"师尊，好了，别闹了。"

"这又是什么?《钟馗吃鬼图》？"钟馗一把揪过那画撕了，"我徒儿做的饭好吃极了！谁要吃鬼啊，鬼有什么好吃的！"

"又不是让你吃鬼，你这个疯子，你赔我画！"

范无慑掏出一颗碎银，扔给书生："够了吧。"

书生掂了掂碎银，重重哼了一声，骂骂咧咧地收起画摊。

钟馗也骂骂咧咧地被解彼安拖走了。

"岂有此理，岂有此理。"钟馗怒道，"你师尊也是一表人才、英武潇洒，为什么总把我画得那么丑？"

解彼安忍着笑："好了师尊，民间敬重您，供奉您，觉得您要长得凶煞一些，才能镇住鬼嘛，别生气了。"

"荒谬，他们不也一样供奉崔珏，为何把崔珏画得跟神仙似的？。"

"崔府君确实有仙风道骨。"

"我就没有？"

"师尊……"

"天师。"一道清朗的嗓音在身后响起。

三人回头，一个俊雅青年含笑拱手："天师，晚辈奉掌门之命，迎天师和无常仙君上云嶂。"

解彼安来过兰溪镇，也去过点苍峰，但却是第一次上云嶂。

由于每日抱着各种目的想要上云嶂的人实在太多，赶都赶不尽，无量派在点苍峰下设有关卡，云嶂还有结界。解彼安仅是御剑去点苍峰看过风景。

云嶂一如世人描述中那般，像一片祥云缭绕的仙境，青衣道人们有序地迎客、打扫，遇到宾客就驻足行礼请安，一切都循规蹈矩、井井有条，简直是正统仙门世家之典范。

无量派的修士服虽都是鸦青色，但入室弟子与记名弟子在剪裁、用料、纹绣上都有大不同，而掌门的入室弟子与长老的入室弟子又有区别，一眼就能分辨。比如来迎接他们上山的这位，就是一个长老的入室弟子，名叫徐茂。

初来云嶂的人，总会有些好奇，徐茂尽职地给他们，主要是给无常二人讲蜀山的风土景致，同时几次表达了对钟馗的仰慕之情。

走在云嶂的青石板路上，解彼安却逐渐沉默了，眉心紧锁。

几年前他来点苍峰的时候，就产生过一些熟悉之感，他只当是天下山川，近看景色都大同小异，但此次来云嶂，这种感觉更强烈了，他忍不住问道："师尊，我小的时候，您带我来过云嶂吗？"

钟馗道："没有啊。"

"喝醉的时候也没有吗？"

"哼，你师父还没那么糊涂。"

解彼安将信将疑地看了钟馗一眼，喃喃道："那我怎么觉得我来过？"

徐茂笑道："小白爷是不是见过民间一些云巅的画作？到处都是呢。"

"……也许吧。"

范无惧若有所思地看着解彼安。

对宗玄剑法有熟悉感，对云巅也有熟悉感，莫非前世的记忆真的有所留存？

徐茂将三人安顿好后，解释道："掌门师尊原是想亲自迎接天师，但近日因为孟师兄的事，他老人家伤心劳神、身体欠佳，还望天师海涵。"

钟馗摆摆手："不必客套。不过，我什么时候能见到他？"

"掌门师尊明晚会设私宴，只宴请几位旧友，到时候晚辈会来接天师过去。"

"行。"

"天师与无常仙君尽可以在云巅随意活动，有什么要求，或是想去鸳鸯池、兰溪镇等地，尽管吩咐服侍的弟子，晚辈也随时乐意为贵客效劳。"

徐茂走后，解彼安将四周打量了一番，这宅院建在悬崖峭壁之上，推开轩窗，仿佛就能徜徉于苍茫云海，此处清幽风雅，独院而居，颇有几分隐世的味道。

"我去会会老友，你们随便玩儿去吧。"钟馗说完，哼着小调走了。

解彼安欣赏着远处的峰峦，赞叹道："真美啊。"

"你当真没来过吗？"

"说也奇怪，我觉得我来过，刚才上云巅，山门啊，楼宇啊，八卦台啊，我好像都有些印象，但我又不记得自己何时来过。"

"就像宗玄剑？"

"对，就像宗玄剑。"解彼安笑着摇了摇头，"也不知道怎么了，或许是哪一世的我曾是无量派门徒？"

范无惧看着一脸茫然的解彼安，心绪十分复杂。他一面知道解彼安不是宗子珩，一面又认定了前世今生都是这个人。无论如何，他不会让解彼安变成宗子珩。

"无惧，天色还早，咱们去玩儿吧？"

"去何处？"

"点苍峰有一种奇花，专在秋天开，可惜现在还不到季节。兰溪镇嘛，晚上逛最热闹，有一家的消夜每晚去都要排队，我一定要带你去尝尝。但现在这个时候，这么热……"解彼安想了想，"对了，咱们去鸳鸯池游泳吧。"

范无慑："……"

"鸳鸯池你一定听说过吧？一冷一热两股灵泉交替，有滋补身体、益寿延年之功效，这种天气去泡一泡冷泉……"

"不去。"范无慑断然拒绝。

"为何啊？是不会游泳吗？师兄可以教你。"

"不去。"范无慑面无表情地说，"我不喜欢在人前袒露身体。"

解彼安哈哈笑了两声："怎么你还害羞呢？又不是小姑娘。"

范无慑怒道："反正我不去。"

"那我自己……"

"你也不准去！"范无慑高声道。

解彼安好脾气地笑着："你自己不去，又不让师兄去，那你说说，你想干什么。"

范无慑瞪了解彼安一眼，他讨厌被当做小孩对待，可在没有找回轩辕天机符之前，他绝不能暴露身份。

范无慑道："我从未来过蜀山，带我四处看看吧。晚上再去吃夜宵。"

"好吧。"

俩人在云嶂四处闲逛，看看这天下第一仙门的排场，有些建筑堪称古迹，曾在与宗氏的大战中被损毁。，解彼安越看，越是挡不住那种若隐若现的熟悉感。

当他们走到八卦台时，解彼安更是没由来地感到心在往下坠。

八卦台位于云嶂最高处，亦是蜀山的最高处。它依陡崖而建，云环雾抱，远远看去，偌大的圆形平台仿佛飘浮于半空中，它是无量派祭祖、祭天，举办各种重要仪式的祭台，但如今最被世人铭记和谈论的，是百年前，修仙界最后一位人皇宗子玷，就是在这八卦台上弑父篡位。

俩人行至此处，不仅仅范无慑被记忆淹没，解彼安也体会到一种从未有过的感觉，似乎是恐惧，是惊慌，总之，他意识到自己很抗拒这里。

于是只上了一个台阶，解彼安就僵住了。

范无惧站在他背后，漆黑的瞳仁阴沉不已。

解彼安的双腿像生了根，不愿再往上走，仿佛上面有洪水猛兽。他实在被这种感觉弄得心慌意乱，但抱着一种不信邪的心态，偏是硬生生走了上去。

八卦台便是一个巨大的、黑白分明的八卦图，那阴阳两分的图案似乎有某种魔力，一下子揪紧了解彼安的心，他眼前蓦然恍惚起来，竟在那纯粹的黑与白之间，看到了猩红的血?!

解彼安大脑一阵剧痛，身体摇晃着倒了下去。

"大哥!"范无惧一把抱住解彼安，令他倒在自己怀中。

解彼安仅剩了一缕神志，发出疑惑的低吟："……大……哥?"

范无惧看着床上双目紧闭，却仍在微颤、盗汗、梦呓的解彼安，心中疑窦丛生。

解彼安为什么会在八卦台上晕倒? 他身强体健，绝不可能是突发疾病，也没有任何中毒、中蛊的迹象，唯一可能的解释，就是八卦台给他的冲击过大。

对于宗子珩来说，八卦台确实是他一生刻骨铭心之地，在那里，他同时犯下了两桩世间极恶——杀父、弑君，自此忠孝两失，也将大名宗氏带向了万劫不复的深渊。

但解彼安不该记得，他喝了孟婆汤，他忘了前世。

可今日之事又该如何解释?

睡梦中依旧惶惶不安的解彼安，那紧皱的眉心、抖动的眼皮、灰白的嘴唇，为他平添几分脆弱。

范无惧看了好久，终是忍不住伸出手，轻轻抚过那苍白的脸颊，用指腹描绘他每一处五官、每一寸皮肤，面上一层浮汗像是滚水，烫得那只手微微颤抖。

一百年了。

被打入无间地狱的百年，他生受着无穷无尽无止境的折磨，为自己造下的万千杀戮赎罪，几乎没有人能够在无间地狱里保住本心，可他靠着宗子珩三个字，硬挨了百年。他不会忘记这个人，更不会忘记他们之间的恩怨情仇。

敲门声突然响起。

范无懈猛地弹身而起，厉声道："谁?!"

门外的人被吓得一顿："呃，我是徐茂，听闻小白爷身体违和，特来探望。"

"不必，他只是累了。"

"真的吗? 不需要请大夫吗?"

"不需要。"

"那就不叨扰了。对了，还有一事，兰公子到了，他本是让我来知会小白爷，且问他晚上可否一叙，没想到弟子说小白爷欠恙……"

"谁?"范无懈警觉地问。

"哦，金陵衔月阁的兰吹寒兰公子。"

"大哥……大哥……"

谁? 是谁? 是在叫我吗?

解彼安撑开沉甸甸的眼皮，发现自己竟身处一片迷雾中，似乎有很多人隐藏在雾帘之后，影影绰绰，朦朦胧胧，有的高声疾呼，有的窃窃私语，有的长吁短叹，但都听不清晰，唯有那句"大哥"声声入耳。

他想要向前，想要拨开迷雾一探究竟，却发现自己的身体并不听使唤。

"大哥，大哥。"

谁? 到底是谁? 我在哪里?

一个小小的人影从迷雾中冲了出来，像小狗一样扑进他怀中，脆生生地唤道："大哥!"

解彼安抱着那软软的男童，心脏狠狠抽痛了一下，那一瞬，好像有什么缺失的东西被填补了回来，他似乎认识这个孩子很久了，他甚至可以笃定，这个孩子非常漂亮，非常聪明，非常依赖自己，可他分明连这张脸都看不清。

"你是谁? 为何叫我大哥?"

解彼安想要好好问问他，却发不出声音。

"大哥，你今天给小九做什么好吃的?"

小九? 你叫小九? 你是我弟弟吗? 听师父说，我家人皆死于瘟疫，或许我真的有弟弟?

解彼安舍不得撒手，怀抱却突然一空，小九消失了。他慌了，小九呢? 他的弟弟呢? 他大喊小九，可却什么动静也发不出来。

他不知道小九是谁，也看不清小九的脸，但他知道小九对他非常重要，他不能把小九弄丢了。

正焦急寻找时，他肩膀忽又一沉，一个少年亲密地钩住了他的脖子，清悦如山涧流水的嗓音在耳边响起："大哥，你看，我快要跟你差不多高了。"

你又是谁？

"哈哈哈，要是我以后长得比你高怎么办，你会不会后悔总是让我不准剩饭？"

难道你是……小九？怎么突然长这么大了？

解彼安生怕小九再次消失，抓住了少年的手，依然努力想要说话，依然发不出声音。

可即便他这样竭力抓着，少年还是如一阵风消失在了风中，只余一串开怀的笑声次第微弱。

不要，不要消失，你去哪里？不要消失！

解彼安急着追了几步，却突然被抓住了脚腕，他低头一看，顿时浑身发毛，竟是一只血手！那血手的主人匍匐于地，他从那一团模糊的面目上，看出了汹涌的痛与恨。

"为什么……大哥……你为什么要这么做……"字字泣血。

什么？

"不是你，告诉我，不是你！大哥……为什么……"

他认得这个声音，尽管已经变了声，有了介乎少年与男人之间的声线，可他分明还是刚刚的小九。

你怎么受伤了？你在说什么？他做了什么？

"我那么相信你，我什么都听你的，我对你……你为什么要这样对我?!"

解彼安急着想把小九扶起来，他受伤了，他流了好多血，需要医治。

可一切仍是徒劳，他什么都做不了，他陷入了一个可怕的、诡异的梦，他既是参与者，又是旁观者。

倏地，一只有力的大手一把扼住了他的脖子。

解彼安大惊失色，他竟被那只手双脚离地提了起来，眼前站定一个极高大的男子，五指硬如铁铸，他一丝一毫都挣脱不开，他对此人产生了前所未有的恐惧。

男子开口了："大哥，好久不见。"声线阴冷、低哑、邪戾，像一把淬了毒液的刺刀，悬停于眼前，随时可能将他开胸破肚。

难道他也是……小九？

难道他也是……小九？

解彼安被狠狠扔在了地上，他此刻就像一条砧板上的鱼，生杀予夺之大权握于他人股掌间，而他空有一身修为和利剑法宝，统统派不上用场，只能惶恐地后退。

男人粗暴地揪起他的头发，薄唇贴着他的耳廓，口吐寒冰："睁开眼睛，看清楚，这是你不择手段抢来的位子，从今往后，每当你坐在这里，你不再觉得唯我独尊，你只会想起自己是怎么跪在我面前。"他顿了顿，低低一笑，"我的好大哥。"

解彼安奋力挣扎起来："不要，住手，不要——"

"师兄！师兄！"

解彼安猛然睁开眼睛，入目便是一双眼尾上勾的狐狸眼，那许是他见过的最美、最魅的眼睛，可此时这双眼睛却与梦中那冷酷男子重叠，只令他不寒而栗。

范无慽看着他惊恐的模样，耐心安抚道："师兄，你怎么了，做噩梦了？"

解彼安的眼神从混沌慢慢变得清明，他好半天才缓过了神，茫然地盯着范无慽："无慽？"

"你怎么样了，哪里不舒服？"

"我……"解彼安一时有些分不清梦与现实，他好像经历了一段别人的人生，可那经历未免太真实了，简直就像是……

"师兄，你还记得吗，你在八卦台上突然晕倒了，你最近身体有什么不对的地方吗？"

"我在八卦台上晕倒了？"解彼安揉了揉胀痛的太阳穴，从床上坐了起来，他想起了昏迷前的事，"好像……好像是有这么回事，可我身体没什么问题啊，怎么会突然晕倒呢。"

范无慽定定地看着解彼安，追问道："你昏迷前有什么感觉，昏迷后呢？刚刚是做噩梦了吗？梦到了什么？"

解彼安想起适才做的梦，脸色白一阵，红一阵，有些无措起来。

"师兄？"

"我……我应该是做了噩梦，但是，有点记不清了。"解彼安也并非撒谎，梦中的细节很模糊，他醒来后大致记得一些，也忘了一些。但那个男子对他做的事、说的话，他记得清清楚楚。

他怎么会做这种梦？简直匪夷所思。

"你什么都想不起来吗？"范无慑十分想知道解彼安是否还残留有前世的记忆，然后被八卦台刺激到了。

解彼安对梦中发生的事讳莫如深，而且他自己都没理清思路，也不想让范无慑担心，便含糊了过去。

范无慑不再追问，用布巾轻轻给解彼安擦着汗："想不起来就别想了，你现在需要好好休息。"

解彼安看着范无慑耐心、仔细的样子，心中一暖："无慑，多亏有你在，我这是……"他看了看窗外的夜色，"这是什么时候了，我睡了多久？"

"四个时辰，现在是半夜了。"

"这么晚了。"解彼安更为感动，"你一直守着我吗？"

范无慑凝眸看着他。

"说好要带你去吃消夜的，也没去成。"

"明晚去。"

解彼安叹了一口气："你快回去休息吧，我没事了。"

范无慑却没有动："我守着你。"

"师兄真的没事了。"

"你突然晕倒，然后做噩梦，又说不出什么原因，我不放心。"范无慑丝毫没有要走的打算，"你躺下休息，我守着你。"

"但是……"

"躺下。"范无慑一副不容置喙的口吻。

解彼安无奈地躺回了床上，他闭上眼睛想休息，但脑子里乱糟糟的，身边又坐着个人，哪里睡得着。不一会儿，他睁开眼睛："无慑。"

"嗯。"范无慑正闭目打坐。

"来跟师兄一起睡吧。"

"……"

"你非要守着我，这么坐一晚上多累啊，来吧。"解彼安往床里挪了挪，拍了拍身边的位置。

范无慑睁开眼睛，漆黑的眼眸在暗夜中莹莹烁烁，他顿了一顿，除履上榻，慢腾腾地在解彼安身边躺下了。

解彼安感到心中也有了几分踏实，他拍了拍范无慑的手背，含笑道："师弟，谢谢你。"

范无慑没有吭声，只是默默地闭上了眼睛，不禁想起小时候，和他最信任的大哥度过的那些无忧无虑的时光，心中酸楚不已。

天蒙蒙亮时，解彼安就起来了，他一个灵巧地翻身下床，落地无声无息，看了一眼还睡着的范无慑，轻手轻脚地为其披了披被子，才出了门。

山里的早晨很冷，吸入的每一口气都清冽得像咽了一把霜雪，灼心灼肺地痛快，浑浑噩噩的感觉被一扫而空，他彻底醒了。

他想了一晚上，也没想明白自己为什么抗拒八卦台，甚至晕倒，更想不明白那个匪夷所思的梦。幸而他生性乐天知命，不是爱钻牛角尖的人，想不明白，那就不想了，反正身体并无大碍。

其实他隐约感到，此次的事或许与他的前世有关系。他身为冥将，知道人是无法完全抹除前世的痕迹的，孟婆的五味迷魂汤，是让人忘记记忆，而不是消除记忆，记忆是无法被消除的，而忘记的东西是可以被想起来的。只是绝大多数人，终其一生，只会偶尔在遭遇类似情景时有短暂的闪回，只觉似曾相识，并不明白那意味着什么。

很可能他前世来过八卦台，发生过一些大事，此次故地重游，便闪回了记忆。只是，不知道那个梦是否也与前世有关。最好没有，因为梦里的他显然没什么好下场。

解彼安决定不再自寻烦恼、胡思乱想。他抽出沛雪，静心凝神，认真练起了剑。

范无慑早在解彼安下床的时候就醒了，但他没有立刻起身，闭眼假寐了一会儿。

等他下了床，走出门一看，解彼安正在悬崖边上舞剑。

俊美出尘的白衣少年，在云霞的掩映下执剑起舞，银晃晃的剑光在青峰秀岭间落下瑰丽的残影，那一抹皓白飘逸如雪鹭、飒沓如流星，祥云裹衣，瑞气环抱，仿佛下一瞬就要羽化成仙。

范无慑心神一荡，他飞掠过去，汀墨出鞘，与沛雪锋刃相交，"锵"的一声脆响，回音绕壁，久久不息。

一黑一白两道影子，白的如笺纸，黑的如松墨，笔走龙蛇，翼翼飞鸾，缠绵至云海生波，逐渐黑中有白，白中有黑，黑白两仪，生四象八卦。

黑白阴阳，统一、对立、互化、消长，无极太一，谓之道矣。

这一场切磋没能分出胜负，就被徐茂打断了。

徐茂特地来探望解彼安，还奉上一颗仙丹："掌门师尊听闻无常仙君身体欠恙，很是担心，特差我送来这枚真元玉炼丹，此丹可安神补气，对修为也有增益，还望无常仙君笑纳。"

这种品级的丹，要耗费不少天材地宝才能炼成，在外面有钱都抢不到，是需要修士亲自上云赏求的。

解彼安师从钟馗，见识自然不少，也觉得此丹称得上厚礼，比他们的祝寿礼还厚多了，但他出门在外，代表的是师门颜面，不能露怯，便拱手笑道："多谢真人，晚辈就却之不恭了。"

"来者是客，若是在咱们无量派有所不适，叫我们情何以堪呀？。"

两人又客套两句，徐茂问道："哎呀，兰公子说要来看看小白爷，既然您已经没事了，是不是……"

"兰公子？"解彼安眼前一亮，"兰大哥来了？"

"是啊，昨日就到了，我昨晚过来传过话，怎么，范公子没告诉您吗？"

范无慑木着脸："忘了。"

解彼安笑道："我之前还猜，兰大哥会不会代衔月阁来贺寿，他果然来了。无慑，走，我带你去见见兰大哥。"

范无慑一点都不想见什么"兰大哥"，但他也不会让解彼安单独见。

半路上，突然有三三两两的弟子匆匆白他们身边跑过，都往一个方向聚拢而去。

徐茂抓住一个弟子责问道："冒冒失失的干什么？没看到贵客吗？"

"徐师兄。"那弟子行了个礼，"宋师兄和兰公子正在八卦台上切磋，无量剑和君兰剑的交锋，难得一见啊！"

徐茂眼前一亮："小白爷，咱们也赶紧去看看吧。"

解彼安心里咯噔了一下，一个是李不语的闭门弟子，名满江湖的独臂剑客，一个是手持神农鼎淬出的神兵，有"天下第一公子"美名的衔月阁少阁主，这场比试注定精彩万分，他当然想看，但一想到八卦台……

范无慑抓住解彼安的手腕："我们不去。"

"怎么了？"徐茂不解道。

解彼安定了定神："没事，我也想看，走吧。"

三人跑到八卦台，见那仿佛悬浮于半空的平台上，一青一蓝两人正锋来刃往，剑花纷飞，速度快得几乎在周身拖出残影，高手过招，招招精彩绝伦，八卦台下已经围满了看热闹的无量派弟子和前来贺寿的宾客。

解彼安本能地不愿意靠近八卦台，只驻足于略远的地方，剑招倒也都看得清楚。

徐茂赞叹道："已经许久没见宋师兄认真了，宋师兄不出手则已，一出手就艳惊四座啊！"

无常二人都没吭声。他们领教过宋春归的厉害，上次之所以能从此人手里脱身，也是他没有穷追猛打，否则，他们联手，或许不败，但也绝对损伤惨重。

"不过，兰公子这手君兰剑法，也是名不虚传呀，否则兰阁主也不会倾一门之力，为他用神农鼎铸剑，虽然他修为和剑法略逊于宋师兄，但有这神兵在手，也算势均力敌。"

范无慑心中虽然不快，也不得不承认，这兰吹寒不是他想象中的绣花枕头，尽管此人的风流韵事和剑法一样有名，但并没有玩物丧志。

解彼安也不住道："厉害，精彩。"

范无慑问道："宋春归的无量剑修到第几式了？"

"传闻修到了第八式，但还没人见宋师兄使出过。"

"李不语呢？"

"呃……"徐茂诧然。

直呼尊者姓名，是大不敬，何况李不语还是如今修仙界的至尊之人，徐茂这辈子都没听过人敢这样肆无忌惮地叫他师尊的名字，一时都愣了。

解彼安也一惊："无慑，你怎么这么无礼?!"他连忙向徐茂道歉，"真人，实在对不起，我师弟他……他小时候师从散修，礼数不太周全，又少不经事，望真人莫怪。"

"无妨，无妨。"徐茂干笑着擦了擦脸上的汗。

范无慑不屑地撇了撇嘴，眼中闪过森森杀意。当年那个追着他大哥屁股后面巴结的小子，那个两面三刀、阳奉阴违的小人，如今成了修仙界的领袖，真是莫大的讽刺。

八卦台上的二人，点到即止，都怕再打下去打出了火，会忍不住动真格的。

"啊，他们比完了。"解彼安走了过去，在台下叫道："兰大哥！"

台上之人闻声转头。他一身蓝衫玉带，隐云纹兰花刺绣，身姿高挺，卓尔不群，相貌更是俊美无匹，一双波光流转的桃花眼脉脉含情，他一笑，正应了那一句话——人如濯濯春杨柳，彻骨风流，脱体温柔。

这般相貌，不愧被誉为天下第一公子。

兰吹寒飞身而下，潇洒地落到了解彼安身前，惊喜地笑道："彼安！"

"兰大哥，好久不见了。"

"是啊，快三年了。"兰吹寒将解彼安上下打量一番，伸手摸了摸他的脑袋，柔声道，"想起第一次见你，你才八九岁，如今是大人模样了。"

范无慑眯起了眼睛。

解彼安哈哈笑道："我早就是大人了，我都有师弟了。"他像献宝一样把范无慑展示给兰吹寒，"兰大哥，这是我师弟，范无慑，他根骨极好。"

兰吹寒含笑看着范无慑："有所耳闻，能被天师收为徒弟，必然是天骄之质。"

范无慑冷脸看着兰吹寒。

解彼安从背后怼了一下范无慑。

范无慑勉为其难地拱手："见过兰公子。"

"兰公子，刚才那一手君兰剑法，真是让我等叹为观止。"徐茂恭维道。

"真人过奖了，比起宋大哥，我还是……"

"无常仙君，别来无恙啊。"

不知何时，宋春归已经走到了他们面前，淡淡看着二人。

解彼安的表情僵了僵，不自在地行礼："宋真人。"

徐茂意外道："宋师兄，你们见过？"

"说来话长。"宋春归用独臂做了个"请"的姿势。

᧤… 第七章 …᧥

当今修仙界，至高至尊者被公认有四人。

无量派掌门李不语，纯阳教掌门许之南、苍羽门掌门祁梦笙和冥府武判官钟馗，原本论资历、论权势、论地位，钟馗一介散仙，都无法与前三位相比，修为术法，没打过也难论高下，直到东皇钟这一神宝为他所得，他才被尊为"天下第一人"。

除此，前三位都经历过宗天子的时代，无量派更曾与宗氏结有姻亲，这些百年大仙家的现任掌门，无一不是魔尊宗子枭手下的幸存者，因而对窃丹魔修、对宗玄剑法都讳莫如深。钟馗再是旷达不羁，得知自己的徒弟使出了宗玄剑法，也不得不亲自带人上云巅解释。

解彼安也是在察觉到这严肃的气氛后，才明白此行的主要目的。

李不语虽已是华发苍颜，但身姿并不见老态，仍是松形鹤骨，一身的仙风道骨。此人所坐的仙盟盟主之位，其实与当年的宗天子地位相当，只是众仙家不再雌伏称臣，也不必奉税纳贡，这盟主之位亦非世袭，公正之下，才换来修仙界的百年太平。

此次寿诞，除了钟馗，各家皆是派小辈送来寿礼，当李不语端坐主位之上，小辈们纷纷躬身行礼，得到应允后才落座。

李不语那灰褐色的眼眸朝钟馗这边扫来："正南，昨夜睡得可好啊？"他语调平缓，甚至有几分温和，却自有一番威严。

钟馗笑道："喝得好就睡得好，多谢盟主的美酒。"

"你的徒儿呢？听说无常昨日身体不适。"

解彼安拱手道："多谢仙尊关心，晚辈没有大碍。"

钟馗奇道："你怎么了，怎么不适了？"

解彼安悄声道："只是受了点寒，已经好了。"

李不语的目光又落到范无慑身上。

范无慑也静静地看着李不语，心下冷笑，他都老成这样了。

"哦，这就是我新收的徒弟。"钟馗道，"往后这无常之职，由我两位徒弟担当。"

兰吹寒笑道："一黑一白？妙哉。"

李不语道："正南，你这两个徒弟，不仅根骨绝佳，相貌也是出尘脱俗，都是众仙家争抢的资质，你去何处寻来的？"

钟馗咧嘴一笑："捡的。"

众人也跟着笑了起来，这话倒也并非真有什么趣味，只是钟馗明显在避重就轻，谁不想卖天师的面子？

李不语也淡淡一笑："听春归说，你们在浮梦绘有些误会。"

宋春归道："师尊，是徒儿有错在先，为了调查孟师兄遇害一事，徒儿在浮梦绘想将这两位小公子带回云嶂问询，当时并不知道这是无常二仙。"

解彼安还没来得及给宋春归准备台阶，范无慑已经不客气地说："确实是你的错，是你先动的手。"

兰吹寒憋着笑，只是嘴角微微抽动。

宋春归微哂。便是各门派的掌门、长老，见了他都会礼让三分，这小子第一次拿一把断剑就敢说要他命，这次气焰更是嚣张，但他也无可奈何："无常小仙君说得对，是我先动的手。"他冲钟馗颔首，"望天师莫怪。"

钟馗跷着二郎腿，痞笑道："无妨，我这小徒不知天高地厚，你帮我教训教训他，我应该谢谢你。"

李不语道："春归，既是你先动的手，那就是你的不是，给两位小仙君道歉。"

宋春归也不矫情，干脆地致歉。

解彼安也欠了欠身："都是误会，我们也有不对，真人折煞我们了。"

"既是误会，说明白就好了。"李不语意有所指地看着钟馗。

钟馗清了清嗓子："此次上云嶂，有一件要事需当面解释清楚。无慑在拜我为师之前，师从青城山一位散修，那散修想来是隐士高人，从没有过透露自己的名号和来历，如今云游四海去了，无慑并不知道自己练的是宗玄剑法，这还是春归看出来的。"

"哦？"李不语道，"青城山何处，那位高人有何特征？"

范无慑刚要张嘴，李不语又道："春归，你与他详细了解一下，亲自去趟青城山，务必找到那位散修，不管他在九州何处。"

钟馗低头喝了口茶，没有出声。

解彼安偷偷看了自己师父一眼，又看了看师弟，心想这事比他想象中还要严重。

李不语缓缓说道："正南，你不要觉得我小题大做，我也并非不信任你徒儿，兹事体大，不可草率，无论那散修是何人，都要将他找出来，查问清楚，以绝后患。"

钟馗道："我明白盟主的担忧，那就查吧，我也想知道那究竟是何方高人。"

范无慑扬着下巴看着李不语："仙尊就这么惧怕宗玄剑？"

李不语眯起了眼睛。

解彼安缩了缩脖子，他怎么总看不住这个天不怕地不怕的师弟？

钟馗饶有兴致地看着自己的小徒弟。

李不语扫了范无慑一眼："你小小年纪，莫不是不知道宗玄剑的来历？"

"使得了宗玄剑法，也不是人人都能成宗子枭。"

屋内一片哗然。

李不语目光一沉，气氛也跟着凝固了。

一位无量派的长老道："无常小仙君，这是初生牛犊不畏虎，还是自恃是天师的徒弟，肆无忌惮？"

范无慑讥讽道："不敢自恃，但也不至于像诸位一般，怕一个死了百年的鬼，怕到连名字都不敢提。"

钟馗哈哈大笑道："就是嘛，那宗子枭在无间地狱服刑百年，之后又投胎地狱道，永生永世受业力之苦，再也无法脱身，何必这般忌惮。"

"魔尊靠人丹增补修为，突破了宗玄剑第九重天，又得山河社稷图和轩辕天机符两样神宝。"李不语淡淡地说，"这些，可都没跟着宗子枭下地狱。大风起于青蘋之末，我等当防患于未然。"

宋春归道："我们晚辈对那魔尊，仅听了传说，师尊却是亲历过那段修仙界最黑暗的年代，人丹加上宗玄剑，就有可能造就第二个魔尊，如何谨慎都不为过。"

范无慑暗自冷笑。

"对，如何谨慎都不为过。"众人附和道。

钟馗笑道："那就查，无慑。"

"在。"

"你好好配合。"

"是。"

"既是误会一场,那也解释清楚了。"李不语道,"正南这次来,应该不止于此,克非的事,你是否知道什么?"

"我私下与盟主谈。"

李不语点点头,叹道:"我师弟因为克非的事,大病一场,无量派上下人心惶惶,结果现在竟是一点线索都没有。"

"师尊,您的身体也欠恙,晚上还要宴请宾客,还是回去休息吧。"

"嗯,这不是听说你与兰公子切磋,我便想来看看。"

兰吹寒道:"献丑了。"

"衔月阁虽是新教派,但有你这个后起之秀,前途不可限量。"

"仙尊过奖了。"兰吹寒笑道,"无量派有宋大哥,更是后继有人啊。"

此言一出,在场的几个无量派长老和弟子,表情都有些许微妙。

兰吹寒生就一颗七窍玲珑心,什么时候该说什么话,从不出错,解彼安看着他言笑晏晏的模样,就知道他是故意的。

解彼安略一思考,便明白了这话的深意。

李不语年事已高,虽说修仙之人皆长寿,但活到这个年岁,离大限不远矣。这些年门派内外的事,他都逐渐交给了几个弟子,或许也会提前让出掌门之位。他的四个弟子中,数宋春归最年轻有为,最能将无量剑法发扬光大,但他论声望不及大师兄,亲疏不及二师兄,也就是李不语的儿子,家世不及三师兄,加之出身贫贱,又有残疾,若真的做掌门,甚至有一天可能做仙盟盟主,恐怕众仙家不服。

无量派的掌门之争,实际已暗流汹涌,这已不仅仅是他们门内之事,也是众仙家派系之间的角逐。

而兰吹寒这一句话,就代表了衔月阁的态度。衔月阁身为鹊起新贵,与大仙门世家还没有那么多盘根错节的关系,又急于培植自己的势力,扶持宋春归,实是互利。

众人散去后,兰吹寒前来邀约:"彼安,去我那儿喝杯茶,我们好好叙叙旧。"

"好啊。"解彼安笑道,"我前两个月送去的那幅荡山荷的画,兰大哥收到了吗?"

"收到了,那一株被你养得太好了。"

"那样珍贵的母株,我自然要加倍珍惜。"

"什么时候来金陵?我带你看看新的品种。"

"太好了,我得空就去。"

范无慑亦步亦趋地跟在俩人身后,全然不管兰吹寒有没有邀请过他。

三人来到兰吹寒的住处,兰吹寒的随侍沏好了茶。

兰吹寒道:"这是今年新采的龙井,我让人去打了鸳鸯池的水,你不是说,鸳鸯池水烹茶格外香嘛。"

"是啊,世人只道鸳鸯池可以活血补气,可以增进修为,我倒觉得这喝进去,也一样增补。有一年我御剑来蜀山,专门用它烹茶煮饭,自带些天然的沁甜,味道极好。其实我还想试试用它浇花,可惜实在带不了太多。"解彼安说到自己感兴趣的事,简直眉眼飞扬,笑靥生辉。

兰吹寒含笑看着解彼安,目光温柔又惑人,难怪自蛟龙会一鸣惊人后,修仙界无数女修为他神魂颠倒。

范无慑低头喝茶,以掩饰自己的恼火。

"兰大哥,你最近在忙什么?"

兰吹寒眨了眨眼睛,调笑道:"忙着给你培育新的兰花。"

"咔嚓"一声,范无慑捏碎了手里的茶杯。

解彼安瞪大了眼睛,脸色都变了:"无慑!这百圾碎茶碗出自龙泉哥窑,是无价之宝,你……你真是……"他一时都不敢看兰吹寒了,这可是能传家的宝贝,这要怎么交代?

兰吹寒浅浅一笑:"彼安,不要紧张,这是……"

"假的。"范无慑把碎瓷片往桌上一扔。

解彼安呆住了。他师弟把人家价值万金的名瓷捏碎了,还羞辱人家说是假的,这要如何收场?

兰吹寒非但不恼,反而笑出了声来:"确实是假的。"

解彼安更蒙了。

"我家中收藏有一对真品，是浅白纹的，这套鱼血红，是我的一个朋友仿龙泉哥窑烧出来的，他是江南最好的窑师，它们虽不是真正的哥窑，但真的很美。"兰吹寒拿起自己的茶碗，细细品鉴着，"碎了一只，是有些可惜，我再向他要一只便是。"

解彼安松了口气："兰大哥，真是对不起。"

兰吹寒探究的目光从茶碗缓缓移向了范无慑，他嘴角含笑，笑意却不现眼底："不过，你怎么看出是假的？"

范无慑慢条斯理地擦着自己的手，没有回答。

"这百坂碎仿到了极致，彼安都没看出来，就算是常玩瓷器的，不费点工夫，也不敢断言真假。"兰吹寒笑盈盈地说，"听说你自小孤苦无依，可你举止言谈、坐立行走，都与世家公子无异，真不知那散修是何方高人，将你教得这么好，甚至能鉴赏瓷器？"

范无慑在这一瞬对兰吹寒动了杀心，此人跟李不语一样，根本不相信他所说的出身，而且还故意当着解彼安的面说。

解彼安的神色果然有变，他微微蹙了蹙眉，也看向范无慑。

范无慑面不改色地说："我那散仙师尊使的是宗玄剑法，他必然就是宗氏后裔，他不仅剑法好，亦是博雅之人，举凡读书识字、礼乐书画，他都教过我。"

兰吹寒长长地"哦"了一声："别说宋大哥了，连我都想尽快找到那位高人了，或许能有幸与他结交一番。"

"你们找不到他的。"范无慑冷哼一声，"他隐姓埋名多年，就是为了远离俗世纷争，岂会轻易被骚扰？"

"他想远离俗世纷争，却没有提醒你，不要轻易在人前使出这套剑法？"兰吹寒的目光愈发犀利。

范无慑与兰吹寒对视着："识得这套剑法的人，大多已作古，活着的也不是我能招惹的，谁能想到会被认出来呢。"

俩人之间的气氛一时有些剑拔弩张。

解彼安赶紧打圆场："无慑，你弄碎了兰大哥的茶杯，该说什么？"

范无慑皱起眉。

"该说什么？"

范无慑黑着脸说："对不起。"

兰吹寒嘴角轻扬，凝视着解彼安，说道："不必介怀。"

解彼安心里也有些犯嘀咕，范无慑身上确实有诸多疑点，不怪兰吹寒也怀疑，但他觉得，人既然已经入了他的师门，就是一家人，多少有点护犊的心态，他抓过布巾给范无慑擦身上的茶水："你看看你，这是新做的衣裳，这散花锦不能碰热水，会变形的，而且这料子挺贵的，你平日要小心养护。"

范无慑看着解彼安絮絮叨叨地给他擦衣服的模样，心中那森冷的杀意消散了不少。

兰吹寒也恢复了常态，亲自给范无慑斟了一杯茶，推到他面前，别有深意地说："这回可要轻拿轻放。"

他们又重新品着茶，谈起了兰花，也天南海北地聊修仙界发生的事。范无慑在一旁沉默地喝着茶，心情却烦躁不已。

无论是李不语、宋春归，还是这个兰吹寒，于前世的他，根本不值一提，可现在的他，却只能韬光养晦、隐忍不发。哪怕他带着前世的记忆，分秒必争，进步神速，但修行没有捷径，要恢复到前世的修为，突破宗玄剑的第九重天，至少还需要十年。

除非他能提前找到轩辕天机符。可是，以他现在的灵力，恐怕也无法驱动天机符，这也是他虽然知道山河社稷图在何处，却不能去取的原因。得到而不能驾驭，只会招来祸端。

他究竟还要等多久，才能……

范无慑偷偷看了解彼安一眼。怨也好，恨也罢，无论如何，这个人他都不会放过。就算你什么都不记得了，仍然要偿还上辈子欠我的。

夜晚，李不语的寿宴正式开始了。

其实此次的晚宴仅是招待宾客的私宴，往年李不语的寿诞，是整个修仙界的盛大聚会，若不是出了孟克非的事，今日的云嶂，该是高朋满座、灯火通明，不会这样"冷清"。

钟馗极讨厌繁文缛节，加之做了冥府武判官，总会遇到些不情之请，令他烦不胜烦，所以修士们扎堆的地方，他很少现身，这还是第一次给李不语祝寿。

师徒三人皆换了冥差的正装，这也是钟馗带着范无慑第一次正式露脸，有了身份，众人对范无慑的态度立刻不一样了。

宴席中，不停有人过来敬酒，钟馗爱酒，却不喜欢这种功利的喝法，喝了几杯就装醉了，把自己的徒弟推出去挡酒。

解彼安也爱酒，但不嗜酒，酒量也拿不出手，被人一口一个"白爷""黑爷"地灌了好几杯，就开始晕乎了，可扭头一看范无慑，仍是老神在在的模样。

解彼安笑道："无慑，你酒量这么好？真看不出来。"

范无慑看着解彼安，他捏着酒杯，轻声道："酒不醉人。"

"哦？这酒不醉人，那什么醉人？茶？"解彼安说完，被自己逗笑了，身形也晃了晃。

范无慑伸手想扶他，却又缩了回来："别喝了，我送你回去吧。"

"不行，师尊不愿意喝，我们要是走了，岂不失礼。"

又有人过来敬酒，都被范无慑一一拦了过去。

解彼安看向坐在对面的兰吹寒，撑着矮桌要站起来："我……我得去敬兰大哥一杯。"

范无慑揪住他的衣襟，低喝道："你老实坐着，站都要站不起来了。"

"谁说我站不起来？"解彼安为了证明自己，硬是站了起来，只是身体直打摆子。他稳了稳，迈出了一步。

就在这时，地面突然颠簸震动起来，颠得解彼安本就摇晃的身体更抓不住重心，向后栽去。

范无慑一把将他扶住。

解彼安有些茫然地看着自己的小师弟。

"怎么回事？地震了？"

"怎么了，这是?!"

宾客们纷纷从原位跳了起来，一副严阵以待的模样，反观无量派的人，都很平静。

那震动没有持续多久，就平息了下来。

宋春归道："诸位不必惊慌，蜀山一带多有地动，这样的小震，我们无量派的弟子都习惯了。"

"此时此刻，正是仙尊的寿诞，这地动来得如此巧，分明是在预示仙尊有震天动地之神威啊！"

"对！"

"说得好。仙尊因故不能宴请八方宾客，这地却赶来贺寿了。"

"哈哈哈哈。"

李不语笑着抱拳："诸位抬举了，抬举了。"

解彼安酒醒了几分，顿觉尴尬，他想要爬起来，范无慑却突然收紧手臂，箍住了他。

"师弟？"

范无慑顿了顿，才松开手："都叫你老实坐着了。"

"我是想去敬酒。"

"你走路都打战，怎么敬酒，不是给师尊丢人？"

"我没颤，是地颤。"解彼安又被自己逗笑了，"我长这么大，好像是第二次碰到地震。我也听说过蜀山多地动，没想到第一次上云赏就赶上了，还刚巧在仙尊的寿宴上，看来真是吉兆。"

范无慑几次听着解彼安言辞间对李不语的敬重，都觉得厌恶，他不悦道："一帮人拍马屁，你也当真？"

解彼安的笑容消失了，他压低声音道："无慑，你为什么屡屡对仙尊不敬？若是因为宋真人……"

"与他无关。"

"那是为何？"

范无慑无法说出真正的原因。

"我看你就是记仇，输给了宋春归，还要迁怒于人家的师父。"解彼安训诫道，"无慑，以后切不可如此，无论是私底下还是明面上。"

范无慑窝火不已，干脆扭头过去不理解彼安了。

解彼安看着他别扭的模样，无奈地摇摇头。这小师弟如此乖戾，自己身为师兄，任重道远啊。

寿宴散去，范无慑虽然依旧黑着脸，但还是把解彼安送回了房。

解彼安醺然倒在榻上，一把揪住范无慑的袖子，嘟囔道："不可对人不敬，不可傲慢自负，知道吗？"

"……知道了。"

116

"你天资高，心性更高，这不是好事，仲永之伤，不可不……"解彼安说着说着，已然昏昏欲睡。

此时静夜无声，时间好像停止了流动，令人连呼吸都放得轻浅，唯恐惊扰了这片刻的安宁。

突然，范无慑感应到自己的魂兵器有反应。

解彼安猛然睁开眼睛，从榻上弹坐起来，并立刻召唤出了无穷碧。

那镇魂杖正发出忽明忽灭的青芒。

"怎么回事？"

"附近有人魂。"解彼安深吸一口气，开始催动灵力散酒，眼神也逐渐清明，"走，无慑，师兄带你去做真正的无常。"

❧… 第八章 …❧

"有人死了？"

"不像新死之人。"解彼安表情严肃，"魂兵器对人魂是有所感知，但范围不大，除非是怨念深重的魂，才会有这么强的反应。新死的魂一般比较茫然，甚至不知道自己死了。"

"那是怎么回事？"范无慑听得周围一片寂静，"整个蜀山都很安静，看来除了我们，没有人被惊动。"

"要么是碰到了很厉害的邪祟，要么是死了很多人，无论哪种，此事都十分蹊跷。"解彼安循着无穷碧的指引，一路往后山跑，"若这不是新死之魂，而是早就有的，为什么之前我们不知道？蜀山的城隍从未上报过这样强的怨魂，就说明此前没有，而我们在这里过了一夜，刚刚才察觉。"

"难道是从别处来的？"

"几乎不可能。怨魂多是因为生前爱恨执念不散，除非被人驱使，否则不会轻易离开当地，再者，蜀山有上万名修士，阳气极重，邪祟只会避而远之，除非它本来就在这里，不然不可能无故、毫无征兆地出现。"

"那就只有一种可能了。"范无慑道，"那邪祟被封印在了此处，不知因为什么封印解除了，被魂兵器感知到了。"

解彼安的神色愈发凝重。他从未见无穷碧有过这么大的反应，不管那东西是什么，一定不好对付。

俩人离开云嶂，一头扎进了茫茫山林，被无穷碧指引着，寻到了一处山洞。那山洞入口被一人高的野草所遮掩，哪怕近距离路过，都未必能发现，极为隐秘。

范无慊抽出汀墨，几道剑气清出了一条路。

黑黢黢的山洞如同兽口，怒张着、等待着猎物。

俩人对视一眼，同时从乾坤袋里摸出火符，解彼安先范无慊一步踏进了山洞。

洞内潮湿、阴冷、狭窄，地面尽是乱石苔藓，哪怕有火符那一点光亮，也时不时要磕绊两下。火符能照到的最远的地方，还是黑暗，仿佛将他们吞入腹中的不是山洞，而是黑暗本身。

"无慊，怕不怕？"解彼安轻声说。

"不怕。"

"你才十五岁，怕也不丢人。"

范无慊刚想反驳，又听解彼安说："害怕的话，离师兄近一点。"

他沉默地挨近了解彼安，俩人几乎是肩膀挤着肩膀往前走。

"一会儿不管看到什么，发生什么，一定不要慌张，不要乱跑，有师兄在，不会有事的。"

"嗯。"

俩人越走越深，突然听到很远处有一阵轻微的声响，像是铁链拖过地面的声音。

解彼安将无穷碧横在身前。虽然他的剑法远比棍法好，但对付邪祟，还是魂兵器更有用。

那铁链时不时就响一下，仿佛有什么东西窸窸窣窣地在动，于一片漆黑与窒闷的山洞里听到这匪夷所思的声音，叫人毛骨悚然。

"无慊，这东西恐怕有实体，不知道是行尸，还是被上了身，要擅用魂兵器，它可以把魂敲出来。"

"好。"

手中一点火光，越往外缘，越是黯淡，它仿佛在光与暗之间拉锯徘徊，稍有不慎，就会被黑暗策反。突然，黑暗的边缘处浮现了不一样的东西——一截索链。

俩人放轻了脚步，缓缓靠近。视线中出现了数条索链，在石壁间纵横交错，链条足有成年男子的手腕粗，离他们最近的铁链，一头扎入地底。

解彼安两指夹着火符注入灵力，口中诵念符咒，然后将那黄符射了出去。

火符"轰"的一声爆燃，顿时将偌大的山洞照得明如白昼，在那短暂的光亮中，他们得以看清眼前的景象。

地上画了一个一看就年代久远的阵法。

阵法中，除了属阵眼的中宫，其他诸如乾宫、兑宫、震宫等阵点，都插着手腕粗的铁链，而铁链的另外一头则被打入石壁，阵法中的每一个点，都被这些铁链锚定、封锁，但其中一条铁链明显地松动了。

范无慑脸色骤变。

"这是……"解彼安只觉头皮发麻，"这应该是一种缚魂阵，我能感觉到被它压制的怨气，这个阵法我好像在哪儿见过，好邪。"

范无慑的瞳仁漆黑不见底，无数思绪在脑中闪过："天罡正极缚魔阵。"

解彼安搜刮了一番记忆："天罡……等等，难道是《黄帝阴符经》里的阵法？"

"不错。"

解彼安大惊失色："竟有人敢用《黄帝阴符经》里的邪术！"

那《黄帝阴符经》是上古流传下来的秘书，虽然几个铜板就能在地摊上买到，但内容艰深晦涩，且残缺不全。此书中有各种阵法、巫咒、诡术，传说当年轩辕氏就是靠此打败蚩尤，如果说轩辕天机符是号令阴兵的兵符，那么这本书就是兵法，得其一就能独步天下。百万年来，有多少人钻研此书，试图找出轩辕天机符的下落，又有多少人修炼上面的诡术秘法，结果不是白费工夫，就是走火入魔，如此得不偿失，渐渐也就没人敢修了。

宗子枭是唯一一个真正寻到了轩辕天机符，修成了秘法的人，最终也堕入魔道，万劫不复。至于他是先懂兵书，再得兵符，还是先得兵符，再懂兵书，后世一直不得其解。

"这天罡正极缚魔阵，能锁住一般缚魔阵压不住的修为高深的魂魄，把被缚者变成亦人亦鬼的魔物，永远游离于生死之际，什么都知道，什么都感觉得到，却无法从痛苦绝望中解脱，也不得轮回超生，是极其歹毒邪佞的阵法。"范无慑说到最后，声音有了几分颤抖。他对这阵法再熟悉不过，他曾经想以此阵留住宗子珩，但终究没狠下心。

"那不就等于……人间地狱？"解彼安不寒而栗，"摆这阵法的人，也造下了恶业，实际是两败俱伤。看来设阵之人，不是对被缚之人怕到了极致，就是恨到了极致。"

"被缚的东西呢？"

俩人沉默了。

行到此，他们基本上想通了，虽然不知道这阵法存在了多久，但必然是经年累月的地动，使得索链逐渐松动，今晚直接震断了一条索链，阵法破了，魔物被放了出来。

漆黑之中，铁链再次被碰响——就在他们头顶，像是有什么东西自铁链上爬过。他们甚至能感觉到，黑暗中，有一双眼睛从上而下地盯着他们。

静静地盯着他们。

解彼安额上沁出了冷汗。

被这邪阵所缚者，生前必是高阶修士，死后又是怨气滔天，执念越重，力量越强，离得这么近，解彼安感到那怨念仿佛化作有形之物，蚂蚁一般爬过他的皮肤。

范无慑道："师兄，这东西极难对付。"这邪祟不知道会厉害成什么样，若要保两个人平安，他可能会暴露身份。

解彼安当然知道，他自小跟着钟馗收魂，这样强烈的怨念，实在少有，他道："无慑，我顶着，你去找师尊。"

"我不会把你一个人留在这里的。"范无慑断然拒绝，"这个我不会听你的。"

"你……"

范无慑从乾坤袋里掏出几张空白的黄符，以灵力写下火符篆，飞散而去，一张一张地钉在了铁链之上，将整个山洞逐渐照亮。

俩人同时抬头，一个黑影正趴在他们上方，那东西佝偻着身体，衣衫褴褛，长长的头发散乱地垂下，面目一片模糊。

解彼安决定先发制人，他一跃踩上一条铁链，弹身而起，无穷碧狠厉袭去。

范无慑也召唤出别样红，从另外一面踏壁而上，与解彼安左右夹击。

那东西凄厉地号了一声，疾速扑向了解彼安，五指成爪，凶狠地向他抓去。

解彼安用无穷碧一挡，那东西竟两手抓住了镇魂杖，一张惨白的、没有瞳仁的脸猛然凑近了解彼安，张嘴就要咬。

解彼安一脚踹向他腹部，后翻落回地面，他惊恐地喊道："无羡，小心，这邪祟敢碰魂兵器。"

北阴大帝位列鬼仙之首，他的一丝神念对魂魄有极大的震慑力，一般的邪祟，光是靠近魂兵器都受不了，这东西敢迎着魂兵器而上，实在了得。

范无羡鬼魅般出现在邪祟的后方，勾魂索如离弦箭矢，袭了出去，那邪祟速度惊人，他抓着铁索一荡，利落地躲过，然后落向地面，再次扑向解彼安，解彼安一击将他击退。

范无羡也跳了下来，师兄弟二人将那邪祟困在中间，默契地围攻。

那邪祟几番闪避，躲在了一条铁链之后，并在数条铁链之间来回、上下穿梭。

两人踩着铁链，将那邪祟追得上天入地，速度却逊了一筹。

邪祟突然抓起松动的那条铁链，甩向了追来的范无羡。

"小心！"

范无羡尽管看到了铁链，但这具身体却没有能力做出及时的反应，他用别样红堪堪一挡，还是被铁索的力道击中，整个人被重重拍向了地面。

落地的瞬间，一道黑影自头顶笼罩下来。

范无羡甩出别样红，竟被那邪祟一把抓住，反将范无羡拽向了自己。

解彼安急红了眼，以最快的速度冲了过去，却慢了一步，那邪祟的利爪狠狠抓住了范无羡的肩头。

"唔……"范无羡只觉一阵剧痛，整条手臂都麻了，那邪祟的五指深深地刺透骨肉，涌出来的血都是黑色的。

激痛之下，范无羡脑中白光一现，似乎有什么东西自灵识中闪过，他看着那邪祟近在咫尺的脸，从这张面目全非的脸上，看出了几分熟悉。

"无羡——"无穷碧狠狠击中了邪祟的背心。

范无羡趁机抽出佩剑，一剑斩断了邪祟的手臂。

那邪祟一声鬼号，迅速躲入了黑暗中，但他的断手还插在范无羡的肩膀上。

"无羡！"解彼安一把扶住范无羡，颤抖的手根本不敢碰他的肩膀。

范无羡顾不上自己的伤，他瞪着那邪祟，目眦欲裂。

这东西，他可能认识，他极有可能认识！

寻常人，一二十年就足够忘掉另一个人的面目，何况是一百多年。转世为人后，范无慑尽管没有喝孟婆汤，却几乎想不起来任何人的脸，包括他自己的，唯独将宗子珩的容貌刻进了灵魂深处，一眼就认了出来。

所以他不怕面对李不语或许之南，或任何曾经经历过宗天子时代的人，李不语也果然忘了他们的相貌。

这个邪祟，尽管已经人不人，鬼不鬼，但这种熟悉感不会骗他，他一定认识此人，可他真的想不起来了。

到底是谁?!

断手中有陈年尸毒，范无慑只觉伤口剧痛不止，很快就浑身发冷，眼前虚糊。

解彼安封住他周身几大穴道，然后拿出徐茂送来的那枚真元玉炼丹，掰开蜂蜡，喂进他嘴里："无慑，撑住，师兄马上就带你离开。"

背后传来沙沙声响，那邪祟像蜘蛛一样，伏地从黑暗中爬了出来，空洞的、漆黑的眼窝森冷地"看着"俩人，而那只被范无慑斩断的腐手，竟然长了出来！

解彼安遽然色变："他是纯阳教的人?!"

修仙界以剑修最为普遍，其实剑修属于器修，修的都是人器合一，只因修剑者多，才独成一类。剑修之下，最多的便是其他器修与武修。器修种类繁杂，修武器、修暗器、修法宝、修巫蛊……五花八门，但武修只修一种，就是无止境地淬炼自己的身体，达到百毒不侵、金刚不坏、膂力绝众，甚至能去腐生肌、重塑肉身。

至于修符、修丹，那都是修士必备的辅助之能，通常只有医者、匠人才会专修。

普天之下，只有一个门派将武修修到了极致，那就是纯阳教，也只有纯阳教的高阶修士，才可能令断肢重生。

范无慑拼命回忆着曾经见过的纯阳教修士，有谁可能会是眼前这邪祟，却怎么也想不出任何一个符合的。

解彼安将无穷碧横在身前，把范无慑挡在身后，警惕地瞪着那邪祟，那邪祟刚才中了魂兵器一击，有所忌惮，并没有马上攻击。

解彼安喝道："你是何人，报上名来！"他也不知道这邪祟还能不能找回一点神志，但或许可以拖延些时间。

邪祟喉咙里发出古怪的咕噜声，五指抓擦着地面，但踌躇过后，还是无法抗拒被活人的气息诱惑的本能，再次扑了过来。

无穷碧在昏暗的山洞中闪现几簇翠影，庞大的灵压自解彼安体内爆发，他朝着邪祟迎面痛击。邪祟不敢迎这锋芒，飞身闪过，从侧方扑了回来。

一人一鬼借着铁链布下的阵列激烈缠斗，解彼安知道对方是纯阳教修士后，竭力避免被近身，但那邪祟速度极快，力量又惊人地大，竟将那松动的铁链生生从墙上拔了出来，凶狠地朝着解彼安抽击，所触之处，就是硬岩也被砸得碎石纷飞。

范无慑运气调息，令王炼丹尽快发挥作用，等压下那阵晕眩虚弱之感，才再次加入了战局。

他们默契地摆出了八卦阵法，借着原有的铁链列阵，自己成为变化无常的阵眼，将邪祟困在他们的攻势范围内。

一黑一白，太极顿生。

解彼安担忧地看了范无慑一眼："无慑，别让他近身！"

尸毒已经麻痹了范无慑的半边上身，他知道剧烈活动只会加剧尸毒的蔓延，必须速战速决，遂调动灵力注入佩剑。

解彼安看出范无慑想用上次对付宋春归的剑招，但这邪祟恐怕比宋春归还耐打，若一击不成，就连跑的能力都没有了。他一咬牙，决定赌上一把，无穷碧在手中高速旋转，虚空中浮现数个青色咒印，咒印幻化出一堵堵结界墙，一道一道地挡住邪祟的去路。

范无慑低喝一声，祭出宗玄剑法第七重天，杀气腾腾的剑弧冲向邪祟，势如破竹，锐不可当。

那邪祟被咒印阻拦，避无可避，一击被剑气掀飞了出去，腰腹显出一个大大的豁口，几乎要被拦腰斩断！

解彼安乘胜追击，无穷碧从天而降，击向邪祟的天灵盖。

只要将他的魂魄打出来……

电光石火之际，邪祟双手接住了山一般压下来的镇魂杖。

解彼安听到那邪祟双臂骨骼碎裂的声音，但感到毛骨悚然的却是他。这邪祟竟接住了他用魂兵器的全力一击！

邪祟戾叫一声，将无穷碧和解彼安一起甩了出去。

解彼安如被掷向湖心的一颗石子，狠狠砸到了石壁上，溅起石崩土飞的"涟漪"。而后他掉在地上，口吐鲜血，浑身仿佛散了架。

"师兄！"范无慑的一击几乎把灵力耗空，见仍不能压制这邪物，便只剩下最后一个办法了，哪怕要被解彼安怀疑，他也不会让俩人折损在这鬼东西手里，"我将他引向中宫，你用无穷碧锁坎宫，重新封印他！"

解彼安咯着血："你……你知道怎么封印他？"

"我记得咒语。"范无慑掏出火符射向邪祟，自己往中宫阵眼跑去。

解彼安从地上爬起来，转念一想："不行，你也在阵眼！"缚魂阵虽是用来镇压魂魄的，但用在活人身上，也一样残酷，若范无慑躲不开……

"没有别的办法了，快！"邪祟都厌火，这一下果然将其激怒，被范无慑吸引了过去。

解彼安用无穷碧代替那根被拔掉的铁链，插入了坎宫，灵力疯狂地倾注，而范无慑也正好将邪祟引到了中宫。

范无慑一边诵念法咒，一边逃出阵眼，尘封的法阵被唤醒，再次泛起幽蓝的光。

邪祟惨号一声，原本强悍无比的身体在阵眼中逐渐佝偻成一团，颤抖如暴雨中的草木。

范无慑体内灵力几近透支，但他必须撑到法阵列成。

那邪祟匍匐于地，突然艰难地抬起了头，被乱发遮挡的惨白的脸，面冲着解彼安，发出极度痛苦的、嘶哑的声音："珩儿……救……我……"

范无慑如雷贯体，眼前白光一闪，刹那之间，他认出了缚魔阵中的人，不，鬼。

宗——明——赫！

心神震荡之下，法阵功亏一篑，范无慑灵力枯竭，彻底昏死了过去。

邪祟重获自由，疯狂地扑向了解彼安。

解彼安蓄起灵力，打算拼死一搏。

千钧一发之际，一柄飞剑快如闪电，狠狠穿透了邪祟的身体，将他一举钉在了石壁上。

紫红身影随即飞掠而至，十几道镇魂符同时打向邪祟，被附着的瞬间，邪祟挣扎、嘶吼不止，却无法动弹分毫。

解彼安差点喜极而泣，受了委屈一样哽咽道："师尊！"

钟馗跑到解彼安身边，渡灵力为他疗伤，并急问道："伤着哪儿了？"

"我没事，你快去看看无慢，他中了尸毒。"

钟馗放下解彼安，过去查看了一下范无慢的伤势，他皱眉道："好厉害的尸毒，必须尽快带他回云嶲。"

范无慢昏迷不醒，面色已然青黑。

解彼安看了一眼还在挣扎的邪祟："那……那东西怎么办，被你的青锋剑刺中，魂魄都不散。"

那青锋剑被北阴大帝亲自附了神念，既是宝剑，又是魂兵器，只要被此剑刺中，就没有不服帖的鬼魂，除非……

除非这邪祟生前是宗师级的修士！

蜀山点苍峰的山洞里，被天罡正极缚魔阵镇压着一个纯阳教的宗师级修士，这到底是怎么回事？！

钟馗略一思忖，咬破手指，在虚空中画了一个血符，打在范无慢身上，护住他的心脉，然后飞掠而起，身轻如蝶地蹲在自己的剑上，一手扣住那邪祟的天灵盖，声色俱厉地吼道："给我出来！"

邪祟依旧狂吼着，挣扎着。

山洞外传来一阵急促的脚步声，李不语带着一帮人拥了进来。

"这是……"

"天哪！这是怎么回事，蜀山怎么会有邪祟？！"

"你们看，地……地上的阵。"

"这阵法……我好像在哪里见过。"

"莫非是……是天罡正极缚魔阵？"

抽气声接连响起。

《黄帝阴符经》是民禁之书，虽然几乎人人都因猎奇而看过，但谁都不会轻易说出来，唯恐和魔修沾上关系。在无量派这正道第一仙门的地盘上，出现了这等诡术，岂不令人色变？

李不语的眼神阴冷得吓人，这一幕简直是打在他仙盟盟主脸上的一耳光。

无量派的弟子们也面面相觑，全都想不通蜀山怎么会出现这种阵法，还放出来了一个十分凶煞的邪祟？！

李不语怒道："这腌臜邪物竟玷污我蜀山圣地，正南，你让开。"

钟馗就快要将那邪祟的人魂剥出来了，回头一看，急道："不要！"

山洞中金光大显，一个雷电四溢的卷轴一边铺展，一边猛然袭向钟馗和邪祟。

钟馗激怒，却不得不拔出青锋剑，飞身闪避。

几道闪雷打在邪祟身上，电花"噼啪"巨响，金光刺得人眼睛都睁不开，整个山洞瞬间明如白昼。钟馗和解彼安同时听到了那邪祟三魂七魄的惨叫。

倏地，金光一敛，卷轴一收，乖乖飞回了李不语手中。

而那邪祟从墙上滑落下来，没了骨头般瘫软在地。

解彼安目瞪口呆。

他没想到自己有一天能亲眼见到李不语的法宝——雷祖宝诰。

传说那是九天应元雷声普化天尊写的一份骈文，此神乃地祇飞升，尽管远不及上古神仙，也非如今的修士可比，所以哪怕是一份宝诰，也有强大的法力，据说这法宝可以召唤天雷。

越是强大的法宝，对修士的灵力损耗就越大，法宝不轻易示人，是修士间不成文的规矩，毕竟谁也不会随便把看家本领拿出来，可李不语竟用这雷祖宝诰，将一个邪祟打得魂飞魄散？！

钟馗叫道："盟主这是何意？！"

李不语面覆寒霜："这邪祟脏了我蜀山，又重伤无常二仙，岂能轻易放过？"

"哪怕是恶人，也可去冥府服刑，偿清罪孽就能投胎转世，你怎可让他魂飞魄散？"

李不语冷哼道："万一这邪物罪恶滔天，只能投生下三道呢？"

"那他更该去地狱赎罪。"

"正南，我非你冥府之人，而这里是人间，人间有人间的规矩。"李不语冷冷地看着钟馗。

钟馗怒目而视，却已无可奈何。

在场众人，一声都不敢吭。

钟馗冷道："难道李盟主就不好奇这邪祟是何人，为何被天罡正极缚魔阵压在点苍峰吗？你打得他魂飞魄散，还如何查？。"

"一时气急，这我倒是疏忽了。"李不语道，"春归，去看看尸体。"

"烂成这样了，能看出什么。"钟馗铁青着脸，指了几个人，"你，还有你，把我徒弟抬回云巅。"

解彼安不明所以地看着钟馗，钟馗也回给他一个凝重的神色。

李不语脾性稳如泰山，是跟魔尊宗子枭交过手的人，什么大风大浪没见过，怎么可能因为一个邪祟而怒发冲冠，这一番举动，看来实在像是——灭口。

无量派的弟子刚想把解彼安扶起来，一个好听的声音自头顶响起："让我来。"

解彼安被拥进一个宽厚温暖的怀抱，他抬头一看："兰大哥。"

兰吹寒将解彼安抱了起来，担忧地看着他。

"我没有大碍，但无憾……"

"他不会有事的，你别说话了，我送你回云巅。"

解彼安贴着兰吹寒的胸膛，听着那强有力的心跳声，才勉强从被那邪祟威胁的恐惧中抽离。

解彼安回到云巅时，已经十分虚弱。李不语派了一名长老来给他疗伤，还送来了比真元玉炼丹更好的仙丹，助他恢复，但他一直强吊一丝神志，直到听说范无憾的尸毒已经控制住了，才昏睡过去。

醒来后，已过了一天一夜，解彼安身边有无量派的弟子一直守着。

"小白爷，您醒啦。"那弟子喜道，"可有哪里不适？"

解彼安转了转眼珠，只觉周身钝痛，他发出干哑的声音："我师弟怎么样了？"

"小黑爷虽然还没醒，但咱们无量派什么仙丹药石都有，又有元清长老在，他不会有事的。"

解彼安仍是不安心："烦请你去叫我师尊来。"

不一会儿，钟馗旋风一般卷进门，紧张地摸着解彼安的心脉："乖徒儿，你醒了！好点没有？"

解彼安撑着身子坐了起来，虽仍是有些虚软，但好像没什么大碍了，本来他的伤也不重："师尊，无惬怎么样了？"

"你放心，毒已经清完了，肩膀伤到了骨头，恢复慢些，但会好的。"

听到钟馗的答复，解彼安才松了口气，他低落地说："师尊，我实在愧为人师兄，带他涉险又没能护他周全。"

"这不是你的错，谁能想到会在蜀山碰到那么厉害的邪祟。"钟馗尴尬地说，"要说惭愧，也是为师惭愧，宴席过后，我又……"

解彼安无奈道："席上没尽兴，您又去喝了一顿，对吧？"

钟馗耷拉着眉眼，小声说："竟连青锋剑的异动也没及时发现，我才是枉为人师。"

"您已经及时赶到了，不必自责。"解彼安想起当时的情景，只是后怕，若钟馗再晚几许，他和范无惬会不会被那邪祟吃了？

他自十四岁独当一面，又有无穷碧这法宝在手，尽管也碰到过凶煞之物，但每次都能化险为夷。他虽不像范无惬那样自傲，但他生就上乘根骨，又是钟馗的徒弟，对自己的本事是有自信的，同辈之中，只有兰吹寒能与他一战。他怎么都不会想到，俩人险些丧命于一个没名没姓的野鬼之手，他既内疚，又挫败。

钟馗亦是心有余悸："此事实在可疑，蜀山本该是九州最安全的地方，我的徒儿却险些在此送了命，这件事必须调查清楚。彼安，你仔细回想一下当时发生的事，一五一十地告诉我。"

"那邪祟，那缚魂阵，还有仙尊，都古怪极了。"解彼安回忆起在山洞中发生的一切，简直每件事都匪夷所思，就连范无惬都令他意外。《黄帝阴符经》那么晦涩难懂的天书，一个十五岁的少年为何会特意去记那法咒呢？还有，当那邪祟重新被镇压时，竟向他求救了，说……

解彼安心里咯噔了一下，愣愣地看着前方。

"彼安？怎么了？"钟馗道，"你要是不舒服，也不急着去想。"

"师尊，当时那个邪祟好像恢复了一点神志，还向我求救了。"

"向你求救？他说什么了？"

"他好像是说……'孩儿，救我'？那句'孩儿'我不大确定，他的声音很沙哑，也许叫的是别的什么。"

"他有可能把你当成了他的儿子，邪祟通常只会想起重要的人或事。但他为何向你求救？"

"我们想把他引回阵中，重新封印。"

钟馗皱眉道："师父可不曾教过你这缚魔阵。难道是无慑？"

"嗯，师弟说他记得法咒，但最后阵法只是暂时困住了那邪物，并没有布成。"

钟馗沉声道："先有宗玄剑法，后有天罡正极缚魔阵，这小子以前的师父，究竟是何方神圣，都教了他些什么？"

跟整件事之诡谲相比，范无慑的不同寻常反而不算什么了。解彼安道："师尊，那具尸体，可留有什么线索？"

"他的金丹被挖了。"钟馗剑眉紧蹙。

解彼安浑身一冷。又是挖金丹？！

从孟克非到那邪祟，这段时间，他们好像一直笼罩在窃丹魔修的疑云中，所有事都带着挥之不去的阴谋的味道。

"除此之外，暂时没什么线索，大家都在等你们醒来。"

解彼安整理了一下情绪，把在山洞中发生的事，事无巨细地告诉了钟馗。

钟馗大为吃惊："纯阳教？你确定吗？"

"断肢再生，据徒儿所知，只有元阳功法能做到吧？以那邪祟的修为，至少是长老级别的修士，纯阳教的长老大多长寿，鲜少有死于非命的，应该不难查。"

"若能确定教派，那此人的身份，应该很快就能水落石出。"钟馗凝重地道，"只是，纯阳教的修士，为什么会被缚魔阵困在无量派？"

"是啊，最让徒儿担忧和不解的，是李盟主。师尊，您不觉得李盟主像是在……"

"像是在隐瞒什么。"钟馗替他说了出来，"用雷祖宝诰打一个邪祟，简直是杀鸡用牛刀，除非他一开始的目的，就是要把那邪祟打得魂飞魄散，而且必须一击功成，否则我就会阻拦他，所以他只能用法宝。"

"所以，李盟主很可能知道那邪祟的身份，甚至知道山洞中的秘密。"

"极有可能，但他不承认，也没人敢当面质疑他。"

"师尊，徒儿觉得此事事关重大，尤其那人也被挖了金丹。李盟主说要防患于未然，杜绝一切魔修卷土重来的可能，却对一个纯阳教宗师级的修士被挖了金丹、被镇压在蜀山之事绝口不提。"

钟馗眯起眼眸："你说得对。此事为师一定会调查清楚，那邪祟险些要了你们的命，李不语必须给我一个交代。"

"对了，师尊，您上次去找了红王吗？孟克非在他那里吗？"

"孟克非早就投胎了，那个鬼说的话，真是半句都不能信。"

解彼安有些失望："师尊，我想去看看师弟。"

"你能下床吗？"

"我没事了。"解彼安忍着痛下了地，披上衣服，往范无慑的房间走去。

范无慑还在昏迷中，肩膀上缠了一层又一层的纱布，渗出一片暗红的血迹。

尸毒这东西，怨气越重、死得越久的毒性越强，若是几百年的尸体起了尸，走过的路都会寸草不生。单看洞中的阵法，那邪祟至少被封印了几十年，所以范无慑此次真是险象环生。

若不是身在无量派，若不是有元清长老这等顶级的医者，就算能保住命，恐怕也会落下不可逆转的损伤。

解彼安轻轻坐在床边，伸手揉了揉范无慑的头发，看着那稚气未脱的、俊美绝伦的脸，心里愈发难受起来。

是他刚愎自用，没把无穷碧超乎寻常的异动放在心上，如果一开始就去找师尊，他们不会受伤，那邪祟也不会被李不语灭口。

他以为这只是一次普通的任务，还想带他的小师弟去见识见识，结果险些送命。他几次三番训诫师弟要自谦、要谨慎，转头自己就败于自大，还害得师弟也受伤。

简直羞愧。

解彼安黯然喟叹，他用指尖绕着范无慑的头发，小声说："无慑，你快醒过来吧。"

一阵轻轻的敲门声响起。解彼安压低声音问道："谁？"

"彼安，是我。"

"兰大哥？请进。"

兰吹寒端着一个托盘走了进来："我来给你送参汤，才知道你来看你师弟了。"

解彼安不好意思地说："怎么能劳烦你亲自送汤。"

"这有什么。"兰吹寒把汤放在床边，他伸手探了探范无慑的脉搏，"脉象平稳，脸上也有了血色，放心吧，他没事了。"

解彼安叹道："师尊说他伤到骨头了，那尸毒渗入了骨髓，极难清理，他要是醒过来……刮骨之伤，该多疼啊。"

兰吹寒按了按解彼安的肩膀："无慑不是一般人，他没问题的。"

解彼安低声道："是我太没用了。"

"那邪祟中了青锋剑都不屈服，生前必然极厉害，就算是天师碰上也一样棘手，你和无慑能活下来，已经很不得了了。"

解彼安抬头看着兰吹寒："兰大哥，那邪祟是纯阳教的人。"

兰吹寒惊讶道："你怎么知道？你确定？"

"无慑砍掉了他一只手，他不一会儿就长出一只新的，这只有修元阳功法的人才能办到吧？"

兰吹寒想了想，点了点头："若当真如此，应该很快就能知道这邪祟是谁了。"

"嗯，师尊已经去查了。"解彼安问道，"兰大哥，你看了尸体吗？"

"我看了，除去他被挖过丹，以及大约是个壮年男子外，实在看不出什么。"兰吹寒皱眉道，"不过……"

"怎么？"

"你知道我小时候曾经在纯阳教修行过吧？"

"知道，你跟我说过，你小时候体弱多病，阁主便将你送去修元阳功法，改善你的体质。"

"嗯，虽然我只修了几年，体魄变好了就回家了，但我对纯阳教修士比外界了解得多，我看过他们的身体。你也知道，纯阳教人十分保守，外人是不可能看到他们不穿衣服的。"兰吹寒思忖道，"若是低阶修士，跟普通人倒也没多大差别，可一旦晋升到高阶修士，他们的体态、骨骼、皮肤、肌肉，都会逐渐变得与常人不一样，元阳功法会让他们的肉身越来越完美，直至金刚不坏，所以纯阳教的高阶修士，不管以前长得什么样，都会日趋高大英俊。"

解彼安认真地看着兰吹寒，等着他继续说。

兰吹寒敲了敲解彼安的脑袋："我看到了他的肌肉与骨骼，完全没想过他和纯阳教有什么关系，但你说他能再生断肢，这确实是纯阳教的高阶修士才能做到的，我得回去再好好检查一番。"

解彼安疑惑道："他的体魄不像纯阳教修士，却有元阳功法的能力，这是怎么回事？"

"也许是他死了太久，身体萎缩变形了，我一时也没仔细看。既然天师要查，必然要派人去纯阳教，那就请一个纯阳教的长老来，看得更准。"

两人正谈话间，床上的范无慑突然发出一声呓语，睫毛也轻颤起来。

"师弟！"解彼安一喜。

范无慑缓缓睁开了眼睛。

范无慑那一对纤长浓密的睫毛，像鸟儿震颤的翅羽，缓缓铺展开来。

解彼安紧张地看着他："无慑，你感觉怎么样？"

范无慑茫然地看着解彼安："……师兄？"

"师兄在。"

范无慑很快又发现了一旁的兰吹寒，他的眉毛拧了拧，移开了目光。

解彼安柔声道："无慑，你有没有哪里不适？"

范无慑猛然想起昏迷前发生的事，眼神一变："你怎么样了？那邪祟呢？"

"我没事了，师尊及时赶到，救了我们。"解彼安愧疚地说，"都是师兄太没用了，没能……你做什么？"他连忙按住作势要起身的范无慑。

肩膀一阵剧痛，范无慑皱着脸躺了回去，他喘了一口气："那邪祟呢？"

"邪祟已经被李盟主打得魂飞魄散了。"兰吹寒道。

"什么?!"范无慑龇了龇牙，"为什么？魂不是应该收回冥府吗？"

"原本该是这样，但李盟主使出了雷祖宝诰，师尊根本来不及阻止。"解彼安看了兰吹寒一眼，便明白他对此事也存疑。

"雷——祖——宝——诰。"范无慑心头大震。那雷祖宝诰是无量派的传家法宝，地位与无量剑谱相当，只能由掌门继承，即便是前世的他，都不敢直接接天雷，因为天雷可以同时劈中人的灵与肉，拿雷祖宝诰打一个野鬼，听着就荒唐。

原本范无慑还怀疑自己认错了，现在却几乎可以肯定，那个邪祟就是宗明赫。只有这样，才能解释李不语的反常，那分明是为了灭口。或许将宗明赫封印在那山洞的，就是李不语，毕竟李家恨透了宗氏。

可是，宗明赫为何会纯阳教的元阳功法？他绝无可能修元阳功。

想到宗明赫，范无慑心中百感交集。尽管最后他们决裂了，但在宗明赫知道自己并非亲生之前，做了十几年疼宠他的父亲。若不是……

"无慑？"解彼安看着神情变幻莫测的范无慑，担心地问道，"你怎么了？"

范无悭缓缓扭头，看着解彼安，看着这张与宗子珩一模一样的脸，双目逐渐爬满血丝。

若不是你。

解彼安被那阴鸷的眼神吓到了。

兰吹寒皱起眉，几乎是下意识地将一只手挡在了解彼安身前，仿佛面前的不是一个受伤的少年，而是一头随时要暴起的猛兽。

范无悭低下头，闷声道："出去。"

解彼安："……"

"我累了。"

兰吹寒沉下了脸，明显动怒了。

"好，你好好休息。"解彼安连忙拽了拽兰吹寒的衣袖，摇了摇头。他不知道范无悭是不是在怪自己，还是只是因为受伤而心情不佳，毕竟平日里这小师弟脾气也乖戾。

走出房门，解彼安忙道歉："兰大哥，我师弟失礼了，看在他重伤未愈的分儿上，你别跟他一般见识。"

"他平日也这样？"

"他平日不这样。"

兰吹寒淡道："你师门的事，外人不该插嘴，但我不想看到有人对你不敬。"

解彼安笑道："兰大哥，你误会了，无悭平时听我的话的，他只是不拘礼教，我做他的师兄，会将他引向正途的。"

"最好如此。"兰吹寒回头看了一眼紧闭的房门，"哎呀，给你送的参汤，算了，我重新给你端一碗热的。"

范无悭听着俩人脚步声渐远，挥手将床头的参汤打翻在地，然后捂住了自己的眼睛。

休养了两天，解彼安基本上痊愈了，他几次想去看范无悭，又想起那天被赶出来，就打了退堂鼓。

此时，他正在院子里活动筋骨，他频频看向范无悭的房门，犹豫着。

恰时兰吹寒又来探望他，并且带来一个消息。

"纯阳教的长老到了？"

"嗯，他们正在议事，马上就要去看尸体，彼安，要不要一起去？"

"当然，走吧。"

突然，范无慑的房门吱呀一声打开了。他眼神清明，面上有了点血色，不像前两日那么苍白虚弱了。

"无慑？你怎么下地了，你的伤还需多休养几日。"

"我没事了。"范无慑道，"你们要去看那邪祟？我也想去。"

"……好吧。"

范无慑走了过来，直接站到了俩人中间。

兰吹寒挑了挑眉。

解彼安并未留意，路上只是关心范无慑的伤。

那邪祟的尸身被放在冰窖里，他们到的时候，李不语、钟馗以及各门派的客人都到了。

人群中有一个陌生面孔，他双鬓掺雪，但容貌却是青壮之年，体形高大健硕，颇为英武。

钟馗介绍道："这位是纯阳教的照闻长老。"

"晚辈请照闻长老安。"三人齐道。

"不必多礼。"

"照闻长老请仔细看看。"李不语道，"若是纯阳教的修士，应该从体态上就能分辨吧？"

"回盟主，确实如此。"照闻掀开尸身上的盖布，认真看了起来。

众人心中都有些忐忑。

半晌，照闻叹了一口气，道："天师将消息送到我派时，我便立刻召集几位长老议事，大家都不记得有哪位长老或高阶修士死于非命，且尸身失踪的，至少近百年肯定没有，若是再远，就要问掌门师兄了，但掌门已经闭关十年，不知何时出关。"他看了看那尸身，"我查验尸身，更加确定，这并非我纯阳教修士，他的体态、肌肉、骨骼，没有任何修过我派功法的痕迹。"

钟馗不解道："那为何他能重生断肢？"

照闻抚须摇头，也是一脸疑惑，他拿起从范无慑肩上取下的断手，又抬起尸身新长出来的手比对了半天："确实是再生的，我亦百思不得其解，能够生出新肢的，至少要将元阳功法修到第七层，可此人的身体，没有任何特征啊。"

解彼安和范无慑对视一眼，俩人都在想一件事，那就是若不是还有这只断手为证，恐怕说了都没人信。

此事过于蹊跷，众人悄声议论起来。

钟馗道："他被挖了丹，又在整个无量派不知情的情况下，被天罡正极缚魔阵封印在点苍峰，修仙界已经有多久没出过这样诡吊之事了。先是李盟主的师侄死于窃丹魔修，后是这邪祟重伤我两个徒弟，这两件事看起来似乎没有关联，但我想在场诸位，都无法将他们当作纯粹的巧合吧。"

附和声接连响起。

兰吹寒道："晚辈有一猜测。"

"吹寒，你说。"

"晚辈怀疑，这邪祟死于百年前，宗天子的时代。"

这番话倒不让人意外，窃丹与天罡正极缚魔阵放在一起，谁都会想到魔尊宗子枭。且这邪祟生前那么厉害，一般人哪里害得了他，但却恰巧像是宗子枭的猎物。

"极有可能。"照闻道，"或许此人被魔尊所害，又被镇压于此？"

钟馗道："照闻，可否请你们掌门提前出关？"

照闻答道："天师，先容我回去查教史，若他真是纯阳教人，又死于非命，应该有记载，但是，我还是认为此人非我派之人。"

"没有修过元阳功法的痕迹，却又能使出元阳功法……"宋春归喃喃道，"为何如此啊。"

在所有人都没留意时，范无慑不知何时走向了尸身，掀起他破烂的衣物仔细查看起来。

"无慑。"解彼安小声叫道，"你在干什么？"

"好奇。"范无慑面无表情地说。

"你别添乱，退下。"钟馗道。

范无慑已经看到自己想看的了，他在这具尸体上，发现了一个熟悉的胎记。尽管他此前已经猜得八九不离十，但心中仍有一丝怀疑，此时，他终于能肯定，这个人，真的是宗明赫。

于是他有了和在场所有人一样的疑问：宗明赫，为何能使出元阳功法？

沉默许久的李不语道："此事发生在无量派，若不调查清楚，我派无法向天下人交代，我必会全力追查。这具尸身就暂存此处，有任何线索，我们都尽快互通有无，可好？"

钟馗皱了皱鼻子，不客气地说："要不是李盟主'一怒之下'把他打了个魂飞魄散，真相早就被我问出来了，望李盟主下次切莫冲动了。"

普天之下，大概也只有钟馗敢这么跟李不语说话了，现场顿时静得落针可闻。

李不语面不改色道："正南说得对，是我冲动了，我派必会查明真相。"

离开冰窖后，几人各有所思。

"不如我亲自去趟纯阳教。"钟馗自语道。

"若那人真是纯阳教人，照闻长老定能查出来，若不是，师尊您去了也没用。"解彼安道，"不如先等一等吧。"

"或许断肢再生，并非只有元阳功法能做到，天下之大，能人异士多的是。"兰吹寒道。

"话虽如此，可我真的没听过还有哪家武修能做到了。"钟馗问道，"你们听过吗？"

几人均摇头。

"唉，心烦，今天不想了。"钟馗抓了抓头发，"彼安，你带你师弟回去好好歇着，不要再乱跑，把伤养好为重。"

"是。"

几人在山门处暂别，当只剩下解彼安和范无愫两人时，范无愫看着远处的八卦台，陷入沉思。

当年，就是在这八卦台上，宗子珩杀父弑君，篡夺帝位，此事天下人皆知。

莫非当时李不语就在场，在宗明赫死后，将其封印在了山洞中？可是，若李不语在场，难道不阻止宗子珩吗，李家恨宗氏不假，但对皇位可是一样虎视眈眈。

还有，宗明赫的丹是谁挖的？是生前挖的，还是死后挖的？若是生前挖的，谁吃了？

时隔百年，他原以为一切都已尘埃落定，却没想到他还要面对前世的未解之谜。他的直觉告诉他，此事暗藏阴谋。

"无愫？"解彼安也循着他的目光去看八卦台，"你在看什么？我们回去吧。"

范无愫回过神，目光落向解彼安，眼睛一眨不眨地看着他。

解彼安不明所以地看着他。

范无慑突然黑着脸道："你这两天为什么对我不闻不问？"

解彼安一脸不敢置信的样子，他本来想反问"不是你把我赶出来的吗"，可看到范无慑横眉竖眼之下掩藏的一丝委屈，一时又好气又好笑，心也软了下来，他轻咳一声："师兄怕打扰你养伤，不是故意不去看你的。"

范无慑的脸色略有好转："那你的伤怎么样了？"

"我没事了。"解彼安摊开手展示了一下，"我本来伤得就不重。"

范无慑看着解彼安好像一夜间消瘦了的面颊，心里很不是滋味儿。

解彼安担忧地看着范无慑的肩膀："你呢，你好点没有？"

"没有。"范无慑低下头，"每时每刻都疼，还动不了。"

"那你还跑出来。"解彼安急道，"快跟我回去。"

回到住处，解彼安从无量派弟子那里接过手，给范无慑换药。他一层层拆开纱布，直到看到那几处狰狞的血窟窿，他的手抖了抖，黯然垂下了眼睫。

范无慑正等着上药，就听解彼安小声说："无慑，对不起。"

他怔了一下："怎么了？"

解彼安抬起脸来，眼圈泛红，又黑又大的瞳仁蒙了一层薄薄的水雾，瞳光闪烁着，好像倒映了点点星辰。

范无慑的脑子里乱糟糟的。

解彼安咬了咬嘴唇："师兄没保护好你，你怪师兄吗？"

范无慑低沉沉地说："我要是怪你，你怎么补偿我？"

解彼安被问得愣住了。

范无慑逼视着他的眼睛："你为什么对我好？"

"因为……你是我师弟啊。"解彼安突然觉得他的小师弟眼中有远远超越年龄的深沉，那种情绪像是汹涌于海面下的暗流，随时可能翻天覆地。

"那你又为什么对别人好？"

"我……无慑，你这是怎么了？"解彼安困惑地看着他，但口气分明是在哄，"是不是因为小时候没人好好照顾你？你吃了很多苦吧。"

范无慑的唇抿了抿，他松开了解彼安的手，转过了脸去。

"我知道没有爹娘很苦，还好我有师尊对我好，以后你有师兄对你好。"解彼安伸手摸了摸范无慑的头，柔声道："师兄对你的好，别人是分不走的，这不是分出去就会变少的东西，对你，只会越来越多。"

范无慑怔怔地看着解彼安，眼眸中是无法掩饰的触动。

解彼安摸了摸范无慑的头顶，轻哄着："师兄在。"

大哥在。

大哥永远都在。

骗子，你骗了我，骗了所有人，你会在对我好之后把一切都收走，你会在我最信任你的时候狠狠捅我一刀，你会在我除了你一无所有的时候，抛下我永远离开。

你是宗子珩，又不是宗子珩。

不要变成宗子珩。

范无慑感到心痛难捱，却无法对眼前人倾诉分毫。

解彼安没有去深究范无慑的反常，只是感到心疼，他耐心地安慰着他，胸中更多了一份为人兄长的沉甸甸的责任。

磨磨蹭蹭地换完药，范无慑拽着解彼安的衣服不让他走，解彼安就陪他吃饭、聊天，一整天都没离开。

他们聊起险些要了他们命的邪祟。

"此人身上真是疑点重重，也不知道照闻长老能不能查出个所以然来。"

"若他真的是宗天子时代的人，恐怕很难，除非许之南出关。"范无慑在思考如何在不暴露自己的情况下，让他们知道那邪祟的真实身份，毕竟他现在无法靠自己去调查宗明赫身上的疑点。

"许之南出关就有用吗？我总觉得，这件事最难调查的地方，并非他的身份本身，而是……"解彼安凝重道，"而是李不语。"

"你觉得他会阻拦？"

"从他用雷祖宝诰打那个邪祟开始，我就觉得他有什么见不得人的秘密，大家心里也有一样的疑问，只是没人敢像师尊那样提出来罢了。"解彼安叹道，"若此事到最后什么都查不出，就会不了了之。"

"不错，若我是李不语，有意隐瞒此事，自然会想办法阻挠。"

"百年前，窃丹、缚魔阵。"解彼安逐一念叨，"说实话，若不是大家都知道宗子枭已经被帝君打入十八层无间地狱，能让李不语又恨又忌惮，不惜造下恶业也要残酷镇压的，好像只有……"他表情一动，"对了，还有一个人。"

范无慑心神一紧。

"人皇宗子珩。"解彼安似乎很为这个发现而激动，"你想，那个邪祟有没有可能是宗子珩？"

范无慑："……"

"世人都说魔尊十恶不赦，可若不是人皇冷血无情，他也不会堕入魔道。他们兄弟的皇位之争，直接牵连了李家。"

范无慑看着解彼安头头是道的样子，心情十分复杂："但是，据说人皇的尸身被魔尊封印进了山河社稷图里，谁都找不到，而且，那个邪祟身上的元阳功法，还是无法解释。"

"是啊。"解彼安摇了摇头，又陷入了沉思。

"不过，这个猜测仍然很有价值，师兄，你应该告诉师尊。"

"是吗？"

"对，若那邪祟真的是李不语封印的，就要从他的因果恩怨上查。"范无慑能肯定，只要解彼安把这番话原封不动地告诉钟馗，钟馗一定会想起宗明赫。解彼安对宗氏的了解，大多来自坊间的说书、野史，而那些东西只会将笔墨大量地放在宗氏兄弟上。但钟馗出生时，整个修仙界还没从魔尊的阴影中喘过气来，必然要比解彼安知道得多。

"好。"解彼安忧心道，"无慑，我有一种预感。"

"什么预感？"

"我觉得那个邪祟的身份、这件事的真相，会在修仙界掀起轩然大波。毕竟，这关系的是仙盟盟主的声誉。"

范无慑心中冷笑。没错，若真相曝光，他真想看看李不语会如何解释这一切，他也迫不及待地想知道，宗明赫身上究竟发生了什么，为什么能使出元阳功法，被挖走的丹，又进了谁的肚子。

"没想到，都过去一百多年了，修仙界依然没能摆脱魔尊留下的威胁。"解彼安感慨道，"不知道吃多少人丹，才能修炼出一个魔尊。"

范无慑心头火起："我听说宗子枭本就生就上上乘根骨，十三岁就在蛟龙会夺魁，他真的需要人丹？"

"话虽如此，但若不是他吃了他亲生父亲的丹，又岂能控制上古法宝？"

范无慑心中着实憋屈，却无法再多说什么。

"不如我现在就去找师尊吧。"解彼安说着要站起身，"师尊肯定也心急。"

范无慑一把将他拽了回来："都这么晚了，明日吧。"

"可是……"

"师兄，我困了，你也睡吧。"范无慑一眨不眨地看着解彼安，"就像，那天我守着你一样。"

解彼安笑了："好吧。"

解彼安铺好被子，小心翼翼地帮范无慑除下外衣，自己也只着里衣，才合被躺下。

解彼安身上那温暖好闻的味道里，那范无慑感到无比地安全。

解彼安也放松了下来，这是自他们受伤之后，他感到最平和的时刻，他看着头顶的帷帐，轻轻地说："无慑，你知道吗，其实我在八卦台晕倒那天，我做了一个梦。"这件事他憋了好几天，突然有了倾诉的欲望。

"什么梦？"

"我梦到……"解彼安想起梦的内容，依旧心有余悸，"我梦到我好像有个弟弟。"

范无慑心头一颤。

"他叫……小九。"

范无慑猛地在被中握紧了拳头。

"我要是真的有个弟弟就好了。"解彼安突然又不想说下去了，因为他和小九的结局显然是个悲剧，"不过，我有你。"

范无慑闭上了眼睛，阻止情绪外泄。

他怎么会做这样的梦，晕倒，以及梦到前世的事，都是因为受到八卦台的刺激？就像他说的那样，绝大多数人，都只会有似曾相识的感受，而不会完全想起前世，可如果有人能想起前世呢？

如果解彼安真的能想起前世，那宗子珩就会彻彻底底地回来，他在意的那个，和痛恨的那个，会一起回来。就连他自己都不知道，他究竟想不想让那个宗子珩回来。

他只知道，无论发生什么事，这一世，他绝对不会让一切重蹈覆辙。

相续无常

多年以后，当宗子珩回望自己短暂的一生，只见冥冥之中有一双司命之手，将他不住地推搡向深渊。

范无慑在云巅养伤七日，尸毒清理干净后，便到了告别的时候——他们师徒三人都不愿意再多待下去。

解彼安将自己的猜测告诉钟馗后，钟馗果然面色有异，但并没有说什么，只让他们好好养伤，自己则一连消失了三天。

在云巅告别时，宋春归对范无慑说道："小黑爷受伤未愈，关于你青城山那位师父的下落，宋某过段时间再去酆都叨扰。"

范无慑冷笑："先关心你自己的师父吧。"

宋春归面无表情地说："不劳你操心。"

来祝寿的宾客大多已经离开，只有兰吹寒陪他们留到了最后，但由于范无慑以伤势为由天天缠着解彼安，兰吹寒和解彼安几乎没见过面。

为表郑重，李不语特意派了自己的独子李质清送他们下山。

范无慑看到李质清，仿佛看到了当年的李不语，其实他早忘了李不语年轻时长什么模样，但他记得这副左右逢源的嘴脸。此人跟兰吹寒不一样，兰吹寒是长袖善舞，但不卑不亢，而李质清是看人下菜，他都能想象此人单独面对普通弟子时是什么模样。

范无慑只觉得反胃，待他拿回前世的力量，他会让李家一脉彻底消失。

途经兰溪镇，兰吹寒道："此次未能在当地好好游玩一番，真是可惜。"

"是啊。"解彼安嘴上赞同，其实心里并无遗憾，他对这个地方再没有了好奇心，只有后怕，现在就想尽快回家。

李质清道："蜀山随时欢迎诸位贵客，待下次诸位再驾临蜀山，无量派一定倾情招待，弥补此次的不愉快。"

"客气了。"

到了分别的地方，兰吹寒把解彼安单独叫到一边，颇为遗憾地说："本想此行结束后，再邀请你去金陵做客，但现在你需要回去养伤。彼安，不如我们约定，待明年春暖花开，你来花月夜看兰花，好不好？"

解彼安笑道："好，那我们就定下君子之约，待明年春暖花开，我一定去。"

范无慑站在一旁，眼睛虽然看着他处，但一直竖着耳朵听，为了不漏一个字，甚至调动了灵力。听到此，胸中不屑之意翻腾。

兰吹寒含笑看着解彼安，目光温雅动人："彼安，你真的长大了，那天见你，我都有些不敢认。"

解彼安爽朗地笑道："说不定明年春天，我更叫兰大哥刮目相看。"

"会的。"兰吹寒不舍地说，"就此别过吧。"

解彼安深深躬身："兰大哥，后会有期。"

离开蜀山后，他们御剑飞回了鄷都，且没有在人间多停留，直接返回了冥府。

冥府灵力充沛，更利于范无慑愈伤。

解彼安见这几日钟馗既不喝酒，也不张罗玩儿什么，定是有心事。他沏了一壶好茶，奉到钟馗跟前："师尊，喝茶。"

钟馗正支颐沉思，闻声轻"嗯"了一下。

"师尊，您是不是去过荆州纯阳教了？"

"去过了。"钟馗喝了一口茶。

"可查到那人身份？"范无慑问道。

"照闻查了教史，果真查到一个人，各方面都与那邪祟相符。"

"哦？是何人？"

"他是许之南的师弟，死于一百多年前，当时许之南还是纯阳教的掌教大师兄，此人天资颇高，在一次外出办事时，被猎丹人杀害，他的年龄、体态、修为、死因，都符合邪祟的特征。但也仍然有几个疑点。"

师兄弟俩都看着钟馗。

"其一，是时间，他死的时候，宗子枭还小，其二是尸首，此人死后，被许之南和几个纯阳教弟子送回老家安葬，其三是体魄，那邪祟不具有纯阳教高阶修士的体魄。"钟馗摸着下巴，"但是这三个疑点，又都可以解释。"

范无慑点点头："此人未必死于宗子枭之手，窃丹魔修自古就有，从未绝迹，尸体有可能被挖出，至于体魄，照闻长老也说，不排除死后肌肉萎缩所致。"

"是啊，所以现在无法断言。"

"那只要……"解彼安突然意识到他要说的话实在对死者大不敬。

钟馗可没那么多顾忌："只要把坟挖了看看尸体在不在，就真相大白了。"

"他的后人，恐怕不会同意吧。"

"那是自然，谁会同意被挖祖坟？可要确定此人的身份，暂时只有此一途。

所以说来倒去，还是得请许之南出关。只有许之南知道此人家在何处，埋在哪里，其次，纯阳教的人不会有直系子孙，也许许之南能劝动他的后人开棺验尸。可是，照闻他们都不同意为此事惊动许之南。"

解彼安皱了皱眉："那怎么办？"

"那我就去他闭关的地方把他叫出来。"

"万万不可。"解彼安惊道，"师尊，您可别乱来啊，弄不好得罪了纯阳教。"

"哎呀，不会的，我怎么说也是他的晚辈，他不会跟我一般见识的。"

"不行，师尊，真的不行，您带我一起去纯阳教，我们晓之以理。"解彼安真的害怕钟馗乱来，"您刚在蜀山得罪了李不语，可不能再得罪许之南了。"

钟馗从鼻子里"哼"出一声："我不能白'得罪'李不语，我非要知道那老头背地里到底干了什么见不得人的勾当。当时老子要不是躲得快，恐怕也中了天雷，奶奶的……"

"师尊，您答应徒儿，绝对不贸然行动。"

"你年纪不大，操的心可不少。"钟馗端起茶杯就要喝茶，"你师父我……"

解彼安一把抢过茶杯，正色道："您先答应我。"

钟馗睨了解彼安一眼，不大情愿地说："好吧。"

范无慊低头饮茶，胸中思绪万千。

"其实，你上次跟我说的话，也给了我一些思路。"

"您是说……"

范无慊抬起了头来。

"若那人真是许之南的师弟，其实还有一个疑点很难解释，那就是他为什么被镇压在点苍峰。无量派和纯阳教并无仇怨，还是同盟。这天罡正极缚魔阵，一定是高阶修士设下的，结合李不语的反应，就算不是他亲手设的，他也一定早就知道。那么，为什么呢？无量派里的哪个人，会对许之南的师弟产生如此强大的忌惮和怨恨？"

"确实解释不通。"范无慊道，"徒儿虽然对宗天子时代的事了解不多，但也知道无量派与纯阳教同为百年仙门，不能说多么要好，至少一直是盟友。"

钟馗点点头："对，不过，如果假设这件事是李不语干的，从他的因果入手调查，还可以猜到一个人，这个人除了不该修过元阳功法，其他一切都符合。"

解彼安睁大眼睛："谁呀？"

"宁华帝君宗明赫。"

解彼安没由来地感到颅内一阵钻痛，他不着痕迹地压了压太阳穴："宁华帝君……"是啊，他怎么只想到宗子珩，没想到宗子珩的爹呢？

"李不语的姑姑嫁给宁华帝君为后，后来的事，世人皆知，李不语自然恨宗明赫，而当年八卦台上，宗子珩杀父弑君，宗明赫的尸身就在蜀山，如何处置的，外人根本无从得知，年龄、修为、尸身、恩怨，都对上了。"

范无惧镇定地说："只是元阳功法这一点无法解释。"

钟馗苦恼地说："总之，两厢都有疑点，只能想办法排除，所以许之南必须出关，相信我向他解释清楚缘由，他会明白的。"

解彼安感叹道："无量派也真是，孟克非一案还没查到凶手，又出这无名鬼。"

"还都和窃丹有关，要说毫无关联，恐怕难以服众。"

这时，薄烛突然闯了进来，紧张地指着门外："天……天师，崔府君带着夜游来了。"

钟馗浓眉一挑，起身原地转了一圈："说我不在。"说完就要往宫里钻。

"钟正南！"崔珏的声音老远地响起，似乎未卜先知，"夜游看到你们回冥府了，你别想躲。"

钟馗的肩膀顿时垮了下去。

崔珏带着一位冷艳飒丽的女子走了进来，她一身幽蓝色劲装，不似寻常女子般环佩叮当，天然去雕饰，脸蛋素净却是倾城之貌，自有一股别样的英姿。

解彼安拱手道："府君、夜游大人。"

夜游也淡漠地向钟馗与解彼安请礼。

崔珏扫了范无惧一眼，又犀利地看向钟馗："听说你把勾魂索给了他，还让他与彼安一同出任无常。"

"呃……他身在冥府，有魂兵器傍身，安全一些，至于什么一同出任无常……"钟馗一手挡住嘴，悄悄对崔珏说，"哄小孩儿的，不用当真。"

"你把谁当小孩儿，哄的是谁？"崔珏怒瞪着他，"就算他不经册封，不拿俸禄，不列鬼仙，这无常之名就可以乱叫吗？你把冥将当成什么？"

"我觉得这是咱们九幽的好传统，你看，判官分文武，游巡分日夜，那无常为什么不能分黑白呢？"钟馗讨好地笑了笑，"是吧，子玉？"

"胡说八道，你一而再地把人类带回冥府，如今还不经帝君就私封冥将，我忍无可忍，你跟我去阎罗殿，让几位阎王评评理。"

"不必不必。"钟馗摆摆手，"我没理，我认错，任凭府君处置。"

解彼安憋笑憋得脸都红了。

崔珏那一张俊雅的凝玉书生脸也红了，气的："你这个……你这个屡教不改的……"他怒极攻心，手一挥，白光浮动，手中出现了一本残旧的牛皮封册子，和一支白毛狼毫。

那正是载录世间生灵之阳寿的生死簿，以及可以行增减之奖惩的判官笔！

"府君，使不得啊！"薄烛冲过去抱住了崔珏的腿，仰着可怜兮兮的小脸，眼睛一挤就掉出了眼泪。

解彼安连忙求道："府君，您别动怒，师尊的性格是不羁了些，但绝无恶意，您原谅他吧。"

钟馗也吓了一跳："子玉，你别冲动，我错了，咱们这么多年交情，你舍得我英年早逝吗？"

夜游也劝道："府君，望三思。"

崔珏冷冷一笑："你无视冥府律法，屡次犯禁，我看在帝君倚重你的分儿上，从来没罚过你，看来是我对你太过纵容了，才让你如此肆无忌惮。"他唇瓣微启，对着生死簿吹了一口仙气，书页不翻而自动，沙沙作响，最终有一页铺展开来，"我今天就让你知道，冥府律法……"他垂眼看向生死簿，人却忽地愣住了。

众人眼睁睁地看着崔珏变了脸，九酆殿内顿时安静得落针可闻。

范无慑打破沉默："府君，怎么了？"

崔珏瞪着钟馗，眼圈有些泛红，他的胸膛用力起伏了一下，厉声斥责道："你一向我行我素，不听劝阻，是不是以为自己本领过人，就真的无所禁忌？身为武判官，难道不知道乱造因果，必受其害吗?!"

解彼安从未见过这样的崔珏，心头升起不祥的预感："府君，怎……怎么了？"

钟馗收起了嬉皮笑脸，他沉吟道："我的阳寿变少了，对吗？"

解彼安僵住了。以钟馗的修为，活过百年根本不成问题，若只是少了一二十年，崔珏不至于这么大的反应，除非……

崔珏合上了生死簿，抿唇不语。

"还剩多久？"钟馗自问自答道，"哦，你不能说。看来是剩的不久了。"

解彼安急道："府君，您……您会不会看错了，您再看一眼，怎么会无故减少呢？"

"这世上从没有'无故'之说。"崔府君低声说，"种什么因，得什么果，你频繁插手人间事，只会背负越来越多的业力。"

钟馗笑了笑："我本就是活人，又岂能完全超脱红尘之外？要是因为怕死就躲在冥府，不涉因果，那一生修道又有什么意义？生死自有定数，没什么大不了，再说，死了我就是真正的阴差啦。"

薄烛抱着崔珏的腿，哀求道："府君，您给天师添阳寿好不好？他在人间行侠仗义，都是福报啊！"

"薄烛，不要乱说。"钟馗轻斥道，"崔府君不可徇私。"

"能添阳寿者，须有大功德，你用东皇钟重构酆都结界，已经增了二十年阳寿，但你无意间造的这个因果……"崔珏怒道，"你到底去人间做了什么?!"

师徒三人皆沉默，钟馗在蜀山，与人间修仙界的魁首发生了冲突，这是最有可能要钟馗性命的因。

"夜游说你们在蜀山待了好几天，有一晚点苍峰出现极强的鬼气，你们在蜀山究竟发生了什么？是否跟此事有关？"

解彼安不安地看着钟馗，眼中满是焦急。

范无慢低声道："师兄，不要担心，因果是可以逆转的。"

钟馗答道："我们在点苍峰的山洞里，发现了一个被天罡正极缚魔阵封印的野鬼，极有可能是李不语干的。"

夜游不解道："蜀山阳气太重，我都无法靠近点苍峰，那鬼怎么之前没被发现？"

"那天晚上，蜀山有一阵小的地动，破坏了阵法，才把他放了出来。"

夜游皱起眉，若有所思。

崔珏凝重道："因果确实有可能逆转，你的命运全看你之后的选择，这件事你既然已经涉入，那只能走一步看一步了。"

"不论如何，我都会追查到底的。"钟馗哈哈笑了起来，"你们，不至于这般严肃，我倒真想知道，有谁能杀得了我。"

"师尊，您别乱说。"解彼安的脸色极为难看，"我们绝不能让这样的因果发生。"

钟馗拍了拍解彼安的肩膀："乖徒儿，没事的，一切皆是定数，不必杞人忧天。"

崔珏走后，解彼安一直眉头紧锁，脑中纷乱不堪。

范无慑见他失魂落魄的样子，无奈叫道："师兄，师兄？"

"嗯？"解彼安看向范无慑。

"该给我换药了。"

"哦，对。"解彼安拿过药箱，仔细处理范无慑的伤口，轻声说，"这伤每日都见好，要不了多久，手臂就能动了。"

"师兄，你不要想太多了，人每做出一个选择，都会影响未来，所以此事还有很多转机。"

"我当然知道，一念成佛，一念成魔，因果业力，始终存于一个物件、一句话、一件事之中。"解彼安沉重地说，"只是，以师尊的修为，已经不受病老之苦，能够夺走他阳寿的，只有意外，而这意外……"

而这意外，只可能是杀戮，人鬼两界，有本事将钟馗置于死地的，没有几个，而钟馗恰巧刚刚得罪了一个，让人岂能不担心。

"这些担忧，师尊心里定然都有数，他又岂是束手就擒之人？现在我们知道了这件事，其实是件好事，让我们更加堤防李不语。"

解彼安点点头，轻叹道："你说得是。我只是……师尊将我养大，对我来说，亦师亦父，是我最重要的人，我不能让他出事。"

范无慑沉默了一下："你最重要的人，即便真的死了，你们还能在冥界重逢。"

而我……

"话虽如此，可师尊留恋人间。若师尊有幸飞升，固然是好，但就再也见不到他了，若他不能飞升，继续做判官，却再也无法去人间四处游历，品尝天下美酒，他该多难过，说不定他就想去投胎了，若投了胎，我又见不到他了。"解彼安揉了揉再次胀痛的太阳穴，"师尊不能死，他不该死。"

"他不会死的。"范无慑还没有完全变声，声线带一丝稚气的少年音，但配合那笃定的口吻，说出来的话却很能安抚人，"我们会查清真相，先发制人，让李不语没有戕害师尊的机会。"

解彼安暗暗握紧了拳头："无慑，你教我宗玄剑法吧。"

"你真的决定学？"

"嗯。"解彼安目光坚毅，"我不够强，若我足够强，你就不会受伤，师尊也多一份助力。虽然师尊的青锋剑法也很厉害，但我有一种预感，宗玄剑法与我莫名的契合，我一定能练好。"

"你说当时你能猜到我的剑招。"

"对，这难道不是说明，我与这剑法冥冥之中有缘分吗？"解彼安道，"我不会轻易在人前使出，你也不要告诉师尊。或许你我二人，能够将青锋剑法与宗玄剑法更好地融合，发挥更强的威力。"

范无慑淡道："好，我教你。"

前世的宗子珩，已经突破了宗玄剑第八重天，这种刻在命格里的天资，哪怕投胎转世都没有改变。

范无慑看着解彼安跃跃欲试的模样，心中有所感怀。绝顶的天资，既是馈赠，也可能是诅咒，他想起沈诗瑶对他说的那句话——日月不可同辉。

那是一切悲剧的根源。

幸好，这一世他们没有利益相争，解彼安也就没有变成宗子珩的可能。

在范无慑养伤期间，钟馗与纯阳教有过两次飞书往来，他极力劝照闻等长老去请许之南提前出关。

原本他是要亲去的，但自从生死簿之事发生后，解彼安比谁都紧张，怎么都不准他轻易去人间。最后师徒两人各退一步，若范无慑伤好之后，照闻依旧不同意，他们三个就一起去纯阳教。

于是这些日子，钟馗都老老实实地留在冥府，而解彼安除了收魂和采买，也几乎不去人间。他每日规律地练剑，私底下则偷偷由范无慑指导宗玄剑法，正如他想的那样，他好像天生就对这套剑法有某种感知，学得快，悟得也快，日日都有精进。

相处久了，范无慑才发现，钟馗虽然是师父，但解彼安才更像是当家的，里里外外、巨细无遗，什么都操持，好像身为"长子"的使命感是与生俱来的，与当年的宗子珩简直一模一样。

比如这段时间，为了给范无慑养伤，每日的汤都是药膳，追求功效，就要牺牲口味，吃得钟馗和薄烛都叫苦不迭，范无慑也觉得难喝，但从来不吭声，一是他喜欢解彼安对他的心意，二是他知道抱怨也没用，吃饭这件事是解彼安说了算。

只是他伤势已经好了七七八八，失了再多血都补回来了，再吃一些生猛的补品，难免有些不受控制的反应。

这夜，因为他的伤口正在长新肉，时时都瘙痒不已，清醒时还好，睡梦中总忍不住要去抓，解彼安为了防止他抓挠伤口，便一直照顾他。血液在范无惧的体内沸腾奔流，意识蒙眬中，他又梦到了他与宗子珩的前世。

"宗子枭……你放开我！"

耳边是狼狈的痛骂，鼻息是馥郁的兰花香，眼前人，是他曾经最信任的大哥。

"大哥……"他听到自己的声音，颤抖的、压抑的、狂躁的。

"你不配叫我大哥！"

"你也不配做大哥。"他轻蔑地说，看着那人扭曲的脸，竟品尝到了扭曲的快意。

"混蛋……"那人被绑缚着，无力反抗，他身份尊崇，何时受过这等屈辱。

他一把掐住那窄窄的下颌："瘦了，嫌牢饭不好吃吗？要不要我亲手喂你？"

"滚！"

他俯下身，蛊惑的声音夹杂着轻佻地笑："想要我放过你吗？"

宗子珩："……"

"叫我一声小九。"

"畜生，你不是小九！"

"你也不是我心中的大哥，可谁叫你还披着这层一模一样的皮呢。"他威胁道，"叫，我或许可以让你好受点。"

那人咬紧嘴唇，似是无论如何，都不愿意将这个折磨他、羞辱他的男人，和那个名字联系到一起。

"叫，叫啊！"

隐忍的沉默，换来的只是更张狂的恨意。

苦海无涯，你我一同沉沦。

睡梦正酣，解彼安忽听见范无慑有动静，皱着脸睁开了眼睛。

范无慑口中喃喃呓语，似乎是在呵斥，但又含糊不清。

解彼安又热又闷，只想把范无慑扔出去，却又顾忌他的肩伤。

但范无慑的神智还是被拽回了当下，他茫然地睁开眼睛，就像抹去铜镜上的晨雾，眼前的画面由模糊变得清晰，解彼的面容映入瞳孔，梦境与现实交错紊乱，百年光阴砌筑的高墙在这一刻轰然坍塌，碎做齑粉，灰飞烟灭，有什么声音在耳畔喁喁私语，引诱他释放出闸门内的猛兽，抛却所有顾忌，发泄自己的滔天怨愤。

复仇吧，做你一直想做的事，这是他欠你的，你可以对他做任何事。

解彼安被范无慑猩红的眼睛惊住了，他回过神来："范无慑，你睡昏头了。"

这一声把范无慑涣散的魂魄震得归了位，他茫然地爬了起来，想起梦中种种，他故作平静地问："师兄，我怎么了？"

解彼安无奈道："你说梦话了。"

"师兄。"范无慑抬头看着解彼安，"我做了什么，说了什么。"他不知道自己做了那样的梦，有没有说什么不该说的话。

解彼安愣了愣，他似乎听到了什么，又不确定："你……我没听清。"

范无慑松了一口气，真怕自己在无意识时说了什么不该说的。

"你肩膀怎么样？"解彼安突然想起自己留在这里过夜的目的。

"唔，有点痛。"范无慑捂住了肩头。

解彼安掀开他的衣服看了看："幸好，伤口没有裂开。你早点休息，千万不要挠。"

"你不陪我了吗？"

"你房间太热。"解彼安道，"我回去了。"

范无慑看着解彼安离开，唇角轻抿，那个梦太真实具体了，或许不该叫做梦，那是他前世的回忆，俩人情绪的碰撞还时时震颤着他的心脏……

入冬后，人间下了第一场雪，而他们接到了纯阳教的回信，邀钟馗过完年去荆州商议请许之南出关事宜，看来这几次书信往来，并非白费。

相较他们对那邪祟的身份如此在意，无量派反应平淡，离开蜀山后杳无音信，就连兰吹寒都来信问过一次进展，无量派竟是连敷衍也省了，根本就没查，这样的态度岂能不让人怀疑？再一想到钟馗因为此事莫名地减了阳寿，他们就更坚定，要将此事查个水落石出。

范无慑在养伤期间，几乎被"禁足"于天师宫，憋闷坏了，于是伤一好，就提出要在冥府四处逛逛。

解彼安这才想起，范无慑自来到冥府，几乎只在天师宫活动，身为无常——哪怕并非正式授任，也该对此地多熟悉熟悉才对。

师兄弟离开天师宫，御剑往罗酆山更深处飞去。这天师宫建在罗酆山山脚下，判官府及各冥将的府邸都环山而建，而四周薄雾缭绕，能见度很低，常常有荒僻之感。其实冥府有鬼魂亿万，只不过各自都在各自应该待的地方。

仰视而上，能看到雾气掩映的山间，是一座座宫殿与烽火台，纵横之阡陌有鬼火夹道，狼烟星火，幽幽绽放，让整个罗酆山看起来像一座正在流泻熔岩的火山，另有一条河水自天上来，飞流直下入九幽，去往无远弗届的黑暗之中。

人间的罗酆山，与普天下的山，大同小异，这番灵异的、幽森的美，只属于鬼界。

解彼安挺拔地立于剑上，山间的阴风吹得他的白衣絮絮飘扬，猎猎作响，他赞叹道："很美吧？"

"嗯。"

"从这里，能将冥府看个大概。"解彼安指着脚下，"阴差带着人魂穿过阴阳碑，走过黄泉路，再穿过鬼柳，最先抵达的就是孽镜台。孽镜能照出人的善恶德行，若是善者或善恶相抵者，可直接送去投胎，若是恶者或善恶难辨者，就送去十个阎罗殿审判，那便是阎罗殿。"

半山腰处，分布着十座雄伟的宫殿，各表一旗。

"阎罗殿的地下，就是地狱的入口，如果你想去看看……"解彼安转向范无慑，却见他神色凝重地望着阎罗殿，仿佛那里有什么洪水猛兽，"……无慑？"

范无慑道："我不想去。"

"嗯，那里让人很难受，不去也罢。"解彼安往前飞去，绕山小半圈，"这条河叫忘川，看到河上那座桥了吗？那就是奈何桥，要去投胎的人，都要经过此桥，在桥上喝下孟婆汤，忘却前尘往事，重入轮回。"

"孟婆汤。"范无慑轻声说，"你喝了孟婆汤。"

"当然。"解彼安道，"人人都要喝的，你也喝了，不然不能投胎。不过，倒也有例外。"他指着忘川道，"这水自天上来，流到地下就变成了黑色，其实那不是黑，而是血红，里面溺着无数鬼魂，他们想带着记忆投胎，不愿意喝孟婆汤，就只能横渡忘川，可绝大多数都在忘川中迷失了自己，成了孤魂野鬼。"

范无慑暗暗握紧了拳头，低低说道："我没喝。"

"什么？"解彼安没有听清。

我们曾约定谁也不喝，来世还要重逢，你却背弃承诺，忘了我。

"为什么要喝？"范无慑抬高了音量，"难道对这一世，对这一世的人，毫无留恋吗？"

解彼安想了想："留恋，必然是有的，但若放不下过去，下辈子怎么重新开始呢？"

"为什么一定要重新开始？很多人一辈子根本活不明白，从头来过，也是重蹈覆辙。"

"你说得对。但我想，轮回是每个人的课业，修善、修恶、修贫贱、修富贵、修健康、修病弱，只有在每一世的考验中都保持本心，一念向善，才能修满功德，超脱轮回，免受其苦。喝孟婆汤，其实是给人重新来一次的机会，否则很多人就是会重蹈覆辙，执迷不悟。"

范无慑沉默了。

解彼安淡淡一笑："再说，人生百年，到了最后时刻，连命都不在意了，重要到难以割舍的东西，其实很少。"

"很少。"范无慑凝眸望着远方，"但只要有一样，就值得赴汤蹈火。"

解彼安扑哧一笑："你小小年纪，怎么口气这么沧桑？"

范无慑转过了脸去，沉吟片刻："师兄，能不能带我去看看东皇钟？"

"好啊。你是不是在民间听过很多东皇钟的传说？"

"嗯。"

"你也没去过昆仑吧？上古四大法宝，是不是一样都没见过？"

范无慑："……"

"哈哈，师兄今天就带你见见世面。"

两人飞进山脉中，两峰间出现一片平谷，从天上看去，地面画着一个巨大的法阵，阵眼正是一口古朴的黄金大钟。

他们落了地，更显得那钟大得惊人，如一棵参天大树，钟身上有许多脏污斑驳的岁月痕迹，但铭刻着的符咒却依然清晰。

解彼安不免骄傲道："这便是咱们师尊的法宝，真叫人望而生畏啊！"

范无慑静静地看着东皇钟，心中有几分悸动。他是曾经用神农鼎铸过剑，又驾驭两样上古法宝的人，可在见到东皇钟的这一刻，他才相信民间所传不虚，这东皇钟，不愧是上古四大法宝之首，仅仅是靠近它，都有一种泰山临于前，不得不俯首膜拜的神威。

解彼安走进了法阵："无慑，可以凑近了看，还可以摸，没关系。"

范无慑便走了过去，他伸出手，轻轻抚摸钟身，触感温凉厚重，一想到它是百万年前的神物，便叫人肃然起敬。

"这东皇钟，人可以摸，鬼却不能碰。"解彼安手指微屈，在钟身上叩了一下，"但是我们是敲不出声音的，也撼动不了它分毫，只有师尊可以。"

"有这神物，一统修仙界也轻而易举，师尊竟愿意将它放在这里补结界。"

"所以师尊才受到世人敬仰。"解彼安眼中尽是崇拜，"虽然师尊这个人，有时候很不靠谱，但他一颗赤子之心，心系苍生，是谁也比不了的。"

范无慑的心情有些复杂，他既是不屑，又不得不佩服钟馗的胸襟，如此大公无私，他做不到。

他不要敬仰，他要臣服。他要那些被夺走的东西，一样一样乖顺地回到他身边。

解彼安将耳朵贴上了东皇钟，轻声说："无慑，你听，好像能听到声音。"

范无慑也学着他的样子，闭上了眼睛。

九霄云开，圣光普照，天际传来一阵悠远又洪大的钟声，咣——如龙啸，如雷鸣，它的余音声声不绝，穿越百万年光阴，刺透人、鬼、神三界，牵引着万物生灵的心跳，与其一同发出胸腔的共振。江河湖海，奔流四肢百骸；崇山峻岭，雕塑皮肉筋骨；日月之精，幻化灵魂神魄。

它用钟声呼唤苍生，振聋发聩，三界无不响应它的感召。

范无慑猛地倒退了一步，他大口喘着气，额上浮了一层汗。

解彼安安抚地按住他的肩膀："我忘了跟你说，东皇钟的神力太强了，不能接触太久，会乱人心智，我们回去吧。"

俩人走出法阵，范无慑又回头看了一眼东皇钟："师兄，假使百年前有东皇钟，会怎么样？"

"宗子枭定然掀不起那么大的风浪。"解彼安斩钉截铁地说。

"有道理。"所以此物必须永远做一个结界，他绝不会让任何人阻在他面前。

俩人在罗酆山转了一圈，返回了天师宫。

一落地，解彼安的目光就落在了范无慑手上，似乎发现了什么："哎，你的袖子，是不是短了？"

范无慑微展开双臂："好像有点。"

"你长高了？"解彼安握着他的手腕，将他的胳膊抻直，比了比，"果然是猛蹿个儿的年纪，小半年的时间，衣服竟然就短了。"

"我明年就会跟你一样高了。"

"真的吗？你怎么知道？"

"你等着看吧。"

解彼安撇了撇嘴："还好当时做衣服的时候，裁缝想到你在长个儿，缝边的时候留了点富余，好改，不然这衣服就浪费了。"他低头看了看，"裤子呢，也短了吗？"

"有点。"

解彼安又绕到范无慑背后，突然用两手环住了他的腰，用手丈量起来，嘴里还喃喃有词。

"一拿，两拿……"解彼安比画了一会儿，"咱俩腰身差不多，你晚上回去先换上我的衣服，大了比小了穿着稍微少难受点，把你的衣服都给我，我给你改一改。"

范无慑深吸一口气："你还会改衣服？"

"那有什么难的，这点小活计去找裁缝，就太浪费银子了。"解彼安笑着拍了拍范无慑的后背，"嗯，身板结实多了，看来我喂得不错。"

范无慑偷瞄了解彼安一眼，面上不动声色，实际心里已然沁入一丝暖意。

在冥界，有两个节日格外重要，一个是中元节，一个就是春节。这期间，人间会有许多祭祀和供奉，阴间的人能收到来自阳间亲友的心意，也有可能回去探望挂念的人。

解彼安早早就开始为新年忙活起来，他和范无慑去酆都城采购了许多年货，对联福字、窗花灯笼、鞭炮烟花，应有尽有，统统带回来装点天师宫。为了能够吃到最新鲜的肉，解彼安甚至抱了两只鹅回来养着。活物是不能进乾坤袋的，为了这一对儿鲜肉，俩人一路好一通折腾。

范无慑看着自己裤腿上被甩到的屎，觉得他身为魔尊的威严受到了极大的挑衅，偏偏那个"挑衅"他的人浑然不觉，还笑得那么好看，给他擦汗的时候又那么温柔，他连火都发不出来。

"哇，哇！"薄烛叽叽喳喳地围着他们转悠，"白爷，不是不能带活物回冥府吗？上次天师带回黑爷，府君还没消气呢。"

解彼安"嘘"了一声，"两只鹅怕什么，咱们三十杀一只，初二杀一只，府君要是吃了喜欢，就不好意思骂我了。"

"那你怎么不多带点鸡鸭回来？我最喜欢你炖的鸡了。"

"鸡鸭很吵的，鹅只要周围没东西惊动它，它就不爱叫。"解彼安摸了摸大白鹅，喜道，"看，又白又肥，肯定好吃。"

"那这鹅，咱们怎么吃？"薄烛问完这句话，恨不得口水就要滴下来。

"我好好想想。"解彼安问道，"让你去送的请帖都送出去了？"

"都送去了。"

"那游巡是一块儿来？"

"嗯。"薄烛点点头，"就是一个人总睡着，吃饭的时候好别扭。"

"有什么别扭，只要在一起就算团聚。"

范无慑奇道："什么意思？"

"哦，我好像还没告诉过你，二位游巡……"解彼安笑道，"等他们来了，我再给你解释。"

除夕之夜，天师宫邀请的崔珏和日游、夜游都如期登门了，他也明白了那日解彼安和薄烛说的是什么。

这次与崔珏一同前来的男子，便是日游，他与夜游穿着同样的幽蓝劲装，他相貌英俊，仪表不凡，只是神色亦是冷若冰霜，而此前见过的夜游，却像睡着了一样飘在他身边，这情形看来有些诡异。

解彼安把客人迎进门，日游落座后，就把夜游放在一旁的椅子里，给她垫好靠背，摆正四肢和脑袋，动作都很轻柔。

范无慑不解道："这是……"

解彼安将他拉到一边，解释道："日游与夜游本是一对夫妻，听说生前铸下弥天大错，但帝君为他们的深情所触动，便罚他们各分日夜巡视人间，日游只有白天清醒，日落后就会沉睡，夜游则正好相反，夜晚活动，日出就会陷入沉睡，俩人虽然厮守，但每日只能匆匆看对方两眼，可能连句话都来不及说。"

范无慑惊讶地看着他们。

"我时常想，这是帝君的仁慈还是残酷呢。"解彼安叹了一口气，"他们眼神交汇的一刹那，就是彼此间的所有，其余漫长的时光，只能守着一个沉睡的爱人。"

"可即便如此，也舍不得放弃。"

"嗯，如果他们投胎，就再也见不到对方了，所以宁愿这样相守。"解彼安轻轻蹙眉，"真是用情至深。"

范无慑心脏传来一丝痛麻。他明白，这不惜一切也要将对方留在身边的执念。

解彼安准备了一桌丰盛的年夜饭，色香味俱佳，看着就叫人食指大动。

崔珏好好夸赞了解彼安一番，钟馗一直试图劝崔珏多喝点酒，崔珏不胜酒力，喝一点就更爱教训人，喝多了就诗兴大发。

薄烛席间也没了规矩，一边吃一边玩儿烟火棒。

夜幕降临后，日游和夜游互换了状态，夜游不时喂日游喝一点酒，还偶尔附在他耳边说些什么，面上是难得浮现的女性的柔媚。

解彼安和范无慑也喝了些酒，天南海北地聊天，这一刻，范无慑暂时忘却了前尘往事，心无旁骛地做着他的小师弟。

天师宫已经许久不曾这么热闹，每个人都红光满面，喜气洋洋。

突然，他们听到一阵嘈杂的叫声，似乎是鹅叫。

崔珏茫然地左顾右盼："怎么，……怎么好像听见什么东西在叫？"

解彼安的酒一下子吓醒了，薄烛也紧张地看着他，悄声道："怎么回事？不是说鹅不爱叫吗？"

"肯定是有什么东西吓着它了，我去看看。"解彼安说着就往外跑去，可还没踏出九酆殿的门槛，一抹朱红的身影大摇大摆地走了进来。

"红……红王？"

江取怜手里拎着两个红泥小酒壶，微微笑道："你这天师宫，怎么会有鹅？"

解彼安朝他挤眉弄眼加摆手。

江取怜挑了挑眉："我还以为我们无常是个乖孩子，却原来早被他师父教坏了。"

解彼安正窘困着，范无慊站在了他身边，戒备地说："你来干什么？"

"来和大家一起过年啊。"

"没人邀请你。"

江取怜笑盈盈地说："我脸皮厚，不请自来。"

范无慊："……"

江取怜旁若无人地踏了进去："天师、府君，我来给你们拜年了，哎呀，游巡也在啊。"

钟馗虎着脸看着他："你来干什么？"

"身为同僚，也不邀我一同过这团圆节，好让人伤心啊。"江取怜晃了晃手里的酒，"我可比你们大方多了，这两壶百年陈酿，天师想不想尝尝？"

钟馗两眼放光："行吧行吧，来者是客，坐吧。"

江取怜笑呵呵地坐下了。

"我警告你啊，不要打我法宝的主意。"

"我确实打了你法宝的主意，但只要你看得住，就无须担心，对吧？"

钟馗瞪了江取怜一眼："废话少说，来陪我喝酒，这个崔子玉，不行。"

解彼安目瞪口呆地看着钟馗和江取怜对饮了起来，俩人之间互抢话头，唇枪舌剑，可竟也不妨碍他们喝得兴致高昂。

范无慊把解彼安拉到一边："不要理他们，好好吃饭。"

解彼安小声道："咱们不能喝了，得帮师尊看住红王。"

"放心吧，有我在。"范无慊凝望着解彼安，眼中是自己都未察觉的温情，"师兄，这是我们在一起过的第一个年，往后……往后也一起过年吧。"

解彼安笑道："当然，咱们以后都一起过年。"

范无慊举起酒杯："一言为定。"

"一言为定！"

解彼安最后还是喝多了，天师宫难得有如此热闹的时候，而他喜欢热闹，加上节庆气氛的烘染，便越喝越高兴。

范无慑想送他回去休息，他还拽着江取怜的袖子要江取怜不要吓唬他师弟。

江取怜皮笑肉不笑地看着解彼安："这么护着你的小师弟呀，真可爱。"

"你也……不要打法宝的……主意。"解彼安大着舌头说，"师尊……师尊不怕你，我……我也不怕……你。"

钟馗一脸丢人的表情："快带他回去休息，这酒量，哪里像我钟馗的徒弟？"

"师兄酒量还行，只是师尊是海量。"范无慑扶着解彼安的肩，轻声说，"师兄，别喝了，我送你回房休息。"

江取怜看着范无慑那无意识流露的关切，玩味地勾了勾唇角："这么关心你师兄，不如你替他喝。"

范无慑根本没理他，叫道："薄烛，照顾好师尊和府君，我送师兄回去了。"

薄烛跑了过来："啊？这么早，不一起守夜吗？我还想等白爷一起放烟火呢。"

范无慑嫌弃地说："自己玩儿去。"

解彼安被半拖半抱地弄回了寝卧，他嘴里含糊着什么，一会儿要喝，一会儿又说不喝了。

范无慑把他放到床上，为他脱了鞋，解开了腰带，让他能舒服点。

解彼安双目涣散地看着头顶，在眼前晃着手："师尊，别……别喝了。"

"你也别喝了。"范无慑润湿了毛巾，给他擦着脸和手，"不是说要看着江取怜吗，自己喝成这样。"

"对，看着……看着他，法宝……"

范无慑放下毛巾："平时摆出一副兄长的架子，总是教训我，你看看你现在，东倒西歪的。"他面上不自觉带了笑，胸中亦是一片柔软。

解彼安赶蚊子一样去推范无慑，嘴里嘟囔着什么，打了个呵欠，已是昏昏欲睡。

"困了吗？"范无慑一手抽出了解彼安的发簪，取掉发冠，将手穿进那浓密的发间按摩，想为他缓解宿醉的胀痛。

解彼安又打了个呵欠，想要转过身去，算是回应。

范无慑忽然道："叫我小九。"

解彼安茫然地摇了摇头，也不知道听进去没有。

"叫一声，叫我小九，就让你睡。"范无慑轻轻晃了晃解彼安，"就叫一声，好不好？"

解彼安醉眼蒙眬地看着范无慑，张了张嘴，却是听不懂的呓语。

"叫呀，'小九'，叫吧。"

解彼安迟疑了很久，才小声道："……小九？"

范无慑怔了怔，几乎是瞬时就眼眶一热，他倒吸一口气，脱力地将脸埋在了被子中，仿佛受了无尽的委屈，声音已然哽咽："大哥。"

解彼安似乎感受到了他的悲伤，在半梦半醒间拍了拍他的手。

"大哥，我好想你，我真的好想你。"范无慑咬着嘴唇，"我恨你，可是……我又好想你。"

解彼安却已经发出了均匀的呼吸声。

范无慑闭上了眼睛，耳边传来一下一下有力的心跳，这声音在告诉他，这个人活着，百年一须臾，轮回转世，活着回到了他身边。

第二天酒醒了，解彼安懊恼不已。他急匆匆地去看钟馗，确定天师宫没少什么东西之后，才放下心来。

游巡和江取怜都离开了，只有崔珏因为喝多了，留宿在了天师宫，醒来之后他比谁都生气，觉得失了面子，把钟馗好一顿数落才离开。

崔珏走后，解彼安才松了一口气："幸好府君不记得昨晚的事了，那只鹅没被发现吧？"

"没有，昨天府君还夸你做的干煸鹅肉好吃呢。"薄烛馋兮兮地说，"夜长梦多，另外一只也尽快吃了吧。"

"那只鹅可真警觉，红王来了就叫。"

"可不是，听说看家护院，鹅比狗还厉害呢，还凶。"

"是吗？"解彼安摸了摸下巴，"要不……暂时把它养起来吧？红王总是打师尊的法宝的主意，天师宫的结界根本挡不住他，这只鹅起码能提个醒。"

钟馗"嗬"了一声："你不怕子玉骂你了？"

"府君要是问起，我就说下次给他做鹅肉吃。"

钟馗坏笑两声："不愧是我徒儿。"

160

"天师，您昨天还嫌白爷酒量差，不像你徒儿呢。"薄烛嬉笑道。

"小孩子家家，不要乱说。"

范无慊支颐坐在一旁，安静地欣赏着他们笑闹的画面，目光也不自觉变得柔和。

过完了年，师徒三人收拾了简单的行装，打算动身去纯阳教。

自从解彼安知道钟馗阳寿将尽，便几乎不让他离开冥府，钟馗着实是憋坏了，没出十五就要走。

纯阳教坐落于荆州，离得并不远，御剑当日就抵达了。

自从百年前，五蕴门被宗子枭摧毁，纯阳教便成了楚地最大的门派，更在一众剑修门派中一枝独秀，多年来地位不可撼动。

纯阳教的记名弟子数量甚至比无量派还多，但流失非常严重，大多数在十五岁成年之际就会离开，就是因为练他们的功法要求苛刻，民间戏称"断子绝孙"功。

即便如此，还是有无数人家愿意把儿子送入纯阳教，因为哪怕只是修上几年，也能有一副比普通人强健许多的好身体。而纯阳教不论资质，来者不拒，去留随意，十分有道门之风范。

这元阳功法也确实了得，但凡修到高阶的，只要不出意外，都可以容颜不老，长命百岁。

此次来到纯阳教总教，照闻长老亲自相迎，随行的还有他的两个徒弟。

几人都是高大健美，仪表堂堂，外人光看这体魄，就能判断出他们的元阳功法必是修到了高阶。

寒暄两句，钟馗单刀直入地问道："照闻，无量派可有派人来调查？"

"不曾。"

"难道云嶂一别，无量派都没有来问过？"

"确实没有。"

钟馗冷哼一声："野鬼是在他们的地盘上发现的，他们竟然不闻不问。"

"或许仙尊忙于调查师侄之死，还无暇顾及此事吧。"照闻说话十分谨慎。

"查了这么久，也没查到凶手，恐怕是悬了。"钟馗沉思道，"凶手要么是有备而来，后路都安排妥当了，不留一丝痕迹，甚至可能有内鬼相助；要么就是临时起意，让人一时查不到动机。总之，最不可能的就是专为窃丹而来。"

"可惜了。"照闻叹道，"香渠真人白发人送黑发人，听说大病了一场啊。"

"无量派找不到杀害孟克非的凶手，但我们仍有机会找到杀害你师叔的凶手。"

照闻忙道："天师，事情还未水落石出，那人未必是我师叔。"

钟馗努努嘴："等你师父出来不就知道了？"

另一名长老道："天师，我们万般不愿意惊扰掌门，几次推托此事，还望天师莫怪。但是，思来想去，那位师叔与我们师尊感情深厚，我们也担心，万一他真是我们师叔，师尊出关后会怪罪我们。所以才将您请到纯阳教，我们一起请掌门出关。"

钟馗哈哈笑道："你们就是怕挨骂，所以找我来顶着嘛。"

几个长老面面相觑，都有些尴尬。

"没事没事，是我要求的，被怪罪我也受着，事不宜迟，我们现在就去吧。"

照闻道："不急。再过几天就是正月十五了，月圆之夜是阴盛阳衰之时，那一天修元阳功法的人需要闭息调理，这时候请师尊出关，对他的惊扰是最小的。"

"也好。"

"这几天，天师与无常二仙不如就在附近逛逛，我楚地盛产美味佳酿，天师会喜欢的。"

"哈哈，喜欢喜欢。"钟馗摩拳擦掌地想品鉴一下楚地的美酒。

纯阳教的弟子带他们去了客房，解彼安整理起自己的衣物："我也是第一次来楚地，听说这儿吃的比咱们蜀地还辣。"

"嗯。"范无慔有些心不在焉。

"无慔，你怎么从到了这儿就不说话，怎么了？"

"没什么。"范无慔只是想起了太多事，有关纯阳教的，有关宗子珩和宗子枭的。

上辈子，他第一次出宫就途经楚地，在这里，他第一次见到邪祟，第一次听说窃丹，第一次碰到暗杀，大哥第一次为救他而受伤，那时候养伤的地方，正是在纯阳教的分部。

后来发生了那么多事，他看在当初许之南悉心照料过宗子珩的分儿上，放了纯阳教一条生路。

如今故地重游，心中自是百转千肠。

"外界都说纯阳教人古板严肃，规矩颇多，常常拒人于千里之外，我看倒也还好。"

"因为有师尊在。"

"哈哈，也是。"解彼安耸了耸肩，"也不知道为什么，他们都忌惮师尊，师尊虽然厉害，但又不是仗势欺人之人。"

"倒也是好事。"范无慑脑子里乱糟糟的，他刚投胎转世时，前世的人和事其实忘了许多，但随着年岁增长，尤其是与这个人重逢以来，又不断重游故地，越来越多的事情被想了起来，甚至画面愈发清晰，仿若昨日。

"嗯，只希望师尊在外面维持点体面，不要喝到不省人事，自己坏了自己的威风。"解彼安说完，被自己的想象逗乐了，他叠好衣服，"无慑，天色还早，我们出去走走？"

"哇，这串风铃居然是用菱角做的，声音真好听。无慑，你知道菱角吗？长得很奇怪，但可以吃，只有楚地才有。"解彼安边说边掏出钱袋，"老板，这个多少钱？"

"二十个铜板。"

"这么贵？"解彼安抓着钱袋的手又缩了回去，"老板，你别看我们是外地人就宰我们啊。"

"哎呀，瞧您说的，这么俊俏的公子，只收您十五个好吧。"

"十个，我买给我弟弟的，你便宜点嘛。"

范无慑本是一副心不在焉的模样，听到"弟弟"两个字，耳骨动了动，转过脸来："我不要这破玩意儿。"

解彼安哈哈笑了起来："给薄烛的，你都多大了还玩儿这个。"

范无慑一把抢过解彼安的钱袋："太贵，不买。"说完转身就走。

"哎……"解彼安追了上去。

"公子，十个铜板可以啊，公子！八个！七个！"

范无慑走得飞快，解彼安一阵小跑才追上来："无慑，你干吗呀，他七个铜板就卖。"

"你一路上给薄烛买了多少东西了。"范无慑突然停住脚步，在解彼安的注视下把那钱袋塞进了自己的乾坤袋里，"你怎么就这么喜欢给他买这些没用的东西？"

"因为薄烛不能离开冥府啊。"

"他不能离开冥府跟你有什么关系，又不是你杀了他。"

解彼安叹道："薄烛是我收的魂，他的身世很可怜，生前……"他顿了顿，没有说下去，转而道，"你怎么又不高兴了？是嫌我没给你买东西吗？"

范无慑怎么会承认。

"你想要什么你跟师兄说呀，从来也没见你跟我要什么。"

"我要什么你都给吗？"范无慑幽幽地看着解彼安。

"你说嘛，我俸禄挺高的，还有些民间的供奉，大部分东西都买得起。"解彼安莞尔一笑，"你这孩子，也太爱较劲儿了。"

范无慑心情一阵烦躁，随手一指："买那个吧。"

解彼安转身看去，是一家卖玉饰的店："你说哪个？这个吗？"他走过去，拿起一串雕了重瓣兰花的玉坠，"无慑，你眼光不错啊，这个挺好看的。"

范无慑从小生在皇家，后又独尊天下，什么好东西没见过，哪里看得上这种廉价的玩意儿，刚想否认，突然发现旁边有一串一模一样的，只是穿绳有黑白之分。他走了过去，拿起另外一串："不如我们一人一个，挂在剑上。"

解彼安看着另一串，扑哧一笑，逗弄他道："你的剑跟沛雪是一对儿，魂兵器也要取跟师兄对仗的名字，如今连玉坠都要跟我成对，我看你呀，平时装得一副老成的模样，其实就是个黏人精。"

范无慑斜睨着解彼安，薄唇轻吐："若我只想黏着你呢。"

解彼安低头检查玉坠："我是你师兄，你要黏着就……就黏着嘛，哈哈，果然还是没长大。"

范无慑看着解彼安温情的神色，突然冒出一个前所未有的想法，他想，这一世，给他一次重头再来的机会，他们能不能也重新来过，没有猜忌、没有仇恨，携手并肩一辈子？

这个想法让范无慑心悸不止，甚至隐隐感到心痛。

最后，解彼安买下了那对玉坠，系在了俩人的剑上。

范无慑看着佩剑上晃荡的成双成对的小玩意儿，只觉前世那些奉到他面前的稀世珍宝，都不值一提。

今天天有点阴，在外面待得久了，这阴湿的寒气就连修士也有些扛不住。他们找了个小饭馆，点了一壶烧酒和几样小菜，打算暖暖身子。

范无愒找小二讨来一个暖手炉，递给解彼安："拿着，你一到冬天就手脚冰凉。"

解彼安讶然："你怎么知道？"

"……你手都冻红了。"范无愒把暖手炉塞进了他手中。

解彼安握着暖手炉，那暖意一路涌到心里，他问："那你冷不冷？把脚靠近火盆，暖和暖和。"

"我体热，不冷。"范无愒环视这小饭馆，发现有几桌坐着纯阳教的弟子，还有些女客人对着他们窃窃私语和害羞偷笑。

解彼安道："这纯阳教的弟子大多仪表堂堂，又身强体健，无论是寻常女子还是女修，都对他们心仪不已，仙途上遍布诱惑，能坚持下去的，绝非常人啊。"

"道心不坚定，便无缘此途。"范无愒又想起百年前发生的事，一时有些恍惚。

"道心，道心。"解彼安感慨道，"纯阳教的高阶修士，也曾为一个魔修女子前功尽弃，这道心与情爱，孰重孰轻，真是难说啊。"

范无愒没有接话，他在心里说，有时候，一个人就能抵过世间所有。

酒菜很快上来了，解彼安边吃边挑起了毛病："这里的饭菜实在一般，应该先打听打听哪家好吃。"

"那就换一家。"

"太浪费了，没事，咱们还能吃好几顿呢。"

一阵急促的脚步声响起，一群人突然冲入了饭馆，一名纯阳教的弟子叫道："不好了，兄弟们赶紧回去，苍羽门的人找上落金乌了。"

"怎么回事?!"纯阳教的弟子纷纷站起身。

"具体我也不确定，听说，听说是那老妖婆快不行了，来借七星续命灯。"

师兄弟对视一眼，也跟着纯阳教的弟子一同返回落金乌。

苍羽门掌门祁梦笙，可是能和李不语、许之南、钟道平起平坐的一代宗师，虽然苍羽门的功法总有些邪门歪道的意味，一直被正统仙门世家所诟病，但他们将器修修到了超群绝伦，又历代守护神农鼎，江湖地位不可撼动，与中原各门派保持着微妙的平衡。

那祁梦笙是宗天子时代的人，如今大限将至，也十分正常，却没想到她打起了七星续命灯的主意。

那七星续命灯乃诸葛孔明的法器，是纯阳教至宝，传闻施术之后，此灯不灭，则保人之一息存，哪怕是濒死，留一口气在，就能吊命。

这样的宝贝，怎么可能借给外人？他们隔着老远，都能闻到落金乌上剑拔弩张的杀气，也难怪这些纯阳教弟子个个神色凝重。

解彼安心里有些无奈地想，怎么最近他们走到哪儿，哪儿就横生事端呢？

✿… 第十章 …✿

他们回到落金乌，见纯阳教的山门内外已经围满了弟子，在一群浅金修士服间，两抹冰凌灰色的倩影显得格外注目，好像乌泱泱一片麦田中突现两块冰晶。

四周人头攒动，尽是窃窃私语声。纯阳教的功法是要求清心寡欲，但血气方刚的年轻小伙子们，见到美丽的女子不免道心动荡。

离得近了，连解彼安也震惊于这两位女修的倾城绝色，毫无疑问，她们必然就是大名鼎鼎的苍羽门飞翎使，亦是祁梦笙收养的义女——云想衣和花想容。她们背后各背着一把大弓，跟那纤细的体态十分违和，却又别有一番飒丽与英气。

这两位女修在修仙界名声斐然，不仅貌美动人，且修为了得，普天下不知多少修士做过娥皇女英的美梦，可惜所有上门求亲的都失望而返。

解彼安眼前发亮："真的好美啊，跟传闻中一样。"

范无愬白了他一眼："她们的年纪都能做你妈了。"

"修道之人不容易老，尤其是女修，都会修童颜功。"

"那跟你又有什么关系？"

"这爱美之心，人皆有之，貌美的女子就像兰花，值得欣赏嘛。"解彼安笑道，"你十六了，也该懂了。"

范无愬冷哼一声。

前方，挡在山门前的一名弟子不假辞色地说："请飞翎使不要为难在下，这落金乌非有至关紧要之事，历来不允许女子进入，我们已经通报长老，还请二位稍做等待。"

"既然已经通报了，磨磨叽叽的做什么？"花想容怒叱道，"我们掌门命在旦夕，还不算至关紧要?! 再说，我们又不是白借！"

那弟子冷冷地说："恕在下直言，七星续命灯乃我纯阳教至宝，从不外借。当年魔尊上门讨要，掌门师尊都没给，飞翎使若能知难而退，大家颜面上都好过些。"

"你倒是挺会给自己博颜面，是你们掌门不给吗？明明是七星续命灯只能救活人，而人皇早已气绝，魔尊得知后才作罢，否则现在就没你们纯阳教了。"

那弟子面显愠色。

解彼安惊讶道："竟还有此事？无憾，你听说过吗？"

范无憾没有答话，他的面容悄无声息地凝了一层寒霜。自来到纯阳教，他一直被无数回忆纠缠不休，如今那段梦魇般的往事轻易被他人提起，活像往他心口捅了一把刀。

当年，他抱着宗子珩的尸体来到落金乌，疯了一样要许之南交出七星续命灯。许之南的喉结顶着他的剑尖，平静地告诉他，即便屠了纯阳教满门，七星续命灯也救不回死人。

于是他撕破酆都结界，颠覆人鬼两途，只为夺回一个人。

对宗子珩所有的恨，都抵不过他如此狠绝地离开自己。

解彼安还自顾自地说道："这兄弟二人真是传奇，生前斗得你死我活，真的死了，宗子枭又为他只身闯冥府。"

云想衣看来明显沉稳些，她徐徐说道："这位真人，苍羽门与纯阳教同为仙盟大派，当年亦有共同抗敌之情谊，七星续命灯是否外借，轮不到你决定。你这般无礼，是逼我们硬闯吗？"

"你们脚下踩的是我们纯阳教的地盘，周遭皆是我纯阳教弟子，说话还是谨慎为妙。"

"姐姐，别跟他废话了，且看今天这门我们是否进得！"

"哟，干什么呢，都围在这儿？"一个略带醉意的声音自后面传来。

解彼安转头一看，就见钟馗顶着一张红扑扑的脸，拨开里三层外三层围观的人，走了进来。

解彼安轻斥道："师尊，天还没黑你就开始喝了。"

飞翎使将钟馗上下打量一番，目光本是毫不经意，直到看到他腰间那把青锋剑，二人惊讶道："钟天师？"

"你们不是苍羽门的丫头吗？来这里干什么？"

"我们……"

"照闻长老到——"

照闻长老款步走了出来，面容严肃冰冷，见所有人都在眼巴巴地看着自己，沉声道："二位飞翎使，里边请吧。"

众人端坐于前堂，解彼安和范无愧两个小辈，站在钟馗身后。

一时间，无人说话。

直到钟馗打了一个响亮的酒嗝。

解彼安默默低下了头去，这实在是有些丢脸。

照闻轻咳一声："飞翎使，鄙人代师尊理门派内外之机务，大部分事都可以决定，我知道二位此行的目的，我的答案是：不可能。请回吧。"

花想容从椅子里跳了起来，云想衣拉住她的手腕，使眼色让她坐回去，她道："我们掌门年事已高，确是大限将至，但还有一件心愿没有完成，只要纯阳教将七星续命灯借于我派一年，我派愿意以寒玉雪灵丹交换。"

众人哗然。

解彼安知道这寒玉雪灵丹。那是苍羽门用神农鼎炼化的顶级仙丹，对于修炼苍羽门一派功法的人是无上的灵药，只有掌门才能享用，即便是世代守护神农鼎的族群，也只能二十年炼就一颗。

不过，这寒玉雪灵丹因为药性极寒，对其他教派的人来说根本是毒药，唯独对纯阳教是例外。

这元阳功是至阳至热的功法，虽然能够练就一副金刚之身，但稍有不慎，那极热元阳就可能导致心火过盛，严重时甚至会危及性命，如同熊熊燃烧的燎原大火，看似势不可当，可一旦烧光烧尽，就会熄灭。

修到宗师级的纯阳教修士，就要在这种"燃烧"中找到平衡。性寒的仙丹，一直是纯阳教修士必备的辅药，而寒玉雪灵丹正是寒性仙丹中的绝品。

苍羽门肯以此丹做交换，诚意十足。

果然，照闻和几个长老面面相觑，一时拿不了主意了。

范无慑悄悄在解彼安耳边说："许之南闭关，正是为了突破'不灭天火'的境界，可惜十多年都没动静，若有这枚丹，倒有可能成功。"

解彼安用更小的声音回道："所以，他们会答应吗？"

钟馗回过头，用手挡着嘴，神神秘秘地说："照闻做不了主。"

他自以为声音很小，其实所有人都听得清清楚楚，气氛一时很是尴尬。

解彼安把钟馗的身体摆正，低叫道："师尊，您别说话了！"

照闻顿了顿："飞翎使提出的条件，的确令人难以拒绝，鄙人也没想到贵派愿意付出这么大的代价，只可惜，正如天师所说，此事，我做不了主，唯有师尊可以决断，也唯有师尊能动用七星续命灯。"

花想容急道："掌门仙尊闭关十余年，谁知道什么时候出关，这哪里等得了！"

"只需再等两日。"一位长老道，"两日后，月圆之夜，我们将迎掌门师尊出关。"

"当真？"

"这正是天师出现在我派的原因。"

"那还差这两天……"

照闻打断她："飞翎使，这是如今唯一的办法，是否借出七星续命灯，只能由掌门决定，请二位在我派暂住两日，静候掌门出关。"

三人回到纯阳教为他们安排的别院，解彼安见钟馗胡子有些糟乱，非要给他修胡子。

"两日后就要见许之南了，你不能这副邋遢模样啊。"解彼安一边修一边念叨，"让你带的衣服你都不带，还是我给你带，不然出门连套像样的行头都没有。"

"我怎么邋遢呢，这叫不拘一格。"

"你别动。"

范无慑在一旁静静地看着他们，虽然有些吃味于解彼安对别人这么无微不至，但他忍不住又想起前世的宗子珩，钟馗算不上完美，但却是这个人一直想要的"父亲"吧。

"师尊，你说，许之南会把七星续命灯借出去吗？"

"我跟许之南又不熟，我怎么知道，反正他一直没能突破'不灭天火'，要是得了那仙丹，或许可以成功，不然照闻也不会态度大变。"

"你们都不好奇，祁梦笙为什么要续命一年吗？"范无慑道，"她都活了一百多岁了，近些年几乎在江湖上没有任何动向，为什么就差这一年呢。"

"是啊，照闻长老也问了飞翎使，她们不肯说。"

范无慑冷冷一笑："除非，她就是为了把七星续命灯骗过去，一年之后不还，纯阳教还真能跟她打吗。"

"这七星续命灯，在人间像是什么稀罕之物，可对我们来说，根本没多少价值，生死有命，何必强求？"钟馗打了个呵欠，"而且，吊命将死之人，是逆天道而行，死后是要付出代价的。"

"是啊，我还听说，就算用七星续命灯吊命，也是生不如死，因为人根本不能离开那七盏灯。"解彼安道，"那样活着又有什么意思？"

"嗯，七星续命灯对施术要求很高，必须在一个不透风的暗室里，保证灯火不灭，且人不能走出七星阵。"钟馗摸了摸新修的胡须，"我也很好奇，祁梦笙为什么想要这样活着，还没活够吗？"

"对了，师尊，今天听飞翎使说，魔尊当年曾经来落金乌要过这法宝啊？"

范无慑动作一滞。

"是啊，人皇自戕后，他带着人皇的尸体找上落金乌，为此差点要屠了纯阳教。"

"这一段我竟不知道，外界也没怎么听说过啊。"

"纯阳教为了颜面，没有外传吧。"钟馗摇了摇头，"那宗子枭真是个疯子，知道七星续命灯没用之后，就去了罗酆山，究竟是怎样胆大包天、蔑视鬼神之人，才敢去冥府抢人啊！"

解彼安蹙起眉："这宗子珩和宗子枭两兄弟，到底是有情，还是无情啊。"

"兄弟一场，无情又有情吧。"钟馗哼了一声，"他们兄弟阋墙，搅得天下大乱，有情无情都该死。"

解彼安感叹道："那皇位真就那么重要，连自己的弟弟也不放过？魔尊固然可恨，可若不是人皇不顾念手足之情，那么多悲剧岂会发生？"

范无慑凝视着解彼安，心中是无限悲凉。

正月十五月圆夜，他们终于迎来了纯阳教掌门许之南的出关。

许之南为了突破元阳功法的最高境界"不灭天火"，已经闭关长达十八年，此次出关，证明他依然没能够突破这至高境界。纯阳教创派五百余年，除了祖师爷，能够将元阳功法修至大成的，也不过三人。许之南天资、悟性、勤勉俱全，极有可能成为第四人，纯阳教比肩无量派，也不过差这一步。

所以，当飞翎使提出用寒玉丹换七星灯时，纯阳教的长老们无法不心动。

丑时，许之南沐浴更衣、休整完毕，在前厅面见客人。

许之南出身商贾世家，并非修道中人，起初被送到纯阳教只是为了强身健体，可他根骨极佳，被前掌门收为徒弟后，展露过人天资，后来断然放弃了偌大家业，一心问道修仙。

百年前，值魔尊出世，而前掌门羽化之际，临危受命，出任掌门，在修仙界最风雨飘摇、人人自危的时候，面对铺天盖地的阴兵，斡旋酬酢，不仅保住了纯阳教，也从魔尊手下救了许多教派和修士。

此人在修仙界的威望，不在李不语之下。

许之南的体态与容貌，仍是壮年，只是一头青丝变霜雪，眼中浮光掠影，尽是百年沧桑。

范无慑看着许之南，心中感慨万千。

同是见到故人，他对李不语只有厌恶与痛恨，但对非敌非友的许之南，因其与宗子珩的渊源，只是勾起了他数不清的有关前世的回忆。

他忍不住想，若他与宗子珩都能走到这个年岁，是不是也是这番模样？

行礼时，范无慑感觉到许之南的目光落在了自己身上，他落落大方地抬头，与许之南对视。李不语尚且见过他少年和青年时的模样，但许之南只见过他小时候和成年后的样子，均与此时短暂的少年之态大有差别，且过去了一百多年，他笃定许之南不可能认出他。

果然，许之南的目光只在他身上稍做停留，就淡然地移开了目光。

还不等照闻发话，花想容已经急火火地说道："掌门仙尊，照闻长老应该已经向您说明我们姐妹的来意。"

许之南斜靠在椅子上，面容苍白虚弱，闭关十八载，甫一出关，身体还有些违和，他轻声道："老夫已经听说，但此次恐怕要叫苍羽门失望了。"

花想容瞪大眼睛，急道："我们愿意以寒玉雪灵丹交换，只是一年之期！"

云想衣亦是俏脸苍白："掌门仙尊当真见死不救吗？"

"纯阳教至宝，历不外借。"许之南平平寂寂地说。

照闻等人也看向许之南，大概都觉得可惜，只是借出一年，就能换回一枚有助于他修成元阳功法的仙丹，这怎么看都是划算的呀。

"掌门仙尊竟如此不知变通！一年之期换一枚绝品仙丹，你为何要拒绝?!"花想容怒道，"我家掌门命在旦夕，只求法宝续命一年，同为仙盟大派的当家人，未免无情无义！"

云想衣轻斥道："妹妹。"

"我……"

云想衣上前一步，扑通一声跪在了许之南面前，桃花般姣好的面容上尽是哀伤，看来真是楚楚动人，"求掌门仙尊救我师尊。"

花想容见状也跟着跪下了："求掌门仙尊救我师尊。"

屋内众人皆面面相觑。

许之南沉默半晌，轻声道："二位，请回吧。"

花想容抬起头，眼眶含泪："你……你……你便是看在当年与我师尊有过一段……"

众人瞪直了眼睛。

"住口！"云想衣怒道，"谁准你这么口无遮拦?!"

花想容哭道："那就眼看着师尊死吗?!"

云想衣站起身，将花想容也拽了起来，她恢复了冷漠与孤傲，满目寒霜地瞪着许之南："掌门仙尊的薄情寡义，不减当年，你一生痴迷仙道，或许最终能够如愿，只是得道飞升，并不代表圆满，想起曾经辜负的人，真的不会后悔吗？"

许之南如雕塑般静坐不动，眼皮都没有颤一下。

"走吧。"云想衣拉上花想容，转身离去。

花想容走了几步，气不过又转身讽刺道："说什么历来不外借，当年魔尊来抢，你敢不给吗？"

"休得无礼！"照闻呵斥道。

二人愤然离去后，留给众人一室尴尬。

他们还在许之南和祁梦笙可能有过一段情这件事的震撼中无法回神。不过，看来许之南最终还是放弃了情爱，坚定道心，只是男女之事，最容易闹得沸沸扬扬，这秘辛竟是百年来无人知晓。

许之南大约在徒子徒孙面前也有些难堪，沉吟片刻，道："纯阳教至宝，历来不外借，若再有类似的事，直接婉拒便是。"

"是。"

许之南的目光移向了钟馗。

钟馗拱手道："仙尊，晚辈贸然搅您修行，实在是不得已。"

"老夫已经从照闻那儿听说了，天师如此执着于那人的身份，可以理解，可惜，那人并不是我师弟。"

钟馗惊讶道："仙尊看都没看，就能断言？晚辈还想邀您一同去蜀山……"

"不必，那人绝无可能是我师弟程衍之，因为我那师弟……"许之南凝重道，"是我亲自火化的。"

"什么？"

"当年衍之出事后，老夫确实和几个弟子将他的尸首护送回了家乡，但我知道，我无法留他全尸，在征得他家人同意后，便火葬了。"

"为何？"钟馗师徒三人均是不解。

几位长老却是露出明了的表情。

"实是迫不得已。"许之南道，"我纯阳教弟子因为是极正纯阳之体，生前受淫修、魔修觊觎，死后被孤魂野鬼垂涎，对他们来说，无论死活，这具身体都是极大的采补。我纯阳教高阶修士故去后，要么在落金乌的后山安葬，这里有强大的结界，可保他们死后安宁；若是返乡安葬，也会隐匿下葬地点，并设下结界咒术。可是我师弟的情况太特殊了：他被窃了丹。被窃丹的修士修为越高，起尸的可能性越大，就算我们诵念一万遍净化咒，也难保若干年后，他不会因为深重的怨念而尸变，到时候必成大祸。"

"所以就……"

许之南点点头："唯有火化，能永绝后患。所以，被天罡正极缚魔阵压在点苍峰的那具行尸，不可能是衍之。"

钟馗苦皱眉道："可是，如此一来，就无法解释那人为何会元阳功法了。"

许之南喟叹一声："其实，有一个解释。"

众人都看向许之南。

"当年，我们虽然抓到了猎丹人，剿灭了狮盟，为衍之和许多被害的修士报了仇，可究竟他们的金丹分别入了谁的口腹，却无法一一查证。"

解彼安一惊，几乎忘了礼数："您是说，那邪祟可能是吃了您师弟的丹?!"

此言一出，众人哗然色变。

虽然许之南已经把话说到了这份儿上，但在场的人，毕竟离窃丹魔修猖獗的年代太远，没有一下子想到这一层，唯独解彼安，脑中灵光一闪，一下子就猜出了这个可能性，连他自己都不知道这个念头是哪儿来的。

范无愓亦是心中一惊，宗明赫可能吃了许之南师弟的金丹?!

"这……这可能吗?"照闻脸色煞白，"师尊，吃了人丹，就能拥有别人的功法?"

"这几十年，窃丹贼虽然不曾绝迹，但确实少见了，所以你们知之甚少。金丹凝结的，是一个人先天的根骨和后天的修为，虽然吃下这人丹的人不可能完全得到金丹主人的能力，但能得到一部分。之所以大家不知道，是因为绝大多数修士都是剑修，无法体现在身体的变化上，唯独纯阳教修士不同，纯阳教的毕生修为，都在锻炼肉体上。"

"仙尊，您能肯定吗?"钟馗面色极为严正。

许之南摇摇头："这只是老夫的猜测，因为我曾经审问过狮盟盟主，他以公输矩这一法宝残害修士无数，他吃过不下四颗人丹，吃下人丹的人能显现一些金丹主人的能力，是他无意间透露的。"

"若真是如此，那确实可以解释这蹊跷。"钟馗倒吸一口气，"为何他没有纯阳教高阶修士的体格，却能再生断肢。"

"其实，对那人的身份，老夫心中有一个猜测。"

许之南与钟馗四目相接，果不其然，均从对方眼中看到了相似的答案。

"师尊，是谁?"照闻不解道。

"宁华帝君宗明赫。"

范无愓暗暗握紧了拳头。他脑中乱糟糟的，还在惊讶之中，在场之人，只有他能肯定那邪祟就是宗明赫，只是……宗明赫竟吃过人丹? 他吃了许之南师弟的人丹?

"宁华帝君!"一个长老惶然道，"魔尊和人皇的父亲。"

解彼安同样震撼得说不出话来，如果那个人真的是宗明赫，一切似乎都能解释了。恩怨、因果、动机，也都对得上。世人都传那些人丹最终进了仙门大派，这虽然听来阴谋论，可也有一定道理，毕竟猎丹人出售的人丹，都是天价，小门派通常买不起。

"以宗氏与李家的恩怨，李盟主确实有可能为了泄愤，做出此事。"照闻喃喃道，"所以他才用雷祖宝诰灭口，否则这传出去，就是丑事一桩，有损无量派的颜面和他个人的声誉。"

"若那人真的是宗明赫，他真的吃了衍之的金丹……"许之南眯起眼睛，"若他也是狮盟背后的买主，那当年发生的那么多起窃丹案，莫非他都有参与？"

"可是，那不是五蕴门干的吗？魔尊灭了五蕴门后，甚至还找到几枚没来得及炼化的金丹。"

另一个长老道："此事还没有确论，若那邪祟真是宗明赫，当年许多事，恐怕另有隐情，但若不是……"

"对，眼下既然已经确定那人并非师叔，那就应该想办法确定他到底是不是宁华帝君。"

"可是，如何确认呢？"

钟馗冷冷地道："不如直接问李不语，他一副对山洞中的事浑然不知的模样，我倒想听听，他要如何解释。"

许之南的身体还有些虚弱，他们只谈了半个时辰，就暂时散去，至于是不是要去蜀山质问李不语，考虑到李不语位高权重，一时还不能拿定主意。

回到客居，师徒三人均是心中充满疑问，因而个个面色凝沉。一下子知悉太多事情，令人实在难以消化。

钟馗烦躁地抓了抓头发："这可越来越让人糊涂了。宗明赫吃人丹？那不是宗子枭他娘串通五蕴门干的吗？"

范无愆一把扣住了扶手，只听一声轻微的"咯吱"，那结实的梨花木生生被攥出了一条裂缝。

解彼安思索道："也另有说法，是遭宗子珩陷害。反正，兄弟二人就是在那时决裂的，而五蕴门勾结狮盟窃取人丹，也是不争的事实，这背后居然跟宗明赫也有关系。"

范无愆低沉地说："你们只顾着想宗明赫吃了人丹，难道忘了，宗明赫的金丹也被挖了吗？"

"是啊，宗明赫的人丹又被谁……"

谁有嫌疑，已经呼之欲出。

"宗子珩为了皇位，不择手段，兄弟情、父母恩，他哪样放在眼里？吃自己父亲的人丹，也不足为奇。"范无慑说话间，目光缓缓移向了解彼安，一对瞳仁黑得仿佛能将目触的一切都吸进去。

但解彼安并没有发觉。

钟馗摇了摇头："我不认为宗子珩吃了宗明赫的丹。"

"为什么？"

"他们是直系血亲，宗明赫又修为高深，如果宗子珩吃下这样一枚大补的人丹，以他的天资，恐怕不会在无极宫决战中败给宗子枭。"

"可宗子枭有阴兵啊。"解彼安道，"他都不需要费太大力气，一个燕云十八骑就能踏平一座城。"

"无极宫决战，宗子枭没有召唤一个阴兵。"范无慑冷冷地说。

"当真？可传说中……"

"无极宫决战，俩人只用宗玄剑法对决。"钟馗道，"你少听那些说书的瞎白话，原来他们兄弟二人天资相当，但宗子枭因为吃了他亲爹的人丹，突破了宗玄剑第九重天。"

范无慑转过脸去，压抑着怒气。

解彼安恍然："所以，如果宗明赫的丹真的是宗子珩吃的，他理应也突破了第八重天，就未必会败了。"

"那么宗明赫的丹……"钟馗眯起眼睛，"难道……"

解彼安吓了一跳，不自觉地压低了声音："师尊，您不会是认为，是李不语吃了吧？"

范无慑道："宗明赫被压缚魔阵，他的嫌疑最大，那宗明赫的金丹被窃，怀疑他不也合情合理？"

钟馗托着腮，苦思半天："也不像，李不语的修为似乎没有很大的飞跃。"

"难道他现在的修为还不够高深吗？况且宗明赫是厉害，但也并非顶级修士。"

"宗明赫的丹，应该有更大的效果。"钟馗喃喃道。

"为何？他们又非亲非故。"

钟馗摇摇头："比起宗明赫的丹被谁吃了，我还是更想知道他吃了谁的，或许不止一个人的。"

师兄弟二人都察觉到钟馗似乎隐瞒了什么，但钟馗不想说，他们也不便问。

屋内又一次陷入沉默。

良久，解彼安道："师尊，你有没有想过，这件事最终会查出一个什么结果？如果李不语承认了是他将宗明赫的尸体压在点苍峰，又能如何呢？"

"可若宗明赫与狮盟有勾结，那么当年的事就必然另有隐情。"

"即便另有隐情，又如何呢？"解彼安道，"百年已逝，跟当年之事有关系的，仅剩三人在世，恩怨已经各归尘土了。"

钟馗不解道："你为何好像突然不在意真相了？就在不久前，李不语的师侄刚刚死于窃丹魔修之手，这些事，或许是有关联的。"

"也许没有呢。"解彼安深吸一口气，他也不知道为什么，自来到纯阳教，心中总有一种难言的忐忑，好像越来越抗拒知道太多，他把这归结为他担心钟馗，"师尊，我愈发怀疑，生死簿上你阳寿变少，就是因为我们在执着地调查此事，这事关乎天下第一仙门的掌门，怎么想都很危险。如今已经证实了那邪祟不是许之南的师弟，李不语没有滥杀无辜，他和宗明赫的恩怨又不是我们可以指手画脚的。我觉得，再查下去已经没有必要，反而……反而可能给自己惹来杀身之祸。"

范无悔看向解彼安，他隐隐感到了解彼安的不安，这份不安不仅仅来自对钟馗的关心，似乎也和自己一样，既想知道宗明赫身上有什么秘密，却又害怕知道。只不过他对自己为何如此矛盾，心知肚明，而解彼安，更像是出自本能，就像在八卦台上晕倒、做梦梦到"小九"，解彼安在被前世的记忆困扰，只是他自己不知道罢了。

"你觉得我就此作罢，阳寿就能涨回去？"

"我……"

"因已经种下，必然要结出果。"钟馗难得严肃道，"彼安，我们师徒卷入此事，便是不可违抗之天命，也许走下去，如你所说，会惹来杀身之祸，但祸兮福所倚，说不定走到柳暗花明，反而是我的自救之路。"

解彼安沉默了。

"而且，为师有一种不好的预感。"钟馗抚须叹道，"你说得其实不无道理，就算背后有很多隐情，都是百年前的事了，查出来或许也没用了，但我总觉得这件事牵扯很深，不如表面上这么简单。"

解彼安叹道："师尊的顾虑也是对的。"

钟馗爽朗一笑："反正，都说我爱管闲事，我还就管到底了。"

"师尊，还有一件事，徒儿不解。"范无憾道，"许之南后半生都在致力于突破不灭天火，寒玉雪灵丹可能是他最后的机会，他为何拒绝？"

"是啊，我也觉得奇怪。"解彼安道，"你们注意到照闻等人的表情了吗？显然都没想到他们的掌门会断然拒绝，甚至都不考虑一下。"

钟馗撇了撇嘴："莫非因爱生恨？真没想到啊，这个许之南，居然跟祁梦笙有过一段风流往事，祁梦笙年轻的时候可是修仙界有名的妖女，苍羽门一直是亦正亦邪的路数，虽然不像魔修那样人人喊打，但中原的正统仙门世家，若不是为了神农鼎，都是不屑于与苍羽门往来的，更何况是纯阳教这种不近女色的老古板，怎么想，都觉得俩人天南海北，八竿子打不着。"

解彼安想了想："难道许之南是被祁梦笙勾引，差点没守住道心，所以怀恨在心？"

"许之南不像这样的人。"范无憾道。

"你又知道许之南是什么样的人了。"钟馗忍俊不禁，"小屁孩儿，说话总要装老成。"

"哈哈哈哈——"解彼安不客气地捧腹大笑。

范无憾只是冷哼了一声。

"不过，许之南确实不像心胸狭窄之人，至于他为什么拒绝借出七星续命灯，确实让人费解。那法宝固然厉害，但一不能打，二不能防，唯一的作用就是吊着将死之人一口气，说是镇教之宝，平时根本也没什么用。祁梦笙命在旦夕，又愿意奉上寒玉雪灵丹，这么划算的买卖，换谁不做呢？"钟馗摇了摇头，"算了，扯远了。"

"若祁梦笙真的亡故，也不知道下一任掌门会是这云想衣，还是云中君。"

"管他的。"钟馗耸耸肩，"她苍羽门是谁做掌门不重要，但守着神农鼎雁过拔毛的劣性不改，早晚要被讨伐。"

许之南出关后，身体状况并不乐观。到达宗师级的纯阳教修士，极正元阳之火太过炽烈，此功法不进则退，此时他只有两条路可走：要么突破新的境界，要么就此收心养性，配合寒性仙丹的调理，安享晚年。

而许之南是纯阳教百年难出一个的天才，自然不甘止步于此，于是踏上了这条艰苦卓绝的问道之路，越是接近突破的那个点，他的身体负荷就越大，这也是对他是否能够脱胎换骨的终极考验。

所以他拒绝寒玉雪灵丹，才更让人不能理解。

师徒三人只好暂住纯阳教，待许之南的身体好转，再商议之后的事。

这几天，解彼安和范无慑跟着纯阳教修士晨起操练，同食同息，发现他们的生活真是枯燥又严苛，可能只有这样，才能压抑自己的天性，但这种压抑往往适得其反，有多少纯阳教修士舍不下多姿多彩女儿情，放弃几十年修为重回滚滚红尘。比这元阳功法更难修的，恐怕就是心了。

这天，师兄弟俩坐在院子里喝茶，听着远处练功场上传来的吆喝声，解彼安轻叹一声："这纯阳教修士，真是个个一表人才，难怪女修们对他们念念不忘。"

范无慑心不在焉地"嗯"了一声。

"兰大哥……不过兰大哥生来就好看，他母亲可是修仙界有名的美人。你看他现在四处风流，想不到他小时候，在这么循规蹈矩的地方长大吧。"

范无慑不屑道："他就是天生好色，去当和尚也没用。"

解彼安哈哈笑道："男人哪有不好色的嘛，不然纯阳教为什么这么多清规戒律？"

解彼安从来不知道养弟弟会有这么多烦恼，他原以为让弟弟吃饱穿暖，督促其练功修行，在外护其周全，就尽到为人兄长的责任了。但不知是不是多心，他时常能感觉到范无慑用各种意义难明的眼神盯着自己，有时候甚至让他心底发毛，就好像……就好像在自己不知道的时候，俩人之间还别的因果。

不过，他也没办法一直避着范无慑，晚上他们还要一起练剑。

再见面时，范无慑神色如常，反倒是解彼安显得不自在，过招的时候有些心不在焉。

范无慑突然横出一剑，又快又猛地刺向解彼安的要害，解彼安吓了一跳，回神的时候已经来不及闪避。

剑锋擦过解彼安胸前的衣料，范无慑趁机绕到他背后，一手扣住他的臂膀，锋刃同时横在了那细白修长的脖颈前。

"你……"

"师兄不专心。"范无慑在他耳边道,"你总告诫我任何时候都不可分心,却在比剑的时候这么大意,如果我是敌人怎么办?"

解彼安有些泄气:"是师兄疏忽了。"他想要挣脱范无慑的钳制,那只手却被攥得很紧。

"师兄今天一直躲着我,是生我气了?"

"没有,你师兄岂是心胸狭窄之人?"解彼安道,"先放开我。"

范无慑迟疑了一下,松开手,沉着脸说:"你为什么要生我气?"

"我没有生你气。"

"你分明就是在生我气。"

"我都说了没有。"

范无慑抿了抿嘴,有些埋怨地看着解彼安,好像真的受了委屈,又倔强地不肯说。

解彼安不免内疚起来,他轻声道:"无慑,是师兄不好,但是师兄真的没有生你气。"

"那你还躲着我吗?"

"不会了。"解彼安摸了摸范无慑的脑袋,像在安慰一只小狗。

范无慑轻哼一声:"只有你能这样碰我。"

解彼安笑了:"谁叫我是你师兄。"他又不禁感慨道,"你怎么长得这么快?"

"我都说了,今年我就会跟你一样高,明年就会超过你。"

"然后我就不长了,你有一天就能长到五尺七?"

"嗯。"

"大言不惭。"解彼安嗤笑道,"哪有人知道以后会发生什么。"

范无慑含笑看着解彼安,是啊,没有人能知晓未来,但这个曾经盈满他视线的人的身形容貌,他记得分毫不会差。

夜幕降临,解彼安带着范无慑去荆州城玩儿,听说今天有一月一度的夜市,而正月的这一场是一年中最热闹非凡的。

城里人非常多,夜市并道两行,简直挤到寸步难行,有些小吃摊位前还排起了长龙,解彼安见到人越多的地方就越想凑热闹。

为了防止走散,范无慑自然而然地拉住了解彼安,解彼安忙着逛东逛西,吃这吃那，浑然未觉有什么不妥。

范无慑却想起小时候，大哥牵着他的手带他逛灯会，他走累了，大哥就让自己骑在脖子上。

解彼安买了一份刚出锅的麻糖，自己咬了一口，顿时眼前一亮，把还冒着热气的美味送到范无慑嘴边："好吃，快尝尝。"

"我不……"范无慑本来不想吃，但在触到解彼安笑盈盈的眼眸时，还是不忍让他失望，便咬了一口，入口酥脆香甜，他淡淡一笑，"好甜。"

"是吧。"解彼安笑着把麻糖仔细包好，扔进了乾坤袋里。

"我没有吃过这东西，咱们蜀地没有。"

"嗯，我也没吃过。"

范无慑又拉住解彼安："前面那里人好多，去看看吧。"

"好啊，快走，估计又要排队。"

到了半夜，街上的人依旧很多，师兄弟俩吃饱喝足，打算回去休息了。

毫无征兆地，远方突然传来一声巨响，声量之大，犹如九天惊雷，将满街的人都吓了一跳，接着，就见纯阳教的方向出现一阵火光。

"天哪，出事了，落金乌出事了！"

解彼安一惊："那是……落金乌着火了?!"

范无慑抽出佩剑："走，回去看看。"

纯阳教是有宵禁的，所以此时城里并没有纯阳教弟子，两人御剑而起，眨眼间就将阵阵惊呼声落在了身后。

他们以最快的速度飞回了落金乌，离得越近，越能看出火势十分凶猛，自天上俯瞰，纯阳教弟子们奔走救火，像一群毫无章法的蚂蚁。

落了地，解彼安一把抓住一名弟子："发生什么事了?"

那弟子急道："走水了，还用问吗?"说罢挣脱开他，提着水桶跑了。

"肯定不是简单的走水，有爆炸声。"范无慑道。

"赶紧找到师尊。"解彼安十分担心钟馗，怕他喝了酒，不省人事，"你去师尊的住处，我去起火的地方看看。"

"好。"

解彼安跑到火势最盛的地方，心中一凉，那是纯阳教历代掌门的住处——正阳宫，这里不仅仅是掌门的寝居，也是纯阳教藏宝库的所在地。

此情此景，很难不让人联想到苍羽门飞翎使，虽然那两个女修实在不像疯狂之人，但这袭击怎么看都是针对许之南和藏宝库的。

高阶弟子在画祈雨阵法，低阶弟子在接水扑火，而长老们很可能已经进去救人了。因为元阳功是火属性的功法，所以他们比寻常人能耐热耐火，但也不代表烧不坏，这么大的火，里面的人怕是凶多吉少。

解彼安心急如焚，既担心钟馗，又担心许之南。

"师兄！"范无憾跑了过来，"没找到师尊。"

解彼安看着滔天大火："无憾，师尊不会……"如果许之南被害，依他对钟馗的了解，是一定会进去救人的。

范无憾摇摇头，想到许之南可能在里面，眉头也紧锁着。

许之南身为一代宗师，本不应该受困于此，但他正是身体虚弱的时候，如果再遭有预谋的设计陷害……

"师尊！"一声哀号。

只见钟馗背着一个满头霜雪的人，从大火中冲了出来。

"师尊！"照闻看着许之南虚弱的模样，双膝一软跪在地上，他膝行到许之南身前，双手颤抖着不敢去触碰，眼睛在火光的映衬下猩红一片。

钟馗粗鲁地抹了一把脸上的汗，留下几道狼狈的炭灰痕迹："仙尊的脉象为何如此虚弱？我输了灵力进去，简直是泥牛入海，什么作用都没有！"若不是亲眼所见，钟馗实在无法相信眼前之人，是当今修仙界最强的人之一，他的灵力枯竭到像是整个人被掏空了一样。

许之南一夕间衰老了许多，他的嘴唇惨白干裂，一张脸竟找不到半分血色，他颤巍巍地抓住钟馗的衣袖，气若游丝地说："不必……我大限……到了。"

解彼安站在一旁，焦急地看着钟馗还在往许之南身体里输灵力，但从钟馗的表情就能判断出这只是徒劳。

范无憾神色肃穆，看着那虚弱如风中秉烛的老人，想起许之南当年意气风发的模样，心中百感交集。

若许之南死了，这世上记得他大哥的人、与他有共同的关于大哥的回忆的人，就只剩下他和令他厌恶的李不语了。

他不希望许之南死，他不希望这个世界上，最后只剩下他记得那个惊才绝艳的宗子珩。

照闻哽咽道："师尊，是徒儿没用，让您失望了。"

照闻的愧疚不无道理。许之南是纯阳教三百年来难得一遇的天才，而立之年就破格做了掌教大师兄，仙途可谓顺风顺水，但他的徒弟没有这样的运气，他一生收了五个入室弟子，无一有问鼎的资质，倒是照闻的徒弟略有许之南当年的势头，可惜还太年轻，撑不起偌大一个教派。

大名宗氏的没落，宗氏兄弟阋墙固然是主因，但追根溯源，是宗氏连续三代没出一个能领军仙界的人物，守不住先祖留下的基业，一个门派若没有一个能立足修仙界的领袖，那么家业越大，在外人眼里，只是越肥的肉。

许之南以如此高龄，依然执着地要突破不灭天火，就是因为此境犹如凤凰涅槃，可让他重获新生，但这是一柄双刃剑，越是临界，他的心火就越猛烈，一旦失败，就只能眼睁睁看着自己衰落。

许之南摇摇头："照闻，你做得……很好，纯阳教，交给你了。"

"不，不，师尊……七星灯！"照闻嘶声喊道，"快去找七星续命灯。"

"七星灯被偷了。"钟馗沉声道。

照闻眼含血泪："苍——羽——门！纯阳教必报此仇！"

许之南用那灰浊的双眼看着钟馗，哑声道："天师，我有一……不情之请。"他奋力想要起身，这具世称九州大地上最坚韧、最强悍的刀枪不入的身体，此时却几乎难以动弹。

钟馗顿觉心酸，他俯下身去："仙尊请讲。"

许之南贴着钟馗的耳朵，悄声说了几句话。

钟馗瞪大眼睛，脸色一变。

许之南捂着胸口，剧烈咳了两下，身体猛地抽搐，口鼻突然渗出了鲜血。

"师尊！"

"掌门师尊！"

许之南回光返照般紧紧抓住钟馗的手，眼睛瞪得大大的："空华帝君……他……"

范无慑如遭雷击。

空华帝君，修仙界最后一位人皇——宗子珩。

183

第十一章

大名·无极宫·清晖阁

"真的吗?"宗子珩惊讶地放下手中茶盏,一对手脚突然有些不知该往哪里摆。

沈诗瑶以团扇掩唇,一双美眸笑意正浓:"真的呀,帝君才刚刚告诉我,还没有下旨,但已经定了。"

宗子珩站起身,有些无措地眨着眼睛:"多谢母亲。"

"谢我做什么,说起来,此事应该谢你自己。"

"儿子不明白。"

"三年前你为了调查那个孤魂野鬼的身份和死因,错过了蛟龙会,这三年我们母子受尽了委屈,我心中一直不平,可是……"沈诗瑶窃喜道,"谁知竟会因祸得福,那邪祟竟然是华英派掌门的侍卫。当年华英派派人来大名道谢,你父君表面上夸赞你路见不平,实际因为你错过蛟龙会,一直生你的气,可就在昨天,华英派掌门竟派人来为自己的女儿说亲。"她喜形于色,"珩儿,这可是桩绝好的婚事啊。"

宗子珩不解道:"华掌门的千金美名在外,听说还未成人时,就已经有无数名门公子去提亲,说亲的人,真的是冲着我来的?"

"当然,那侍卫与华掌门一家关系亲近,是看着华千金长大的,所以华家对你赞许有加。"沈诗瑶笑道,"再说,华英派虽是名门大派,但我儿可是宗天子的长子,又天资过人,配她也绰绰有余。"

宗子珩心道,人人都知道他这个长子根基薄弱,不受待见,华英派虽不是顶级仙门世家,但也是名门大派,即便做宗天子的帝后都不算跌份,看上他反倒是意外了。

"太好了,真是太好了。"沈诗瑶笑得合不拢嘴,能与华英派结为亲家,他们母子的地位一定会有翻天覆地的变化,有了这样的岳丈,还愁以后没有靠山吗?她激动地说:"珩儿,你一定要好好珍惜这门亲事,我也会催帝君,尽快公布婚事,择个吉日就把婚事办了。"

宗子珩心里说不上什么滋味,对于要娶一个素未谋面的女子,心中的忐忑是大于喜悦的，他乖顺地点头："儿子听母亲的。"

门外倏然传来一阵急促的脚步声，一道人影风一般冲进屋内。

"小九，不要横冲直撞的，说你多少次了！"宗子珩不用看都知道来人是谁。

一个半大少年神色紧张地跑了进来，他容貌超群，小小年纪，却长了一副将要倾倒众生的坯子。

"大哥……"宗子枭看到沈诗瑶，敷衍地行了礼，"沈妃娘娘。"

"你们玩儿吧。"沈诗瑶起身，款款走了出去。随着宗子枭年岁渐长，天资愈发惊人，她对他的态度也不如小时候亲切了。

沈诗瑶走后，宗子枭急道："大哥，我听说父君要给你指婚，是真的还是假的？"

"刚刚母亲正与我说这件事呢。"宗子珩笑道，"是真的，是华英派掌门的千金，我刚刚……"

"你不要成亲！"宗子枭吼了一声。

宗子珩吓了一跳，手里的茶差点洒在身上，他不解道："为什么？"

宗子枭愤愤地咬着嘴唇："你为什么要成亲，不成亲我们不也很好吗？为什么一定要成亲？！"

宗子珩有些忍俊不禁："这哪儿有什么为什么、不为什么，大部分人，不都要成亲吗？"

"可也有很多人终身都不娶不嫁啊。"

"一心问道的，或许觉得红尘俗世是拖累，倒也无可厚非，可是，这终身大事，应该依父母之言，父君和母亲决定了，那也没什么不好的呀。"

宗子枭怒道："你就是想成亲，你就是想娶媳妇儿！你……你怎么这般庸俗！"

"啧。"宗子珩皱起眉，"小九，你长大了，对大哥说话不能再像从前那样童言无忌了，你再这么无礼，我要罚你了。"

"你还要罚我？"宗子枭气得要哭了，"你要成亲了，你要丢下我不管了，你还要罚我？"

宗子珩一看他泫然欲泣的小模样，顿时就心软了，他把宗子枭拉到身边，又好气又好笑地说："你这都哪儿来的乱七八糟的想法，我成亲了为什么会不管你？

你是我弟弟啊，我怎么会不管你？"

"你成了亲，就有自己的家了，你就要陪着你的老婆，以后还你的孩子，那我呢，我怎么办?!"

宗子珩被逗笑了，他捏住宗子枭肉嘟嘟的两腮："这是要哭啊？我看看谁家的男子汉不害臊，被大哥说了一句就要掉眼泪。"

宗子枭打开宗子珩的手："从小到大，你都是陪着我的，你和我在一起的时间是最多的，你不要给别人。"

宗子珩摸了摸宗子枭的头，柔声道："小九，大哥是陪着你长大的，但是大哥不能陪你一辈子，谁都不能陪谁一辈子，你也要长大的，有一天或许也要成亲，也会有自己的家。但是我们依然是兄弟，永远是兄弟，大哥永远都不会不管你。"

"我不管，你不准成亲，你绝对不准娶妻了！你怎么能突然就娶妻了！"

"我怎么会突然娶妻呢？这事还早着呢。小九，小九，你听大哥说。"宗子珩劝道，"明年你就要去参加蛟龙会了，此时父君最关心的便是此事，不可能分心干别的，所以大哥不会很快就成亲的。你安下心来，好好修炼，你可记得，你发过誓，明年就要在蛟龙会上夺魁，得到神农鼎铸的剑。"

宗子枭咬着嘴唇，哀怨地瞪着宗子珩，愤然跑了。

"你……"宗子珩追了几步，作罢。他无奈地摇着头，这孩子好像真的被惯坏了，不仅没大没小，都十二岁了，还这么骄纵不懂事，他不禁反思自己是不是对小九太溺爱了。

距离蛟龙会只剩下几个月了，只希望此事不要影响他。

"这里出剑慢了，对，刺的时候不可以犹豫。不行，这里还是不对，我说过很多次了，这一式要做到捉腕点啄、松腕蓄劲，是腕带动臂，这样力才能无损地达到剑尖。"宗子珩一手负于背后，另一手持剑与宗子枭过招，他身姿挺拔如松，沉稳地一步步往后退，既给宗子枭进攻的空间，又不让其有冒进的余地。

宗子枭的心情有些焦躁，这种情绪传达到剑招上，就显得有几分急功近利，他招招式式被宗子珩封锁、拆解，还要听着口头上的训诫，便越打越激进。

宗子珩剑尖一挑，锋刃碰撞，宗子枭虎口生痛，持握不住，被这一招直接卸了剑。

"咣"的一声响，佩剑摔在了地上。

"你怎么回事，这么不专心？"宗子珩斥道。

宗子枭咬了咬牙，用足尖钩起剑，不忿道："再来。"

"今日到此为止吧。"宗子珩收剑入鞘，"三心二意的，能练出什么。"

"我三心二意？"宗子枭重重哼了一声，"那还不是为了向大哥学习。等你娶了妻，是不是还要像父君那样纳一堆妾？"

"你胡说八道什么呢，我一个都还没娶呢。"

"你娶了一个就会有更多个，你说什么还是会管我，到时候你妻妾成群、子孙满堂，哪儿还有空管我？"

宗子珩皱起眉："这都几天了，你还闹别扭？"

宗子枭愤然转过脸去。

"你放心，我不会像父君那样，我从没打算纳妾。"他从小看着自己的母亲受尽委屈，深宫苦寒，长夜漫漫，若真心待一个女子，又怎么忍心让她和他们的孩子饱受苛待？所以他绝不纳妾。

宗子枭道："你连她人都没见过，就想着一生一世一双人了，你是不是巴不得明天就能把她娶回家？！"

"宗子枭！"宗子珩喝道，"你可越来越没深浅了，谁准你这样跟大哥说话的？"

宗子枭横道："那你罚我吧，免得我妨碍你娶老婆。"

"你……"宗子珩板着脸，"罚你三日不准踏出寝宫，小九，你该长大了。"说完拂袖而去。

虽然婚事还未真正订下，但沈诗瑶已经提前张罗了起来。她请来宫中最好的裁缝，为他们母子做衣裳，还要粉刷修整清晖阁，也特别叮嘱宗子珩这段时间不要离开大名，她想让宗明赫尽快赐婚，以免夜长梦多。

其实宗子珩原是要去一趟纯阳教的。

三年来，尽管那邪祟的身份已经查清，且已返乡安葬，但在古陀镇袭击他们的猎丹人，至今仍逍遥法外。

当初太微长老亲自去苍羽门质问，苍羽门不得不承认那狮盟首领陈星永正是他们教的叛徒，谋杀他们的长老并抢走公输矩后，在江湖上自立门户，十几年来残害修士无数。陈星永本身并不难对付，但公输矩对组合作战有极强的辅助之能，它可以摆阵布局，把敌人困在自己操控的"局"中，然后消耗敌人的体力，再逐个击破。

而且，有这个法宝在，说缩地就缩地，说瞬移就瞬移，这帮人极难抓住。宗氏、纯阳教、苍羽门和华英派联手，三年来对他们围追堵截，有两次已经短兵相接，却还是被他们逃了。

宗子珩能看出来，他的父君对这件事并不上心，三年来几乎不曾过问，幸好其他三派还在锲而不舍地追捕。这其中，华英派是为了报仇，苍羽门是为了清理门户，唯有纯阳教是单纯地在伸张正义，这让宗子珩心生好感，三年来与许之南多次书信往来，二人已成好友。

前两天，许之南飞信告诉他，又发现了陈星永的踪迹，他想去纯阳教与许之南商议对策，亲自行动，一报当年之仇。

但眼下他显然是走不开了。看着沈诗瑶春风得意的笑颜，他心中却总有些不安。自三年前错过蛟龙会，父君便对他更为苛刻，这样一桩好婚事，就算父君同意，帝后呢？帝后可一直十分防备他。他能想到这一层，母亲应该也想到了，所以才这么急着想要父君赐婚吧。

宗子珩此刻正躺在床上，为此事辗转反侧。明年宗子枭参加蛟龙会，无论能不能夺魁，表现必然会很优异，到时候他在父君眼里，恐怕更是多余了吧。

宗子珩的瞳光黯淡下来，他浅浅叹息了一声。

小的时候，他还会追问母亲，为什么父君不喜欢自己，他一直很努力，很勤勉，希望能让父君多看自己一眼，若是得到一句夸奖，能高兴好久。可惜，原本博得的那一点关注，也在他错失蛟龙会后，被打回了原形。

明年他就二十岁了，也该为今后做打算了，或许离开大名，成家立业，是个好机会，其实他很早就想远离这令人窒息的深宫，只是他无法放下母亲不管。

还有小九……

想到宗子枭，宗子珩又感到头疼。罢了，等他长大了应该就好了。

窗外突然传来轻轻的叩击声。宗子珩还未答话，窗户已经被推开了，一个身影灵巧地翻了进来。

宗子珩故作严肃道："不是让你不准踏出寝宫吗？"

"三天已经过了。"宗子枭熟练地踢掉鞋，爬上床，掀开被子，动作如行云流水，显然已经"演练"过许多遍了。

宗子珩哭笑不得，在黑暗中板着脸瞪着他。

宗子枭讨好道："大哥，你不要生我气。"

"我已经生气了。长兄如父，你对我这个大哥，还有半分尊重吗？口无遮拦的。"

"我不是故意的。"

"你就是故意的。"

"嗯，我是故意的。"

"你这臭小子……"宗子珩一把拍在他脑袋上，"走开，别缠着我。"

宗子枭撒娇道："大哥，你不要不理我。"

"你看看你，有没有一点皇子的样子？你马上就十三了，就是普通人家的男儿，到了你这年纪也不会像你这么幼稚不懂事。"

"我只是不想被人抢走大哥。"宗子枭把脸埋进宗子珩的胸口，委屈地说。

宗子珩明明告诫自己不可以心软，可还是心软了，没办法，他从小到大，就是最疼这个弟弟，他轻哼一声："真不知道你这脑瓜子都在想什么，什么抢不抢的，我们是兄弟，血浓于水，谁能分开我们？"

宗子珩重重拍了下他的屁股，命令道："睡——觉！"

宗子枭撒了撒嘴，不情不愿地说："大哥，那天我是分心了，我好好打，可以很厉害的。"

"我知道，我在你这么大的时候，还比你逊了一筹。"

"真的吗？"宗子枭喜道。

"真的。"宗子珩笑道，"小九是很厉害的。"

"那我明年一定能在蛟龙会上夺魁吧。"

"这件事啊，你当然要尽力而为，但不必把一时的得失看得太重。大哥相信你有一天一定可以在蛟龙会上打败所有对手，但未必是明年，你还太小了。"

"可是我好想马上就得到神农鼎淬的剑。"

"那样的神剑你现在就是得到了也驾驭不了，所以你听大哥的话，尽力而为，不问得失，若是真的败了也不要难过，下一届……"

"我不会败的。"宗子枭看着宗子珩，一双瞳仁在黑暗中显得异常明亮，"我有必须赢的理由。"

"哦，什么理由？"

"我要为大哥赢。"

"为什么？"

宗子枭笃定地说："我要告诉所有人，虽然大伯是我的师父，可大哥教我的更多，没有大哥，就不会有今日的我。大哥在蛟龙会上错过的荣耀，我为你争回来。"

宗子珩顿觉心中热乎乎的，感动极了，他用手指刮了一下宗子枭挺翘的鼻尖，含笑道："没白疼你。"

宗子枭坏笑道："你这么辛苦把我拉扯大，以后我给你养老送终。"

"你这浑小子，我老了，你也是老头了，还不知道谁送谁呢。"

兄弟俩嬉闹了起来。

天气转凉后，有好几天时间，宗子珩都在自己的兰园里忙活，他要为他的花美人们做好过冬的准备。

大名的冬天很冷，不少花种天生娇贵惧寒，如果不把根保护起来，就熬不过这漫漫长冬。有的需要连根移到室内，来年再栽回土里，有的则需要盖上棉被，再压上一层又一层的干草保暖。

宗子珩的三妹宗若凝也爱花，平日就会帮着打理，今年也照样来帮忙了。

而宗子枭向来没有这等闲情逸致，但又偏要黏着大哥，便在一旁练剑。

"若凝，你仔细点自己的手。"

"没事儿，修剑之人，还要在乎手娇不娇嫩？"宗若凝爽利地说。

宗子珩笑道："我是怕你伤着手，就偷懒不练剑了。"

宗若凝噘了噘嘴："大哥怎么这么说我，我才不偷懒呢。"她回头看了宗子枭一眼，"九弟才最爱偷懒。"

"我哪有，你问问大哥，这三年我几时偷懒过。"宗子枭不服气地说。

"嗯，小九现在懂事多了。"

"还不是因为大哥看着你。"宗若凝道，"你别练了，休息一下，过来干干活儿。"

"你到底是让我休息啊，还是让我干活儿啊？"

"废话，姐姐让你干什么就干什么。"

宗子枭轻哼一声，放下剑，过来搭手，可他干了一会儿就不老实，把土往宗若凝脸上蹭，姐弟俩闹了起来。

"好了好了，你们两个。"宗子珩笑骂道，"小九，你不要闹姐姐，若凝，你都快要嫁人了，怎么还像个小孩子一样？"

"是他先动手的嘛。"宗若凝闷闷地说，"再说，又不是我想嫁人的。"

"三姐，你既然不想，为什么要嫁？"

"你不懂。"

"我是不懂才问你啊。"

宗子珩看着自己机灵可爱的妹妹，心中很是不舍："武陵离大名不算远，大哥会经常去看你的。"

宗若凝在很小的时候就与五蕴门掌门之子有婚约，她如今已经成人，过完年就要嫁过去了。

仙门中人与寻常百姓不同，因为大多青春长寿，并不急着嫁娶，一生沉迷修道，断雁孤鸿也是司空见惯，尤其是女修们有了上天入地的本事，更不像寻常女儿家那么好摆布。

只可惜，他们生在天子家，在太多势力的裹挟之下，有时候甚至不如普通人自由。

"可是我从来都没有离开过大名，离开过母亲，我……"宗若凝惶惶地看了宗子珩一眼，"大哥，我有点害怕。"

宗子珩温柔地摸了摸她的头发："不要怕，薛公子年少有为，一表人才，和你十分般配，你一定会幸福的。"

宗子枭也道："三姐，如果他敢欺负你，我和大哥就去把他打个落花流水。"

宗若凝扑哧笑了。

一名内侍突然急匆匆地跑进了兰园："大殿下，大殿下。"

"怎么了？"

"沈妃娘娘正在清晖阁发脾气，您快去看看吧。"

宗子珩放下手里的铲子，草草擦了擦手："你们自己玩儿，大哥先走了。"他迈开长腿往清晖阁跑去。

宗若凝和宗子枭面面相觑。

刚走进庭院，就听里面传来脆响，似是瓷器碎裂之声。

"母亲。"宗子珩急忙跑进清晖阁，见几名婢女和内侍都跪在地上，大气不敢喘，花瓶、茶具、鱼缸、盆景等被沈诗瑶砸了一地。

"母亲，这是怎么了?!"宗子珩挥了挥手，让下人都下去。

沈诗瑶背对着宗子珩，纤瘦的肩膀剧烈起伏着，显然是动了大怒。

宗子珩放轻脚步走了过去，小心翼翼地握住她的肩。

沈诗瑶转过身来，她眼圈赤红，瞳晶上布满血丝，原本柔美的面容此时满是怨愤与狠戾。

宗子珩吓了一跳，他从没见过这样的母亲，母亲虽然有些善妒，但也都情有可原，绝大多数时候，她是温柔慈爱的。

"您这是……"

沈诗瑶抓起宗子珩的手，看着他指缝里来不及洗去的污泥，冷冷地说："你又去侍弄花草了。"

宗子珩："……"

"堂堂一个皇子，为什么就喜欢干这些下人干的活儿?"

宗子珩无奈地说："母亲，吟风弄月，赏玩花草，都是修身养性的雅事。"

"你一个修道之人，不把工夫花在修行上，做这些没用的只是浪费时间!"沈诗瑶逼视着宗子珩，"你九弟现在风头无两，要不了几年，他或许就要在你之上，你怎么一点都不知道着急!"

宗子珩张口无言。

"宗子沫有储君之位，有强大的外戚，宗子枭有绝顶天资和帝君的宠爱，你呢? 你有什么?"沈诗瑶娇美的面容几乎扭曲，"你什么都没有!"

宗子珩按住沈诗瑶的肩膀，柔声道："母亲，您怎么了，谁惹您生气了?"

沈诗瑶眼眸含泪。

"儿子并非什么都没有，儿子有母亲。"宗子珩轻轻拭掉沈诗瑶将要脱框的眼泪。

沈诗瑶哽咽道："华英派掌门派人上大名求亲，看中的明明是你，可李襄桐那个贱人，偏说宗子沫与华家千金曾在蛟龙会上相识，至今念念不忘。"

宗子珩怔了一下，慢慢皱起眉："二弟是真的喜欢华千金，还是……"

"他若真的喜欢她，怎么会三年来不闻不问?!李襄桐就是看不得你好!"沈诗瑶尖锐地喊道，"她什么都要跟我抢，她抢走我的夫君，抢我的后位，抢走你的皇位，现在连你的妻子都要抢!"

"母亲，您小点声，您冷静些。"宗子珩冷汗直冒，虽然这是他们的寝宫，可他真怕隔墙有耳。

"你叫我如何冷静?"沈诗瑶咬牙切齿，"你还不明白吗?与华英派结亲，是你唯一的机会，难道你甘心一辈子碌碌无为?你已经错过蛟龙会了，绝不能错过这桩婚事!"

"母亲，人之成就，终归在己，即便我不是宗天子的儿子，只要我潜心修行，修仙界必有我一席之地。"

"你说得轻巧，你是不是忘了自己还有一个天资不逊于你的弟弟?"

宗子珩如鲠在喉。

"你对他可是好一番栽培，可想过有一天他在蛟龙会上夺魁，又得了神农鼎淬的神剑，你就要一辈子活在他的阴影之下?"

沈诗瑶曾不止一次明里暗里地表达对宗子枭的忌惮，他不愿顶撞自己的母亲，但也从未放在心上。

宗子珩叹道:"母亲，我和九弟为何非要攀比，我们兄弟二人联手，岂不更强大?"

"你……你怎么会这么蠢!"沈诗瑶气得狠狠推开宗子珩，"你自以为兄弟情深，帝君可有对你们一视同仁?武器、法宝、仙丹、洞府，这些东西他以前给过你吗?以后会给你吗?你到最后只会一无所有!我想让你娶一个名门大派的千金，难道是在害你吗?!"

宗子珩抿了抿唇，心里堵得难受，他小声道:"儿子并非不明白母亲的苦心，只是……"

沈诗瑶又用力抓住宗子珩的胳膊，瞪着他道:"你听好了，虽然李襄桐横插一道，但华千金未必看得上宗子沫那个废物，帝君也知道他的嫡子是个什么德行，所以犹豫未决。明年蛟龙会上，你要主动些，让华千金非你不嫁。"

"这……儿子不知道要如何与姑娘相处。"

"你傻吗?你几次出宫游历，连女人都不会找吗?"

宗子珩赧然。

"没关系。"沈诗瑶抚摸着宗子珩的脸,"娘把你生得这么好看,哪个姑娘都会喜欢你的,你记住了,我不管你用什么方法,你一定要娶到华千金。"

沈诗瑶闹得累了,被宗子珩扶进屋休息了。守着她睡着之后,宗子珩才一脸凝重地走了出来。

他脑子里还乱糟糟的,一抬头,就见宗子枭倚靠在门柱上,稚气未脱的面容上有几分森然冷意。

宗子珩心里一惊,宗子枭已经能隐藏自己的气息了,也不知道他是什么时候来的,听到了多少。

宗子枭冷冷地说:"沈妃娘娘要你去追求华千金。"

宗子珩木然地点点头。

"那你真的要去做吗?"

"……大哥心里很乱,你回去吧。"

"为什么?"宗子枭恶狠狠地问。

这一句"为什么",包含了太多太多的疑问。

"别问为什么了,有些问题,长大了才能懂,有些问题,一生也未必懂。"宗子珩的声音很低落,他心中亦有许多"为什么",却连能坦然去问的人都没有。

他认为沈诗瑶的很多观念是不妥的,他不想和弟弟争宠,也不想整日活在比拼算计之中,他心里有不满,也曾因为父亲对自己的冷漠苛刻而难过、埋怨,但他不想把自己禁锢在这里,无论是身还是心,他见过江湖,知道天高海阔才能任鸟翔,男子汉大丈夫,岂能郁结于此?

可他的母亲已经被这深宫宅院缚住了,他无法责怪她的狭隘,因为他知道,她受了太多苦,无法消解心中的恨和委屈。他心疼自己的母亲。

宗子珩的眼神变了变,他越过宗子枭,往外走去。

"大哥,你去哪里?"

"去找你二哥。"

宗子珩在后花园找到了宗子沫。

远远地,就见宗子沫在与几名宫女嬉戏笑闹,声音荡漾出了老远,听得人直皱眉头。

走到近前了,这帮人居然都没发现他,修仙之人,警觉性竟如此低。

宗子珩重重咳了一声。

宗子沫这才看到他，他一时僵在当场，脸上的表情几经变换，从惊诧，到尴尬，再到迅速武装起来的自若，他笑道："是大哥呀，好巧。"

官女们纷纷欠身："大殿下。"

"二弟。"宗子珩点了点头。他虽然是兄长，但嫡庶尊卑有别，对宗子沫从来很客气。

"哦，我正在教她们练气呢。"宗子沫解释道。

这些官女和内监，大多是普通百姓，但凡有一点根骨的，都削尖了脑袋想拜入仙门，宁愿去炼丹房当烧火弟子，也不愿意去做下人，说要教这帮一生无缘仙途的人练气，未免牵强。

但宗子珩没有拆穿，对这个贪玩又懒散的弟弟，他无法像对宗子枭一样耳提面命、悉心教导，俩人年纪相仿，不懂事的时候，还能在一块儿玩儿，长大后就渐渐疏远了。

"二弟，我是特意来找你的。"

宗子沫道："你们都下去吧。"

宗子珩平静地看着宗子沫，突然发现俩人同在一座无极宫，却至少有半年未见了，长大以后，他们不仅仅是因为立场而慢慢疏离，俩人的脾性和喜好也相去甚远，其实这个弟弟并不坏，只是纨绔成性，他是看不惯的。

还未等宗子珩开口，宗子沫已经抢道："大哥，我知道你为什么来找我，你不来找我，我也要去跟你解释的。"

宗子珩："……"

"是为了华愉心吧。"宗子沫露出为难的表情，"其实，三年前的蛟龙会上，我是真的对华小姐一见钟情，我也跟母后说了，当时，母后说我们两个都还小，过两年再……再说，我也没想到会这样。"

宗子珩沉默了。

"大哥，我现在说，好像在找借口，但是我说的都是真的。其实，我也不是非她不娶，可母后说她也一直很中意华小姐，非要……你也知道，母后的性格就那样，我劝都劝不动。"宗子沫越说越有些窘迫。

宗子珩一时分辨不出宗子沫到底是不是在撒谎，三年前，他和华愉心都出现在了蛟龙会，属实，他从来见色就起意，属实，他十分怕自己的母亲，属实。但李襄桐是不是真的中意华愉心，就值得好好揣度一番了。

以李襄桐强势的性格，若是真的想要什么，岂会安静等待三年，去华英派提亲的人从来就没断过，她不担心自己属意的儿媳被别人捷足先登？恐怕真的如母亲所说，李襄桐就是看不得他们好。

宗子珩心中怒意翻腾。从小到大，他和母亲遭遇多少不公和委屈、苛待和排挤，他不愿意终日活在仇恨中，只是劝母亲隐忍，待他长大成人，有了自己的一方天地，一切都会好起来。可是为什么，他从未想过与二弟争夺任何东西，为什么李襄桐就如此不容人？

难道，难道三年前他和小九在古陀镇遭到的埋伏，真的与她有关？

宗子珩倒吸一口气，告诫自己没有证据，不能放任这种可怕的猜测，只是胸腔鼓噪，无法平息。他低声道："二弟，华英派因为感念我度化了他们掌门的近卫，才想与我结这门亲，这个，你听说了吧？"

"听说了。"宗子沫抓了抓头发，"这事儿弄的，咱们亲兄弟，好像我要横刀夺爱似的，我真的真的没这个意思，但是我也真的不敢违抗母后。不过你放心，父君也说了，这事还是要看人家华小姐的意思。"他讪笑道，"大哥，虽然我对华小姐念念不忘，但若华小姐心属大哥，我绝不和大哥抢，待你们大婚之日，我一定送上最丰厚的贺礼。"

宗子珩暗暗握紧了拳头，脸上一阵滚烫，心下却是一片寒凉。

宗子沫说得对，他不必和自己抢，因为从来都是他得到一切，而自己什么都没有，所以，也许他不是故意要"抢"，但也根本不在意"抢"，准确来说，在这个人心里，压根儿不存在"抢"，他得到什么都是理所当然的。

同样是儿子，为什么偏偏要天差地别？

宗子枭找了很久，最终在兰园找到了宗子珩。

此时，夜已深，百花凋敝后的庭院，只掌了一盏薄灯，显得有几分苍凉。宗子珩还在一个人翻土、铺草，沉默得像是依附这片土地生长的精怪，只是埋头打理属于自己的一亩三分地。

"大哥。"宗子枭很小声地叫了一下。他隔着不近的距离，看不到黑暗中宗子珩的脸，但他已经能准确地感受到宗子珩落寞的情绪。

宗子珩顿下了动作："这么晚了，你怎么还不睡觉？"

"我找不到你，我想和大哥一起睡。"

"你都十二岁了，该独立了。"

"我不想独立。"

宗子珩没有说话，他不知道如何让少不经事的弟弟明白，他到底为什么难过。

"小九。"宗子珩轻声叫道。

"干吗？"宗子枭恶声恶气地说。

"等你长大了，我们还会像现在这样吗？"

宗子枭愣了一下："我们原本一辈子都可以这样的。"

"我是说……等你长大了，发现大哥没有你想象中那么厉害，能做到的事很有限，也不是真正洒脱旷达的男人，你还会觉得大哥比谁都好吗？"

"当然了！"宗子枭毫不犹豫地说，"大哥在我心里，永远都是最厉害的、最好的、最疼我的。"

"那如果有一天，你比大哥厉害了呢？"

宗子枭呆住了。他不是没有幻想过，也经常在被训得四仰八叉时，不服输地撂过一句句豪言壮语，可宗子珩的修为，就像是一棵茁壮成长的大树，他在长高，大树也在抽高，他好像永远也打不过大哥。他争强好胜，所以他崇拜更强的大哥，他其实从来没有认真想过，如果有一天他真的打败了大哥，会如何。

这也是第一次，从宗子珩嘴里说出这个可能。

宗子枭眨了眨眼睛："就算……就算我比你厉害了，你也还是我大哥呀。"他突然笑了一下："我早晚会比你厉害的，我早就警告过你，怎么样，现在才知道害怕？后悔对我那么凶了吧。"

宗子珩淡淡一笑："大哥相信你，有一天你会超越大哥的。"如今他和宗子枭的差距，全都源于年龄。宗子枭走的每一步，几乎都比同龄的自己要高，他疼爱这个最小的弟弟，却又畏惧被其追上，所以一刻不敢懈怠。可他也知道这是徒劳，好剑，法宝、仙丹，他一样没有，这些东西最终会填补年龄的差距。将来有一天，代表大名宗氏最高战力、将宗玄剑法发挥至当代巅峰的人，恐怕不会是自己，而是宗子枭。

他以前从不深究这些，原来潜移默化之下，他已经被母亲灌输的东西影响了。

宗子枭听出了宗子珩话中的异样情绪，他站起身，像小时候一样趴在宗子珩背上："大哥，你为什么要说这些啊？反正，不管以后我们谁更厉害，我们俩加在一起，就是九州最厉害的！"

宗子珩的心像是被狠狠地捶了一拳，捶散了淤堵在胸臆的浊气。

这话简直醍醐灌顶。

他到底在想些什么，竟然嫉妒小自己七岁的弟弟？他自诩豁达通透，结果还是生出了最狭隘的想法。他和宗子枭是亲兄弟，两人何须攀比？只要携手并肩，将来必定能雄霸一方，明明这道理他还拿来劝母亲，明明这道理连小孩子都知道，他怎么就糊涂了？

宗子珩对宗子枭心生歉疚，他站起来，反身抱了宗子枭，惭愧地说："小九，你说得对，我们兄弟联手，将来一定无人能敌。"

宗子枭咧嘴一笑："大哥，那你别不开心了。"

"好。"宗子珩捏着他的脸蛋，笑道，"你怎么这么开心？"

"我就开心。"

"不过，既然娶妻之事暂无下文，我应该可以出宫了。"宗子珩自言自语道。

"出宫，你要去哪里？"宗子枭眼前一亮。

"我要去纯阳教找许真人，他又查到狮盟的踪迹了，这一次，我要亲自去追捕那群畜生。"

"带我去，带我去！"宗子枭急道。

"你想都别想。"自三年前古陀镇遇袭，宗子珩再也不敢带宗子枭出门。

"我都憋了三年了，我真的好想出宫啊。大哥，求你了，带我去吧。"

"不行。"宗子珩摸了摸他的脑袋，"你乖乖留在无极宫，读书练剑都不要偷懒，好好准备明年的蛟龙会，大哥回来了，会给你带礼物的。"

宗子枭噘着嘴，愤愤不平。

宗子珩一时忘了，他这个弟弟，从来都不是能够老实听话的人。

宗子珩收拾好行装，去向母亲告别时，沈诗瑶正与宗子枭的母妃楚盈若喝茶谈天。

"母亲，楚妃娘娘。"宗子珩一一行礼。诸多兄弟中，他与小九最亲近，也是因为俩人的母妃交好。可那天母亲说了那番话，今日又若无其事的样子，让他面对楚盈若时，有几分不自在。

"子珩又要出门？"楚盈若道，"怪不得枭儿这两天闷闷不乐。"

"我要去一趟荆州，应该不会在外面待太久，您跟小九说，我回来就考他功课，让他不要偷懒。"

"放心，我会看着他的。"楚盈若微微一笑，如此浅淡的笑意，在她脸上却像是一朵艳丽的繁花绽放，美不胜收。

楚盈若出身一个小门派，家族虽是名不见经传，但她生就倾城绝色，当年在蛟龙会上，凭着容貌一鸣惊人，如今哪怕已为人母，仍是传闻中的修仙界第一美人。

楚盈若原本是有婚约的，但被宗明赫硬抢了过来，所有后妃中，她最受恩宠，所以宗子枭从小到大享用的，都与嫡子相差无几。

这样一个女人，入宫自然不受待见。尤其她还长了一双媚态横生的吊梢狐狸眼，这种极具侵略性的美艳，天生不会讨同性喜欢。当时，只有沈诗瑶与她结交，俩人同被帝后视为眼中钉，自然就抱了团。

沈诗瑶轻叹一声："你一出门我就担心，但又关不住你，去吧，在外面要好好照顾自己。"

"母亲，您放心吧。"

"姐姐不必担心，子珩已经修到宗玄剑法第七重天，一般人奈何不了他。"

"明枪易挡，暗箭难防。"沈诗瑶意有所指地说，"当年他和子枭，不就是遭了人暗算，否则又怎么会险些丢了命？"

楚盈若的瞳眸顿时覆了一层寒霜："是啊，幸好他们兄弟二人福大命大。子珩，你出门在外，人心险恶，不可不防。"

"是。"

宗子珩闷着一口气，以最快的速度走出了无极宫，然后立刻御剑而起，直上青云，看了看被他远远甩在身后的、越来越小、越来越远的无极宫，又看了看眼前高远辽阔的天地，只觉心胸豁然开朗。

那金碧辉煌、描龙画凤的宫殿，就像一个华丽的牢笼，只会把人的身心困在逼仄的角落里，越活越窄。那天，当他被母亲的眼泪和帝后的苛待冲昏头脑时，他竟差点忘了，他根本志不在此。

寄情山水，洒脱自由，识乾坤之大，怜草木之青，那才是他想要的快意人生！

◆◇

楚地，水陆通衢，沃野千里，渔牧农皆发达，自古乃兵家必争之地。

而这片富庶沃土，被荆州纯阳教和武陵五蕴门两大教派分而治之。

其实在千年前，这两个教派同属一脉，开宗立派的先祖是一个高僧。后来，主武修的和主剑修的逐渐各成一派，甚至开始内斗，最终一分为二。

纯阳教继承了原教派清心寡欲的修道理念，奉行几百年的教规正是化自佛家的五戒十善。

而五蕴门的名字，则取自佛学中的色、受、想、行、识五蕴，主张人由五蕴而生，但万法皆空，因果不空，不必苛求于灭人欲，所以他们与纯阳教正好相反，修道没那么多条条框框，态度类似于"酒肉穿肠过，佛祖心中留"的和尚。

这两派同在楚地，几百年来大小争斗不断，直到大名宗氏登基称帝，在这份威压之下，两派才保持了微妙的平和。

到了纯阳教的落金乌，守门弟子通报后，许之南亲自出来迎接。

"许大哥。"

"大殿下，好久不见。"许之南笑着迎了上来，他看着宗子珩，不禁感慨，"三年前，大殿下还是少年之姿，如今看来成熟多了。"

宗子珩不赞同道："我叫你一声大哥，你再这样称呼我，未免见外了。"

"哈哈，好，子珩，快请进。"

其实许之南的年龄与宗子珩的父辈相当，但他看起来却只是虚长了几岁而已。三年来，俩人书信不断，乍一见面，也没有陌生感。

他们互相问起了彼此的近况。

"我听说，华英派有意与你结亲。"许之南道，"你与华小姐门当户对，郎才女貌，这可是因祸得福，善有善报啊。"

宗子珩并不打算把那些后妃或兄弟间的龃龉告诉外人，他避重就轻地说："这件事我也只是听说，父君还未决定呢。"

"我看八九不离十。"

"许大哥，纯阳教最近可安好？"

"一切安好。"

"那狮盟？"

"嗯，前几天刚在雁城发现了陈星永的踪迹，我们现在不敢打草惊蛇，只是让人暗中盯着。"

宗子珩眯起眼睛："三年了，我终于有机会亲手报仇。"

"此事还需仔细商议，制订周全的计划，陈星永太狡猾了，加上那法宝，竟两次都让他逃了。"

"公输矩确实难对付。"想起当年在客栈的经历，他至今都心有余悸。那时他虽然年少，但实力不俗，又有两个高阶修士护卫，岂会被江湖无名之辈逼到差点送了命，都是因为那公输矩，他道，"就没有办法破那法宝吗？"

"我问过苍羽门，那法宝并非没有破绽，施术的范围完全依靠修士的灵力，而且一旦人多了，就会顾此失彼。当时陈星永将你们四个人分隔至三个空间，而三个空间的人都不好对付，那应该是他的极限了，所以对付公输矩，就要人多，最好比他们的人还多。"

宗子珩点点头："这次我们一定能抓住他。事不宜迟，我们现在就去雁城吧。"

许之南安抚道："你先别急，若是很多人一起去，难免引起注意。我已经派了我师弟去雁城打探情况，他差不多该回来了，等商议好了我们再行动不迟。"

"大师兄。"一名弟子进来通报，"程师兄回来了。"

许之南笑道："你看，说曹操曹操到，让他来见我。"

片刻，一名纯阳教弟子走了进来，他面容冷峻，不苟言笑："师兄，我回来了。"

"衍之，你辛苦了。子珩，这是我师弟，程衍之，衍之，这是宁华帝君的大殿下。"

程衍之不卑不亢地拱手道："见过大殿下。"

宗子珩点点头，心想，这纯阳教弟子，真是越往高阶修，就越好看，个个都是高大英俊，器宇轩昂，若是站成一排，看着比亲兄弟还像。

"衍之，跟我们说说情况。"

"目前发现陈星永和他的七名属下都在雁城，他们在雁城至少待了六天，我们白天黑夜都监视着，但他们除了吃饭，几乎闭门不出，不知道在做什么，看起来很像是在等人。"

"等人。"许之南思索道，"是在等他们的下一个下手的目标，还是在等买主？"

"都有可能。"程衍之道，"不过，这两年我们一直在追捕狮盟，他们几乎不敢犯事，几个月又被我们折损了几个人，我猜他们应该不敢在这个时候害人。"

"那就是等买主？"宗子珩冷道，"狮盟背后，究竟是何人在与他们做这丧尽天良的买卖？"他脑海中浮现了李襄桐傲慢的脸。其实他母亲说得对，论动机、论实力，李襄桐都十分可疑。

"无论是谁，只要查出来，定会掀起腥风血雨。"许之南凝重道，"能买得起人丹，且暗中庇护狮盟的，必然是个大人物。"

程衍之道："那就更要查清真相了，修仙界有这样的败类，必须斩草除根。"

"子珩，今天不早了，你先在落金乌住一夜，明日我们出发去雁城。"

"好。"

宗子珩想着最近发生的事，根本睡不着觉。这一次究竟能不能抓住陈星永，为修仙界除害，为他和小九报仇？陈星永背后的人又是谁，谁靠着这样恶毒的方法修道？

半夜时分，门外传来一些骚乱，宗子珩正迷糊着，立刻又醒了过来，他翻身下床，跑了出去，见落金乌偌大的练武场上有数丛火光，正分散在各处，他们看上去好像在找什么东西。

宗子珩走过去，问一名弟子："发生什么事了？"

"大殿下？"一名弟子道，"有人擅闯结界，听其他师兄弟说，是一个小孩儿，现在跑没影了，我们正在找他，怕他被结界伤到。"

"小孩儿？"宗子珩有些茫然。

"快，好像在那里。"

"你为何擅闯纯阳教？知不知道这结界可能要了你的命?!"

"喂，小孩儿，我们不想伤你，放下剑。"

"滚，别逼我伤你。"那声音脆脆的，很稚气，却傲气十足。

听到这声音，宗子珩眼前一黑，他气得大吼道："宗子枭！"

✐··· 第十二章 ···✐

"大哥……"

委屈又哀怨的声音在屋内幽幽响起，余音颤了几颤，像一只在哼哼唧唧的小狗。

宗子珩躺在床上，闭目凝神，其实他没睡着，他知道宗子枭也知道他没睡着，但他并不打算理会。

"大哥，我好累啊，我腿麻了。

"小九肚子好饿哦，一路赶来，又累又饿的，就是想见大哥，你还骂我，还罚我。

"我触动纯阳教的结界了，差点受伤，你一点都不心疼我，是吗？

"我小的时候你可心疼我了，磕了碰了你都担心，现在动不动就罚我，难道我长大了我就不是你弟弟了吗？"

宗子珩忍无可忍，坐了起来，看着已经蹲了半个晚上马步、垂头丧气的宗子枭，又好气又好笑："你还好意思说，谁准你擅自跑出来的？。"

"谁叫你要丢下我一个人出门。再说，我十二岁了，修士到了这个年纪，就应该独自外出历练，不需要谁同意。"

"那你想去哪里就去哪里，别来找我。"

"我不来找你，你就要到处去找我了，对不对？我是为了让你省心，你都不领情。"

"还顶嘴。"

宗子枭撇了撇嘴，哀叫道："大哥，我腿麻了，真的麻了。"

宗子珩瞪了他一会儿："过来。"

宗子枭身体一放松，险些跪在地上。

宗子珩下意识地伸手想扶，又缩了回来，还故作严肃地看着宗子枭。

宗子枭揉了揉腿，才打着摆子走了过来："哟……疼死我了，明天可能都下不了床了。"

"才蹲了两个时辰，越来越娇气了。"宗子珩拧了一下他的耳朵。

"你蹲试试啊。"

"我为什么要蹲？我又没做蠢事。"宗子珩余怒未消，"自己一个人从大名跑到这么远的地方，还要去碰落金乌的结界，你知不知道有多危险？"

"我也不知道有结界啊。"

"这不只是结界的问题。"宗子珩想到狮盟，想到当年他们险些命丧猎丹人之手，哪怕三年过去了，都还会后怕。这个臭小子怎么就敢自己到处乱跑，从来就这么狂妄自负，长大了可怎么办？

宗子枭感觉到了大哥的担忧："大哥，你是不是想起当年我们在古陀镇遇袭的事了？"

"你既然知道，还不有所警惕。"

"可你也是十二岁就出宫的呀，坏人永远都有，总不能因噎废食。"

"你至少该等到长大一点，有自保之力。今时不比往昔，我们的丹……"宗子珩戛然住口。

宗子枭陪着他沉默了一会儿，道："大哥，真的是帝后想害我们吗？"

宗子珩瞪着他："你听谁说的？"

"我偷听到沈妃娘娘和我娘说的。"

宗子珩张口无言。他不想给少不经事的弟弟灌输这种尚无根据的阴谋，生怕小孩子把不住唇舌，惹出祸端，但他若直接驳斥，岂不是在说自己的母亲乱嚼舌根？斟酌之后，他说道："小九，没有任何证据能证明帝后与此事有关，母亲这样说，是因为她护子心切，见我受伤而忧思过度，其实是气话，你明白吗？"

宗子枭看着大哥，薄薄的眼皮轻轻张合，他平静地说："可是，沈妃娘娘的猜测并非毫无根据。"

宗子珩心里一惊。

"不过，我也希望不是帝后。"宗子枭道，"二哥对我挺好的。"

"嗯，你二哥也疼你。"

"但二哥天资愚钝，不思进取，将来大名宗氏想立足修仙界，还不是要靠我们。"

"你……这话都是谁教你的？你知不知道……"宗子珩听得冷汗都下来了。

"我知道。"宗子枭面不改色地说，"我都知道。但我也没说错吧？"

宗子珩沉下脸来："这种话以后不可以再说，无论在谁面前，听懂了吗？"

"我当然只和你说了。"

宗子珩在这一刻意识到，这个最小的弟弟也已经长大了，他心里突然有些不舍，甚至生出几分惶恐。

他平复了一下心情："好了，睡觉吧。"

"许之南不是发现陈星永的踪迹了吗？我们什么时候去抓他们？"

"这不是你该操心的，你老老实实留在落金乌，等我明日飞信回大名，让黄弘、黄武来接你。"

"我不要人接，我不回去！"宗子枭叫道，"我要亲自去报仇。"

"不许胡闹。那帮猎丹人非常危险，两次抓捕都被他们逃脱了。"

"所以多一个人手不是更好吗？"

"你还……"

"我若连自保都做不到，还参加什么蛟龙会，大哥就这么看轻我？"宗子枭也恼了，"我已经不是小孩儿了。你像我这般年纪，就一个人闯荡江湖、降妖除祟，我哪里比你差？"

宗子珩想起自己十二岁时，也是心气极高，独自游历九州，没有丝毫惧怕，可轮到宗子枭，他总免不了要担心。

"再说，有这么多修士在，狮盟只有抱头鼠窜的份儿上，跟当时古陀镇遇袭完全不是一回事。"

"话虽如此……"

"反正我不回去，以后大哥去哪里，我就去哪里。你把我送回去，我有腿，我还会再出来的。"宗子枭倔强地瞪着宗子珩。

宗子珩叹了口气。也许他就是要慢慢接受弟弟已经长大，会越来越有自己的主见，若是再大些，可能更加不服管教，但他却不能不让雏鸟展翅。

宗子枭见宗子珩明显松动了，立刻缠上来撒娇道："大哥，我的腿好疼啊，你给我揉揉好不好？"

"你这个黏人精。"宗子珩无奈地说，"怎么就这么黏人？"

"只黏大哥。"宗子枭脸上漾起一个傻笑。

宗子珩给他捏起了腿，口吻也柔和下来："大哥是为了你好，你明白吗？"

"明白。"

"你明白什么？"

"明白你是担心我。"

"三年前在古陀镇遇袭，是大哥这辈子最害怕的一次。"宗子珩小声说，"他们连你能不放过，如果你真的有个三长两短，大哥怎么办？"

"我以后再也不会让你担心了，我现在比以前厉害多了，就算是碰到高阶修士，我自认至少能够逃命。"

宗子珩看了弟弟一眼，淡淡一笑。

"真的，要是真的碰到危险，我会跑的，绝对不再拖你后腿。"

"好，说好了。"

第二天，几人一同商议了接下来的行动。这一次他们将和苍羽门联手，在雁城围堵陈星永，吸取了前两次的经验，他们这次派了很多人手。

为了不打草惊蛇，他们会分几拨人，在不同时间进入雁城，而且不能御剑。他们换下了显眼的修士服，骑上了马，做普通江湖人打扮。

从荆州到雁城，至少有四天的路程。兄弟二人和许之南、程衍之师兄弟同行。

在路上，宗子枭好奇地问："大哥，苍羽门的人是不是都不男不女的？"

"我也没怎么接触过，这个门派很是神秘，但确实是女修居多。"

"哈哈，那不是跟纯阳教正好相反？"

许之南笑了笑。

"听说他们还自诩为神农鼎的守护者，可神农鼎都在那儿百万年了，跟他们有什么关系，他们凭什么收保护费啊？"

"这点确实为人诟病。但苍羽门身处昆仑，有地域优势，要是得罪了他们，难保淬炼的过程中不受干扰。"

"哼，等父君给我淬剑的时候，我倒要看看他们有多难缠。"

用神农鼎炼化任何神物，都会引起修仙界的震动，毕竟那是所有修士一生的向往，闻言，许之南师兄弟都惊讶地转头看向宗子枭。

宗子枭得意地说："对，父君答应我了，等我明年在蛟龙会上夺魁，父君就会为我用神农鼎淬一把稀世神剑。"

许之南因为出身商贾世家，为人聪明圆融，十分会察言观色，他不着痕迹地扫了宗子珩一眼，淡笑道："恭喜小殿下。"

反观他的师弟程衍之，就耿直多了，他的目光立刻落到了宗子珩的佩剑上。

身为宗天子的长子，宗子珩的剑实在太普通了，远远配不上他的出身。看来外界关于这个大皇子不得宠的传言，都是真的。

宗子珩尽管目视前方，但还是感受到了那掺杂着诧异和不解的目光。他的脸顿时有些发烫。

剑对于剑修来说，不仅仅是武器，还是生死相依的伴侣。是身份，是脸面，通常一把好剑能陪伴一个剑客一生。

而他只有一把普通的剑。

一把好剑轻则千金，重则万金难求。他母亲是个孤女，没有雄厚的家族做靠山，仅凭他们母子俩的官份，根本买不起好剑。

宁华帝君曾要在蛟龙会上赠他好剑，但他错过了。

听着他的幺弟用如此得意又轻巧的口吻谈论着用神农鼎铸的剑，再看自己的剑，他绝非虚荣之辈，可也不免难受起来。

许之南适时岔开话题："衍之，前面是否有个城镇？"

程衍之拿出地图看了看："前面应该是绿柳镇，今晚我们就在这里落脚吧。"

抵达雁城后，许之南先召来了盯梢的纯阳教弟子，得知陈星永在昨日深夜见了一个男人，那人黑衣蒙面，连佩剑也做了遮挡，无从判断其来头。男人出城时，一名弟子试图跟踪他，却很快就跟丢了。

听到这里，程衍之严厉地责备道："谁准你们擅自行动的？"

那弟子嗫嚅道："我想那人的身份肯定不一般，所以……"

"若真是不一般的人，很可能已经发现你了，我走之前特意叮嘱不可以打草惊蛇，你都听哪儿去了？"

"程师兄，我错了。"

许之南皱眉道："算了，既然陈星永还没离开，那么很可能我们还没被发现。"

宗子珩道："若那人就是陈星永在等的人，那他极有可能就是狮盟的买主，可惜让他跑了。"

"只要活捉陈星永，我们就能把所有幕后之人都揪出来。"

"但陈星永见完了自己要见的人，随时会离开，我们恐怕等不及苍羽门的人了。"

许之南问道："飞翎使还要多久才能到？"

"也就这一两天。"

"继续盯着陈星永，等她们到了就马上行动。"

"是。"

"衍之。"许之南道，"日落之后，你带人出城，悄悄去打探一下那个黑衣人的踪迹，他遮得越严实，说明他越有身份。这一带并不富庶，修士也不多见，问问周围城镇的百姓，在白天有没有见过什么修士或富贵之人。"

"是，大师兄。"

程衍之走后，宗子枭提出了一个疑问："大哥，狮盟为什么要来这个地方？这附近没什么叫得上号的仙门，又穷，就算是为了避人耳目，难道不是大隐隐于市更安全吗？"

"你说得有道理，不过，既然是要见人，那地方也许是黑衣人定的。"

"大哥，那个黑衣人，会不会跟我们当年被袭击也有关系？"

"也许。"宗子珩眸中覆了一层寒霜，"所以陈星永必须抓活的。"

他们暂时在一个小客栈落脚，等待苍羽门飞翎使祁梦笙赶到，一起捉拿陈星永。

陈星永从前在苍羽门时，并不起眼，天资、修为都不上不下，若是正面迎战，根本不需要如此大的阵仗来对付他，但公输矩这个法宝实在太厉害，最不济也能助他逃出生天。

一个修为普通的人，借助法宝就能获得这么可怕的力量，难怪那么多修士，为了法宝可以争得头破血流，比如陈星永，欺师灭祖、心狠手辣，夺走公输矩后，靠着吃人丹，也晋升高阶修士之列，大名宗氏对他发出通缉，纯阳教、苍羽门、华英派一直在追捕他，可至今三年了，他还逍遥法外。

"大哥，要是抓到了陈星永，我想要公输矩。"宗子枭坦坦荡荡地说道，好像那法宝合该属于他，而他根本不需要掩饰自己的欲望。

宗子珩的手一顿。

他叫了店小二，抬上来一桶热水，此时正在给宗子枭洗头。

"给大哥也行，反正我们不分彼此。"宗子枭坐在浴桶中，掬起水泼了一下脸，"大哥，皂角一直在往下淌，你洗快点啊。"

"那法宝岂是你说要就能要的，它本来属于苍羽门。"

"它才不属于苍羽门，先辈留下来的宝贝，属于有本事得到它的人。"宗子枭认真地看着宗子珩，"大哥，你不想要公输矩吗？"

"那样的法宝谁不想要呢，但是这件事没那么简单，难道抓到了陈星永，我们还要为谁得到法宝再内斗吗？"宗子珩抓揉着宗子枭的头发，"不要异想天开了，我们的目的不是法宝。"

"你的目的不是法宝，你有没有想过他们的目的？"宗子枭转过身来面冲着宗子珩，"许之南干吗这么积极？这件事，我们和华英派是为了报仇和查明真相，苍羽门是为了清理门户和夺回法宝，那纯阳教呢？这事儿跟纯阳教有什么关系啊？无利不起早。"

宗子珩："……"

"谁抓到陈星永，谁就得到公输矩。"宗子枭露出一个坏笑，"大哥，我们拿到了公输矩，他们真敢跟我们抢吗，敢跟大名宗氏作对吗？"

宗子珩有些心惊，这个他一手带大的弟弟，为什么性格跟自己完全不像？但转念一想，他的人生习惯了退让，退让才能自保，而宗子枭的一生习惯了进取，因为每每进取都有所获。他暗自唷叹一声，说不上心里什么滋味。

"大哥？"宗子枭不解道，"我说得不对吗？那法宝上又没刻谁的名字，能者得之，这是修仙界的规矩。"

宗子珩拿葫芦瓢舀了一瓢水，从宗子枭头顶浇了下去。

"啊……眼睛。"宗子枭揉着进了皂角的眼睛，半天没睁开。

"小九，你不能见什么就要什么，这人间不会总如你所愿。"宗子珩温言道，"公输矩是陈星永杀了自己的师父夺走的，夺回来后，还应该归还苍羽门，这是道义。"

宗子枭睁开了眼睛，黑黢黢的瞳仁一眨不眨地看着宗子珩。

"至于许大哥，我认为他没有别的目的，只是想要除掉陈星永这个祸害，这是每个修道之人本就该有的侠肝义胆，你这样想他，是以小人之心度君子之腹。"

宗子枭脸上闪过怒意，但又马上被难过取代："大哥，你别这样说我，你跟许之南才见过两面，你凭什么就这么相信他？"

宗子珩也意识到自己的话重了，他抹掉宗子枭脸上的泡沫："大哥的意思是，不要总把人往坏里想。"

宗子枭不服气道："凭本事得到自己想要的东西，何来好坏之分？"

宗子珩严肃道："你这样想，那陈星永也是这样想的。"

"……我跟他不一样。"

"你们当然不一样。"宗子珩摸了摸弟弟湿漉漉的头发，"所以，不要再想公输矩的事。"

"大哥就真的不想要厉害的法宝？"

"想，但君子爱财，取之有道，我们不能抢别人的。"

"哼，罢了，公输矩我还未必看得上，将来有一天，我要山河社稷图。"

宗子珩扑哧一笑："口气不小。"

上古四大法宝之一的山河社稷图，就在大名宗氏的藏宝库中，可惜，上古法宝几乎不能够被凡人驾驭，如神农鼎，就需要百名高阶修士同时发力。

"咱们宗氏先祖曾经用过山河社稷图，那我为什么不能用，早晚有一天，我会厉害到能驾驭上古法宝。"

"你呀，先把路走稳了再想着飞。"

宗子枭冷哼一声，突然整个人沉进了水里，水面上只留下一串小泡泡。

宗子珩用手指缠绕着他海草一样浮在水面上的乌丝："我看你能憋多久。"

宗子枭较劲一样，就是不浮上来，到最后实在是憋不住了，才猛地冲出水面，故意扑腾着溅了宗子珩一身水。

"小浑蛋。"宗子珩笑骂道，也开始往他脸上泼水。

俩人隔着一个浴桶打起了水仗，屋内满是无忧无虑的笑闹声。

一觉睡到天蒙蒙亮，鸡鸣声起，兄弟俩同时醒了。

洗漱一番，他们下了楼，去中庭晨练。

许之南和几个纯阳教弟子也都起来了。兄弟俩没和武修切磋过，顿时跃跃欲试。

这时，店小二提着一个木桶穿过中庭，笑着跟他们打招呼："客官，醒得真早哇，我去隔壁打新鲜的豆腐，早上给您炖豆腐吃。"

宗子珩笑道："好。"

店小二出了门，突然，就听得他一声尖叫，木桶摔到地上，撞得咣当响，他连滚带爬地回来了："妖……妖怪啊！"

"怎么回事?!"

一行人循声跑了出来，只见清晨的薄雾之后，出现了一个房子大小的黑影，正一步步朝他们走来，每一脚落地都带起地面的震颤，通过脚底板直冲到他们脑门。

几人大气都不敢喘。

这是什么妖兽？妖兽几乎都离群索居，不大可能出现在人的地盘上，何况是这么大的妖兽。

那妖兽突然停下了，好像也在透过雾打量他们。

许之南掏出一张风符，甩了出去，一阵疾风吹散了白雾，眼前赫然出现了一只——狗。

宗子珩骇然色变，这不是街上那只大黄狗？

宗子枭吼道："狗……狗怎么变大了?!"

许之南面色凝重："不是狗变大了，是我们变小了。"

"什么?!"

"我们被狮盟发现了？"

"是公输矩，一定是公输矩！"

宗子珩本能地揽住宗子枭的肩膀，将他护在怀里，并警惕地环顾四周："公输矩不是只能用在死物上吗？"

"我们是这样以为的。"许之南抬起头，仰视着周围突然间变成庞然大物的屋舍，"或许陈星永两次从我们的追捕下逃跑，靠的就是这一招。"

寒冬时节，宗子珩的额上却沁出一层薄汗，他一手抓着佩剑，一手握着弟弟的肩膀，三年前面对变化多端的诡异术法，他还有一腔初生牛犊的勇猛，但在险些丧命后，便再也不敢小瞧这法宝。

此一行他本是成竹在胸，以为自己身负宗玄剑法第七重天的修为，又与诸多修士联手，不可能再像当初那样狼狈。可此情此景，客栈、埋伏、公输矩，多么像昨日重现，令他不由得惶恐。

宗子枭冷冷地说："我们是怎么被发现的？"他瞪向纯阳教众弟子。

宗子珩也思索起这个问题。雁城不比古陀镇，这么大的城，个把人很难引起注意，他们一路小心隐匿，乔装打扮，分批入城，连店家都没看出他们是修士，怎么不到一天时间，就被狮盟发现了？是因为纯阳教弟子擅自跟踪那名黑衣人，暴露了行踪，还是陈星永早就知道自己被盯上了？

无论是什么原因，他们都输了先手，前两次陈星永都落荒而逃，这一次非但没逃，还主动出击，必是有备而来，他们的处境，比三年前更糟糕。

如今责怪谁都没有意义，宗子珩沉声说道："大家冷静点，公输矩不管有多大的本事，它的施术范围是有限的。三年前陈星永将我们四个人分隔到三个空间，彼此距离很近，那已经是他的极限，就算现在他靠着人丹增补变强了，这种术法必然极耗灵力，只要我们能见招拆招，他会比我们先扛不住。"

"可是，他到底想干什么？"一名弟子的声音明显有一丝轻颤。

无论是凶残的妖兽，还是诡吊的邪祟，都不足以让一名修士还过过招就先害怕，因为他们知道自己会面对什么，他们毕生的修行都在教他们如何应对，可眼前发生的一切如魔如幻，众人想破脑袋，都无法料到自己会被变小。就如同他第一次面对公输矩，不知道一段走廊他会跑不到尽头，也不知道楼梯都能吃人，未知，才是最可怕的。

那大黄狗对他们十分好奇，围着小小的客栈转了一圈，把巨大的脑袋伸了过来，湿漉漉的鼻子一皱一皱地，使劲嗅着。

他们如临大敌，毕竟这狗现在一张嘴就能把所有人吞了。

突然，大黄狗转了个身，拿屁股冲着他们，并抬起了一条后腿。

众人你看看我，我看看你，并在下一瞬同时反应了过来，纷纷大骂着抱头鼠窜。

这一泡尿在此刻的他们眼里变成了瀑布，从天上落了下来，飞溅的液体伴随着刺鼻的腥臭，挥洒四方，他们尽管能躲多远就躲了多远，也不免有所波及。

"畜生！畜生！"宗子枭气得脸都红了，他长这么大哪里受过这种羞辱？这句"畜生"也不知道是在骂狗，还是在骂陈星永。

其他人的脸色也都难看极了，落入敌人的陷阱已经够丢人了，还被淋了狗尿，这要是传出去，还剩下什么脸面？

"又……又来了！"一名弟子指着天上，惊恐地喊道。

抬头一看，九天之上，直直砸下来一股巨大的水柱，水柱呈龙形之态，张牙舞爪，有吞天噬地的恢宏之势。

"是龙吸水！"

龙吸水是一种水系术法，能引调天上地下的水为自己所用，此术很简单，哪个修士还不会引水倒个茶，可若想有大用，就必须有海一样磅礴的灵力，翻江倒海，不在话下。

然而，现在对付他们，并不需要很多的水，一桶就能淹死他们。

他们此时才发现，整个客栈都在低洼之处。

"快把客栈里的人叫——"

许之南话音未落，水龙倾注，如一柄利剑从天而降，将客栈砸了个四分五裂。

水势汹涌而来，眨眼间就没过了脚踝。

众人纷纷御剑而起，可刚飞起来，就被龙吸水带起的风吹得东倒西歪，险些从剑上栽下去，越往上，风势就越大，根本飞不起来，他们太小了，哪怕那条大黄狗对他们哈一口气，对他们来说也是狂风大作。

"救命啊，救命啊——"

客栈里传来声声求救和啼哭。

许之南叫道："快去救人。"

他们蹚着水进入坍塌的客栈，有不少人被压在屋梁之下，正在嘶喊，这些人大都尚在睡梦中，哪能想到一睁眼，已是洪水滔天？

"子枭，一定要跟紧大哥！"头顶暴雨倾盆，宗子珩的喊声几乎被淹没，他只能一边在客栈里找人，一边抓着弟弟的手。

宗子枭也紧握着那只手："放心！"

俩人找到一个昏迷的妇人，将其背了出去，纯阳教的弟子们将救出来的人都放在了客栈的残体框架上，此时水势已经没过了大腿，且上涨得十分快。

他们刚把妇人安置好，她就醒了过来，并茫然地寻找着什么："我女儿呢？我女儿呢？"

宗子珩看着水中的残垣断木，不知该如何回答她。

"公子，我女儿呢?!"妇人抓住宗子珩的胳膊，哭道，"求你救救我女儿吧，求求你了。"

"别急，我去找她。"宗子珩将宗子枭抱了起来，放到高高的梁木上，"小九，在这里等我，千万不要动。"

"我跟你一起去。"

"水马上就要淹过你了。"

"我会水！"

"我让你在这里等着！"宗子珩厉声道，"你不听大哥的话吗？"

宗子枭张了张嘴，担忧地看着宗子珩。

宗子珩揉了一把他湿漉漉的脑袋，转身蹚着水往客栈里走去。

当他走进客栈时，水已经到了胸口，他深吸一口气，屏住呼吸，钻进了水里。

客栈的残骸横七竖八地阻在眼前，让人根本分辨不出路在哪里，也几乎不可能在这样的情况下找到人。宗子珩抽出剑，用剑气不断地清理前面的东西，突然，头顶砸下来一块梁木，他在水中尽力闪躲，还是被砸中了后背，这一下砸得他半边身体都麻了，口鼻也进了水。

他呛了几口水，奋力游回了水面，大口呼吸着。

水位已经到了他脖子，很快，整个客栈都会留在水下，那妇人的女儿，恐怕早已经……

就在宗子珩打算放弃时，他突然发现不远处的水面上，漂着一件桃粉色的衣物，他心中一动，快速游了过去，一头扎进水里。

水下果然有一个只穿着里衣的少女，一头乌丝如水草般无力地漂动。

宗子珩抱住她的腰，将她拖出了水面。

"大哥！"宗子枭在外面心急如焚。

"大哥在！"宗子珩应了一声，抱着那少女游了回去。

妇人看到不省人事的女儿，大哭失声。

宗子珩将少女放在木梁上，用手用力按压着她的胸口。

"王师兄，这里有个姑娘溺水了！你快来！"

那被叫作王师兄的人急匆匆地从远处往这边游。

宗子珩将灵力注入她体内，试图刺激她的脉搏，他能感觉到她的脉搏还有一丝微弱地挣扎。

输完了灵力，他又继续按压她的胸腔，并掰开她的下颚，低下了头去。

宗子枭瞪大眼睛，一把拦住宗子珩："你干什么？"

宗子珩急道："救人啊。"

宗子珩愣了一下："我给她渡气！"

"我来！"宗子枭不依不饶地拽着宗子珩。

"你……"

"让我看看。"王师兄很快游了过来，接过那名少女，手法娴熟地挤压她的胸腹腔，同时灌以灵力，很快地，那少女就咳出了一大口水，人也苏醒过来。

几人都松了一口气。

妇人扶着自己的女儿，指着宗子珩道："快，快谢谢恩人，是这位公子救了你。"

那少女还十分虚弱，脸白得像一张纸，可是看到宗子珩时，脸竟突然就红了，支吾着说不出话来。

宗子枭眉心皱了起来，故意挡住那少女的视线。

"别怕。"宗子珩道。

宗子枭狠戾地说："我要把陈星永千刀万剐。"

宗子珩抬起头，看着通天的水柱，又看着眼前就快要被淹没的客栈，心急如焚。

这水淹不死修士，他们就算御剑飞不起来，也有的是办法保命，可这些普通百姓该怎么办？陈星永一定是看准了他们不能扔下这几十条无辜的人命不管，打算将他们活活困死。

许之南游到了宗子珩身边，喘着粗气说："我有一计，但是有点冒险。"

"你快说。"

许之南说道："既然公输矩最大的命门是极耗灵力和范围有限，那么陈星永一定离我们非常近，且现在已经过了一刻钟，他定然在苦苦支撑，我们就一次将他的灵力消耗光，否则……"

大水已经快要淹没客栈，所有的百姓都站在屋檐上，绝望地等着灭顶时刻的来临。

"可是，怎么才能把他的灵力耗光？"

许之南的表情有一丝古怪，似乎难以启齿："我曾在《黄帝阴符经》里，看到过一种阵法。"

此言一出，修士们面面相觑，一时都不知道如何接茬。

这《天机经》是一本禁书，其中有太多阴邪厉害的术法，能给修炼者和他人带来巨大的隐患，自古以来，无数人前赴后继地想要靠此书扬名立万，最后都无一例外死于非命，正统仙门世家更是对此书讳莫如深。慢慢地，也就几乎没人敢修了。

其实，此书乃轩辕黄帝所著，是他毕生修为凝结而成的一本兵书，其中的术法高深莫测，并非凡人可以驾驭，修仙界的先祖们，自此书中习得毫毛，就能独据一方，如今修仙界排得上名号的仙门，开宗立派的功法多少都受此书影响，那些广为流传的符箓、巫术、阵法，也有很多是以此书术法改良。

可以说，《天机经》才是世上最强大的功法秘籍，是当今修仙界的泉源之一，只不过去其糟粕，取其精髓。当然，人人都知道，那些所谓的"糟粕"，才是此书真正的"精髓"，只是不能被凡人所用，也有一种说法，是只有得到上古法宝轩辕天机符的人，才能参悟此书，盲目修习，只会走火入魔、不得善终。

这本书虽说是禁书，但被拓印了无数本，并不难得到，也不可能完全销毁，修仙界普遍认为，要想让人不修邪术，则宜疏不宜堵，越禁，人会越好奇，于是修士们表面上对此书避之唯恐不及，私底下多多少少都看过。

可同时，谁也不会公然宣称自己看过。

眼下却是到了迫不得已的时候，宗子珩追问道："什么阵法？"

"万拢归元聚炁阵，据说药谷的先祖创造的灵息归元阵就是从此阵法得到的启发。"

宗子枭惊讶道："灵息归元阵是用来同时给很多人疗伤的，是将阵眼的灵力输送出去，那么这个聚炁阵难道是……"

"不错，正好相反，它可以把周遭人的灵力都吸进阵眼。"

宗子珩倒吸一口寒气，如此阴毒的阵法，不愧是出自《天机经》，毕竟，《天机经》还教人挖别人的金丹炼化仙丹来增补自己。

许之南又解释道："是因为这个阵法和灵息归元阵很像，几乎就是镜像之两面，我才记住的。"

眼下谁也不会去深究许之南的说辞，再不破了这公输矩，几十条人命就要活活淹死了。

"许大哥，事不宜迟，快布阵吧。"

"好，我们……"

"等等。"宗子枭瞪着许之南，口气冷硬，眼中是超越年龄的深沉，"谁做阵眼？"

他们尚在生死关头，如果这个时候被人吸走了灵力，就会失去反抗之力，一旦失败，恐怕只有做阵眼的人可以逃出生天。

许之南顿了顿："大殿下做阵眼。"

"大师兄……"

许之南摆摆手，示意他们不必多言。

宗子枭满意地点点头。

宗子珩没有推托，并非是他存有私心，而是那个阵眼，在得到灵力的同时，也肩负着独自对抗敌人的责任，他身为长子，从小到大最惯于承担。

许之南以灵力在水上画了一个阵法，宗子珩置身阵眼，与其他人一同往法阵内注入灵力，法阵灵力越强，能吸取的范围就越大，陈星永等人一定就在附近。

法阵漂浮于水面之上，诡秘的符咒散发出黑红色的光芒，被水波映衬得妖异非常，没过多久，法阵光芒大盛，所有修士都感觉到一股强横的力量，像一只手攫住了他们的金丹，贪婪地将灵力往外抽，而他们却难以抵抗。

他们都是第一次被吸灵力，那种好像要把人从内部挖空的感觉，实在让人惶恐不已。

宗子珩也并不好受，不属于自己的灵力莽撞地汇入体内，是极难掌控的一股力量，他险些乱了方寸，在水已经淹到口鼻的时刻，他必须排除外物扰，静心凝神，才勉强控制住了汹涌澎湃的灵力，让它们逐渐在自己体内有条不紊地流转起来。

这般诡异的体验，让人感觉十分漫长，实则很短暂，一阵强烈的眩晕袭来，空间仿佛在眼前倒错扭曲，接着水声哗啦，被水压迫着胸口的窒闷之感瞬间消失了。

宗子珩睁开眼睛，发现自己虽然浑身湿透，但已不再置身水中，只是一屁股坐住了一摊积水。

他猛然抬头，屋舍、树木、青石板，全都恢复了正常大小，不，是他们恢复了正常！

修士们和百姓们东倒西歪地瘫在地上，远处偶有路人经过，都惊讶地看着他们。

宗子珩一跃而起，犀利的目光快速锁住了意图逃跑的人，他们都已经御剑升空，看来那阵法没把他们的灵力彻底吸干净，这么多人四散逃跑，且从背影判断不出谁是陈星永，他要一个个追，根本分身乏术。

宗子珩面色一沉，周身灵压暴涨，不怒而威，他将体内灵力倾注剑身，祭出宗玄剑法第七重天，凌空舞剑，白衣翻飞，剑气幻化出一道道剑弧，长了眼睛般分别追向空中的敌人。

一时间，漫天银白剑弧飞舞，擦过树枝落叶，有吹毛断刃之锋利，打在肉身上，结果可想而知。

哀号声四起，血花飞溅，天上的人一个接着一个地坠了下来。

宗子珩利落地收了剑势，狠厉地瞪着地上的敌人，尽管他全身湿透，却丝毫不见狼狈之相，反倒像一只出水的小白龙，挺胸昂首，傲视人间。

"大哥，你好厉害啊！"宗子枭跑了过来，满脸惊喜与崇拜地看着宗子珩，"你已经达到了第七重天的高境了？"

宗子珩温声道："还没有，是借你们的灵力使出来的。"

"没有我们的灵力，你全力一击，也能做到吧。"

"没有你想的那么厉害。"宗子珩尽管对自己的力量有估算，嘴上却不能说，若让人知道他年方十九，就几乎追上了他大伯和父君的修为，是对长辈不敬。

许之南也赞叹道："子珩，传闻不虚，你真不愧为一代天骄。"

宗子珩淡定解释道："许大哥，你过誉了，若不是我吸走了你们的灵力，这一招我使不出来。"

"大哥，你的剑……"宗子枭突然紧张地指着宗子珩的佩剑。

宗子珩低头看向自己的剑，只见那银刃上爬满了细细的裂纹，想来是这把剑从来没有一次承接如此庞大的灵力，所以才……

宗子珩皱起眉，小心翼翼地用手指轻轻抚过剑身。

只听"啪"的一声轻响，银刃从中折断。

众人都呆住了。

宗子珩的心被狠狠揪了一下，看着手里的断剑，就像看着一位老友折于自己眼前，尽管这只是一把普通的剑，却陪伴了他十余载。这把剑是他大伯闭关前送给他的，原是让他用于练习，他却一用就用到了现在，因为这已经是他能得到的最好的剑了。

"大哥……"宗子枭小心翼翼地看着宗子珩，只觉痛心不已，大哥那从未有过的伤心的、失落的、困窘的表情，他记了一辈子。

"子珩。"许之南安慰道，"此剑已经完成它的使命了。"

宗子珩抿了抿唇，浅浅地点了点头，心中却茫然无措，他不知道一个剑客失去了剑，该当如何。

纯阳教弟子们已经纷纷掏出了捆仙绳，将那些人五花大绑，有人叫道："大师兄，找到陈星永了！"

许之南眯起眼睛，寒声道："绑好了、看紧了。"

宗氏兄弟同时看向那昏迷不醒的人，眼中迸射出仇恨的光芒。

宗子枭抽出了剑，咬牙道："把他弄醒，我要……"

"仙君。"一个轻柔的女声在背后响起。

宗子珩转过身去，见是那名被他救起的少女。

"多谢仙君救命之恩，小女子不知该如何报答。"她面颊绯红，想看宗子珩，却又不敢看的小女儿态，十分可人。

"姑娘不必客气，都是因为我们，才让你们卷入这无妄之灾。"

"敢问仙君尊姓大名？"

"我大哥的名讳也是你能问的？"宗子枭抢在宗子珩之前没好气地回道，"不需要你道谢，你快走吧。"

少女愣在当场。

宗子珩责怪道："子枭，你简直粗鲁无礼，大哥是这样教你的吗？"

"我年纪小，不懂事。"宗子枭理直气壮地说。

"你……"

许之南道："子珩，此处人多口杂，我们换个地方审讯陈星永。"

宗子珩冲了水、换了衣服，又擦了半天，还是怀疑自己身上萦绕着一股若有若无的狗尿味儿，他问道："小九，大哥身上还有没有味道？"

宗子枭托腮看着他："有，有兰花香。"

"不臭吗？"

宗子枭摇摇头。

"那就好。"宗子珩松了口气，"你弄干净没有？"

"嗯。"

"来，大哥看看。"宗子珩拿巾帕给弟弟擦着头发，皱起鼻子闻了闻，"嗯，好像真的干净了。"

"好了，走吧，我们去看看陈星永。"宗子珩说。

今日发生的事已经在雁城引起轩然大波，客栈里有三个百姓溺亡，为了避免与当地的守护仙门产生摩擦，许之南留下两名弟子善后，其他人带着狮盟的俘虏先行离开，在附近寻了一个废弃的道观落脚。

陈星永醒来之后，虽然面如土色，但神情竟有几分挑衅。

宗子珩瞪着陈星永："陈星永，你作恶多端，泯灭人性，死到临头了，居然毫无悔意？"

陈星永笑道："我若做出悔意，痛哭求饶，大殿下就会放过我吗？"陈星永容貌清秀，肤色苍白，言谈间有一丝阴柔之气。

与纯阳教正好相反，苍羽门的创派先祖是一位女修，修习的是至阴至寒的功法，男子修此道，就会愈发缺乏阳刚之气。

"无耻！"

宗子枭道："大哥，你何必跟这种下贱之辈废话，他是不会轻易说出幕后买主的，不如直接上刑。"

许之南寒声道："陈星永，你窃丹害命，身上罪行累累，死不足惜，若你想要个痛快，就老实回答我们的问题，否则，有的是人恨不能将你剥皮抽筋。"

"许真人，我跟你无冤无仇，你为何对我穷追不舍？"陈星永轻佻道，"让我猜猜，你也想要公输矩，对吧？"

"你这种修仙界的败类，人人得而诛之，我纯阳教身为百年仙门，为民除害，匡扶正道，还需要什么理由？"

"这么说，你不想要公输矩？"陈星永的口吻满含嘲讽。

宗子枭也看向许之南，尽管大哥叫他不要以己度人，但他还是不相信有人面对这么厉害的法宝会完全不动私心。

许之南从乾坤袋里拿出一把其貌不扬的古朴的木尺："此法宝我代为看管，等飞翎使到了，我会把公输矩和你这个苍羽门叛徒一起交给她。"

听到"飞翎使"三个字，陈星永的脸上终于闪过一丝惧色。

"不过，在此之前，你必须把你知道的老老实实交代了，我纯阳教行事一向光明磊落，但对付你这种畜生，也不必讲究君子之道。"

宗子枭突然从椅子里站了起来，踱到陈星永面前，飞起一脚踢在他脸上。

陈星永倒飞着撞在墙上，口鼻顿时涌出鲜血。

宗子珩微微蹙眉。

"你还记得三年前在古陀镇，你差点害死我和大哥吗？"宗子枭那稚嫩的脸蛋此时显得十分阴鸷，"你想要我的丹，你也配？"

陈星永吐掉嘴里的血，没有吭声。

"你害怕飞翎使祁梦笙？为什么？"宗子枭笑着露出一口森白的牙，"你觉得我不值得你害怕？"

陈星永戒备地瞪着眼前这个漂亮的少年。

"小九，过来坐下。"宗子珩说道。

宗子枭扭头看着宗子珩："大哥，让我审他，这三年来，我一直想着有朝一日他落到我手里，我要怎么报仇，我会让他开口的。"

"小九，过来。"宗子珩加重了语气。

宗子枭不服气地撇了撇嘴，退了回来。

"陈星永，我问你。"宗子珩沉声道，"你总共挖过多少人的金丹，那些金丹都去往了何处，三年前你在古陀镇袭击我们，又是受到了何人指使？"

陈星永平淡地说："说了我就真没命了，换作你，你会说吗？"

"你早就是个死人了，还在妄想什么？"

陈星永低笑两声："要叫大殿下失望了，我这条贱命，你暂时还取不了，你知道为什么吗？"

宗子珩眯起眼睛。

"因为纯阳教的掌教大师兄，不敢杀我。"

许之南张嘴欲言。

"除非。"陈星永笑道，"他不想要他好师弟的命了。"

许之南愣了愣，拍案而起："你对衍之做了什么?！"

宗子珩也一惊。程衍之去追踪那名神秘的黑衣人，彻夜未归，难道……

陈星永哈哈大笑起来。

宗子珩只觉一道淡金色的影子从视线中闪过，下一瞬，许之南已经握着陈星永的脖子，将人摁进了土墙里。他同时听到了土墙崩裂和陈星永骨骼断折的声音。

陈星永短促地惨号了一声，脸上顿时没了血色，豆大的汗滴自额头滑落。

许之南厉声道："我师弟在哪里?！"

宗子珩和宗子枭都面露惊诧。他们是第一次看到许之南展露自己的实力，此前水淹客栈时，他们只觉得纯阳教弟子救人的速度极快，在水下憋气的时间也比常人长很多，但亲眼见识到许之南的速度和力量，还是令人吃惊。

修道之人本就膂力超人，而纯阳教的高阶修士简直快要不像人了。

陈星永有气无力地看着许之南："我活着，你师弟才有可能保住命，否则，你就等着给他收尸吧。"他一边咯血，一边露出一个狞笑，"还不是全尸。"

许之南额上浮现道道青筋，他暗暗收紧了握着陈星永脖子的手，只要他想，他可以轻轻松松将这脖子拧断。

宗子珩走了过来，语调平缓地安抚道："许大哥，先放开他吧，我们得先知道程真人的下落。"

许之南将陈星永摔到了地上，咬牙道："衍之修为不俗，不该轻易受制于人的。陈星永，你如果敢诓骗我，我定叫你求生不得，求死不能！"

陈星永狼狈地瘫在地上，忍着痛说道："一命换一命，放了我，你师弟自然会回来。"

"你做梦。"

一个纯阳教弟子突然跑了进来："大师兄，苍羽门飞翎使到了！"

许之南看了一眼瑟缩在地上的陈星永，对宗子珩道："走，先去见祁梦笙，一起商议对策。"

ɘ··· 第十三章 ···ɞ

昆仑苍羽门，是当今修仙界历史最悠久的门派，此派起源于巫，传说门派的前身是一群崇拜神农鼎的先民，是绝地天通后留在人间的天人与凡人所出的后代，自古以神农鼎的守护者自居。他们主术，尤其是寒冰系的术法，器、丹药、法宝、符箓、阵法皆为辅助，所以苍羽门拿什么武器的都有，修行方式也不拘一格，炼蛊、巫咒、双修，除了不会明目张胆地谋财害命，邪行的事没少干。

昆仑位于九州最北端的极寒之地，在中原子民眼中是未开化的蛮夷，在修仙界逐渐开宗立派、走向正统后，苍羽门才开始与中原往来，吸纳儒释道文化，但总体依然很封闭。后来，大名宗氏一统九州，登基称帝，苍羽门不敢宗氏，被迫称臣，才正式被纳入当今修仙界的一脉。

中原门派骨子里是瞧不上苍羽门的，觉得他们是歪门邪道，妖里妖气，但也不敢轻易得罪他们，一来忌惮他们的实力，二来为了神农鼎。

而所谓的"飞翎使"，是苍羽门掌门的护法，通常就是掌门的继任者。

这一任的飞翎使祁梦笙，天资过人，不仅仅是同辈女修中的翘楚，便是与男子比，也不遑多让，而且姿容倾城，但传闻她心狠手辣，有一代妖女、蛇蝎美人的称号，叫普天之下的修士有色心没色胆，只敢远观。

此时，只见一个着冰凌灰色修士服的绝色美人，带着几名弟子步入道观，她的服饰与中原人大有不同，充满异域风情，她肩披同色的雪氅，身材修长窈窕，有蟒首蛾眉，有冰肌玉骨，像是万里冰封的昆仑山上，一棵满枝挂银，却依旧傲雪迎风的树。她的灰是舒展在黛青色苍穹下的剔透凝冰，清冷而高洁。

宗子珩从前认为楚盈若是他见过的最美的女人，但眼前这位飞翎使，也是风华绝代，与素有天下第一美人之称的楚盈若相比，只能说是夏荷冬梅，各殊其色，尽态极妍。

纯阳教弟子一时都屏住了呼吸，就连见多识广的许之南，也怔住了。

苍羽门的人较少在中原出没，所以祁梦笙的美，只存在于传说中，真正得见的没几个，也难怪众人这般震撼。

祁梦笙站定于前，带几分恰到好处的矜傲，拱手道："苍羽门祁梦笙，见过大殿下、九殿下、许真人。"

许之南回礼道："见过飞翎使。"

宗子珩点了点头："飞翎使美名在外，今日一见，实在惊艳。"

"多谢大殿下夸奖。"祁梦笙不卑不亢道，"我苍羽门叛徒陈星永，残害同道，罪恶滔天，甚至令大殿下与九殿下涉险，实在惭愧。"

宗子枭冷哼一声："你们以前为了脸面，藏着掖着，偷偷抓捕，要是早点在修仙界通缉他，他早就落网了，对我们惭愧，对那些枉死的修士呢？"

祁梦笙淡道："九殿下责备得是，我派确有过错，我派一直想要清理门户，多亏两位殿下和诸位同道的襄助，才将他抓住。"

"此次本该是合力抓捕，结果我们险些被活活淹死，你们倒是不费吹灰之力。"

"小九。"宗子珩轻斥一声，道："飞翎使，眼下有比陈星永更重要的事。"

"何事？"

223

许之南将前因后果用两句话讲明白了："现在还猜不出那神秘人的身份，我也已经派弟子去寻我师弟，但如果我师弟真的落入了歹人之手……"

"许真人放心，我派会尽力救回你师弟。"祁梦笙道，"我可否先见见陈星永？"

许之南有些犹豫。

"在救回你师弟之前，我不会把他怎么样的。"祁梦笙的目光愈冷。

"好。"

祁梦笙穿过众人，面无表情地走进了关押陈星永的厢房，在关门之前，众人只来得及听到陈星永颤抖着叫了一声"师姐"。

宗子枭扭头看着那紧闭的门扉，抬脚就想过去。

宗子珩一把按住他的脑袋，把他拽回了自己身边："你老实点，不要乱跑。"

"我想去看看。"

"不好。"宗子珩又对许之南道："许大哥，如果对方抓了你师弟，为了救陈星永，他会主动来找我们，眼下我们也只能等着。"

许之南叹了一声："陈星永真是狡猾多端。"

"但他还是被我们抓住了，邪不胜正，程真人一定会平安……"

屋内突然传来凄厉的惨叫。

宗子珩惊讶地转头，许之南皱起眉，往回走了两步，又顿下了，他想以祁梦笙的身份，不会没有轻重。

不一会儿，祁梦笙出来了："我想问出你师弟的下落，但看来他是不会轻易开口了。"

"他就靠这个保命，自然不会开口。"许之南看向屋内，欲言又止。

"我只是挑断了他的脚筋，让他无法逃跑而已。"

祁梦笙说这话时，神色依旧寡淡，令在场人直冒冷汗。

她又道："此处不宜久居，附近的镇上有一处苍羽门的产业，不如我们去那里落脚吧。"

"也好。"

一行人一同转移。

刚到了地方，驻守此地的苍羽门弟子，就奉上一封不久前刚收到的信。

上书：城郊南，大扬坡，丑时，带陈星永独自前来，换你师弟。

许之南又小声念了一遍，像是将这字句在唇齿间咀嚼。

"大师兄，你绝对不能自己去啊。"

"是啊，大师兄，我们一起去救程师兄。"

"上面已经说了，要我独自带陈星永去。"许之南剑眉微蹙，俊朗的容颜上覆着一层寒霜，"我就去会会这神秘人，看看他到底是个什么东西。"

宗子珩正色道："许大哥，我知道你担心程真人的安危，但越是这种时候，越要冷静，你必须给自己留好后路，这既是为了程真人，也是为了纯阳教。"

许之南是纯阳教的下一任掌门，也不怪乎他们格外紧张。

"放心，我不会莽撞行事，我既要救出师弟，也决不会把陈星永交出去。"

"真人可有计划？"祁梦笙问道。

许之南点点头，他看向他的师弟们："你们谁缩骨功修得好？"

纯阳教弟子们马上就明白了："大师兄，我，让我去。"

"缩骨功？"宗子枭好奇道，"是能改变骨骼、骨相的功法？有所耳闻。"

许之南点点头："元阳功法锻造肉身，是从头到脚、自内及外的，改变骨骼是必经的修行。"

"难道你们想……"

半月高悬，暮色垂落后，寒意刺骨，此时的寻常百姓家，早都关门闭户，恨不能把炭火聚起来的温暖，永远留在屋子里。

但宗子珩的房门却被敲响了。

"子珩，是我。"

宗子珩正盘膝练气，他睁开眼睛："小九，去开门。"

宗子枭过去打开了门，门外正是许之南。

"许大哥，你们准备得怎么样了？"

"已经准备好了，过一会儿就出发。"

"可需要我帮忙？"

"我确有一事。"许之南欲言又止地看向宗子枭。

宗子枭立刻意会，他不悦道："你有没有深浅？居然想支开我单独跟我大哥说话？"

"小九，不得无礼。"

"是他无礼在先。"

"九殿下莫怪。"

"小九，你先回避一下。"

"大哥……"

"去吧。"

宗子枭怒气冲冲地走了。

许之南关上门，无奈地道："子珩温润如玉，这小殿下，却不知道像谁。"

宗子珩笑道："他还小，我会好好管教的。"他看着许之南，心里也十分好奇，许之南找他做什么。

"子珩，你应该听说过我的出身吧。"

宗子珩点点头。

"我爹从小就向往仙门世家，无奈祖上从没出过有仙根的人。我一出生，有个不知道打哪儿来的散修，说我根骨奇佳，我爹一高兴，赏了他百两黄金，也不知道是不是去骗钱的。"许之南笑了笑，"那时候，富贵人家流行把儿子送去纯阳教，小时候修习几年，就能换来一副强健的体魄，纯阳教也不管这些孩子有没有仙根，更不在乎他们成人后会不会留下，反正靠着这个赚了不少银子，也算皆大欢喜。于是我五岁就去了纯阳教，果然如那散修所说，我确实根骨奇佳，甚至被师尊收为入室弟子。"

宗子珩笑道："令尊是不是后悔了？"

"是啊，还好我并非独子，传宗接代，就靠我弟弟了。但我爹依然不甘心，说我想要修仙，他也支持，甚至为我去巨灵山庄重金锻造了一把好剑，希望我改修他派，但我哪里舍得这一身修为，又岂能辜负师尊的悉心栽培，所以这剑，在我手里就浪费了。"

宗子珩已经意识到许之南要说什么了，他顿时有些无措。

许之南大手一挥，乾坤袋中的一柄宝剑就出现在了他手中。

那剑鞘以白玉锻造，刻有铭文和浮雕，但没有镶嵌任何金银珠宝，显得清高雅致。许之南将剑横到宗子珩面前："抽出来看看吧。"

宗子珩的瞳仁本就又黑又大，此时双目发亮，更显得他神采飞扬，俊美摄人。他有些羞赧，又有些亢奋，一手抓住剑柄，"唰"的一声清冽之音，那银刃的光芒在昏暗的烛火中显得格外耀目。

宗子珩仔细端详着这把剑，简直爱不释手："好剑，真是好剑！"

许之南道："这把剑出自巨灵山庄冉庄主之手，好剑配君子，子珩，我就将它赠予你了。"

宗子珩心跳如鼓擂，他低头看着剑，一时没有作答。

许之南心细如发："子珩，这把剑在我这里蒙尘，实在委屈了它，若你胡思乱想，觉得自己受之有损自尊，还要推托，那反倒是把你我都看轻了。"

宗子珩抬起头，坦坦荡荡地看着许之南："许大哥，我不会这么想，我很喜欢这把剑，它或许能伴我一生，若是假意推托，反倒失了潇洒。谢谢你，这把剑的人情，我会还的。"

许之南笑道："好，我也算是为它找到了好归宿，我爹天上有知，也会很高兴的。"

"谢谢你，也谢谢令尊。"

"别再客气了。哎，给它取个名字吧。"

宗子珩温柔无限地抚摸着锋刃，双目含情："我最喜欢兰花，不如，就叫它'君兰'吧。"

"君子如兰，好，好名字。"

宗子珩看着他的君兰剑，心中一半是喜悦，一半是哀伤，他万万没想到，一个无亲无故的人，会送他一把这么好的剑，而他的亲生父亲藏宝无数，却吝啬于给他一星半点。

"子珩，时候到了，我们出发了。"

当众人见到那名自告奋勇要与许之南一同去交换人质的纯阳教弟子时，都吓了一跳。

他换上了陈星永的衣服和发冠，弄乱头发，装出脚筋被挑断的模样，已经与陈星永有四五分相似，原本较为高壮的身材此时竟缩成了中等偏瘦，就连面部的骨相都变得阴柔，乍一眼看去，就是陈星永本人。

其实稍做辨认，可以看出是两个人，但是在衣物相同、蓬头垢面和黑灯瞎火的情况下，足够以假乱真。

"纯阳教的缩骨功，竟这么神奇。"宗子珩好奇地打量这名弟子，一时竟是难以分辨。

许之南道："倒也做不到完全一样，而且坚持不了太久，但唬一下人还是可以的。"

"一定可以骗过对方的，许大哥，不管对方有多少人，一救回你师弟，就要立刻撤。"

此次救援已经全盘计划好，许之南带着伪作陈星永的师弟去换程衍之，伺机行事，把人救回来就马上发出信号，等在城外的他们就火速去救人。

若一切顺利，他们不仅可以把人救回来，还能抓住那个神秘人。

"放心吧，我会随机应变的。"

他们将许之南二人送到城郊，这里离大扬坡只有二里地，御剑瞬息可达。

宗子枭在得知许之南送了宗子珩一把好剑后，神情有些复杂。

他抚摸着君兰："确实是好剑，他倒是个大方的人。"

"嗯，许大哥慷慨仗义，纯阳教在他的统领下，定会发扬光大。"

宗子枭轻轻将君兰收回鞘中，他凝眸看着宗子珩："大哥，你会……怪父君吗？"

宗子珩微怔。兄弟俩从来没有讨论过此类问题，哪怕是在宗子枭年幼的时候，也隐约意识到父君对大哥和对自己，是截然不同的，有些话，既不知道如何开头，也不知道如何收尾。

"我知道父君对大哥不好，我……"宗子枭皱起眉，果然是卡住了。

宗子珩淡然道："父君并非对大哥不好，只是大哥是长子，教养上就要更为严格。"他岂能告诉备受疼宠的弟弟，因为帝后憎恶他们母子，帝君还需仰仗她背后的无量派，所以永远也不会对他好。

也许他的弟弟长大了，早已经明白了，但为人臣子，忠孝是头顶两座山，只能驯顺。

宗子枭一副欲言又止的模样。

"而且，父君并非不给我剑，三年前我应该在蛟龙会上得到一把好剑，是我自己错过了。"宗子珩摸了摸宗子枭的头，"我们小九绝不能错过神农鼎铸的宝剑。"

宗子枭恳切又笃定地说："大哥，我的就是你的，以后无论我们兄弟得到什么，都不分彼此，就算你要我的剑，我也愿意给你。"

宗子珩笑道："好，等你得到神剑，借大哥舞上一舞。"

一名纯阳教弟子翘首盯着大扬坡的方向，担忧道："怎么这么久都没信儿，不知道大师兄见到程师兄没有。"

"是啊，都快半个时辰了。"

"大师兄那么厉害，不会有事的。"

宗子珩心中亦是惴惴难安。就算假的陈星永蒙混过关了，也不代表神秘人会遵守承诺还回程衍之，若假的陈星永被发现了，那形势就更危险了，能够应变的只有许之南一人，实在令人担忧。

祁梦笙道："再等一炷香，若许真人还是没有信号，我们就过去。"

"好。"

话音刚落，只听远处传来一声巨响，墨染的夜空乍现白炽的火光，大地为之震动。

他们一直在等待许之南的烟火信号，但这绝不是他们期待的信号，而是爆炸！

宗氏兄弟御剑而起。

修道之人御空飞行，多要借助器具，器修便御器，是最简单的，苍羽门修术，可御凝冰，唯有武修能够以肉身踏虚飞行。

他们的速度都很快，但赶到大扬坡时，仍是慢了一步。

大扬坡被炸出了一个巨大的坑洞，从天上看，像是被铲子挖去了一块，地上横七竖八地倒着几个人，还有落得到处都是的残肢，血水与泥污混杂，黑黑红红的，四处挥洒，简直惨不忍睹。

空气中弥漫着焦臭刺鼻的气味。

"是雷火石！"祁梦笙惊道。

"大帅兄！"

宗子珩一落地，就与他人一起奔向了许之南。

许之南半身尘土，右臂竟生生被炸没了，满身满脸都是血，却还用一只手匍匐着往前爬，不远处，是生死不明的程衍之。

此情此景，令人悲愤交加。

"许大哥！"宗子珩冲上去扶起了许之南，将灵力疯狂地输了过去，他看着许之南的惨状，胸中怒意翻涌。

"我……我师弟。"许之南颤声道，"我没事，去看看……衍之……"

宗子珩急道："你别说话了，护住自己的心脉。"

"程师兄……程师兄还活着！但是……"

许之南听到这句话，才闭目晕了过去。

宗子枭在四周快速转了一圈："不对，这些人都不像那个神秘人，他人呢？"

祁梦笙拿出两枚仙丹，分别喂许之南和程衍之服下，她沉声道："救人要紧，先把他们带回城。这里所有死的活的统统都带回去，再派人去四周搜索，是否有漏网之鱼。"

"师姐，已经确定了，是雷火石的配方。"

雷火石是一种炸药，是雍凉一个专门造火药、火器的门派配出的方子，威力比普通炸药厉害很多，那么近的距离爆炸，若不是纯阳教人有金刚之体，早就四分五裂了，但伪作陈星永的那名弟子，还是没能活下来。而现场那几个疑似敌人的修士，没有一个留下全尸。

祁梦笙眯起一对美目："雷火石很少出现在中原，此事会与雍凉有关吗？"

雷火石虽然威力强大，但对于刻板守旧、自视甚高的中原门派来说，注定要被扫入旁门左道之列，不屑于使用。

宗子珩道："雷火石在中原确实少见，但我听说，私底下买雷火石的人并不少，只是很多仙门碍于颜面，不会让人知道。"

"那么就很难查到是谁用了雷火石了。"

"飞翎使，那些肢体已经拼凑完了吗？可找到了主使？"一名纯阳教弟子悲愤道，"我大师兄和程师兄重伤，王师弟身死，此事必须追查到底！"

祁梦笙道："已经拼完了，但没有一个人像主使。"

"什么？"

宗子枭道："我在现场已经看过了。能够擒住程衍之的人，必然是高阶修士，高阶修士的护身结界，至少不会让自己炸得支离破碎。"

宗子珩不解道："可是，雷火石必须近距离使用，许大哥都被炸伤了，那神秘人不可能来得及逃，难道还有人速度比纯阳教修士快？"

祁梦笙道："这点确实让人疑惑。"

"大师兄醒了！"

闻言，众人纷纷起身，去看望许之南。

此前，他们分头去附近的城镇找来大夫给俩人疗伤，许之南没有伤到要害，他的自愈能力极强，甚至连断肢都能长出来，但程衍之的伤势极重，几乎就是吊着一口气，随时可能没命。

最可怕的是，程衍之的金丹被挖走了。许之南醒了，他们却不知道如何告诉他这些噩耗。

但许之南却表现得异常平静，若不是他面如死灰，看上去就像是长梦初醒，并无过多的起伏，可这样反而更令人感到压抑和悲痛。

"王师弟是不是没救回来？"许之南轻声说。

纯阳教弟子轻轻啜泣了起来。

"衍之的金丹被挖了。"

"你怎么会知道？"祁梦笙惊讶道。

"我看到了。"许之南睁开眼睛，目光冷如数九寒冬，"爆炸之后，我看到那个人挖了衍之的丹，他还想挖我的，但你们赶到了，他就跑了。"

"跑了？"宗子枭瞪大眼睛，"难道雷火石不是他放的？还是说，他的修为高深到只受了轻伤？"能抵挡雷火石近距离爆炸，还行动自如的，恐怕也只有各大门派的掌门了吧。

"不，他一点都没受伤，安全无恙。"许之南的嘴唇微微抖着。

此言一出，接续了几声抽气声。

"不可能。"祁梦笙断然道，"如今修仙界修为最高的几位宗师，便是纯阳教的掌门仙尊……"她脱口而出后，她又察觉这话当着一屋子纯阳教弟子的面说，实在不妥。

但许之南却替她把话说完了："能在那样的爆炸中毫发无伤，即便是我师尊，恐怕也做不到。"

"难道这世上真有隐士高人？"宗子珩脸色有些发白，"我不信，当真有这样的人，又怎么会和陈星永这等杂碎狼狈为奸？又哪里需要去挖人金丹？"

"大殿下所言极是。"祁梦笙道，"还有一种可能，就是他有特殊的法宝，能让他躲避。比如，若是用公输矩，就能瞬间远离爆炸。"

"但公输矩在我的乾坤袋里。"许之南道。

"许大哥，你把当时发生的事，详细说一遍，抓到了陈星永，这件事远没有结束，我们必须揪出幕后的神秘人。"

许之南喟叹一声，眉宇间凝着痛苦之色："当时，我带着王师弟去到大扬坡，果然看到那神秘人，带着几名手下和衍之，那时，我以为一切都还在我的预料中。

"我想套神秘人的话，但他十分严谨，我们从头到尾没交过手，我也无从得知他的功法路数。然后，他提出交换人质。按照计划，换回衍之后，王师弟会突然发难，偷袭神秘人，我放出烟火，你们来救援，我们将他们一网打尽。但是，神秘人并不想换回陈星永，他是想把陈星永和我们一起灭口。

"所以，他在离我们很近的时候，突然扔出了雷火石，我当时只来得及护住自己和衍之，王师弟离他最近，没能……"许之南说到最后，声音哽咽。

"那神秘人能躲避炸药，却用自己的属下当诱饵蒙蔽你们，好歹毒啊。"宗子珩心有余悸，"许大哥，你和程真人能活下来，已是万幸了。"

"那歹人的路数太诡异，若是正派出身，通常想不到这些下三烂的手段。"许之南哑声道，"可惜竟被他跑了，抓住了陈星永，修仙界依旧不能太平。"

祁梦笙道："我派与雍凉倒有些往来，我会命人去雍凉，或许能查出他们的雷火石都卖给过哪门哪派和哪些人。"

宗子枭冷哼道："什么都比不上让陈星永开口。"

"对，我们还有陈星永，神秘人并不知道陈星永没死，而陈星永若知道那人想杀他，或许就会死心开口了。"宗子珩道。

许之南的眸中杀意沸腾："我会让他开口的，不管用什么方法。"

"神秘人以为陈星永死了，那么狮盟背后的买主，都以为陈星永死了，我们可以利用这一点。"祁梦笙思索道，"利用……公输矩，引出与陈星永狼狈为奸的人丹买主。"

"飞翎使可有计策？"许之南看着祁梦笙，原本玉树临风、器宇轩昂的纯阳教掌教大师兄，此刻看来苍白脆弱，令人格外地触动。

冷若冰霜的祁梦笙，语气也不觉柔和了几分："等你的伤好些了，我们一同商议。"

许之南挣扎想爬起来："我要去看看衍之。"

"许大哥。"宗子珩轻轻按住他的肩膀，"你受伤未愈，不要乱动了，程真人有大夫在照顾。"

"他……情况如何？"许之南眼圈泛红，"衍之是我看着长大的，他心高气傲，问道修仙，从无一日懈怠，怎么会这样……"

程衍之的伤极重，内脏全部受损，现在只剩下一口气，就算侥幸活了下来，失去了金丹，就等于失去了纯阳教修士的自愈能力，这辈子也是个废人了。

这时候，谁敢对许之南说实话？一屋子人都不约而同地躲开了他的眼神。

看到这样的反应，许之南还有什么不明白的，他更坚持要去。

"大师兄。"许之南的师弟含泪道，"程师兄……不好，大夫说，恐怕……恐怕熬不过今夜。"

许之南的身体抖了抖，他咬牙道："带我……去看他。"

宗子珩与宗子枭并肩坐在庭院的石阶上，默默地盯着一地颓败枯黄的落叶，久久不言。

"大哥……"

"小九……"

俩人不约而同地看向对方。

"大哥，你先说。"

"我在想，如果是我，处于许大哥的境况之下，还能不能保住你我的性命。"

"你干吗想这些？杞人忧天。"

"并非杞人忧天。三年前，我们差点丧命于陈星永之手。若是光明正大地对战，我不怵他，可这帮人诡计多端，完全料不到他们会使出什么手段。以许大哥的修为，在纯阳教已经可以位列长老了，这普天之下，能让他吃亏的人没几个，结果……"

"还是不够强。"宗子枭认真地说，"我们一定要强到不怕这些阴招、花招。"

宗子珩笑了笑："总是口气这么大。"

"才不是大话，我说的我都能做到，你等着。"

"好好好。"

一名苍羽门的女修快步走了进来，恭敬道："大殿下、九殿下，门外来了一对修士，叫黄弘和黄武，他们自称是二位殿下的护卫。"

"黄弘、黄武？"宗子珩站了起来，头皮一阵发麻。这对兄弟只听命于宗明赫，从大名大老远跑到这里来，无疑是为了宗子枭。若不是急着抓捕陈星永，他早就亲自把宗子枭送回去了，如今恐怕父君已经生气了。

宗子枭马上道："大哥，你别担心，是我自己要出来的，我不会让父君责怪你的。"

宗子珩皱眉道："这不是你能决定的。姑娘，让他们进来。"

黄弘、黄武两兄弟走了进来，齐齐拱手："见过大殿下、九殿下。"

"是父君派你们来的吗？"

"是。"黄武道，"九殿下留下一封信就跑出了无极宫，帝君和楚妃娘娘都很担心，我们兄弟俩一路打探，才找到这里。"

宗子枭白了他一眼："担心什么？我十二岁了，可以独自出门游历了。"

"九殿下，三年前您曾在古陀镇遇险，帝君担心您，也是人之常情。"

"那你们现在看到了，我跟大哥在一起，安全得很，我是不会跟你们回去的。"

黄弘道："其实，帝君并未催促我们立刻将您带回大名，只要过年前回家就行。"

"哦？"宗子枭满意地笑了，"那就好，这是我第一次冬天出宫，听说南方的冬天，还会下雨，我倒想见识见识。"

宗子珩也松了一口气，他以为自己惹父君生气了，毕竟，当时他错过蛟龙会，也是因为临时出宫，又横生事端，如今距离宗子枭的蛟龙会不过个把月，难免惹人联想。

"二位殿下，帝君有一道密令，可否进屋说？"黄弘警惕地扫了扫四周。

"进来。"

四人进了屋，黄武开门见山道："听闻二位殿下帮助纯阳教和苍羽门一举歼灭了狮盟，抓住了陈星永。"

"江湖上已经传开了？"

"嗯，已经传到大名，二位殿下真是神勇，也报了当年的仇。可有查出陈星永当年是否受人指使？"

"还没有，此事有些复杂，陈星永不会轻易开口。"宗子珩不打算把昨晚发生的事告诉他们，并非是怀疑什么，而是因为这两兄弟是父君的人，仅是这一点，就让他有所保留。

234

"人都抓住了，这件事定然能水落石出，敢伤害二位殿下的人，无论是谁，一定会受到帝君的严惩。"

"父君到底有什么密令？"宗子珩问道。

两兄弟同时看向宗子珩："帝君要大殿下带回公输矩。"

宗子珩僵住了。

宗子枭挑了挑眉："父君消息真灵通。"

黄武笑了笑："普天之下，莫非王土，帝君自然能眼观六路、耳听八方。"

"公输矩……"宗子珩迟疑道，"是苍羽门的法宝。"

"公输矩是鲁班的法器，这地祇流传下来的法宝，按照修仙界的规矩，是没有主的，偶然被苍羽门所得，不能算作苍羽门的东西。"黄弘道，"再说，就算是苍羽门的法宝，又如何呢？"

宗子珩沉默了。

黄弘说得没错，地祇法宝是能者得之，可它一旦属于了某派，他派只要不是想引起纷争，绝不会去争夺，就如山河社稷图是大名宗氏代代流传的上古神宝，雷祖宝诰是无量派镇派之物，七星续命灯是纯阳教至宝之一，公输矩虽然比不上顶级法宝，但也值得任何一个门派为它争个头破血流。

无极宫藏宝无数，宗明赫不还是想要？

宗子枭傲然道："可以是可以，但这法宝我们拿到了，就归我们了。"

"小九！"宗子珩轻喝道，"你在胡说什么？"

"父君让我们带回这么厉害的法宝，难道不奖吗？"宗子枭一副成竹在胸的模样。

"我不是说这个，这公输矩原是苍羽门之物，只是被陈星永夺走了，这法宝并不属于我们，岂能伸手就拿?!"

黄弘垂下眼帘，恭敬地说道："帝君说了，希望大殿下这次不要再叫他失望。"

宗子珩的身形微颤，暗暗握紧了拳头，话到嘴边，却吐不出口。他想起三年前他错过蛟龙会时，父君的责备、母亲的眼泪，又想起损伤惨重的许之南师兄弟，陷入了深深的两难。

纯阳教一死两伤，依然没能抓住幕后主使，他们正在想办法用公输矩将人引出来，这个时候，他怎么能打公输矩的主意？

"大殿下？"

宗子珩的目光闪烁着，光洁白皙的额上渗出了细汗。

从小到大，他都十分渴望宗明赫的夸赞、赏识，三年前他搞砸了，如今他又有了一次机会，让父君重新看到他的机会，他……他该怎么办？

黄弘低声道："大殿下，您品行温良宽厚，这是美德，我兄弟二人都十分仰慕，可有的时候，人不能不为自己考虑啊。"

"大哥。"宗子枭也劝道，"拿到了公输矩，我回去求父君，把公输矩赐给你，这样你有了好剑，又有了厉害的法宝，岂不美哉?!"

宗子珩沉沉地低下了头颅。

"大哥，大哥！"宗子枭几步追上去，拽住了宗子珩的手腕。

宗子珩面色沉沉，像是覆了一层阴云。

"大哥，你到底在怕什么？"宗子枭拧着眉，"怕苍羽门报复？他们敢吗？"

"我没有'怕'什么，只是人有所为，有所不为。"

"一件法宝而已，又不是让你杀人越货，再说，公输矩这样的法宝是没有主的，抢过来又能怎么样，谁又敢嚼什么舌根？"

宗子珩看着弟弟："若有人想抢山河社稷图，我们当怎样？"

宗子枭一扬下巴，眼中有挑衅："各凭本事。"

"子枭，难道人生在世，只求好处，不讲道义吗？"

宗子枭撇了撇嘴，没有接话。

"为了公输矩，陈星永杀了自己的师父，用它害了那么多修士，为抓陈星永，纯阳教一死两伤。如今幕后买主还在逍遥法外，这时候不想着怎样与同道协力揪出坏人，却打起法宝的主意，我宗子珩成了什么人？"

"坏人要抓，可也不妨碍我们得到法宝啊。"宗子枭从鼻子里呼出气，小声道，"大哥，你这样，不过是妇人之仁。"

宗子珩不敢置信地看着自己一手带大的弟弟："你说什么？"

宗子枭别开了目光，漂亮的脸蛋上写着倨傲。

宗子珩一时怒意攻心，却发不出火来，只是感到深深的失望，他冷冷地道："我没有这样教过你。"他拂袖而去。

宗子枭急了，他在原地踌躇片刻，还是追了上去，再次拉住宗子珩的手：

"大哥，你别生气……"

宗子珩一把甩开了宗子枭的手，厉声道："你太让我失望了！"

宗子枭双目圆睁，胸口一下子被堵住了。自他有记忆以来，这是大哥第一次真的对他发脾气，他又难过又委屈又羞愤，叫道："我……我还不是为了你好，我希望你得到法宝，得到父君的赏识，究竟有什么错！难道你就甘心被视而不见，被瞧不起吗？"

宗子珩的身体僵了僵，眼中的光彩几乎在刹那间黯淡下来，他低下头，转身离开了。

这一回，任宗子枭怎么喊，他都没回头。

宗子珩心中抑郁，去镇上瞎逛了半天，回来的时候，人已经冷静了下来。

但宗子枭不知道去了哪里生闷气，还没回来，不过，有黄弘、黄武跟着，倒也不需要担心。

许之南和祁梦笙正在等他议事。

"许大哥，你这就下地了？"宗子珩见许之南苍白虚弱，一条断臂也还没有长全，微微地起伏在袖袍之下，完全还不应该起来。

许之南摇摇头："我没有大碍了。事不宜迟，我们在等你回来，一起审陈星永。"

"好。"

"把人带上来。"祁梦笙命令道。

两个苍羽门的女修，像拖破麻袋一样拖着陈星永，重重扔在了地上。

陈星永的两条裤腿上全是血，脸色却惨白如纸，他歪栽在地，看着他们的眼神又狠毒又畏惧。

许之南突然撩开了袖袍，露出一条细瘦白嫩的、犹如小女儿般的臂膀。

陈星永脸上闪过讶异。

"我的胳膊断了，还没长好，你能猜到是谁干的吧。"

"你……他人呢？你不打算救你师弟了？"

"我师弟已经救回来了，但是受了重伤，我也险些没命，你知道是为什么吗？"

陈星永皱起眉。

"因为他根本没打算救你。我将我一个师弟伪装成你，带去见他，他用自己的属下当诱饵，让我们毫无防备，然后趁机引爆了雷火石，想把所有人一起炸死。"

陈星永怔在那里，像是一下子被抽干了魂。

祁梦笙樱唇轻吐，字字句句都裹着冰碴子："你自以为和他是一条船上的蚂蚱，他想要自保，就必须救你，其实他只想要你死，要你带着他的秘密，永远消失。"

陈星永慢慢地握紧了拳头，眼中一片死气。

"所以，现在你的手中已经没了筹码，一文不值，还变成了一个废人。"祁梦笙站起身，缓缓走向陈星永，陈星永禁不住瑟缩起来。

祁梦笙一脚踩在了他的脚腕上，狠狠地踹着："你要怪，就怪那个人，他弃你如敝履。"

陈星永惨叫一声，在地上疯狂抽动着。

祁梦笙蹲下身，阴冷地说："我来之前，师尊要我把你带回凤麟洲，去木莺长老坟前谢罪。你现在只有两个选择，我们问什么，你答什么，我便给你一个痛快。否则，回到凤麟洲，你会求生不得，求死不能。"

陈星永脸上汗涔涔，眼睛灰蒙蒙，无力地看着祁梦笙："如果……如果我说，我不知道那个人是谁，你们信吗？"

宗子珩以掌击案："都这个时候了，你还嘴硬？"

"我没有，我真的不知道他是谁，我从来没见过他的脸。"陈星永深吸一口气，"每次都是他主动来找我，他出手非常大方，我只是把丹交给他，剩下的事，我就不知道了。"

许之南阴恻恻地说："如果你真的不知道，那他既没必要救你，也没必要灭你的口，到这个时候你还不说实话？"

陈星永咬牙道："我虽然不知道他是谁，以及那些丹都去了哪里，但是，我有关于他身份的线索。"

"快说！"宗子珩厉声道，"什么线索，三年前是不是他指使你偷袭我们？他究竟有什么本事，能够在炸药之下毫发无伤？"

"这就是我要说的线索。"陈星永深吸一口气，看着祁梦笙，颤巍巍地说，"师姐，我要你发誓，我绝不回凤麟洲。"

祁梦笙面无表情道："我发誓，只要你知无不言。"

陈星永闭上了眼睛："我……我猜那个人使的法宝，有可能是吴生笔。"

"'吴生笔'？"宗子珩愣了愣，"画圣吴道子的法器？"

"听闻此法宝，穷丹青之妙可幻化活物。"许之南满脸阴鸷，"没记错的话，它在五蕴门闫枢长老手里。"

祁梦笙低声道："闫枢……可是五蕴门掌门的师弟？"

"正是。陈星永，你怎么知道他的法宝是吴生笔？"

"我怀疑他每次派来见我的，不是真正的'人'，而是吴生笔画出来的人偶，人偶再像人，接触得多了，就能察觉出不大对劲儿。所以有一次，我验了一下。"

"怎么验？"

"我用公输矩把一块木板削得非常薄，薄到甚至无法承受一个孩童的重量，可他从上面走过，却安然无恙，那一刻我就确定，我见的不是真正的人。"

宗子珩恍然道："如此，就能解释他为何在爆炸中毫发无伤了。那根本不是他，只是他画出来的一个人偶！"

许之南缓缓闭上眼睛，痛苦地蹙起了眉。

"太卑鄙了……"宗子珩握紧了拳头，义愤道，"简直叫人无从防备。"

许之南哑声道："我派虽是素来与五蕴门不睦，但闫枢长老成名已久，才望兼备，怎么会干这种事。"

"三年前在古陀镇，也是他让你来挖我们的丹？"宗子珩恶狠狠地说道。他们和五蕴门无冤无仇，虽然在大名宗氏治下，各方仙门都有不满，但也不至于丧心病狂至此，难道他就不怕事情败露，连累五蕴门吗？

陈星永点点头。

许之南厉声道："他许了你多少好处，让你如此胆大包天，连宁华帝君的两位皇子都敢觊觎?!"

"不……"陈星永偷偷瞄了宗子珩一眼，"他只让我取那个大的，不让我动那个小的。"

宗子珩如遭雷击。

闫枢的目标，是……他？

许之南和祁梦笙齐齐看向宗子珩，均是一脸惊诧。

"为什么？"宗子珩站了起来，几步逼到陈星永面前，"闫枢指明了只要我的金丹？为什么?!"

"我不知道。"

宗子珩双目赤红，像一头暴怒的兽。

他和五蕴门、和闫枢，不曾有过往来，更遑论恩怨。他不相信闫枢仅仅只是看上他的丹，以他十六岁时的修为，他的丹没那么金贵，但对他下手却是铤而走险，若非有更深的目的，不应该找上他。何况，今日从陈星永口中得知，闫枢强调了不可以动宗子枭。真正的主使者，想要他的命，却不能伤到宗子枭？

究竟是谁，为什么要这么做?!

"子珩，你冷静一点。"许之南道，"那人究竟是不是闫枢，跟你到底有什么仇怨，这些都还不能确定，不必急于有定论。"

宗子珩重重换了一口气，强迫自己冷静下来："你说得对，这些都只是他的一面之词。"

许之南鄙夷地看着陈星永："陈星永，你把这些年你害过的人，以及他们金丹的去向，一个一个，全都写下来，知道多少写多少。你罪孽深重，到了最后，给自己留点人性吧。"

祁梦笙命人把陈星永带了下去。

宗子珩沉吟道："若是直接去找闫枢，我们空口无凭，他不承认的话……"

"对，仅凭陈星永这种歹人的话，向五蕴门的长老发难，风险太大了。"祁梦笙道，"况且还是窃丹这样的弥天大罪。"

许之南抿了抿唇："尤其以我派与五蕴门的关系，若没有确凿的证据，恐怕会引起大祸。"

"现在对我们有利的是，闫枢以为陈星永已经死了，他很可能不知道我们怀疑他，所以，现在必须在暗中调查。"宗子珩思索道，"我们得设个局，在不打草惊蛇的情况下，让闫枢原形毕露。"

"大殿下可有计策？"

"不能贸然去找他，也不能走漏风声。"宗子珩突然眼前一亮，"对了，蛟龙会！"

许之南也想起了什么："下届蛟龙会就在五蕴门举行，明年春天，我们就有正当的理由见到闫枢了。"

祁梦笙迟疑道："我派不曾参加过蛟龙会。"

"没关系，只需我以纯阳教的名义发出邀请，你们不送后生参赛，也可以来观赛。"

宗子珩咬紧了后槽牙："我们一定能想出一个万全之策，拆穿闫枢的真面目。"

宗子珩回到客居时，见黄弘、黄武守在门外，他投以询问的目光。

"大殿下。"黄武道，"九殿下闷在屋里不肯出来。"

宗子珩看着紧闭的门扉，轻轻叹了一声。之前的话确实说重了，但宗子枭越大，越有自己的主见，如果不在关键时刻教他明辨是非、得失取舍，以后就更难纠正了。

"大殿下，您要不要进去看看？"

宗子珩踌躇了一下，摇了摇头："你们带他回大名吧。"

黄弘苦笑道："九殿下不会跟我们走的。"

"那就看好他，等我把这里的事情处理完了就回家。"

"是，那公输矩……"

"不要再提。"宗子珩正色道。

两兄弟对视一眼："……是。"

宗子珩打算去看看许之南和程衍之。

纯阳教弟子日夜轮换地守在他们的客居之外，每个人都面色凝重，无精打采。

见到宗子珩，几人纷纷作揖："见过大殿下。"

"你们大师兄呢？我想去看看他。"

"大师兄在程师兄那里。"

"程真人醒了？"

那弟子黯然道："没有。"

"我去看看。"

"啊，大殿下。"他们为难道，"大师兄说了，不准任何人……打扰。"

宗子珩道："我担心他的身体，想劝劝他别太操劳。"说罢穿过几人，径直走进了庭院。

那些弟子不敢拦他，只能面面相觑。

宗子珩走到程衍之房前，轻轻叩了叩门："许大哥，是我。"

屋内没有声音，但隔着一道门，都能闻到里面浓郁的草药味。

"许大哥?"宗子珩等了片刻,又再次叩门。

里面突然传来"咚"的一声,像是人摔倒在地。

宗子珩连忙推开了门:"许……"他被眼前的景象惊呆了。

地上,以北斗七星之序摆着七个旧铜烛台,烛台上放着白色的蜡烛,每一支都有成人手腕粗,正燃着莹莹烛火。

许之南虚弱地倒在地上,哑声道:"关……关门,快。"

宗子珩回过神来,迅速带上门,把闻声赶来的纯阳教弟子都隔绝在外。他急忙想跑过去扶起许之南,可脚刚抬起来,就改成了轻缓的落地,唯恐衣襟带起半点风——他已经猜到了眼前是什么。

他将许之南扶到椅子上,压低声音道:"许大哥,这是……七星续命灯?"

许之南一把抓住宗子珩的手腕,力道之大,根本不像病弱之人:"子珩,你绝对不能告诉任何人。"

"好……为何?"

"师尊闭关前,将七星续命灯交由我保管,但我不能擅自用它,尤其是用来救一个普通弟子。逆天而行,会产生因果业力,师尊知道了,不会允许的。"许之南悲痛道,"但是,我没办法眼睁睁看着衍之死啊,我们从小一起长大,情同手足,若不是我将他带来这里,若不是我让他去追踪神秘人,他怎么会变成这样?"

宗子珩将灵力输进许之南体内,柔声安慰道:"许大哥,这绝不是你的错。你重情重义,无可厚非,但是你现在也是重伤未愈,这样消耗灵力,我怕你自己先撑不住啊。"

"撑不住也要撑。"许之南看向躺在床上、不省人事的程衍之,"有七星续命灯,他就会慢慢好转。"

"可我听说七星续命灯只能保住人一息尚存的状态?"

"那是因为很多人已经到了天命之时,有再多的时间,也不可能返老还童。但衍之还年轻,只是受了伤,只要吊住命,他就有可能好起来。"

宗子珩皱起眉:"但是,他没有了金丹……"

许之南摇摇头,坚定地说:"我一定会让他好起来。"

宗子珩无奈地道:"那你接下来打算怎么办?他一时半会儿是好不了的,又不能离开七星续命灯,难道,就让他一直待在这里?"

"目前也只能留在这里，对外界，就说我在此养伤，不会有人起疑。"

"可他们早晚要发现，就算你能瞒过你那些师弟，你能瞒过祁梦笙吗？我们现在可都在她的地盘上。"

"我带出来的人都是信得过的，这个不用担心，至于祁梦笙……"许之南道，"我需要她帮我，只能跟她说实话。"

"你想让她帮你什么？"

"七星续命灯极耗灵力，此事又不能假他人之手，所以我想到一个办法。"

"什么办法？"

"让祁梦笙用公输矩把七星灯和衍之都变小。"

宗子珩瞪大眼睛，他不知道此法是否可行，只是震惊于许之南的大胆。

"现在距离蛟龙会，还有四个月的时间，四个月，应该能把衍之从鬼门关拉回来，只是这段时间，我们和法宝都不能离开此地半步。"

"她会答应吗？"

"她卖一个大人情，给纯阳教下一任掌门，有什么坏处？"

宗子珩嗟叹一声："希望程真人能好起来，不枉费你一番苦心。"

宗子珩回到客居时，见宗子枭的房内亮着一点萤烛，隐隐能看到晃动的人影，他盯着看了一会儿，才进了隔壁屋子。

想着今日见到的人、听到的话、发生的事，他躺在床上，毫无睡意。

他不能拿走公输矩，回到大名，该如何向父君交代？那神秘人是不是闫枢，又为何要害自己？许之南的办法是否能奏效，程衍之能活下来吗？明年蛟龙会上，若真的验出了闫枢的真面目，该当如何？五蕴门又在其中扮演什么角色？被陈星永挖走的丹，最终去了哪里？

这许许多多的问题，让宗子珩想得头痛欲裂。原本以为抓住了陈星永，就能为民除害，就能揪出幕后之人，彻底了结，结果事情远没有结束，甚至只是刚刚开始。

宗子珩辗转反侧，根本无法入眠。

大约到了寅时，宗子珩听到隔壁传来细微的响动。如此轻小的声音，若非他是修仙之人，此时又夜深人静，几乎不可能察觉到。

宗子珩从床上坐了起来，虽然无法判断那声音到底是什么，但他直觉是宗子枭。他凝神听着，感觉宗子枭似乎出了门。他也跟着下了床，悄无声息地走到门边，自门缝往外看去。

视野有限，只能看到一个黑影一闪而过，消失在了夜色里。

这么晚了，小九要去哪里？

宗子珩猛然想到一个可能，他面色骤变，快速披上衣服，拿起剑，追了出去。

赶到许之南的客居时，果然已经听到了打斗声。宗子珩的心跟着一沉，他冲了过去，见几名纯阳教弟子倒在地上，黄弘、黄武左右护卫，宗子枭手里拿着许之南的乾坤袋。

"混账！"宗子珩怒不可遏，"你们在干什么?！"

宗子枭一惊，但很快又恢复了镇定，他不驯道："这是父君交给我们的任务，既然大哥办不到，就由我来。"

宗子珩大步走了过去，狠狠一个耳光，将宗子枭扇倒在地。

"大殿下！"黄弘、黄武根本来不及阻止。

宗子珩又挥出手中佩剑，剑鞘横击在黄弘胸口，他倒飞出去丈余，闷哼着落地。

黄武垂下眼眸，扑通跪了下来："大殿下息怒。"

"是不是你们怂恿子枭干出这种卑鄙下作的事?！"

宗子枭捂着脸，眼中含泪又含怨，不敢置信地瞪着宗子珩："你……你打我？"

黄弘抹掉嘴角渗出的血，也爬起来，跪在地上，平静地说："大殿下的意思，帝君的命令是卑鄙下作的吗？"

"你拿父君压我？"宗子珩咬牙切齿。

"属下不敢，属下只是想助大殿下完成帝君交代的任务。"黄弘沉声道。

"父君那里，我自会去请罪，无论父君如何罚我，我宗子珩绝不做见利忘义之人！"他居高临下地看着宗子枭，冷道，"拿来。"

宗子枭的脸高高肿起了半边，两眼通红，看起来又狼狈又可怜，他恶狠狠地说："你这个……这个不识好歹的蠢货，你居然打我，我讨厌你！"

"拿来！"宗子珩厉声道。

宗子枭将乾坤袋扔给宗子珩，从地上跳起来，转身跑了。

"去看住他。"宗子珩对黄武道。

"是。"

宗子珩拿着乾坤袋找到许之南，许之南正靠坐在床头，眼神晦暗难明。

宗子珩只觉脸上滚烫，简直无地自容："对不起。"

"……我的师弟们，没事吧？"

"没事，都是轻伤。"宗子珩将乾坤袋还给许之南，"我弟弟缺乏管教，是我之失。"

"子珩，有些话，我之前不好跟你说，现在看来，不得不说了。"许之南道，"我看你，实在是太委屈了。"

宗子珩低下了头去。

"论资排辈，你应该是下一任宗天子，就算离开宗氏，以你的天资修为，也是天地广阔，任你施展，你怎么半点不争啊？"

"上面是我爹，下面是我弟弟，我争什么？"宗子珩轻声说。

许之南摇了摇头，他欺近宗子珩，低声道："只要你愿意，纯阳教拥你为人皇。"

宗子珩一怔。

许之南的眼神平寂却笃定，极为有力量。

宗子珩回避了他的眼神，拱手道："许大哥，请原谅我弟弟的不懂事。做了这么丢人现眼的事，我们也不好留在这里了。"

许之南点点头。

"希望你诸事顺利，明年春天，我们蛟龙会见。"

"后会有期。"

"后会有期。"

回大名的路上，宗子枭既不看宗子珩，也不发一言，像是把自己封闭在了无形结界中，周身都散发着怒气与抗拒。

宗子珩看着他高高肿起的半边脸，又生气又心疼。这一路他的火也消得差不多了，冷静下来后，便反思自己在培养弟弟的过程中是否有失，他年纪还小，仍要以教诲为主，惩戒为辅。

宗子珩主动走了过去，轻掰过他的下巴："让大哥看看……"

宗子枭断然别开了脸，径直往前走去。

宗子珩轻叹一声。

深冬时节，大名刚刚下过一场大雪，远看这有九州之枢美名的城邦，被皑皑白雪覆盖，错落层级的房屋像棋盘上的万千棋子，罗列出了人间百态。

回到无极宫，宗子珩没有落脚休息，而是直接去向宁华帝君请罪。黄弘、黄武的信报会比他们更早到大名。

他赶到内殿时，正碰上宗明赫与李襄桐款款走出来。

宗子珩迎了上去，跪伏于地："儿臣拜见父君，拜见母后。"

李襄桐居高临下地看着宗子珩，冷冷道："珩儿此次外出游历，可有所获？"

"回母后，儿臣抓住了臭名昭著的窃丹贼陈星永。"

"哦，那你定然查出了三年前在楚地袭击你和枭儿，是受何人指使了？"

"……尚未。"

"'尚未'？那你抓了他有什么用？"李襄桐的声音变得尖锐，"三年来，宫里宫外流传着一些卑劣的谣言，说你和子枭若出了事，对你二弟最有利，是吗？"

宗子珩脸色骤变："儿臣不曾听说过，这种无稽之谈，荒谬至极，当……当不攻自破。"

"不攻自破？"李襄桐冷笑，"如何破？我与你二弟就指望你为我们破除谣言，洗清冤屈，结果你倒好，正事一样没办成，还要阻拦黄弘、黄武完成任务，你身为宗氏长子，胳膊肘往哪儿拐的？"

"儿臣……儿臣还在调查，根据陈星永给的线索，我……"

"闭嘴！"宗明赫怒道，"你出宫一趟，带着你弟弟去涉险不说，抓住了陈星永又查不出偷袭你们的真凶，本该带回的公输矩，也被你还了回去。桩桩件件，都是成事不足，败事有余！"

宗子珩难受得像被架在火上灼烤，他的头颅卑微地抵着刺骨的冰雪，小声道："请父君恕罪。"

"三年前你错过蛟龙会，三年后你错失公输矩，身为大哥，你究竟给弟弟妹妹们做了什么表率?!"

宗子珩咬着嘴唇："儿臣……知错。"

宗明赫的目光落到了宗子珩的佩剑上，眉心拧了起来："许之南施舍你一把剑，你就能置本座的命令于无物，若有人许你更大的好处呢？"

宗子珩猛然抬头，眼圈赤红一片，他惶恐道："父君，您误会儿臣了，儿臣的剑断了，所以……"

"你是在指责本座没有赐你剑？"

"不是，不是。"

"本座许你在蛟龙会上的宝剑，你来了吗？你怪得了谁？"

"是……是儿臣的错，但儿臣绝没有故意违抗父君之命，只是那公输矩，儿臣以为，抢夺他派法宝，有失道义，也有损我宗氏的威名。"

"公输矩乃地祇法宝，什么时候成了苍羽门的所有物？"李襄桐嘲弄道，"大名宗氏的皇长子，竟为了一把剑欺下犯上，吃里爬外，传出去莫不叫天下人耻笑？"

李襄桐的煽风点火，令宗明赫脸色愈发难看，他一脚将宗子珩踹翻在地，厉声道："逆子，你就跪在这里好好反省吧。"

一众人浩浩荡荡地离去，独留他一个人跪在雪地里。

宗子珩双目模糊，眼泪悬停在眼眶，几欲坠落，倏忽间，一阵刺骨的寒风吹过，热泪被冻成了冰碴，封住了他所有的情绪。

他闭上眼睛，将腰板挺得笔直。

入夜后，大名城再度飘起了鹅毛大雪，伴随着肆虐的北风，像刀子一样剜割着宗子珩的皮肉。

他一动不动地跪着，身上积雪越来越厚，那一身纯净无垢的白，逐渐与天地融为一体，呼啸凛冽的风，是他胸中无声的悲鸣。

就这样跪了一天一夜，雪停了，出太阳了，雪化了，宗子珩却好像什么也感觉不到了。

背后有脚步声渐近，他迟缓的大脑才略微有了一丝反应。

一个人在他旁边跪下了。

宗子珩缓缓转动僵硬的脖子，看到宗子枭粉白的脸蛋，他目光倔强地注视着前方，但紧绷的下颌线、微抿的嘴唇，都诉说着他的焦心。

"小九……你……做什么……"宗子珩一张嘴，声音沙哑得吓人，且每一个字都抖得不成样子。

宗子枭终于忍不住转头看他，红着眼睛说："父君的任务是给我们两个的，既然没完成，要罚一起罚。"

"大哥……不用你这样，回去。"

宗子枭看着宗子珩青白的面色、浑浊的眼神、干裂的嘴唇，心疼得几乎要哭出来："你这个蠢货，为什么非要这样？"

"不是自己的东西，岂能强夺？"

"公输矩也不是许之南的，他一直拿着，还不是想据为己有！"

"许大哥另有苦衷。"

宗子枭满腹妒意："你凭什么就那么相信他，就凭他送你一把剑？我将来会送你更好的，什么都可以送给你，你为什么不能听我的？"

宗子珩闭上了眼睛，叹息道："小九，你还小，很多事，你还不懂。"

"我会很快长大的。"宗子枭咬住嘴唇，"等我长大了，谁都不能欺负你，连……连父君也不可以。"

宗子珩努力牵了牵嘴角："快起来吧，别做傻事。"

宗子枭握住了宗子珩冰块一样的手："我要跟你一起受罚。"

"你该冻坏了。"

"那就冻坏好了。"宗子枭用两只手包住大哥的手，用力搓了搓，"如果父君不赦免你，我就陪你一直跪下去，一起冻死。"

"小九，你越来越不听话了。"宗子珩已经流失了太多体力，没力气教育弟弟了。

"我可以不听话吗？"

"……嗯？"

"如果我偶尔不听话，你也不会不理我，不管我吧？"

"不会。"宗子珩轻声道，"大哥不该打你，这点是大哥不对。"

宗子枭不太情愿地说："我也不该去抢公输矩。"

"嗯。"

宗子枭吸了吸鼻子："我只是不想让父君责罚你，不想让你难过。"

宗子珩苦涩地道："这不是你该考虑的，大哥只希望你做一个正直磊落的人。"

"做一个正直磊落的人有什么好处，像大哥这样处处受委屈吗？"

宗子珩一时失语。

宗子枭看着大哥："没关系，我希望大哥做自己想做的人，等我长大了，绝不让大哥再受任何委屈。"

宗子珩用冻僵的手握了握宗子枭的手："小九，大哥等你长大。"

宗子珩被赦免时，几乎要失去意识了。他被抬回清晖阁，他听到母亲的哭声忽远忽近地传入耳中，他周围突然出现了热源，那些热靠近他冰冻的身体，像无数根针同时刺入皮肤，用巨大的痛楚将他的灵肉重新唤醒。

他最终昏了过去。

再醒来时，已经过去了三天，他的四肢都有冻伤，纱布缠了一层又一层，人醒来时，痛感也跟着苏醒，疼得他一动也不敢多动。

"珩儿。"守在床边的沈诗瑶担忧地看着他，"你醒了？"

"母亲。"宗子珩看着母亲憔悴的容颜，愧疚道，"又让您担心了。"

沈诗瑶凄楚地说："你真的在乎我是否担心吗？如果你在乎，为什么要一次次让你父君失望，让我失望？"

宗子珩黯然道："我不是故意的，我不想让你们失望，可是……"可是他也不知道，为什么他总在做自己认为对的事，最后所有人都说他错了，亲近的人都对他失望。

他真的错了吗？连他也禁不住怀疑自己。

沈诗瑶轻抚着他的胳膊，哀怨道："现在说这些又有什么用，娘只希望你快点好起来。"

宗子珩握住母亲的手，却不知该如何安慰她。

"快点好起来，待到明年春天的蛟龙会，你就会见到华千金了。"

宗子珩愣了一下。

"我已经不指望你能讨好帝君了。只要有李襄桐那个毒妇在，她就会想方设法不让我们母子好过，但是，我们还没有输。"沈诗瑶轻声说，"李襄桐不过仗着无量派撑腰，但你若成为华英派的女婿，帝君必然要对你另眼相看，她就再也不敢骑在我们头上。"

宗子珩迟疑道："母亲，我不能勉强华千金喜欢我，要看缘分。"

"你们本就有缘，是那毒妇非要横插一道，你放心，华千金不会看上宗子沫那个废物的。"沈诗瑶抚摸着宗子珩的脸，眼中有热烈的火苗，"我儿一定会成为华家的乘龙快婿，将来做华英派的掌门。"

宗子珩察觉到，沈诗瑶对他出人头地的渴望已经变成了深深的执念，他心疼自己的母亲，可这样的执念让他胆战心惊。他只能说："我……希望能让母亲……如愿。"

沈诗瑶将脸贴着宗子珩的手背，喃喃道："娘全靠你了，我这一辈子，活得太憋屈，还好我有一个好儿子，你一定会为娘争气的，对不对？"

宗子珩："……"

"这也是为了你，娘都是为了你有一个坦坦荡荡的仙途啊。"

"娘，如果……"宗子珩小声说，"如果您厌倦了这一切，儿子愿意带您离开这里，我们远离这些是非，去过自由自在的生活，其实也……"

"你在说什么？"沈诗瑶瞪大了一双美目，"别傻了，我是宗天子的妃子，你是宗天子的长皇子，岂能甘于平凡？若有一天我真的离开这里，也是去华英派投奔我的儿子。你出身高贵，天资超绝，注定要做万万人之上的尊者，怎么能冒出这种窝囊的念头?!"

"……我只是，随便说说。"

⊛⋯ 第十四章 ⋯⊛

冬雪消融后，又是一年春回九州。

在民间忙于春耕，盼望着有个好年景时，修仙界在忙于准备蛟龙会，盼望着自己的子侄爱徒能于一干同辈中脱颖而出、一鸣惊人，光耀自己的脸面和门楣。

四年一度的蛟龙会是修仙界最重要的盛事，所谓英雄出少年，能在修仙界统御一方的人物，往往在少年时就会崭露头角，各门派会在此显摆自己的后辈，以及考量他派的后辈，从一群后生身上预测各个门派的未来。

与此同时，蛟龙会也是当权者们的聚会，很多重要的事都可以在此时商议，所以在此期间发生结盟、结姻、互换有无，都十分常见。

蛟龙会只允许十二岁至十八岁的少年少女参与比武，通常还未成人的都只是去见见世面，毕竟小的时候，一年两年的修为差距都很明显，若是很小的年纪就能拔得头筹，那必然是几百年难遇的天骄。

所以当宗子枭说自己十三岁就要夺魁时，大人们只是听一乐和，并不敢真的抱期待。

今年的蛟龙会，尽管如期举行，但还是出了不小的变动。

蛟龙会由各大门派轮流承办，今年原是轮到了五蕴门，但五蕴门的老掌门在正月时突然羽化，甚至来不及指定下一任掌门，其实他多年栽培自己的大徒弟，态度很明确，可没有亲授掌门之位，使得闫枢长老一派不认这个继任者，五蕴门由此爆发了掌门之位的争夺。

最后，原定的继任者被驱逐，闫枢长老坐上了五蕴门新任掌门的宝座。

此消息一出，修仙界震荡。五蕴门内部的恩怨，他派不能置喙，但普天之下的仙门，皆是宗天子的属臣，这领袖之位除了要前任指定，还需得到宗天子的认可，否则，就名不正言不顺。

得到消息后，宁华帝君即刻召闫枢来大名觐见，那段时间修仙界都等着看五蕴门的闹剧要如何收场，可令人惊讶的是，闫枢不知怎么说服了宁华帝君，竟得到认可，坐实了掌门宝座。

而这场纷争，使宁华帝君以五蕴门内乱未止、不宜承办蛟龙会为由，将今年的蛟龙会改为在大名举办。承办蛟龙会不仅是一个门派的殊荣，还能大大惠及当地民生，更重要的是，承办门派的后生总比来客多一些不可明说的优势。

得到五蕴门换帅的消息时，宗子珩几夜没睡好觉，相信远在他方的许之南和祁梦笙也一样忐忑难安。

闫枢来无极宫那天，宗子珩和宗子枭悄悄去看了此人，仅是远远一眼，就觉得这人生了一副野心勃勃的面相，陈星永背后的神秘人，几乎可以确定是他了。只是他的身份比从前，分量又重了太多，身为大门派的掌门，牵一发动全身，要拆穿此人的真面目，绝对会引起一场腥风血雨。而他们身在旋涡之中，又岂能全身而退？

怀着重重心事，蛟龙会如期来临了。

大名城在极短的时间内，拥入了大量修士，各路英豪自四面八方会集于此，城内所有的营生都被带动得十分红火。

宗子珩与几个弟弟妹妹，被安排去接待大仙门的宾客，宗子珩主动要求接待纯阳教。

雁城一别，过去了小半年，许之南的伤已经全好了，再不见受伤时的颓丧虚弱，恢复了从前的潇洒从容。

俩人一见面，宗子珩就立刻怀疑起了前段时间得到的消息。

待四下无人时，宗子珩立刻问道："许大哥，前段时间听说程真人已经……"

许之南点了点头："衍之确实还活着。"

宗子珩吁出一口气，也不知是该放松，还是更紧张了。此前江湖上传出消息，说程衍之重伤不治，死于陈星永之手，那时候闫枢刚刚抢了掌门之位，他心神动荡，虽然有疑，也只发了吊唁信，没有具体询问。今日一见许之南，他就更怀疑了。他道："那他现在在哪里？"

"梦……飞翎使帮我把他和七星灯带回了纯阳教。"许之南眼中闪过一丝异色，他掩饰地轻咳一声，"如今衍之的情况较之前有所好转，但还是离不开七星灯，主要是因为他没有了金丹，自愈能力也只是比普通人强一些，所以还需要时间。"

"那你为何向外界说他故去了？"

许之南叹道："我不知道他什么时候能离开七星灯，这事又必须保密，而我总得给师兄弟们、给他家人一个交代，于是只能出此下策。我在等我师尊出关，师尊怎么罚我我都认了，但师尊或许有办法救他。"

宗子珩敬重道："许大哥真是重情重义。"

许之南怆然一笑："衍之变成这样，我难辞其咎，与其说是救衍之，也算救我自己吧。"

"对了，陈星永呢？"

"他被带回了苍羽门。"

宗子珩眨了眨眼睛。他们当时可是亲口听到祁梦笙发了誓的，这女人果然不是一般人。

许之南看宗子珩的表情，就知道俩人在想一件事，他莞尔一笑："她呀，呃，他们苍羽门的人，经常不按常理出牌，古怪得很。不过，跟陈星永这种畜生，又有什么信用可讲？他是一定要到自己师父的坟前谢罪的。"

"说得也是。"宗子珩道，"那闫枢……"

许之南的脸色瞬时阴了下来，恨意昭然："他居然成了五蕴门的掌门。老掌门死得太突然了，修仙之人，只要不是意外身死，对自己的大限都是有预感的，可老掌门都没来记得委任自己的继任者，太蹊跷了。"

"江湖上也是这样传的，可他已经成了掌门，再怎么怀疑也没有用了。"宗子珩沉声道，"现在他可以调遣这么大一个门派，我们该如何才能查明真相？"

"就算查明了真相，都有可能被他矫饰过去，或者证据确凿，却拿他无可奈何。"许之南眯起眼睛，"五蕴门的掌门，岂能轻易撼动？"

当今修仙界，除大名宗氏外，武陵五蕴门与蜀山无量派、荆州纯阳教、昆仑苍羽门并列四大顶级仙门，是大名宗氏也要礼让三分的庞然大物，从前闫枢只是长老之一时，他们都不敢轻举妄动，如今他成了掌门，与他为敌，就是与五蕴门为敌，谁敢轻易与五蕴门为敌？

"那该怎么办？"宗子珩握紧了拳头，"他早已泯灭良知，有多大本事，做作多大恶，他当上五蕴门的掌门，往后如程真人一般被害的修士，只会越来越多。"

"对，所以我们不惜一切代价，都要阻止他。"许之南道，"等飞翎使到了，我们再共同商议，蛟龙会他一定会来，若是在武陵他自己的地盘上，计划反而不好施展，在大名，至少对我们有利。"

"嗯。"

说话间，屋外突然飘进来一朵粉白的兰花，宗子珩伸出手，兰花径直飞入掌心，花瓣消散的同时，一道夹杂怒意的声音响起："珩儿，速回清晖阁！"

这是他和母亲用的传音花，施了法咒，只有他们母子能听到声音。

许之南道："这是你的传音物？"

"嗯，母亲有事叫我回去。"

"代我向沈妃娘娘问好。"

"多谢。"

"对了，子珩，晚上出宫来与我喝酒吧，我从落金乌带了好酒。"

"哈哈，没问题。"

宗子珩不知道宫里出了什么事，大名城内又不准御剑，他火速跑了回去。

回到清晖阁，气都没喘匀，只见沈诗瑶怒气冲冲，劈头盖脸地骂道："你脑子里都在想什么？帝君让你去接待各派的贵客，你居然去接待纯阳教？"

宗子珩不明所以："母亲息怒，纯阳教……怎么了？"若非是纯阳教，也根本不会得到皇子亲自相迎。

"怎么了？宗子沫去接待华英派，如今怕已经捷足先登，跟华千金熟稔起来了！"

宗子珩根本就没想到这茬，他温言道："儿子疏忽了，但若二弟执意要去，儿子也……争不过他。"

"争不过也要争。"沈诗瑶目光凌厉地瞪着宗子珩，"反正帝君现在也丝毫不在意你了，此次蛟龙会，决定了你这辈子的仙途，你的任务就是要想尽一切办法接近华千金，让她喜欢你，让她非你不嫁，懂吗？"

宗子珩心中不禁叹息。他从前对华愉心充满了美好的想象，对与她结亲怀有期许，想见一见她是否真如传说中那样聪慧美丽，可这份纯粹的希冀和情窦初开的幻想，早就在母亲的逼迫和帝后的威胁中消磨得差不多了。他内心深处甚至有些抗拒，也许不是抗拒华愉心，而是抗拒去争、去抢，抗拒为了前途不择手段。

可是，他无法违抗自己的母亲，他希望她如愿，希望她少一些悲苦，多一些快乐，他只能僵硬地点头："儿子明日就去拜访华小姐。"

"不行，你如今慢了一步，这样贸然上门，反倒会显得居心不良。"沈诗瑶柳眉轻蹙，"你这孩子，性子太耿直，也完全不懂女人，母亲会教你的，我让你怎么做，你就怎么做，我绝对不让你再错过这次机会。"

"……是。"

天色尚早，宗子珩去后厨亲自做了些宗子枭喜欢的点心，送去白露阁。

宗子枭正在练剑，凡是有志于要在几日后的蛟龙会上一展身手的修士，此时都是紧张且亢奋，抓紧最后的时间提高自身。

宗子珩将点心放在一边，倚墙而立，静静看着自己一手培养起来的弟弟。

这个年纪的孩子长得太快了，小半年的时间，宗子枭的身量明显被抽长了，比同龄人都要高上一截，五官也褪去了稚嫩，浮现了棱角，完全有了挺拔男儿的雏形。

他一身墨色劲装，身法矫捷如妖，将宗玄剑舞得潇洒疏狂，凌厉万分，叫人不舍得漏看一招一式。

把一整套剑舞完，宗子枭才略微气喘地收了势，他扭头冲宗子珩一笑，自信满满地问："大哥，如何？"

"好，非常好。"宗子珩击了击掌，"过来歇一会儿。"

宗子枭走了过去，接过大哥递过来的水，咕咚咕咚喝了一大杯，可当大哥拿着巾帕要给他擦汗时，他一把抢了过来："我自己来。"

"嗯。"宗子珩打开竹篮，"做了些点心，都是你爱吃的。"

"谢谢大哥。"宗子枭粲然一笑，拿起一块糯米糕，整块塞进了嘴里。

"有人跟你抢吗？"宗子珩斥道，"小心噎着。"看着宗子枭吃得腮帮子鼓囊囊的，像只藏粮食的小松鼠，他又忍不住笑了，"都吃到下巴上了。"说着就要伸手去擦。

宗子枭忙后退一步躲开了，自己蹭掉了："你别老把我当小孩儿。"

宗子珩挑了挑眉，嗤笑道："哎哟，这么急着要当大人了？"这段时间，他确实明显感觉到了弟弟的变化，尤其是从雁城回来后，再也不来缠着他跟他一起睡，也不会像小时候一样随时随地要他背、要他抱，在外人面前绝不撒娇，时常故作老成稳健，这些变化，都标志着一件事——长大。

"我很快就是大人了，我还有两年就成人了。"

听到这句话，宗子珩着实怔了一下，他轻叹一声："是啊，还有两年，你都成人了，怎么这么快呀。"仿佛不过是眨眼间，还只会牙牙学语的幺弟，已经长成了英姿飒爽的少年郎。

"反正，大哥要慢慢把我当大人看待了。"

"哦，你说说，我要如何把你当大人看待？"

"嗯……凡事要跟我商量，不准动不动就训我、罚我，尤其是在别人面前，去哪里都要带着我，不能以我还小为由撇下我独自出去玩儿。"

宗子珩敲了一下他的脑袋："等你下辈子投胎做大哥再说吧。"

"哪有这样的！"

宗子珩笑看着他一面抗议，一面开开心心地吃点心，遂问道："小九，紧不紧张？"

"不紧张。"宗子枭一副胸有成竹的样子，"那些人不足为惧。"

"华英派的少当家、帝后的侄子、巨灵山庄庄主的小徒弟，还有第一次参加蛟龙会、深浅难测的苍羽门女修，都不容小觑。轻敌是大忌，知道吗？"

"我知道，我不是轻敌，他们再厉害，也不会比你厉害，我连你都不怕，干吗怕他们？"

"大哥又不会真的跟你一较胜负。"

宗子枭撇撇嘴，睨着宗子珩："你打我的时候，可也没留什么情面呢。"

宗子珩淡笑："那是为你好。"

"反正，我就是觉得我会赢。"宗子枭挺起胸膛，"因为我是大哥教出来的。"

宗子珩成人时，他们的大伯就闭关了，此后修道上的疑问，他都要向其他叔伯请教，而宗子枭虽然可以直接让宗明赫指点，但宗明赫事务繁多，大体还是他带出来的，他自认没有父辈教得好，但应该也不比其他人的师父差多少。不过，他向来自谦："别人家的后辈，也是从刚记事起就开始修行的，未必比你差。我说了这么多，就是怕你生性骄狂，到了比武场上轻敌失利。"

"你放心吧。"宗子枭认真地说，"我真的很想赢，所以任何一个对手，我都不会敷衍对待。"他想到了什么，脸上浮现厌烦："尤其是那个李不语，要是正好抽中了他，我一定打得他落花流水。"

"别胡说，不语颇有前途，不要小瞧人家，而且，你也要顾及帝后的面子，点到即止。"

李不语是李襄桐的亲侄子，无量派现任掌门的嫡孙，李不语的生母走得早，父亲便时常将他送来无极宫与姑姑待在一起。李不语虽然与宗子沫最亲，但宗子沫自小就喜欢和女孩子玩儿，李不语反倒每次来都要找宗子珩，这令宗子枭十分不爽。

亲兄弟姐妹跟他抢大哥也就算了，一个外人也想和他大哥玩儿，岂有此理。

宗子枭冷哼一声："知道了。对了，你今天是不是去见了许之南？"他舔着嘴唇上的果泥，故作随意地问道。

"嗯，我晚上还要去找他喝酒。"

宗子枭虽然不像小时候对宗子珩那么黏糊，但还是走哪儿跟哪儿，这次却没有主动要求一起去，因为当初他抢公输矩这件事，仍然是兄弟俩之间的一个心结，他问道："那对阊枢，他可有什么想法？"

"等祁梦笙到了，一起商议。大名是我们的地盘，总比在武陵好，无论阊枢现在有多大的势力，为了阻止他残害更多修士，我们一定要让他的真面目大白于天下。"

宗子枭皱起眉，连他这样天不怕地不怕的性子，也深知与五蕴门为敌意味着什么："对，让他受到整个修仙界的审判和讨伐，到那一天，我倒要问问，他究竟是为了什么要害我们。"

宗子珩没有接话。雁城一行，他有两件事没有告诉宗子枭，一是有关程衍之的事，这件事宗子枭并不需要知道，他理应为许之南保守秘密；二是当年古陀镇遇袭，闫枢的目标其实只有自己，还特意嘱咐了不准伤害宗子枭，陈星永的手下说要取宗子枭的丹，很可能只是恐吓，乱他阵脚，但这件事他同样不能告诉宗子枭，真相未明，只会惹人胡思乱想，百害无一利。

　　"好了，也不要吃太多了，晚上还要吃饭呢。"宗子珩看了看天色，"大哥走了，你这几天练剑不要太累，保持最好的状态。"

　　"知道了……等等，大哥，听说那个华愉心，也到大名了，你……还没见到她吧？"

　　"没有。"

　　"那你，有什么打算？"宗子枭满脸的烦闷。

　　宗子珩不想多言，因为连他自己都不知道，自己"有什么打算"，只能说："我听父君和母亲的。"

　　"那到底是怎么样啊?!"

　　"大哥也不知道。"宗子珩转身匆匆离去了。

　　宗子枭咬了咬嘴唇，眼眸散发着冷意。

　　宗子珩在大名最好的酒楼宴请许之南，三年前许之南在他受伤时尽心照料，俩人由此结缘，这一顿酒，他很早就想请了。

　　席间，他们默契地都没提那些令人头疼的事，只是聊近况，聊大名的风土人情，以及此次蛟龙会各家后辈的实力，诸如此类。

　　酒兴正浓，听得楼下有小二用十分谄媚的语调吆喝道："二殿下，您来了，拜见二殿下。"

　　宗子珩的手一顿。

　　许之南以询问的目光看着他。

　　宗子珩摇摇头："我二弟常来这里，就当不知道吧，我们吃我们的。"

　　"好。"

　　可紧接着，又听小二叫道："九殿下也来了，还有诸位仙君，小店蓬荜生辉啊。"

　　宗子珩这才皱着眉放下了酒杯。

小九怎么会和宗子沫一起来这里吃饭？俩人几乎不在一起玩儿。

这望香楼虽然在城内赫赫有名，但宗子珩从不带宗子枭来，因为隔一条街之外，就是青楼巷子，这里多有烟花女子出入，他怕宗子枭正是青春萌动的年纪，心性不定，染上宗子沫的恶习，沉迷声色，自毁仙途。

想到这里，宗子珩坐不住了，就怕宗子沫把他的小九带坏了，他站起身："许大哥，我们下去看看吧。"

"走。"

俩人往楼下走，宗子沫正带着一群人上楼。

"二弟。"宗子珩道，"好巧啊。"他的目光瞟向了宗子枭。

宗子枭心虚地看向他处。

"哎呀，是大哥啊，真巧。这位是……"

许之南拱身道："纯阳教许之南，见过二殿下，见过九殿下。"

"原来是纯阳教的掌教大师兄许真人，久仰久仰。"宗子沫笑道，"我今日来，是宴请华英派的诸位贵客，这位，是华英派少当家。"

一位挺拔俊朗的翩翩少年上前一步，不卑不亢地拱手道："华英派华骏成，见过大殿下、许真人。"

宗子珩一愣，这群人是华英派的，也就是说……他快速扫过众人，在华骏成身后，发现一个身穿蓝紫色修士服的绝色少女在偷偷瞄自己。

那少女长得极为娇俏灵动，像一株含苞待放的花儿，每一颗露珠都闪耀着清晨朝阳映射出的动人光辉。

俩人默默对视一眼，又同时错开了目光，心头却留下了阵阵悸动。

毫无疑问，她必然就是华愉心了。

在场所有人都在寒暄客套，只有宗子枭一直盯着宗子珩。

只见华愉心从自己兄长的身后走了出来，飒丽地一拱手："华英派华愉心，见过大殿下，见过许真人。"

既然碰上了，自然就合成了一席。

宗子枭坐在大哥身边，不时戒备地瞄着对面的华愉心，谨防俩人在他眼皮子底下眉来眼去。

宗子沫见惯了场面，俨然一副天下之主的姿态，轻风细雨地收拢人心。他这么做倒也没错，作为宗天子的嫡子，又有无量派这样的外戚，毫无疑问他在将来会成为九州共主。

宗子珩看着宗子沫左右逢源，张弛有度，心想，统领一门一派的，并非要选修为最高深的，他这个二弟的长处不在修道，却未必做不好天子，只能说人各有所长吧。

席间，宗子沫并不掩饰自己对华愉心的殷勤，宗子珩脑海中不断回想起母亲对他的叮嘱，心情愈发烦闷。他想做一个孝顺的儿子，完成母亲的愿望，可是，内心最深处却有一个微小的、不曾间断的声音在呼喊着想要解脱。

如果宗子沫如愿抱得美人归，他是否就不用再背负任何期待，可以自由地活着了？

两种互相矛盾的想法在他脑海中冲撞，令他阵阵头痛。

"大哥，你怎么了？"宗子枭见宗子珩不停地皱眉，低声问道。

"没事。"宗子珩掩饰地喝了一口酒，"不是让你好好在宫里待着吗？你跑出来做什么？"

宗子枭是听说宗子沫要宴请华英派的客人，想来看看华家千金到底长什么模样，配不配得起他大哥。但他当然不会说实话："二哥说有好吃的，我想出来放松放松。"

"宫外有什么可放松的，现在城里全是各地的修士，乱得很，之后不许乱跑了。"

"知道了。"宗子枭突然发现华愉心又往这边看了，他侧过身，故意挡住了那道视线，不悦道，"大哥，你觉得华千金好看吗？"

"当然好看。"

"二哥也觉得她好看。"宗子枭露出一个坏笑，"我看二哥跟她挺般配。"

宗子珩沉默。

这一顿饭，宗子珩吃得别扭又难受，早知如此，他就不露面了，这时候和志趣相投的许之南把酒言欢，岂不快哉，何苦在这里如坐针毡。

许之南同样是八面玲珑的人物，很快就将这些年轻人的心思猜了个七八，露出一个若有所思的浅笑。

三日后，蛟龙会正式开始了。

比武的地方在无极宫后山的猎场，比试将持续三天，筛选的方式十分简单——随机抽签，胜者晋级。比试的规矩也不多，男女不限，什么武器、法宝、符箓都能用，大家各显神通，唯有一条，不能下杀招。

为了防止少年修士们掌握不好轻重，伤到人，几大门派要各出一个长老守着擂台，若有失控也好及时阻止，碰到那种要拼个你死我活的，会被强行结束，由长老们共议胜负。

当比试到了最后，留下的自然个个是天骄，肩负门派荣誉而战，岂能轻易服输，越是这时候，越可能碰到长老裁决的情况，若在自己的地盘上，更易于在暗地里使些力气，所以谁都想承办蛟龙会，这才有了在几个大门派之间轮转的规矩。

宗明赫趁着五蕴门内乱时理直气壮地抢过了这一届的承办，大有为自己三千宠爱集一身的幺子掠阵的架势，让外人对宗子枭的实力有诸多猜测。

这一次，除宗子枭外，三公主宗若凝和五皇子宗子匀也会参加，加上各门各派的后生们，足有百余人。

在战鼓擂动中，宗子珩骑着一匹高骏的马儿，领着弟弟妹妹们进入比武场。

场周，一丛一丛的帐篷星罗棋布，各色旌旗招展，他们的目光都投向了宗天子的后代。

宗子珩在十二岁那年，第一次参加蛟龙会，就引起了不小的轰动，虽然他并未斩获任何名头，但如此年幼就潜力惊人，足以让人叹一句"后生可畏"。之后他独自闯荡江湖，不时传出事迹，整个修仙界，都以为宗子珩多半会在蛟龙会上夺魁。可那一届蛟龙会，他没有现身，之后的三年，他低调得像是销声匿迹了，令人不能不联想到仲永之伤。

如今，他一骑当先，犀渠玉剑，白马金羁，整个人端方持重，这如苍松翠柏般俊逸英拔的青年，哪里有一丝一毫外界所传的颓丧？全场的目光都不住地抛向他，适龄的女修们早已窃窃私语。

宗子枭在宗子珩身后，见大哥受到全场的瞩目，心中骄傲极了，他眯起眼睛，看着春日暖阳铺洒大地，用粼粼金光描摹出宗子珩俊挺的轮廓，这一瞬，仿佛有天神降世，让他情不自禁想要追逐眼前的光——追逐光芒，是人之天性。

宗子枭一夹马腹，追了上去，两马齐头并进，他要让整个修仙界都看到，与他的大哥并肩而行的，是他，只有他。

于是一白一黑，两个天骄，一出场，就艳惊四座。

他们坐在自己的帐篷下，等着抽签结果。

宗若凝来回踱步，显得有些紧张。

宗子珩道："凝儿，你别走来走去的，晃得人头都疼了。"

"大哥，我有点担心，万一我第一局就抽到特别厉害的怎么办？"

"这就听天由命了，担心有什么用，徒增烦恼。"宗子珩伸出手，"来，坐下。"

宗若凝拉住大哥的手，撒娇地晃了晃："大哥，这是我唯一一次参加蛟龙会，我比试的时候，你可一定要看着我。"

"大哥还要看我呢。"宗子枭嘟囔道。

"你四年之后还能参加，姐姐马上就要嫁人了，再也没机会了，你还跟我争。"

宗子枭不甘道："我比你小这么多，你还跟我争。"

"我看你找打。"宗若凝挥了挥拳头。

宗子珩笑道："好了，大哥都要看的，但要是你们的比试同时进行，那我就去看凝儿，好不好？"

宗若凝甜笑着重重点头："嗯！"

宗子珩摸了摸妹妹绸缎般的秀发，感叹道："大哥始终觉得你还是个小姑娘，转眼就要嫁人了。"

"我也不想啊，但是……"她突然凑到宗子珩耳边，羞怯地小声说，"大哥，我偷偷去看他了，我觉得他……挺好看的。"

宗子珩扑哧一笑："那就好，配得上我们凝儿就好。"五蕴门内乱时，他也担心妹妹嫁过去不安全，但她未来的公公早已不问世事，潜心修行，虽然也是五蕴门举足轻重的长老，却跟闫枢没有冲突，那日闫枢被召进无极宫，必然也谈了这件事，现在看来，应该无甚影响。

"三姐，要是我或五哥，碰到了你未来夫婿，怎么办呀？"

宗若凝嬉笑道："狠狠地打，别给我们大名宗氏丢脸。"

"抽签出来了，抽签结果出来了！"

一群宦人各抱着一本红绸名册，一路小跑着送往各大门派的帐篷送。

拿到抽签名册，宗子珩在弟弟妹妹迫不及待的目光中展开了。

宗子珩一眼看到了宗子匀的名字："小五，你……"

宗子匀抓了抓脑袋："我怎么第一轮就抽到了苍羽门的女修？听说她们会妖术，功法路数根本摸不清，邪得很。"

"没有的事，不要听外界瞎说，自己吓唬自己。"宗子珩道，"好好比，大哥相信你。"

"我呢？我呢？"宗子枭探过头来。

"大殿下！"一个少年的声音遥遥传来，一眨眼的工夫，声音的主人一头钻进了帐篷里。

那是一个清俊高挑的少年，长了一副机灵相。

"不语？"宗子珩笑道。

"李不语？"宗子枭嫌弃道，"你什么时候来的？"

"蜀山有事耽搁，我昨日刚到。"李不语走到宗子珩身边，眼中闪烁着盈盈期许，"大殿下，这是我最后一次参加蛟龙会了，你能来看我比武吗？"

宗子枭不客气地说："我大哥还要看我们呢，哪有时间看你，快回你的帐篷去。"

"子枭，不要这么无礼。"

李不语没搭理宗子枭："大殿下，前年你指导过我身法，我受益良多，这次蛟龙会，我一定会好好打的。"

宗子珩笑道："你有掌门仙尊亲自授业，我哪里真的能指导你什么，至多是用自己犯过的错，能帮你解惑一二。不语，你的比武我一定会去看的，你抽签了吗？"

"嗯，抽了。"李不语看着宗子珩手里的名册，"但我还没看呢。"

宗子珩重新看向名册："你第一轮是和……"

几人同时愣住了。

宗子枭缓缓抬起头，盯着李不语，目光炯炯。

李不语悄悄握紧了手中的剑。

第一轮比试的抽签，最出人意料的，莫过于宗子枭和李不语。

一个是传闻中拥有绝顶天资、宗天子格外宠爱的幺子，一个是无量派掌门的嫡孙，帝后视如己出的亲侄子，而这两个人却必须在第一轮比试中就淘汰一个。以宗氏和无量派的姻亲关系，无论输的是谁，这场面都不太好看。

消息一传出去，很多人都在私底下默默押注。李不语根骨出众，又师从无量派掌门，而宗子枭九岁结丹，是百年难遇的奇才，但生生小了三岁，这两个人的胜负，谁也不好说，也不晓得该说谁手气不好。

看到名册之后，场面一度非常尴尬，李不语客套了几句"棋逢对手才痛快"云云，就匆匆告辞了。

宗子珩把宗子枭拉到没人的地方，一脸头疼的样子。

"大哥，你别担心，我不会输给他。"宗子枭不仅不见半点担忧，甚至还有些兴奋。

"我担心你输，也担心你赢。"宗子珩揉了揉眉心，叹着气说。

"为什么要担心我赢？我是一定要赢他的。"宗子枭轻哼一声，丝毫不掩饰自己的好胜心，"而且我一直想亲手打败他，这个抽签倒是遂了我的愿。"

"他是帝后的侄子。"

宗子枭冷道："那又如何，擂台之上，各凭本事，难道我赢了他，帝后还能怪罪我？"

"小九，帝后一直十分忌惮你和楚妃娘娘，只是碍于父君，不会像对我……"宗子珩顿了顿，沉声道，"总之，大哥希望你点到即止，千万不要挑衅李不语，也不要真的伤到他。"

宗子枭不情愿地撇了撇嘴："知道了。"

宗子珩拍了拍弟弟的肩膀："大哥会看着你的，大哥也相信你会赢。"

宗子枭这才露出一个笑容："我绝对不会给大哥丢脸的。"

"走吧。"

蛟龙会的第一天，便是各位后生与自己抽签到的对手进行第一轮比武，但这一天所有的比试，都比不上宗子枭和李不语的对决吸引人。

两个家世、资质、相貌都出类拔萃的少年，郑重地站在了比武场上，稚气未脱的脸上满是肃杀之气，凌厉地目光在空气中碰撞，只是眼神的交锋，已经让周遭的人感觉到了强大的灵压。

宗若凝小声说："大哥，小九会赢吗？"

"会的。"宗子珩笃定地说。

"可是李不语比小九大了三岁呢。"

"后面还有很多厉害的对手等着他，如果他连李不语都打不过，那止步于此也一点不冤。"

"大哥，李不语为什么总爱找你玩儿呀？"宗若凝不解道，"他不是帝后的侄子吗？"

宗子珩轻声道："小声点。"

宗若凝悄悄捂住了嘴。

宗子珩低下头，在妹妹耳边说道："他小的时候，我无意间救过他。"

宗子枭和李不语互相施礼后，又同一时间拔出了剑。

宗玄剑被称为天下第一剑法，但在宗氏先祖横空出世前，无量剑法才是剑修的翘楚，其实剑谱并无高低之分，胜负全在人。

这一场比武，打得可谓是酣畅淋漓，便是放在大人身上，也极有看头，何况还是两个少年。

李不语的身手可圈可点，在同辈中必然也是作为榜样的"别人家的儿子"，一点没给无量派丢人，可惜，他碰到的是宗子枭。

宗子枭身量不够，目前使的还是小剑，却展示出了令人心惊肉跳的能耐，剑风刁钻犀利，咄咄逼人，尽显宗玄剑的精髓，才跟李不语过了两招，所有人都知道李不语必输。

宗玄剑法与无量剑法同为顶级剑法，在风格上完全是南辕北辙。

宗玄剑法以攻为守，剑走偏锋，招式都很蛮横毒辣，往往能速战速决，而无量剑法的奥义透着传统与儒雅，无量即无穷无尽，追求的是如海一般波浪层叠、绵延不绝。这就好比在酒桌上拼酒，宗玄剑法是上来就自罚三杯，把所有人都震慑住，无量剑法是一杯又一杯，屹立不倒。

二者并无优劣之分，全看剑客的修为，宗玄剑法往往能在最短的时间里雷厉风行地结束战斗，但若被无量剑法拖到开始彼此消耗，那就十分不利。

然而李不语还太年轻，并没有"海量"，很快就败在了宗子枭剑下。

宗子珩看李不语眼圈通红，脸上变换着愤怒、屈辱、不甘，暗暗叹了口气。

这是李不语最后一次参加蛟龙会，虽说打败他的人是宗子枭，但第一轮就被淘汰这个污点，一个心高气傲的少年人如何能接受。

李不语到底是出身高贵，输了也没有丢了姿态，忍着羞辱向宗子枭道谢，才款步离开。

宗子枭欢快地跳下擂台，跑到宗子珩身边，兴奋地说："大哥，我打得好不好？"

宗子珩低声道："很好，咱们走吧。"

宗子枭抬头看着大哥："我听你的话了，没挑衅他，没嘲笑他，没伤着他，甚至都没使出全力，你总不能让我故意败给他吧？"

"当然不是。"宗子珩皱起眉，"我只是担心……算了，可能是我想多了。"宗子枭有帝君做靠山，帝后虽然也恨他们母子，但并不敢明目张胆地做什么，自己的担忧应该是多余的。

宗子枭正眉飞色舞地说着自己与李不语过招的种种，华愉心突然迎面走了过来。

宗子枭的脸瞬间垮了下来。

华愉心拱手道："大殿下、九殿下。"

"华小姐。"宗子珩心跳顿时加快了，人也略局促起来。

"恭喜九殿下晋级。"

宗子枭不咸不淡地"嗯"了一声。

华愉心的目光移向宗子珩，大着胆子看着他的眼睛，微笑着说："我一直想找机会向大殿下亲自道谢，谢谢你当年度化了我小师叔，还让他返回家乡，入土为安。"

"华小姐客气了，行侠仗义，是修道之人都有的本心。"

"不仅如此，大殿下还与纯阳教一同抓住了陈星永，剿灭了狮盟，为我小师叔报了仇。"华愉心明眸闪烁，眼波流转之间是藏不住的少女心事，"华英派上下，都十分感恩大殿下。"

被一个如此美丽灵动的少女用诸多溢美之词夸赞、崇拜，宗子珩难抑欣喜，他的面颊有些发烫，谦逊地说："不足挂齿。"

宗子枭站在俩人身边，能清晰地感觉到空气中不同寻常的暧昧气息，他一把拉住宗子珩的胳膊："大哥，我饿了，我们赶紧去吃饭吧。"

"啊，好。"宗子珩迟疑地看着华愉心，"华小姐初来大名，这南北差异大，不知饭菜是否合你胃口，若有招待不周还请见谅。"

"不会，我吃得惯。"华愉心忙道，"我觉得大名很好，当然，闽南有闽南的风情，不知大殿下何时能……"

"大哥，走了！"宗子枭不等俩人说完，硬是把宗子珩拽走了。

宗子珩也不好强留下跟人家说话，走出老远之后，才没好气地甩开宗子枭的手："小九，你做什么?! 你怎么还这么不懂事？"

"不懂事又怎么样。"

宗子珩拍了一下他的脑袋："行了，不是饿了吗？赶紧用膳去。"

正午时分，比武暂歇，宗明赫在猎场上设宴款待八方来客，他的后妃和子女都依次而坐。

宗子枭去找自己的母妃了，而宗子珩也来到沈诗瑶身边坐下。

沈诗瑶一言不发地看着宗子珩，目光有些冰冷。

宗子珩不明所以："母亲，怎么了？"自从李襄桐在他和华愉心的婚事间横插一道后，沈诗瑶的脾气就变得越来越古怪，有时候伤心哭泣，看起来楚楚可怜，有时候又诸多指责，言辞分外刻薄，宗子珩面对她时，也变得小心翼翼。

"你自己看。"沈诗瑶抬了抬下巴。

顺着她指的方向，宗子珩看到华愉心不知何时坐在了李襄桐的旁边，李襄桐拉着华愉心的手，言笑晏晏，相谈甚欢。

"我刚才看到华愉心去找你了，为什么说不了两句话你就走了？"

"小九说他肚子饿了，所以……"

沈诗瑶瞪着他："这么好的机会你就这么轻易错过？她主动找你，便是对你示好，你难道要眼看着她被人抢去？"

"儿子会另找机会与华小姐好好聊天的。"

沈诗瑶别过了脸去，只留给宗子珩一个冰冷的背影。

下午的比试就没什么水花了，结束之后，宗氏一族回宫，宾客们也各自返回了客居。

宗明赫又邀请一些名门大派参加晚宴，华英派自然在列。

宗子珩原本决定要去主动找华愉心，可在看到闫枢之后，他哪里还有儿女情长的心思，他借给许之南、祁梦笙敬酒的时机，悄悄约定今夜要秘密会面，共议如何对付阆枢。

宴席散去时，已经是深夜，宗子珩回到清晖阁，打算醒醒酒后，就去见许之南和祁梦笙。

他刚走进清晖阁，借着朦胧月色，就见黑暗中有一个人坐在椅子里，吓了他一跳。

"什么人？"

"是我。"沈诗瑶轻柔的声音传来，她燃上油灯，在昏暗的光线中静静地看着自己的儿子。

"母亲？这么晚了，您怎么还不睡？"

"等你。"

"等我做什么？"

"你与华小姐聊天了吗？"

宗子珩体会到一种被扼住咽喉的窒闷，他解释道："华小姐一直伴在帝后身边，儿子没找到机会。"

"我就知道会这样。"沈诗瑶幽幽说道。

"母亲，夜深了，您休息吧。"

沈诗瑶抬起了一只手。

宗子珩扶她起身，送她回寝卧。

当他们经过宗子珩的寝卧时，沈诗瑶突然停下了，她抬头凝望着宗子珩，那眼神令人头皮发麻。

"母亲？"

"这件事，看来是无法指望你了，你一次次让我失望，我却不能置我儿子的前途于不顾。"

"您在说什么？"

沈诗瑶突然打开了宗子珩的房门。

宗子珩闻到一股古怪的花香，未及多想，他就被沈诗瑶猛地推了进去，房门在身后关闭。

宗子珩大惊，回身推门，却发现门上被贴了结界符，他正疑惑沈诗瑶到底要做什么，突然意识到这花香有异，他的身体正快速地燥热起来。

身后传来一声轻微的嘤咛。

宗子珩如遭雷击，几步跑到自己的床边，赫然发现华愉心正躺在自己床上，她双颊不正常的潮红，意识模糊，正在用手拉扯着自己的衣物，嘴里喊着热。

宗子珩吓得后退了两步，抽出佩剑就想破门，可长剑最终没挥下去，他想到，这样夜深人静的时候，若是弄出太大的动静，恐怕会把所有人都招来。

他屏住呼吸，寻找起花香的来源，在看到桌上燃着的香炉后，愤然将那香炉砸在了地上，但馥郁黏腻的花香已经充满了整个屋子，砸了也于事无补。他想开窗，可窗户上也一样贴了符。

要破这种符十分简单，要么从外面揭掉，要么从里面强行破拆，但若把外人招来，他的名誉也就算了，华愉心一个未出嫁的姑娘，岂能担此污名。

宗子珩急得团团转，甚至无暇去想沈诗瑶的荒唐与疯狂，那花香已经侵入他体内，他只觉得口干舌燥，越来越热，拼命压抑也克制不住本能的反应，他踉跄着躲到离华愉心最远的地方，羞耻而狼狈地蜷缩起身体，脑子愈发混乱。

这样下去不行……不行，他会失去理智的……怎么办，怎么办?!

灵光一现，他想到了什么，他从乾坤袋里拿出一枚传音花，颤抖着对那花儿说："小九，速来我寝宫。"他将花瓣从门缝底下塞了出去，借着灵力飘然飞向了远处。

宗子枭赶到时，一眼就瞧见了轩窗上贴的黄符，他撕下符，从窗子跳了进去，焦急地喊道："大哥?!"

角落里传来一声压抑的粗喘。

屋内仍有花香未散，宗子枭屏住呼吸，谨慎地走了过去。

借着朦胧月华，宗子枭看到一团衣衫不整的柔白蜷在角落里，白衣雪肌难分秋色，夜色如此黯淡，如此皎洁，好像罗致了世间所有的光。抬头看天上月，新月如钩，低头看地上人，美人缱绻，如一对辞藻华美的楹联，悬挂在天地间，横额就写——清晖阁赏清晖。

宗子枭回过神来，忙将宗子珩扶了起来："大哥，你怎么了?"

"别……别闻……"宗子珩双目迷离，面色潮红，汗透衣襟，看来狼狈极了。

宗子枭拢好宗子珩散乱的衣物："大哥，你到底怎么了? 你是不是中毒了?"

"带我出去，快。"

宗子枭背起宗子珩，利落地跳出了窗户。冷风一吹，宗子珩顿时清醒了几分。

"大哥，你中什么毒了，是那个香味吗？"宗子枭心中略有猜测，他就是没亲眼见过，到底也是看过书的。

宗子珩羞于启齿，并非情药可耻，而是下药的人居然是自己的母亲！

"大哥？"

"你进去，拿我的衣服……把华小姐遮住，把她带出来。"

"什么？华……华愉心在里面？"这就完全坐实了自己的猜测，前因后果一联系，宗子枭全明白了，他厉声道，"是谁干的？难道是……"

"嘘，小声点，你快去，千万别把其他人招来。"宗子珩着急地推了他一把。

宗子枭惊讶地发现地上有血迹，他翻开宗子珩的手，赫然见他的掌心一片血肉模糊，全是指甲深嵌留下的血痕。他惊怒交加，眼睛都红了。

"快去啊！"宗子珩哑声催促道。

宗子枭咬了咬牙，转身走了。

宗子珩不顾体面地仰倒在地上，让高温的身体尽可能多地贴着冰凉的地面，以缓解痛苦。他加紧催动灵力排药，若不是他一直在抵抗，药性随汗排出了不少，此时不知道已经做了什么无可挽回的事。

所有的煎熬、屈辱、愤怒，都比不上被自己的母亲算计来得痛心，他不明白母亲为什么要做出这么不计后果的蠢事！

远处传来脚步声和交谈声，宗子珩挣扎着从地上爬起来，想着这件事到底该如何善后。

这时，宗子枭抱着华愉心出来了："大哥，她要怎么办？"

宗子珩听着渐近的声音，简直是焦头烂额，但他知道肯定不能把华愉心留在这里，也不能随便送回去，他一咬牙："御剑出宫。"

整个大名城都是不允许御剑的，但最近满城都是外来宾客，每天都有忘了规矩的在天上飞来飞去，上面不追究，守卫们也都睁一只眼闭一只眼，于是俩人带着华愉心，顺利飞出了无极宫，去往城外一个车马驿站，那里是和许之南、祁梦笙约定会面的地方。

宗子珩迟到了半个时辰，但看到三人狼狈地跑进来，许之南和祁梦笙都紧张起来。

"子珩，你们怎么了，可是碰到什么危险？"

宗子珩摆摆手，被宗子枭扶坐到椅子上，拿过桌上的茶水，一饮而尽。

一屋子人都看看他，又看看不省人事、形容凌乱、被裹得严严实实的华愉心。

宗子珩抹掉额上的汗，失魂落魄地说："此事说来，实在是……羞耻。"

祁梦笙横眉冷眼，不客气地说："难道你对华小姐做了什么？"

宗子枭眼中杀意沸腾："我大哥怎么可能对她做什么，休得胡说八道！"

祁梦笙不卑不亢道："那就听听大殿下如何解释吧。"

宗子珩深吸一口气："我稍后再解释，飞翎使，请你帮华小姐逼出体内残留药性，再为她整理一下。"

祁梦笙看了华愉心一眼，对许之南道："你去让店家另开两个客房。大殿下，你也该整理一下。"

店家很快为宗子珩准备了浴桶和一套新衣服。

宗子珩脱了衣服，爬进浴桶，今晚发生的事让他羞愧难当，此时他终于能够独处来冷静思考，在安静的环境和温水的包围下，紧绷了半个晚上的心也放松了些许，他闭目凝神，想着这件事该如何收场。

"沈妃娘娘干的？！"许之南瞠目结舌，一时竟不知该如何评价。

宗子珩的脸色十分难看，他低着头，沉声说："都说家丑不可外扬，我实在没办法了，还望二位为我保密。"

祁梦笙冷哼一声："下作。"

宗子珩的耳朵根都红了，好像这句"下作"直接贴在了他的脑门儿上，毕竟为人子女，不就是荣损与共的吗。

宗子枭瞪了祁梦笙一眼，心里却其实是认同她的话。

他根本无法相信，沈诗瑶会干出这种蠢事，小的时候，他也很喜欢沈妃娘娘，觉得她温柔美丽，就像大哥一样，长大后，他看出了沈诗瑶对他修为的忌惮，虽然不如从前亲近了，但他仍爱屋及乌。可今晚发生的事，几乎毁掉了他对沈诗瑶的敬爱之情。

她居然用这种下三烂的手段算计自己的儿子和一个无辜的姑娘？一想到如果

自己没有及时赶到，宗子珩在药性下失控，真的做出了什么，他一辈子都不能原谅沈诗瑶。

"我娘希望我能与华英派结亲。"宗子珩扶着额，太阳穴一抽一抽地痛，"但我没想到，她会做出这么荒唐的事。"

"所以，她在看到帝后也想让华小姐做自己的儿媳后，便铤而走险，想将生米煮成熟饭。"许之南叹道，"实在是……荒唐。"碍于那是宗子珩的母亲，难听的话他无法说出口，只能叹息。

祁梦笙道："大殿下能够有所坚守，不愧为谦谦君子。只是我们相信大殿下，外人未必会信，等华小姐醒来，如何向她解释呢？"

宗子珩哑声道："我不知道。"

许之南温言道："子珩，若华小姐知道了真相，不肯原谅，事情闹大了，宗氏就必须给华英派一个交代。到时候，你和沈妃娘娘不但声誉尽毁，也必然要受到惩罚。"

"……我知道。"

"可这事该怎么圆？"

"华小姐是怎么出现在清晖阁的，你可知道？"

宗子珩又摇头。

许之南分析道："我想，她很可能是被沈妃娘娘请去的。若是被掳走，且不说沈妃娘娘有没有这个本领，这时候华英派早就乱了，不可能不来找她。"

"有道理，但就算她是沈妃娘娘请去清晖阁的，这个时辰还不回去，她兄长也该担心了吧。"祁梦笙道。

"所以当务之急，还是得把人尽快送回去，若是让华骏成这个时候闹进无极宫，可就人尽皆知了。"

宗子枭抱着剑，在屋子里来回踱步，对宗子珩名誉和安危的担忧，让他根本无法冷静下来思考。

宗子珩也同样茫然无措，他要如何既掩盖母亲犯下的错，又让华愉心谅解呢？

许之南想了想："我倒有一计。"

"那就快说。"祁梦笙没好气地催促道。

人人都知道许之南智慧超群，若只是修为高，未必能统领一个大门派，修为高但脾性不能容人的孤傲奇才海了去了，许之南年纪轻轻就被定为下一任掌门，自然有太多过人之处。

所以他说有一计，那必然真的是一计。

许之南道："我刚刚闻到华小姐身上除了那情药，还有酒味儿，她可是喝了酒？"

"晚宴上喝了，我也不知道她喝了多少。"

"我们可以设一个局，让她以为自己险些被人害，而我们救下了她，这样可以一箭双雕。"

"哪儿来的双雕？"宗子枭不解道。

许之南冷道："闫枢，稍微利用一下华小姐，把他引入圈套。"

❧··· 第十五章 ···❧

华愉心醒来时，看到一屋子人都在盯着自己，吓得从榻上弹坐而起，伸手就去摸剑。

"华小姐，不必紧张。"许之南的声音温和沉稳，自有一股令人安心的力量。

华愉心惊讶而不解地看看许之南，又看看其他人："许真人，大殿下……你们……我……这是怎么回事？"她想要起身，却感觉身体虚软无力，好像高烧刚退，皮肤还在发烫，又流了许多汗，身上黏答答的，十分不适。

祁梦笙道："你不要乱动，听我们说。"

华愉心盯着祁梦笙，刚刚被许之南略微安抚的情绪又紧张起来，中原门派对苍羽门有许多邪乎的传说，飞翎使祁梦笙的妖女之名更是如雷贯耳，她第一次接触苍羽门，就碰上这个大人物，还是冷面美人，难免害怕。

祁梦笙看到华愉心的反应，微微挑了挑眉。

许之南低笑两声："梦笙，你别吓到她，我来说吧。"

祁梦笙冷哼一声，别过了脸去。

"华小姐可记得今晚发生了什么事？"

华愉心想了想："我记得，宴会结束后，沈妃娘娘邀我去清晖阁小坐。"她看向宗子珩，"沈妃娘娘招待我喝她珍藏的酒，我是……喝多了吗？之后的事，我不记得了，这里是哪里？"她低下头，闻了闻自己的衣服，不仅有酒味儿，还有一股奇怪的花香。

宗子珩心中羞愧，不敢直视华愉心，只是静默在一旁。

但听到这番话，众人都暗暗松了口气，许之南亦是几不可察地一笑。

她不记得，这件事就好解释了许多。

"华小姐确实是喝多了，沈妃娘娘令大殿下和九殿下送你回客居，但是在路上，你们遭到了袭击。"

"什么?!"华愉心瞪大眼睛，"谁？"

"此事说来话长。"许之南看了宗子珩一眼，"大殿下负了伤，还好大殿下今夜约了我们在此处饮酒，离你们遇袭的地方不远，九殿下跑来求援，我们及时赶到，歹人才不得不撤退，否则今夜，后果不堪设想。"

华愉心见宗子珩确实换了衣服，又苍白虚弱，她年少单纯，根本不疑有他，惊惶又愤怒地叫道："是谁，是谁想害我?!"

"不是想害你，是想害我们。"宗子枭抱着剑站在宗子珩身边，撒谎却面不改色，"不过，这事也算跟你们华英派有些关系。"

华愉心立刻明白了过来："难道是跟我小师叔有关？"

"不错。"许之南叹道，"我们剿灭了狮盟，活捉了陈星永，但这件事并没有结束，陈星永挖的那些丹，包括你小师叔的丹，去了哪里，我们还查不到，揪出幕后的买主，远比抓到陈星永更重要。"

"那陈星永招了吗？"

"招了，而且那个人，如今也在大名。"

"是谁?!"华愉心厉声道，"他竟还想杀大殿下和九殿下灭口？"

"他就是五蕴门的掌门——闫枢。"

华愉心瞳孔猛缩，倒吸一口气。

"我们去年就已经知道，但碍于他的身份，在没有铁证的情况下，根本不敢打草惊蛇，如今他成了五蕴门掌门，就更难撼动了。"许之南沉声道，"却没想到他嚣张至此，先发制人，在大名的地盘上，竟然敢暗杀皇子。"

华愉心握紧了拳头："真是知人知面不知心。那现在该怎么办？"

"我们有一计，或许可以拆穿他的真面目，但这件事，本是不愿意让华小姐卷入的。"

"可是我已经卷入了。"华愉心握紧了佩剑，"不行，我要告诉我大哥。"

许之南阻拦道："这件事知道的人越少越好，若非此次你与两位殿下一同遇袭，本也不该让你知道的，这也是为了你大哥的安全。"

"好吧，那你们有什么计策？我能做什么？"华愉心咬牙切齿道，"让我知道是谁吃了我小师叔的丹，我一定杀了他！"

"这个计划若有华小姐帮忙，将事半功倍。"

许之南派人送华愉心回去前，华愉心找到宗子珩道谢："大殿下，谢谢您救了我。"

宗子珩微微低着头："华小姐客气了，是因为我们才让你卷入危险中。"尽管他是因为心虚在回避华愉心纯净的目光，但看在华愉心眼里，则是因为受伤所以虚弱。

华愉心担忧地上前一步："大殿下，您伤到了哪里？"

宗子枭马上拦下她："伤在不好见人的地方。"

华愉心俏脸一红："那……严重吗？"

"没什么大碍，休养几日就好了。"宗子珩轻声道，"华小姐，时候不早了，再不回去，令兄该担心了。"

"没事的，我独自出门游历，他都不担心。"华愉心有些得意地说。

宗子珩淡淡一笑："同是做大哥的，我想他一定是担心的，只是不能阻拦你长大。"

华愉心不好意思地笑笑："那……我就先回去了。"

"华小姐，我们今晚约定的事，你一定要保密，明日若是见到闫枢或五蕴门的人，也要淡定自若，一切按照计划行事。"

"大殿下放心吧。"华愉心背着手，后退了两步，似乎有些依依不舍，她抿了抿唇，略带羞怯地说，"大殿下就不好奇……沈妃娘娘与我说了什么吗？"

宗子枭看着俩人眉来眼去，看着华愉心毫不掩饰对宗子珩的爱慕之情，突然"哎呀"一声，捂着肚子蹲了下去。

"小九，怎么了？"宗子珩一把扶住他。

"大哥，我肚子好疼，不知道怎么了。"

"九殿下没事吧？"

宗子珩一眼看穿了宗子枭，他轻咳一声："没事，我会照顾他的，华小姐，那就不送了。"

华愉心有些失望地走了。

宗子珩踢了一脚宗子枭的屁股："还装。"

宗子枭直起腰，冷哼一声："我还不是为你好，再跟她聊下去，我怕你要露馅儿了。"

宗子珩怔了怔，黯然神伤："我确实无颜面对华小姐，让她遭遇这样的事，还要撒谎骗她、利用她。"

"这又不是你的错，是沈妃娘娘……"宗子枭勉强忍住了说刻薄话的冲动，"她太过分了，简直害人害己，愚蠢透顶。"

"我怎么也没想到，我娘会犯下这样的错。"宗子珩无法纾解心中的愤怒、羞耻和痛苦，他甚至不知道该如何回去面对自己的母亲。

宗子枭看到宗子珩这么难受，也跟着难受起来，他握住大哥的手，安慰道："大哥，你也别太自责了，毕竟也没真的发生什么，华愉心不知道，没有人会知道的。"

"天知地知，你们都知，大哥心里过不去。"宗子珩摇摇头，哑声道，"我一辈子光明磊落，却险些做出最无耻下流的事，还是被自己的亲生母亲陷害，我……"

宗子枭叹了口气："大哥，这不是你的错，不要太苛责自己。"

宗子珩闭上了眼睛，感受着最亲近之人毫不吝啬释放的温暖和关怀。

宗子枭道："大哥，你的身体还没恢复，早点回去休息吧，明天还有很多事要做。"

"明天……"宗子珩凝重地道，"明天你的任务就是好好比武，千万不要为此分心。"

当晚，兄弟俩都没有回宫，而是借宿在了许之南的客馆。宗子珩想着母亲或哀怨、或愤怒、或失望、或可怜的模样，彻夜未眠。

第二天的蛟龙会，自然是比第一天有看头得多，这一天将要选出能够留到最后的八人，在第三天一决雌雄。

宗若凝和宗子匀都在第一天就被淘汰了。宗若凝修为较浅，来参加比武也不过是玩儿玩儿，但宗子匀并不差，在同辈中也算出类拔萃，却败给了一个比自己还小两岁的女修。

他尽管沮丧，却也输得心服口服，而这位名唤陈兰朵的女修，也和她的两位同门一起，在蛟龙会上名声大噪。

这是苍羽门第一次参加蛟龙会，其实往年蛟龙会也偶尔派人观战，与中原门派越走越近，融入中原修仙界也是早晚的事，而这一次蛟龙会派了二女一男三名后生比武，个个都是几招之内制敌，厉害得很，众人对今年最终的结果又有了新的猜测。

宗子枭今日要比三场，若三场都胜，明日就能角逐魁首之位。而他第一场碰到的，就是苍羽门的另一位女修。

那女修修为不俗，但依然不敌宗子枭，很快败下阵来。而在宗子枭休息时，人群都很默契地拥向了西边的擂台。

宗子珩低声道：“五蕴门的和纯阳教的抽到了一起，闫枢一定会去看，我们也过去看看。”

纯阳教和五蕴门都是大教派，此次参加蛟龙会的后辈也很多，但这场比武，都是两派中的好苗子，自然吸引了很多目光。

俩人走过去时，正见到许之南与闫枢站在一起，和他平日待人接物并无二致，面对生死仇敌还能如此谈笑自若，让人不得不暗暗佩服许之南的城府。

许之南看到二人，与众人一同微笑拱手。

闫枢也作揖道：“大殿下、九殿下。”

离近了看此人，他约莫五六十岁，身材高大，面部棱角分明，眼窝深邃，目光十分犀利，给人以严厉的感觉。

“闫掌门。”宗子珩点了点头，也尽量不动声色地说，“久闻大名。”

“区区薄名，大殿下高看了。”闫枢木着脸，看不出任何情绪。

“都坐吧，比武要开始了。”许之南对闫枢调笑道，“闫掌门，若我派小辈赢了，你可不要恼哟。”

闫枢皮笑肉不笑地说：“说笑了，娃娃们比试，输赢都是他们要修的功课。”

宗子珩坐下的时候，与宗子枭悄悄交换了一个目光。

宗子枭心领神会，好奇地问道：“闫掌门，听说你有个法宝叫吴生笔，画什么都能变成真的，借我玩玩儿可好？"

宗子珩呵斥道："小九，不得无礼，法宝岂是能随便开口借的。"

宗子枭在传闻中有骄纵之名，提出这样的要求，也不令人感到意外。他无所谓地说："借一下又如何，我又不要他的，再说吴生笔又不是五蕴门最厉害的法宝。"

"小九！"

闫枢不自在地挪动了一下身体。

宗子枭不高兴地撇着嘴："闫掌门，那你演示给我看看也好啊。"

许之南低笑道："九殿下还是少年心性。"

"他就是皮，成天想着玩儿。"

闫枢并未显出为难的样子，只道："九殿下若真想看，待比武结束，我便演示一二。"

宗子枭高兴得直拍手："好啊，大哥，你说我们画个什么，画条龙好不好？"

"你知道龙有多大吗，哪里画得出来？"

"对呀……"宗子枭想了想，"哎，我有个办法，让闫掌门画一条小龙，然后让许真人用公输矩把小龙变成大龙，如何？"

闫枢的眉毛动了动，下颌突然绷紧了。

许之南干笑道："九殿下，那公输矩，并不在我手中，而是在飞翎使那儿。"

"可祁梦笙明明说在你……"

宗子珩一把将宗子枭拽过来，低喝道："你能不能闭嘴？"

宗子枭不服气地哼了一声。

许之南面露尴尬之色。

擂台上，比武已经开始，闫枢目不转睛地看着前方，同时低声道："听闻大殿下与许真人生擒了狮盟陈星永，为武林除害，真是侠义之举。"

"窃丹贼人人得而诛之。大殿下与九殿下英勇抗敌，许某则略尽绵薄之力，不足挂齿。"许之南淡淡地道。

"听说许真人的师弟……实在令人遗憾。"

许之南瞳孔收缩，眼中闪过刻骨仇恨，但他镇定如山，全没有露出破绽，只是悲痛地说："我们中了圈套，连陈星永也被灭了口，否则，幕后主使早已经被揪出来了。"

闫枢抚须道："那岂不是让幕后之人逍遥法外？修士们的安危依旧令人忧心啊！"

宗子枭得意地说："我们当初审讯陈星永，他为了保命，不能全说，但也不能全不说，所以还是透露了一些线索，我们一定能查出来的。"

"哦，什么线索？"

许之南道："闫掌门且看着就好，那幕后之人必是高人，说不定此刻就在大名，蛟龙会结束前，我们会一个一个地测，早晚能测出来。"他在说这段话时，故意将"测"字咬得又重又清晰，这个字不免叫人联想到测量，而提到测量，此情此景下，又不免要想到公输矩这把鲁班神尺。

"对，一定会测出来。"宗子珩盯着擂台，重重一击掌，"这一招打得好。"

闫枢看着擂台，从怔愣中回过神来，才发现己派的后辈已经落于纯阳教下风了。

很快地，比武结束了，纯阳教险胜五蕴门。

闫枢依旧喜怒不形于色，淡定地恭贺许之南。

许之南哈哈大笑："闫掌门客气了，客气了。"

宗子枭迫不及待地说："闫掌门，快让我看看吴生笔吧，再过一会儿，我又要比试了。"

宗子珩惭愧道："闫掌门，我弟弟不懂事，这不情之请，若叫你为难了，你尽管说。"

"无妨，今日就叫九殿下一睹为快。"

几人在山林里寻了避人之处。

闫枢拿出一支古朴的羊毫，看着宗子枭道："九殿下想看龙？"

"对，画龙。"

吴生笔散发灵光阵阵，飘浮于半空之中，闫枢催动灵力，笔尖自动，很快就在虚空中画出一条小臂长的小龙。

这小龙虽然通体墨黑，但也活灵活现，抖着龙须，舒展着长长的身体，乖训地缠绕在闫枢左右。

宗子枭兴奋地追着那龙跑。

宗子珩拊掌笑道："太有趣了，闫掌门是如何得到这么有趣的法宝的？"

"机缘巧合。"

"闫掌门，这龙能保持多久？"

"这样的小物，我可以保持很久。"闫枢看向许之南，"但若许真人用公输矩把它变大，那就太耗灵力，我也无法估计。"

许之南摆摆手，苦笑道："公输矩并不在我手中。"

宗子枭不悦道："哼，你到底……"

宗子珩严厉地打断宗子枭的话："公输矩事关重大，岂是让你拿来玩乐的？"

三人这一唱一和，果真让闫枢皱起了眉，许之南越是推托，就越显得可疑，加之他们如此紧张公输矩，怎么看都是有猫腻。

与闫枢分开后，宗子枭翻了翻眼睛："他竟真给我玩儿他的法宝，我又不是小孩儿。"

许之南淡淡地道："那是因为殿下想看的只是吴生笔，自然不好驳你颜面。"

"若真问他要五蕴门的镇派之宝，他岂会答应，而且也会起疑心的。"宗子珩摸了摸宗子枭的脑袋，"你确实还是小孩儿。"

宗子枭推开大哥的手，挺了挺胸板，正色道："我不是小孩儿。"

"他应该上钩了。他与陈星永多次交易，难免有疏漏，不可能不担心身份被拆穿，如今我们要拿公输矩'测'，他尽管不知道我们要怎么'测'，'测'什么，但必然心虚。"

"只这一步还不够，他只是怀疑，却未必真的认为公输矩能揭穿他。"

许之南点点头："接下来，就要靠华愉心了。"

"你们对五蕴门的那件法宝，知道多少？"宗子枭皱眉道，"就算我们真的逼他露出了马脚，如果不能抓住他，也无济于事。"

"赶山鞭……"宗子珩念道，"传说是始皇帝的法器，可以搬山，但究竟有何能耐，谁也没见识过，毕竟它也有几百年不曾在修仙界露面了。"

自三百年前，宗氏先祖一统九州，登基称帝，这片土地上便再没有过大的纷争，不仅仅是赶山鞭，各大仙门的顶级法宝，几乎都没有用武之地，所以他们这一辈对赶山鞭知之甚少。

"到时候只有合众人之力，将他擒拿。"宗子珩看了看天色，"小九，你的第二场比试快要开始了，我们回去吧。"

宗子枭的第二场比赛，碰到的恰巧是刚刚险胜五蕴门的纯阳教弟子，适才那场对战，已经足够人们看出这名弟子不是宗子枭的对手，因而这场比试并无悬念。

宗子珩正要去观战，却被沈诗瑶的侍女拦下："大殿下，娘娘要见您。"

宗子珩冷道："我要去看小九比武。"

"可娘娘说……"侍女压低了声音，为难地说，"大殿下，娘娘已经发了一天火了，若让她来找您，不是闹得更不好看吗？"

宗子珩深吸一口气，他知道该来的逃避也没有用，大步走向了自己的帐篷。

沈诗瑶挥退了所有的侍从，母子俩隔空对视，眼中均燃烧着怒火。

她刚要说话，宗子珩已经抢先道："母亲，您可知错？"

沈诗瑶瞪圆了一双美眸，颤声道："我错？我做这一切都是为了谁?!"

"我不需要您为我行卑鄙下作之事。"

沈诗瑶怒火中烧："放肆！你说我卑鄙下作?!"

"你……你给一个无辜的姑娘下那种药，还给自己的儿子……"宗子珩脸涨得通红，羞愧难当，"你有没有想过若此事败露，我们会有什么下场？"

"下场？下场就是华愉心非你不嫁了，华英派原本也想让你做女婿，这不正是成全了这桩婚事？"

"你……"宗子珩被沈诗瑶气得浑身直抖。

"你以为我弄到那药很容易？你以为我铤而走险，心里就不害怕，不愧疚？"沈诗瑶咬着牙，"可李襄桐那个贱人远比我歹毒得多，我不用手段，就等着她用手段毁了你！"

"不可理喻！"宗子珩厉声道，"你简直不可理喻！"他从小到大都懂事孝顺，从没有与母亲这样激烈地争吵过，这次实在是出离愤怒与失望，一时甚至无法接受这样的人会是自己的母亲。

沈诗瑶哭叫道："为何你如此不孝，一点都不明白娘的苦心，处处让我失望，处处与我作对，我是你娘啊，我都是为了你啊！"

"你真的是为了我吗?!"宗子珩后退两步，含泪问道。

沈诗瑶僵硬地看着自己的儿子。

宗子珩摇了摇头，转身跑了。

宗子珩心神不宁，寻了林间僻静之地，独处了许久，眼看着暮色降临，才回到比武场。

按照计划，华愉心马上就会行动，他不能耽误了正事。

路上，他碰到了李不语。

李不语已经一扫昨日低落："大殿下去了哪里？我找了你半天呢。"

"我四处逛逛。"宗子珩温言道，"不语找我做什么？"

"想和大殿下一起品鉴他派剑法。"

俩人边聊，边往比武场走去。

李不语的目光突然落到了宗子珩腰间："大殿下换了剑？"

"是啊。"宗子珩将佩剑拆下来给他看，"是许之南许真人赠我的剑，出自巨灵山庄冉庄主之手。"

李不语受宠若惊："我……我可以看吗？"

剑客的剑，并非赏玩物件，是不随便给人看的，这一举动代表很大的认可。

宗子珩笑道："你不想看吗？"几年前，他外出游历时，无意间从邪祟手中救下同样游历的李不语。此前俩人在无极宫已经相识，但碍于李襄桐，并不往来，可自那之后，李不语每年来大名都要拜访他。尽管宗子枭嫌李不语为人有些滑，他却觉得这少年聪慧讨喜，在无量派掌门倾力栽培下，将来应该能成大器。

"想看，想看。"李不语郑重地双手接过剑，仔细欣赏了一番，由衷赞道："好剑，它叫什么名字？"

"君兰。"

"好名字，大殿下一向会取名字。"

宗子珩奇道："何来的'一向'？"

"兰者，君子也；珩者，玉也。大殿下是剑如其人，人如其名。"李不语的表情十分真挚。

宗子珩失笑："我的名字，是父君取的，岂能算我的？"

"帝君赐名，定然是认为大殿下配这个字，那就算你的。"

"你呀，真是长了一副好舌头。"

俩人有说有笑地回到比武场，正撞上黑着脸的宗子枭。

"你去了哪里？"宗子枭不悦道，"我比武的时候你不见踪影，难道一直和他在一起？"

李不语讪讪道："九殿下。"

"我有些累，去休息了一下，回来碰上了不语。"宗子珩道，"你赢了吧？"

"当然赢了。"宗子枭斜了李不语一眼，"我几时输过？"

那个"输"字他咬得格外重，李不语脸色微变。

宗子珩给了他一个不赞同的眼神："好了，华小姐的比试开始了吗？"

"马上就要开始了，还以为你忘了。"宗子枭拉起宗子珩，"快走。"

李不语也不紧不慢地跟着，被宗子枭偷偷翻了好几眼。

此时暮色初现，今日的比试仅剩下两轮，能留到现在的后生们都十分优秀，毕竟明日的最终比试，一共只有八个人。华愉心在女修中表现不俗。

但此次她抽到的是纯阳教的叶云尘，此子是这届蛟龙会最可能夺魁的人选之一，因而这场比试，实在没什么悬念。

此时，叶云尘正在擂台下与许之南说着什么。

三人走了过去，许之南笑道："大殿下，大家可都在找你呢。"

宗子珩不好意思地说："略有不适，休息了一下。"

叶云尘朝几人拱手，但看向宗子枭时，眉宇间带了些少年人的矜傲。

宗子枭也将叶云尘打量一番。

他们互相掂量着对方的实力。

许之南低声嘱咐道："云尘，对华小姐要手下留情，但也不可太过轻慢。"

"大师兄，我明白的。"

李不语好奇道："许真人，今夜是月圆之夜，听说日落之后是至阴时刻，是元阳功法最衰弱的时候？"

许之南笑道："元阳功法至纯至阳，月圆之夜确实对我们不利，每月的这一夜，都是我派修士调息之时，不过也只是略有影响，算不上衰弱。"

擂台的另一边，华骏成也在鼓励妹妹，华愉心却心不在焉，频频往宗子珩的方向看。外人看来，华愉心的紧张是因为她要对战叶云尘，其实不然。

比试开始后，叶云尘拿捏着尺度，看起来既不明显放水，也不咄咄逼人，连过了十几招后，他才决定结束战斗。他躲开华愉心刺来的剑，用掌力扫过她的肩头。

华愉心接了这一掌，连退好几步后摔倒在地。

叶云尘一拱手："华小姐，承让。"

华愉心却躺在地上，毫无反应，像是昏了过去。

华骏成叫道："心儿？"

叶云尘微微蹙起眉。

华骏成跳上擂台，扶起华愉心，用灵力试探她的伤："心儿！"

众人都有些惊讶，大家看得出来，叶云尘出手不重，女修绝非寻常弱女子，怎么可能一掌都接不下？

华骏成气恼地看了叶云尘一眼，却不好指责，擂台上不分男女，输赢各凭本事，若因此怪罪对方，只显得自己气量褊狭。

叶云尘却是无措地看向许之南，眼神无辜又茫然。

突然，华愉心猛地睁开了眼睛。

"心儿，你没事……"

华愉心的神情却变得十分古怪，她跟跄着从地上爬起来，环顾四周，像是在寻找什么，却又对在场人视而不见。

"你……你怎么了？"华骏成担忧地看着妹妹。

许之南轻咳一声："云尘，你刚刚使了几分力？"

"至多三四分，真的。"叶云尘急忙道。

"我的丹，我的丹。"华愉心一手捂住腹部，口中喃喃自语。

"心儿，你在说什么？"华骏成拉住华愉心，"你怎么了这是？"

"我的丹！"华愉心狠狠推开华骏成，尖厉地喊道。

"什么……丹？"

"怎么回事，她怎么了？"

"像是被邪祟上了身……"

许之南跳上擂台，喝道："你是何人？！"

"我的丹，我的……"华愉心丢了魂儿一般漫无目的地晃荡，只是死死护住腹部，她好像终于发现了华骏成，怔了一下，幽幽说道，"小老虎？你看到我的丹了吗？"

华骏成浑身一震，瞪大眼睛看着自己的妹妹："你……你……"

"这是怎么回事？"李不语急道，"华小姐怎么了？"

许之南从怀中掏出一张聚灵符，只见那符瞬间就烧了起来。

"邪祟，果然是邪祟！"

"何方邪祟，竟敢上华小姐的身?!"

"这里全是修士，阳气这么重，怎么可能呢？"

擂台这边的骚乱，将人群逐渐引了过来。

宗子珩说道："这邪祟的口吻，好熟悉啊！"

宗子枭也附和道："是啊，当年那个人，也是一直叫着'我的丹'。"

华骏成脸色苍白地看着华愉心，颤声道："难道你是……小师叔？"

"小师叔？"许之南问道，"华公子说的，可是那被陈星永害死的……"

"对！'小老虎'是我小时候，小师叔给我取的外号。"关心则乱，华骏成已经完全失了方寸。

许之南思索了一下："华小姐身上，可有他生前的物件？"

"有，心儿的匕首。"

华愉心吼道："我的丹，我的丹，就在这里，就在这里！"

"我明白了。"许之南煞有介事道，"月圆之夜，至阳的元阳功法式微，由于我派灵气十分吸引邪祟，这时候很容易引来阴气入侵，而这位修士的怨气终年未散，追随生前物件和挂念之人而来，种种机缘巧合下，云尘的那一掌，助他上了华小姐的身。"

一干纯阳派弟子都听得一愣一愣的，月圆之夜他们会格外吸引邪祟是真，但灵力助邪祟上人身，却闻所未闻，可也没人敢质疑他们的大师兄。

宗子珩看着台上的表演，紧张得冷汗直流。

宗子枭悄悄捏了捏宗子珩的掌心，他大哥生性纯良耿直，可别先露了馅儿。

华骏成悲从中来，哽咽道："小师叔，真的是你吗？"

华愉心还在找着"自己的丹"，而所有人，包括宗明赫都闻声赶来了。

许之南又从怀中掏出一张驱魔符："对不住了。"

"等等……"华骏成急道。

"再这样下去，华小姐会受伤的，而且这并不是你的小师叔，只是他的一丝怨念。"

"可是他说他的丹在这里。"华骏成握紧了拳头，"陈星永虽然已经伏诛，可究竟是谁吃了我小师叔的丹?!"他环顾四周，声色俱厉。

人人心中都明白，能够从陈星永手中用天价买人丹的，非富即贵，多半来自名门大派，所以那个吃了人丹的，很有可能就在蛟龙会。

许之南问道："是谁吃了你的丹?!"

"你还我的丹，就在这里，我的丹……"华愉心眼看就要栽下擂台。

许之南连问三遍，自然没有答案，他担心时间久了，华愉心会露馅，用眼神征得华骏成同意后，将驱魔符扔了出去。

这符对普通人并没有作用，符一碰到华愉心，她便尖叫一声，顺势晕了过去。

华骏成抱住妹妹，含泪道："小师叔，我一定会为你报仇的。"

"这是怎么一回事?!"宗明赫问道。

宗子枭道："父君，您还记得我和大哥在古陀镇制伏的那名华英派修士吗?他刚刚上了华小姐的身。"

"什么?"宗明赫明显不太信，"那个被挖了丹的?"

"对。"宗子珩拱手道，"父君，儿臣审讯陈星永时，他也不知道那丹最终被谁所得，但是，刚刚……"

刚刚发生的事，大家都看到了，尽管很是荒诞，可但凡与邪祟相关的，什么事都有可能发生，此时人人心中都在怀疑，这蛟龙会上，这身边的人，是否吃过人丹?

宗子珩偷偷瞄了一眼闫枢，但见他面上毫无破绽。他暗暗握紧拳头，这不过是计划的第一步，明日，定叫这畜生露出马脚。

华愉心的事，当晚就传遍了大名，也将很快传遍整个修仙界。

人们热衷讨论的本届蛟龙会的话题，都从"究竟谁能夺魁"变成了"究竟是谁吃了华英派修士的人丹"。

修仙界对窃丹贼一向恨之入骨，如今陈星永死了，买家同样该死，这受害修士的冤魂都人闹蛟龙会了，明日宁华帝君将会如何调查，众说纷纭。

他们不知道的是，宗明赫对抓捕狮盟并不上心，只草草交于一个长老和自己的长子，且几乎不曾过问，是宗子珩和许之南等人锲而不舍，才令陈星永伏诛。

是夜，宗明赫召宗子珩、宗子枭、许之南和华骏成入宫。

四人中，只有华骏成真的毫不知情，宗子枭原是打算将事情原委向宗明赫说明的，但许之南和宗子珩都反对。许之南不姓宗，谨慎些是合情合理；，而宗子珩则是因为，那幕后人想要自己的丹却要保宗子枭，这件事没查清楚之前，不能让弟弟或父君知道。

宗明赫十分不满，诘问他们为何抓到了陈星永，却没能查出幕后买主。

宗子珩能感觉到宗明赫对他直逼而来的怒火，只是要顾及纯阳教和华英派，没有当着外人的面大发雷霆。

宗明赫见什么也问不出来，拂袖而去。

送许之南和华骏成出宫后，宗子珩没有返回清晖阁，他还不想面对自己的母亲，便决定去白露阁借宿一晚。

此时夜已深，楚盈若早已歇息，只有守夜的内侍迎接他们，宗子枭让内侍送些吃食去自己房间。

"大哥，你还没吃东西吧？"宗子枭把吃的推了过去，"昨晚你就没吃，白天也没见你吃。"

宗子珩苦笑道："你不提，我还真忘了。"他确实从昨夜中了情药到现在，什么都没吃，起初是难受、反胃，到了下午药性退了，竟也没觉得饿。

"快吃饭。"宗子枭催促道。

宗子珩老实地吃了起来。

宗子枭坐在他旁边，一眨不眨地盯着他。

"你这样看着我，是不是也想吃？"宗子珩夹了一块排骨，塞进弟弟嘴里。

宗子枭边嚼边说："我吃了晚饭的，这排骨比起你做的，差得远了。"

宗子珩笑道："大哥好久没给你做排骨了，是不是？"

"嗯。"

"等蛟龙会结束了，大哥给你做一大桌好吃的。"

宗子枭笑了："那我来定菜单。"

"行。"

"大哥，你说，闫枢会相信今天那一出吗？"

"我见华小姐装得挺像，我此前还担心她一个姑娘家面皮薄，看来为了给她小师叔报仇，她也豁出去了。"

"她脸皮哪里薄了，成天往你跟前凑。"

"哪有的事？"宗子珩失笑，"也只有你，成天觉得别人要抢我，殊不知除了你，别人哪里稀罕我。"他原是调侃，可不知为何，就想起了母亲的失望指责和父君的不屑不耐，心里难受得无法形容。

"他们就是要跟我抢你，其他哥哥姐姐也爱跟你玩儿，还有那个油嘴滑舌的李不语，讨厌得很。"

"李不语出身教养皆是一流，人家那叫能说会道，哪像你，人不大脾气不小。"

"那你的意思是，李不语比我好？"宗子枭瞪着眼睛，"我用脚都能赢他。"

宗子珩无奈地笑了笑："在大哥心中，你当然是最好的，但他也不差，这种话不可以再说了。"

"哼。"

"好了，我们休息吧。"

宗子珩略洗漱一番，躺在了宗子枭的床上，忍不住叹气。

宗子枭磨磨蹭蹭地不肯上床，最后扭捏地躺在了大哥旁边，还要隔着一拳的距离，好像连对方的衣角都唯恐碰上。

宗子珩也没有在意，喃喃道："明日，是你的决战，也是我们的决战。"

"我会赢的，我们都会赢的。"

"小九，睡吧。"

"嗯。"

"你往里靠些，就不怕掉下床吗。"

"……不会。"

宗子珩逗他："小时候你可是恨不得四季都黏着我睡觉，现在长大了，跟大哥都不亲了是不是？"

宗子枭沉默了片刻，往床里挪了挪。

而宗子珩并未在意，凝神静心，很快睡着了。

半夜时分，宗子珩惊醒了，他的灵息有些异常，身体变得忽冷忽热，呼吸亦不畅。他疑惑地坐起身，这感觉不久前刚刚经历过，他吃了许之南给他的解毒的仙丹，助他排出情药的药性，当时就是这样冷热交替着，十分难受，所以他才一天没吃下饭。

可现在是怎么回事，药性明明早就过了，他也没有感觉到任何中毒的迹象，难道是那仙丹的残留药性？

"小九，给大哥倒杯水。"宗子珩轻轻推了一下宗子枭。

宗子枭却一动不动。

宗子珩心里一紧。修仙之人都十分警觉，别说这样推了，他起身的那一刻，宗子枭都该有所察觉，此时为何毫无反应？他探了探宗子枭的鼻息，又摸他的脉搏，那脉象过于平缓，显然不太对劲儿——迷药！

这屋子里一定有迷药，而他吃下的仙丹效力还在，所以帮他抵抗了药性。宗子珩浑身汗毛倒竖，他再次试图唤醒宗子枭，未果，便翻身下了床。可空气中并无异味，这世上有什么迷药可以无色无味，效力还这么强？

而且，是谁干的，目的为何？

突然，他想到了白露阁内到处放置的香炉。

他返回床边，在宗子枭身边布下守护结界，才悄无声息地打开门，走了出去。

走到前厅时，香味变得浓郁，这熏香里如果被放入了什么迷药，对气味不敏感之人，一时并不能察觉，而他常年养花，也调制过一些香，仔细分辨，这熏香似乎跟他刚进来的时候是有些不一样了。

他又很快发现守夜的内侍晕倒在地。

无论这是谁干的，目标必然是这白露阁的主人，宗子枭身边有他设下的结界，一旦有危险，会马上通知他，他得赶紧去看看楚盈若是否安全。

宗子珩谨慎地朝楚盈若的寝卧走去，但刚刚走近，就听到一阵甜腻的呻吟声，他浑身僵硬，简直不敢相信自己的耳朵。

他深吸一口气，蹑着脚走到门边，确认屋内传来的，是男女欢爱的声音，而且这样偷偷摸摸，不可能是他父君。他脑中一片空白，此时真恨不得自己也被迷晕了，他发现了一个他并不想知道的秘密！

回过神来，他咬着牙，慢慢地、慢慢地退走了。这事如果被父君知道，楚盈若恐怕要丢了命，宗子枭也必然受牵连，不管屋子里是谁，他都不想知道，他决定将这件事烂在肚子里。

第二天醒来，宗子枭神清气爽，宗子珩却两眼发青，没精打采。

"你没睡好？"宗子枭捧起大哥的脸，仔细打量了一番。

"做了噩梦。"

"什么噩梦？"

"忘了。"宗子珩沉着脸下了床。他也怀疑，昨晚发生的事是不是一场噩梦，无论是不是，都让他忘了吧，彻底忘掉。

"大哥。"宗子枭绕到他身边，眼中尽是关切，"最近发生这么多事，我知道你心里难受，但是一切都会好，我会赢，我们都会赢。无论如何，我都和你在一起，这世上没什么是我们兄弟携手，不能解决的。"

宗子珩温柔地笑了笑，顺着弟弟的头发道："小九真的长大了，越来越像个男子汉了。"

宗子枭自得一笑，面上还要装作不在意，从小到大，大哥的夸奖他都永远听不腻。

"走，大哥看着你夺魁！"

蛟龙会的第三日，每一场比试都万众瞩目。

华骏成以一招惜败陈兰朵，虽然不少人认为，华骏成之所以输，是因为不愿意对女修下狠手，但陈兰朵的实力亦是有目共睹。只是祁梦笙在陈兰朵荣膺三甲之时都没有出现，实在有些奇怪。

而最终的胜负，也不出众人意料的，是宗子枭和叶云尘争锋。

宗明赫高兴极了，当着所有人的面再次承诺，只要宗子枭夺魁，他将为他用神农鼎铸一把神剑。

三代没有出绝顶天骄的大名宗氏，将要靠这个年仅十三岁的小皇子彻底扭转颓势。

各派宾客都围着擂台入座，当宗子珩看到楚盈若时，浑身起了一层鸡皮疙瘩。

她依旧是面若桃花，倾国倾城，比起祁梦笙的冰冷狠辣，自然是这样的妩媚娇艳更加动人。可宗子珩看着她，再也找不回从前的敬重，想到她的私情一旦败露，可能会对宗子枭带来怎样的暴风雨，他只觉得愤怒。

"子珩，子珩？"

宗子珩回过神："怎么？"

许之南道："你脸色这么难看，可是身体还未恢复？"

"还好，比昨天好多了。"宗子珩悄声道，"飞翎使准备好了吗？"

"嗯，比试一结束，她就带人来。"

这时，闫枢带着五蕴门的人走来，许之南起身与他问好。

"恭喜啊许真人，纯阳教的后辈前途不可估量。"

"哈哈，多谢闫掌门，五蕴门的几个小子也让人惊艳，再过二十年，就是他们的天下了。"

闫枢又看向宗子珩："九殿下如此出类拔萃，大殿下居功甚伟。"

宗子珩站起身："不敢当，全赖父君和我大伯的栽培。"他微微皱了皱鼻子，似乎从闫枢身上闻到了一丝极淡的香味，这味道好熟悉。

好像是……

宗子珩如遭雷击，那一瞬，仿佛浑身的血都凉了。

೨… 第十六章 …ೕ

蛟龙会最后一场比试开始了，而宗子珩还没能从震惊与恐惧中抽离。

闫枢身上那若有若无的香，与他昨夜在白露阁闻到的一模一样，他仔细分辨过这熏香，绝对不会记错。

可他第一个念头却是不信。即便不论出身地位，闫枢比楚盈若长了三十岁有余，楚盈若为何要背叛年轻俊朗、对她极为疼宠的宗天子？这看起来八竿子打不着的两个人，又是如何、何时搭上的？

但若那人真是闫枢，有些疑问似乎就有了解释。比如，也许在楚盈若入宫前他们就已经相识，而那幕后人指使狮盟在古陀镇袭击他们时，对宗子枭的维护……

宗子珩倒吸一口气，一股寒意从脚底直冲天灵，面上几乎是肉眼可见地褪去了血色。

荒谬，太荒谬了。

可万一……

宗子珩看了看擂台上剑舞游龙、矫捷如飞的幺弟，又鼓起勇气侧过脸，朝闫枢的方向看去。

只见闫枢目不转睛地看着比武的两个少年，向来淡漠持重的脸上隐约闪动着一丝骄傲与欣喜。

不寒而栗。

宗子珩身形晃了晃，沉重地低下了头去。

而擂台上战斗正酣，没人发现他的异样。

叶云尘少年成名，很有当年许之南的势头，一路过关斩将，几乎没费什么力气，年纪轻轻就将元阳功修炼得令人赞叹，寻常的武器功法已经难以伤到他。这样的能耐，就算是遭遇高阶修士，也有一战之力，实在是后生可畏。

如果没有宗子枭，他本该是今日修仙界最万众瞩目之人。

宗子枭在这一决战中，展现出了临界宗玄剑法第七重天的修为，令全场哗然。

往后的十年、几十年、百年，这片大陆上都会流传着宗子枭的天才之名，以及他生前死后带给修仙界的无法磨灭的恐惧。

宗子枭胜了，成为五百年内最年轻的蛟龙会魁首，震撼了整个九州。

宗明赫激动地站了起来，大喊道："吾儿为蛟龙，吾儿为蛟龙！"

宗氏的长老们皆举手相庆，喜不自胜。一代天骄的出现，预示着大名宗氏将重现辉煌。

各仙门世家的宾客们，无论心里是什么滋味儿，表面上都大力恭祝。

而反观后妃们，脸上则各有各的精彩。

宗子枭少年得志，意气飞扬，面上的神采好像能发光，他先跪谢了父母，转身就迫不及待地看向他的大哥。

宗子珩内心翻江倒海，却只能强颜欢笑。

宗子枭跳下擂台，顺势扑进了宗子珩怀里，大笑道："大哥，我赢了，我赢了，我赢了！"

"小九真棒，大哥以你为傲。"宗子珩说的是真心话，却无法真心地高兴，他被那些可怕的猜想攫住了每一根神经。

"是大哥教得好。"宗子枭兴奋极了，完全没察觉到大哥的异样，他如今微微踮脚，就能凑到大哥耳边，笃定地说，"我的荣耀和我的奖赏，都属于大哥。"

宗子珩拍了拍他的背，心中喜忧参半，煎熬极了。

众人纷纷前来道贺，闫枢也走了过来，笑着恭喜"九殿下"，不吝溢美之词，宗子珩在一旁看着，头皮都麻了。他想从闫枢脸上看出与宗子枭神似之处，或者看不出，但宗子枭长得太像楚盈若了，实在难以辨识。

宗明赫一声令下，礼部早已准备多时，将在跑马场上大摆宴席，庆祝宗子枭夺魁。

就在这时，一道青灰色的倩影突然跃上擂台，众人定睛一看，竟是祁梦笙。

祁梦笙这一举动很是唐突，但见她神情肃穆，有山雨欲来之势，现场也跟着安静了下来。

"苍羽门祁梦笙，参见帝君、帝后。"祁梦笙躬身道。

"飞翎使此举何意？"宗明赫不悦道。

"我有要事禀告。"

"说。"

祁梦笙环视全场："昨日，在这擂台之上，华英派华愉心被邪祟上身，相信此事，诸位大都在场，亲眼看见了。那邪祟就是被陈星永窃丹而亡的华英派高阶修士，他通过华小姐，亲口说出了他的丹就在这里。"

许之南接话道："在我们审讯陈星永时，从他透露的线索可以判断，那些人丹的幕后买主，来自名门大派，极有可能此次也受邀参加了蛟龙会。"

有修士说道："陈星永都不知道幕后买主究竟是何人，飞翎使可有办法将他揪出来？"

"是啊，陈星永也死了，就算那个人在场，也死无对证啊。"

"陈星永没有死。"祁梦笙说话间，目光扫过了闫枢。

人群中传来骚动。

华愉心走到擂台下、宗子珩的身边，高声道："小师叔拼尽这一缕残念，告诉我他的丹就在这里，就在在场某个人的身上，我相信他！"

"究竟是怎么回事?!"宗明赫厉声道。

许之南朝宗明赫拱手："回帝君，去年冬天，我与大殿下、九殿下、飞翎使联手活捉了陈星永，但这厮狡猾多端，早有预谋，那幕后人趁乱绑架我师弟程衍之，让我用陈星永与之交换。我断不会把陈星永交出去，于是令我纯阳教一名弟子，使出缩骨功，假扮成陈星永，没想到那幕后人卑鄙歹毒，竟暗中埋下雷火石，想将我们和陈星永一同炸死，杀人灭口。"说到此，他的脸因仇恨而微微扭曲，"我两个师弟，都不幸身亡……"

纯阳教修士们都义愤填膺。

"所以，陈星永还活着，那他在哪里？"

"他在苍羽门赎罪。"祁梦笙阴恻恻地说，"他会活得长长久久，但时时刻刻都受尽酷刑折磨。"

"既然陈星永不知道幕后人是谁，那他活着，于今日之事又有什么用呢？"

"他虽然不知道幕后人是谁，但只要那人在他面前，他就可以认出来。"祁梦笙倨傲地仰着下巴，环视众人，"别忘了，公输矩可以丈量世间万物，细微到分毫。他为给自己留后路，偷偷用公输矩量过那个人的一些特征，这世上不会有完全一样的两个人，只要那人在这里，就无所遁形！"

众人议论纷纷。

闫枢沉声道："那究竟量的是什么？"

"量的是什么，自然要保密，否则被有心人听了去，不就前功尽弃了？"祁梦笙冷冷一笑，"我昨日御器往返昆仑，将陈星永带来了，只为当众拆穿那禽兽的真面目，为修仙界除害！"

"陈星永来了?!"

"口说无凭，谁知道那陈星永是不是又是纯阳教人假扮的？"

两名苍羽门女修，提着一个大竹筐上了擂台，将竹筐里一团血肉模糊的东西倒了出来。

场上顿时鸦雀无声。

那姑且称作"人"的东西，已经没了四肢，被剃光了头发，身上几乎不见一块好皮肉，耳朵、鼻子、舌头皆被削掉了，独留一双眼睛，空洞而绝望，好像就为了让他亲眼看到自己的下场。

修仙界对苍羽门的阴邪早有耳闻，今日一见，实在叫人毛骨悚然。这下没人敢质疑陈星永的真假了。

祁梦笙鄙夷地看了一眼地上的东西："这种欺师灭祖的叛徒，在我苍羽门就是这样的下场，今日为了揪出幕后买主，我将网开一面，事成之后，赐他一死。"

"那还等什么？"华骏成咬牙道，"我今日就要知道，是哪个道貌岸然的畜生，吃了我小师叔的丹！"

293

"对，快测，我们也想知道，谁干出那禽兽不如之事。"

群情激愤下，宗明赫也无法问责祁梦笙毁了他么子的庆功宴，只能看着许之南拿出公输矩，要求所有人都上擂台一测，自证清白。

宗子珩一直暗暗观察着闫枢，这不过是他们演的另一出戏，除了陈星永和公输矩是真的，其他都是假的，目的只是将闫枢引入瓮中，而现在看来，闫枢已经上钩了。

从昨日华愉心被"上身"，到发现陈星永没死，再到眼前这一出，这连环之计打得闫枢措手不及，不信他心里不慌。

如果逮到机会，宗子珩要亲口问问闫枢，楚盈若和宗子枭，究竟与其是何干系，但无论答案如何，他都希望闫枢把这个秘密带进坟墓。

他前途无量的么弟，决不能被这件事毁了，哪怕只是谣言。他看着闫枢，胸中杀意沸腾，他从未有一刻，如此强烈地想要除掉一个人。

这一测，就测到了太阳落山，但没人抱怨，也没人敢离场，否则就有嘴说不清了。

轮到五蕴门时，闫枢的脸色已经是绷不住的难看，当看到他走上擂台时，几人心脏一沉，各自握紧了手中佩剑，随时准备发难。

这时，为求一死的陈星永，配合地做出了反应，他颤抖着、费力地睁大了眼睛，看着闫枢。

"咿……咿……"陈星永已经没了舌头，只能发出古怪的声响。

祁梦笙凌厉地瞪着闫枢，问道："陈星永，是这个人吗？"

陈星永费力地点头。

四周响起阵阵抽气声。

许之南郑重道："这个人，可是刚刚执掌五蕴门的一派掌门仙尊，你从未见过他的真面目，可不能胡说八道。"

陈星永痛苦地摇头。

闫枢冷哼一声："一派胡言，你们竟容许这下贱东西污蔑本座！"

五蕴门弟子们也纷纷怒斥，气氛变得剑拔弩张。

宗明赫满脸寒霜："空口无凭，岂能听信这个窃丹贼的一面之词，就污蔑一派掌门？"

"回禀帝君，我们并非没有凭证。"祁梦笙道，"这半年来，我们从各种线索入手调查，发现种种证据都在指向闫掌门。比如，雷火石。我调查到去年曾有一批雷火石被送往武陵。雷火石价格昂贵，又是被正统仙门世家所鄙夷的火器，寻常人用不上，买它的，多少有些不可告人的用途。由于雷火石中含有大量硫黄，若放在封闭之地，气味很久都不散，不知闫掌门的乾坤袋，敢不敢给大家看一看？"

"雷火石？听说那东西威力惊人啊！"

"可不是，纯阳教高阶修士的身体，硬如铜墙铁壁，若不是中了阴招，哪会年纪轻轻就没了？我听说啊，当时许之南胳膊都被炸没了。"

"卑鄙，太卑鄙了。"

周遭的议论和目光，如天降剑雨，齐齐刺向闫枢。他眯起眼睛，才确定这些人早就盯上了他，设好了局在这儿等着他。

许之南寒声道："大家也知道，雷火石必须近距离引爆，当时我与幕后人交换人质，彼此不过十步之遥，我不疑有他，可雷火石引爆后，连我都身受重伤，我的两个师弟，还有幕后人的手下，全都……"他咬紧银牙，"可幕后人却毫发无伤，甚至在我师弟还剩下一口气时，取走了他的金丹！"

闫枢的面色越发阴沉。

"我们百思不得其解，除非是穿上了金缕玉衣，否则，怎会有人在雷火石的爆炸中毫发无伤？"许之南慢慢踱步到闫枢身前，一双瞳眸幽深凌厉，"后来我们才明白，那并不是他本人，仅是一个偶身，而且是不会在现场留下痕迹的偶身，因为它是用吴生笔画出来的！"

"天哪！"

"原来如此！"

"吴生笔竟这么厉害。"

闫枢冷哼道："你说的这些，也不过是无端猜测。"

"若是无端猜测，闫掌门便将乾坤袋向大家展示一番。"许之南做了个"请"的手势，"你的乾坤袋里，有没有雷火石，有没有硫黄臭味，或者，有没有还未炼化的金丹?!"

闫枢握紧了拳头，眼神凶恶，如一头被惹怒的猛兽。

"闫掌门，不如让大家看看吧。"

"是啊，看了才好还你清白。"

闫枢在修仙界风评并不好，五蕴门前任掌门死得蹊跷，他谋篡了年纪尚轻的师侄的掌门之位，此种德行，自然不得人心，此时有墙倒众人推之势。

华愉心指着闫枢喝道："你若不心虚，乾坤袋有何见不得人?!"

宗子珩和宗子枭也跳上擂台，和祁梦笙、许之南呈掎角之势，将闫枢围困在中间，随时准备出击。

宗子珩冷道："闫掌门，你在大名宗氏的地盘上，不要想动什么歪心思，不如打开乾坤袋，自证清白。"

闫枢转向宗明赫，口气十分诡怪："帝君，我来大名宗氏做客，帝君就纵容这些人空口白牙地讨伐我吗？"

宗明赫面色铁青，一时不知该如何作答。

闫枢嘲弄一笑："好，我便让你们看看我的清白。"他从胸口掏出了一个小小的布袋，乾坤袋是修士们人手一个的法宝，尤以巨灵山庄出产的最能装，此法宝只能装死物，不能装活物。

蓝光微闪，闫枢手里多了一样东西，众人定睛一看，骇然色变。

闫枢既没有敞开乾坤袋，也没有拿出什么能自证清白之物，他手中多了一条棕褐色的长鞭，细分辨，上面遍布着蛇的纹理。

那正是五蕴门第一法宝——秦皇赶山鞭！

传闻此鞭由上古异兽螣蛇的蛇蜕所制，可驱石搬山，神威浩大。能被尊为名门大派第一法宝，唯独掌门才能继承的神物，根本不是吴生笔、公输矩这些取巧的东西可以比拟，它们无一例外，拥有毁灭性的力量。

这种等级的法宝，自大名宗氏一统九州后，就不曾现世过，仅是亲眼看见，已令人毛骨悚然。

秦皇是第一个登上人皇之位的凡人，上敢与昊天大帝争辉，下敢派兵俑征伐九幽，其势、其力、其狂，都证明他修为深似海，这条赶山鞭，即便在如今的高阶修士手里，只能发挥一点威力，也足够将整个猎场摧毁。

宗明赫大喊道："闫枢，你想干什么?!"

宗子珩冷汗直流，他们最担心的事还是发生了，但如果在这人多势众的情况下都不能制服闫枢，以后就更没有机会了。

"闫枢，真的是你？"华骏成目眦欲裂，"你这个禽兽不如的狗贼，原来你这些年修为猛进，就是靠吃人丹！"

许之南双目血红："孽——畜！"

宗子珩厉声道："闫枢，你手中法宝再厉害，也不可能是这么多人的对手，不要再增加罪孽了，伏法吧。"

闫枢冲着宗子珩，露出一个阴恻恻的笑："如果你尝过人丹的妙处，就会欲罢不能。"

"你！"

"大殿下，你可知道，放眼整个修仙界，我最想要的，是谁的丹？"闫枢握紧了赶山鞭，一双眼睛仿佛要盯进宗子珩的肉里。

宗子珩呼吸一滞。

"你的。"闫枢厉喝一声，手中神鞭一甩，一道长长的金光辉耀了半个夜空。

接着，整个大地剧烈颤动，仿佛脚底下炸了一串天雷，发出隆隆隆的可怖声响，大地开始龟裂，无数大大小小的石头破土而出。

"快跑——"

惊呼声四起，御剑飞天的人群像林间惊起的一丛丛麻雀。

宗子珩和宗子枭也打算御剑逃脱，可刚刚升空，头顶一暗，抬头一看，数不清的石块飘浮在半空之中，几乎遮蔽了星月。越来越多的石头被赶山鞭从地底、从远山召唤而来，将擂台四周层层围住，封堵了他们的去路。

然后，地陷开始了，擂台周围所有来不及逃的人，脚底踩空，只能绝望地陷落。一时间，他们竟然猜不出闫枢是打算砸死他们，还是将他们活埋。

宗子珩紧紧抱住宗子枭，俩人联手构筑起防护结界。

他们摔进地底，头顶的泥土石块从天上倾倒而下，俩人奋力撑着结界，准备迎接泰山压顶。

发动如此庞大的术，闫枢的灵力肯定坚持不了太久，可坏就坏在，就算闫枢的灵力耗空了，掉下来的石头也并不会自己飞回去，如果他们不能脱身，最终都会被困死在地底。

但他们又想错了，那些石头并未砸下，而是开始构筑墙梁屋顶。

当最后一块石头将残存的一丝月光彻底隔绝时，他们坠入了无边的黑暗。

"大哥。"宗子枭摸了摸宗子珩的脸，"你没受伤吧？"

"没有，你呢？"

"我也没事。"宗子枭燃起一个火符，借着短暂的火光看了看四周，"闫枢把我们埋在地底，但又不杀我们，是想将我们困到精疲力竭，然后挖我们的丹？"

宗子珩沉重地换了一口气："看来是这样了。"

"他刚才说，他最想要你的丹？"宗子枭骂道，"该死的畜生。可是，为什么？虽然你的天资很高，但修为还比不上那些老家伙，自然是他们的丹更补。"

"……我也不知道。"宗子珩还没从震惊中缓过神来，大脑疲于思考。宗子枭说得没错，他的丹固然好，但远不是最好的，闫枢何来的"最想要"？

"许之南千算万算，没算到赶山鞭这么厉害吧。"宗子枭冷哼一声，"竟把我们都困在这不见天日的地底。"

"确实失算了，本以为有这么多高阶修士在场，他插翅难飞，却没想到……"宗子珩叹道，"我们先去找找其他人，希望他们也安全。"

宗子枭拉住了大哥的手："这里漆黑一片，闫枢又能驱动石头，这地宫就是他随便摆弄的盒子。大哥，我们都不能松手，知道吗？"

"好。"

两人摸黑往前探索，并喊着其他人的名字。

"唔……大殿下……"

一道微弱的女声在角落里传来。

宗子珩一惊："华小姐？是你吗？"

"嗯。"

宗子珩摸到她跟前，关切地说："你可有受伤？"

"我设了结界，只是扭伤了脚，没什么大碍。"华愉心的眼睛是黑暗中的一点光亮，"但是，这里好黑啊。"

宗子枭没好气地说："地底当然黑。"

"别怕，外面的人肯定在想办法救我们。"宗子珩道，"刚刚地陷的范围并不大，就是擂台周围，所以绝大多数人并没有掉下来。"

"嗯，我大哥肯定在想办法。"

宗子珩将华愉心扶了起来："走，我们去找其他人。"

探索之下，他们发现这地底被闫枢构筑成了一个真正的迷宫，漆黑曲折，根本无从寻找出路。

找了半天，才听到一个人的回应——隔着墙传来了祁梦笙的声音，但尝试了几条路，都无法见到对方，据祁梦笙说，她和陈星永在一起，而她能听到另外一面墙传来的声音，来自李不语，许之南则不知所终。

谁也不知道究竟掉下来多少人，谁也不知道如何与对方绕过重重石墙会合，而如果他们强行破坏掉墙，就有可能被活埋。

三人没精打采地靠在石墙上，处于绝对漆黑之中，很容易让人产生混沌之感。

"不知道父君此时在想什么法子救我们？"宗子枭闷闷地说，"我想了一遍，咱们宗氏好像没有什么法宝，既能把石头搬开，又不至于造成坍塌。大哥，你能想到吗？"

宗子珩摇了摇头，又想起他们看不到，开口道："我也暂时想不到，若是靠人力搬，也不知道要多久。"沉默了一下，叹道，"想来想去，这种情况，怕只有许大哥穿上金缕玉衣可破。"

宗子枭轻哼一声："他又不是掌门，他怎么可能有金缕玉衣？"

"……也是。"宗子珩原是想，许之南不是掌门，也拿到了七星续命灯，但转念又一想，金缕玉衣是纯阳教至宝，无论如何也不可能现在就给许之南。

"他打算困死我们吗？还是想趁黑偷袭我们？"华愉心抱紧了膝盖，小声问。

"我也猜不到，但他现在肯定也跟我们一样在地底。"宗子珩柔声道，"华小姐，你不要怕，不只我们被困在这里，闫枢也一样，他想逃出生天，就不敢轻易动我们。"

"我不怕他。"华愉心抿了抿唇，"我怕黑。"

宗子珩心头一软，顿时怜香惜玉起来："没事，我画一个能烧得久的火符。"他两手结印，凌空画了个符咒，顿时照亮了这一方天地。

"你不要为这浪费灵力。"宗子枭气不打一处来。

"不浪费。"

俩人均是垂首浅笑，好像一切尽在不言中。

宗子枭握紧了拳头，狠狠捶了一下石墙："飞翎使！"

祁梦笙隔墙"嗯"了一声。

"公输矩可还在你手上？"

"在。"

"你说，把石块缩小了，我们能不能出去？"

"或许可以，但我不知道这地宫有多大，下面有多少人，若我缩小了这里，他处会不会失去支撑塌了？"

几人又沉默了。

宗子枭往大哥身边挪了挪，又挪了挪。

宗子珩的语气是惯常的宠爱："又怎么了？"

"累了，纯阳教那小子，有两下子。"

"叶云尘是许大哥着重培养的后辈，自然是厉害的。"宗子珩摸着他的头，"但还是我们小九最厉害，小小年纪，一鸣惊人。"

宗子枭喜道："那当然了。人人都知道，我是大哥带大的，我赢了，就等于你赢了，你不必再为蛟龙会遗憾了。"

宗子珩点点头，轻叹道："是啊。"话虽如此，可他多么希望自己也能在那擂台上傲视群雄，小九赢了他很高兴，但并不能弥补他为此事抱憾终生。

华愉心也道："在我心目中，大殿下就是蛟龙会魁首，八年前我见过你比武，那时候，大人们都说下一届必是你的时刻。"

宗子珩有些意外："八年前的蛟龙会，你也在？"

"嗯，我那时候还小，大殿下肯定不记得我了。"她深深望了宗子珩一眼，抿唇一笑。

宗子枭冷道："我大哥原是势在必得，还不是因为……"

宗子珩捏了捏他的胳膊，示意他别说了。

祁梦笙敲了敲墙，说道："你们听到动静没有？"

很快，他们也听到了隆隆声响，瞬时全都从地上跳了起来。

"石头在移动！"祁梦笙大喊一声，接着疾跑声响起。

"飞翎使！"宗子珩拍着墙，"你没事吧？"

话音刚落，远处的石壁朝着他们推了过来。

"跑！"宗子珩当机立断，背起华愉心，三人转身往未知的黑暗中跑去。

周围的石墙不断地缩进、推离，更不时有石头拔地而起，形成新的障碍，整个地底变成了活动的迷宫，他们像没头苍蝇一般四处寻找出路，渐渐地，他们意识到，闫枢在把所有人驱赶向不同的牢笼，而他们却只能像羔羊一般逆来顺受。

这就是仅次于上古神宝之下的人间顶级法宝，赶山鞭的威力可怖至极！

突然，地下接连拔起几块石头，挡住了三人的前路，他们不得已向后退去，改为宗子枭在前面开路。

"小九，别跑那么快。"

"大哥，这里有条路。"宗子枭在前方不远处喊道。

宗子珩就要冲过去，只觉脚底一阵剧烈的颤动，他大惊失色，敏锐地向后跳开，一块锋利的扁石破土而出，赫然挡住了他的去路。

"小九！"宗子珩急叫道。这块石头挡在了他们兄弟之间，定是闫枢预谋已久！

"大哥。"宗子枭想往回跑，但石墙和地形不断变换，他被迫步步后退，"大哥——"

"小九，别怕。"宗子珩放下华愉心，急得抽出君兰剑，用剑气破开了石墙。

石墙倒塌的同时，头顶传来一阵动荡，碎石块纷纷雨落，俩人不得不抱头蹲下，撑起结界。

过了好一阵，震动才止歇，而宗子珩已经听不到弟弟的声音了。宗子珩狠狠一拳捶在地上，急得眼睛都红了，他大吼道："闫枢，你给我出来，你这个畜生，缩头乌龟，给我出来！"

"大殿下。"华愉心小声安慰道，"九殿下可是蛟龙会魁首，他一定可以保护自己。"

"我怕他……"话到嘴边，宗子珩却无人可以倾诉，心里乱成了一团。宗子枭和闫枢到底是什么关系？小九会不会才是他的真正目标？他想干什么？

"再说，就像你说的，闫枢如果还想保住狗命，他不敢动九殿下的。"

宗子珩沉声道："我怕他害怕。"

华愉心静默片刻："大殿下真是个好哥哥。"

宗子珩拿出他和宗子枭之间的传音花，他不敢抱太大希望，但这小东西也许能在石头缝里找到出路，找到小九。然后他打算再去背华愉心："走吧，我们不能坐以待毙，找找其他出路、其他人。"

"不用了大殿下，我一直在用灵力疗伤，已经好多了。"华愉心扶着墙站了起来，一瘸一拐地走了两步。

宗子珩迟疑了一下，上前扶住了她。

华愉心的两颊顿时染上红晕，还好光线昏暗，看不真切，免去了尴尬。

他们折返回去，发现了一条岔路，只能凭着直觉走下去，一路上，他们几次走到死胡同再折返，也没有再碰到任何人，只有地宫深处偶尔传来的响动，告诉他们这里的地形还在时刻变化。也许闫枢从公输矩那里得到了灵感，打算把他们拆分了圈起来，再逐个击破。

宗子珩担心宗子枭，也担心其他人，空气中窒闷着长久的沉默。

许久，华愉心打破了沉默："大殿下，四年前，你为什么会刚好出现在古陀镇呢？"

"那时候，小九刚刚结丹，他从未离开过大名，央求我带他出去玩儿，我们打算一路南下去蜀山，途经古陀镇。"

华愉心轻叹一声："都是缘分啊。小师叔失踪后，我爹派人找了他一两年未果。"

"古陀镇刚好是纯阳教和五蕴门交界之处，两派都不太愿意管，怕起冲突，但出了事之后，纯阳教十分配合调查，反观五蕴门，只是动了动嘴皮子，我那时候就该有所察觉的。"

"是啊，当时闫枢管理五蕴门对外之机务，他利用这一点，常年四处走动，也不会引人怀疑。"华愉心黯然道，"陈星永挖了丹，卖给了他，可那么多丹，绝无可能是他一个人吃的，之后，他又卖给了谁呢？"

"只有活捉他才能问出来。"宗子珩道，"至少陈星永已经受到了惩罚，你小师叔在天有灵，也会安慰许多。"

"嗯。"华愉心声音有一丝哽咽，"从小，我小师叔就最爱和我们一起玩儿，他是个极好的人，一花一草也不忍践踏，若他知道他死后变成了邪祟，害了那么多无辜百姓，他该多难过啊。"

"那不怪他，他也一样无辜。"

"所以，我们十分感恩大殿下度化了他，让他可以投胎转世。"华愉心抹掉了眼泪，"可我有时候想不通，老天爷为何不善待好人？"

宗子珩心头一沉，失落地说："生死轮回，每个人、每一世的课业不同，命这东西，还是不要深究了，没人想得通。"

华愉心愣了愣，淡笑道："大殿下年纪轻轻，有时候却十分老成呢。"

宗子珩也笑了："我是长子，自然要比同龄人更早懂事。"

"我……啊！"华愉心脚下绊到了石头，身体往前扑去。

宗子珩一把揽住她的腰，人也顺势跌进了他怀里。

四周安静得落针可闻，对方身上淡淡的幽香毫无防备地钻入鼻腔，两道刻意压抑的气喘声显得格外地小心翼翼。

俩人同时回过神来，手忙脚乱地分开了，暧昧的气流涌动，在人心口烧了一把火。

"华……华小姐，我……"

"叫我名字吧。"华愉心脱口而出。

宗子珩："……"

"我……我的意思是……大殿下身份尊贵，不必……不必对我用敬称。"

"好。"宗子珩红着脸，唯恐心跳声太大吓到佳人，他徐徐地、郑重地叫道，"愉心。"

华愉心露出了一个羞涩又欣喜的笑容，比起火符咒，这纯美的笑靥才是无边黑暗中的一束光。

直到这一刻，宗子珩才真正发自内心地想要娶华愉心。不为华英派的权势，不为母亲的野心，只是自己动了心。

第十七章

俩人在地宫中寻了很久，一筹莫展之时，终于听到前方传来了些响动，似乎是有人在呼救。

他们循着声音跑了过去，在一处石室里找到一个受伤的人，是个纯阳教弟子，淡金色的修士服上遍布血污。

华愉心矮身去扶他："这位大哥，你伤到哪里了？"

宗子珩见这人身上全是血，恐怕凶多吉少，他从乾坤袋里摸出一枚凝血丹，倾身过去想要用灵力探查对方的伤情。

可刚刚凑近，他敏锐的嗅觉就在那片血腥味的掩盖下捕捉到了一丝微弱的香。

他一惊，猛然抬头，正撞上一双恶狠狠的眼睛，犹如一头饥饿的野兽盯着近在咫尺的猎物。他一把推开了华愉心，人也向后退去。

腰腹一阵剧痛，宗子珩低头一看，一把银晃晃的匕首，已经没入身体大半，鲜血顿时染红了他的白衣。

"大殿下！"华愉心一把扶住宗子珩摇晃的身体，惊恐地看着他的伤。

宗子珩把刚拿出来的凝血丹直接送进了自己嘴里，他抓住匕首，咬紧了下唇，猛地拔了出来。

扑哧一声，血花飞溅。

华愉心眼泪盈眶，她一把抽出了剑，悲愤交加，冲那偷袭者怒喊道："你找死！"

宗子珩却一把拉住她，忍着剧痛，哑声道："不要。"

那偷袭者轻松地从地上跳了起来，看来根本没有受伤。

华愉心厉声道："你敢偷袭大殿下，你置许真人于何地，是谁指使你的?!"

偷袭者冷冷一笑："你们可以自己去问大师兄，如果能活着见到他的话。"

"不必。"宗子珩瞪着偷袭者，目光锐锋如刃，"这件事跟许真人毫无关系，对吧，闫枢?"

此言一出，不仅华愉心骇住了，就连偷袭者也是一愣。

那偷袭者年轻英俊，身材高大，十分符合纯阳教弟子的外形，再怎么样，也不会有人把他和年过半百的闫枢搞混。

"大……大殿下，你在说什么？"华愉心不解地看着宗子珩。

偷袭者露出一个嗜血的笑："我以为你就是个少不更事的蠢货，看来是低估你了，你是怎么发现的？"

"你猜猜自己是哪里露出了马脚。"宗子珩需要更多的时间，用凝血丹和灵力让自己的伤口快些止血。

但这一招被拆穿了，偷袭者手中多了一把剑："想拖延时间吗？没关系，只要你们死了，这依然是个秘密。"

华愉心看着那把剑："你……你真的是闫枢？"

利剑出鞘，闫枢用剑锋指着宗子珩："再给你一次开口的机会，怎么发现的？"

宗子珩沉声道："昨夜，我在白露阁。"

"哈哈哈。"闫枢大笑道，"真是百密一疏。"

"你和楚妃娘娘……"宗子珩露出厌恶的神情，"无耻至极。"

华愉心瞪圆了一双杏目。

这句话瞬间惹恼了闫枢，他目露凶光："我们无耻？那夺人所爱、强占女子的狗贼岂不更无耻?!"

宗子珩脑子一转，似乎明白了什么："难道你是……"

"没错，我是楚盈若的未婚夫，我们青梅竹马，两情相悦，可宗明赫那个狗贼在蛟龙会上一眼看中她，他不但抢走了我未过门的妻子。"他眸中迸射出浓烈的恨，"还指使闫枢那个老畜生害死我全家。"

宗子珩浑身一震。这个人，说他父君……

华愉心尴尬地看了宗子珩一眼，试图岔开话题："你和闫枢……你们……你是用吴生笔伪装成闫枢的？"

怪不得闫枢在人前总是木着脸，鲜有表情，用吴生笔画出来的脸，当然不像纯阳教缩骨功那样可以随意调动骨骼肌肉。

"你们这一辈，什么都不知道了。"假"闫枢"紧紧握着剑，英俊的五官因仇恨而扭曲，"十几年了，他们抹杀了当年的事，抹杀了我，如今人们提起楚盈若，也不过隐约记得，这天下第一美人被宗明赫纳入后宫前，似乎有过婚约。可还有人记得，我陆兆风是闫枢的亲——传——弟——子。"

宗子珩脸色惨白，显然不仅仅是因为失血。他小时候就听说过宫里的流言，说楚盈若曾经有婚约，是被帝君横刀夺爱，可那毕竟是九州最有权势的人皇，想要区区一个女子，谁会在意呢？

"闫枢为了荣华富贵，甘当宗明赫的走狗，欲除掉我，还好我大难不死，竟意外得到了吴生笔。那畜生怕我家人查出真相，将我陆家三十七口灭门，还反诬陷我爹是窃丹贼！"

宗子珩突然想起当年在古陀镇时，黄弘、黄武与他提过的一起跟窃丹有关的灭门案："难道你是……兖州陆氏的后人？"

陆兆风瞪着血红的眼睛说："闫枢和我爹多年挚友，我爹还在他最难的时候接济过他。我陆氏只是个小门派，我爹为了我的前途，将我送去五蕴门拜他为师，指望他真如自己所言，待我如己出，哪里知道他是个恩将仇报的畜生！"

华愉心骂道："你也是畜生，你们都是畜生，闫枢害了你，你就去害别人，你跟他有什么区别?!"

"哈哈哈哈。"陆兆风狂笑不止，一张脸病态地扭曲，"对，对，可那又如何呢？我得到了力量，我报了仇，我让宗明赫给我养儿子，哈哈哈哈哈——"

"你胡说！"宗子珩目眦欲裂，好像被当场拆穿了不可告人的秘密，恨不能缝住陆兆风的嘴，"你疯了，你胡说，你敢污蔑我父君，你敢污蔑我弟弟！"他的伤口疼得好像一把刀子正在搅他的肉，饶是如此，也比不上陆兆风字字穿心。

"我有没有胡说，对你们来说不重要了。"陆兆风一步步逼近，"原本我还想留着这个小姑娘，把你的死嫁祸给许之南，但现在你们都——要——死。"

宗子珩将君兰横在胸前，将华愉心挡在身后："你想取我的丹，敢不敢堂堂正正地来？偷袭一个后辈，小人！"

"我可没空跟你纠缠，我只要你的丹，任何阻拦我的人，都只有死路一条。"陆兆风痛快地道，"你们想知道阊枢的下场吗？我不仅当着他的面，吃了他的丹，还一片片活剐了他，我剥下他的脸皮，照着一遍一遍地画，直到惟妙惟肖，我就变成了他。你知道我装作他，为你伟大的父君，干了多少丧尽天良的事吗？"

"住口！"宗子珩嘶吼一声，利剑袭向陆兆风，直取心口。

他害怕从这个人口中听到更多剜心的话，他不相信，他不相信他父君和窃丹贼沆瀣一气，他不相信他最疼爱的弟弟，和自己毫无血缘，还是这个畜生的儿子！

华愉心也持剑攻了上去，俩人左右夹击，招招是杀招。

但陆兆风修为高深，剑法卓越，宗子珩又受了伤，他们的攻势一时完全被压制了。

陆兆风为了速战速决，毫无身为剑客的荣耀，几次故意杀向华愉心，逼得宗子珩放弃进攻，去保护华愉心。在这样的打斗中，他的血更加止不住了。

华愉心恨得咬牙切齿，她手中蓝光一闪，出现一串手环，那手环上挂着七个小小的铃铛，她摇动手腕，铃铛发出一阵脆亮的声响，在灵力的加持下向陆兆风袭去。

只见陆兆风脸色一变，狠狠拍了一下脑袋，闪身躲避。

宗子珩哪会放过这时机，堵在他的退路上，周身灵压肆虐，剑招狠辣地祭出，对陆兆风紧追不放。宗玄剑法本就是这种穷追猛打、咄咄逼人的路数，力求速战速决，相比这种刚猛的打法，宗子珩其实更喜欢无量派那样传统的、儒雅的剑术。但对付陆兆风，宗子珩恨不得马上把他千刀万剐。

华愉心见她的法宝碎风铃奏效了，便追着陆兆风摇铃，而宗子珩剑舞游龙，与陆兆风暂时打了个旗鼓相当，战况终于扭转。

陆兆风被那碎风铃晃得头晕眼涨，两相夹击下，终于显出颓势。

但华愉心也很吃力，碎风铃由貔貅的牙齿制成，对付邪祟最有效，是她爹给她防身的，为了不伤到自己人，她要施放大量灵力控制铃声的方向。

宗子珩的血淌了一地，速度在逐渐变慢，华愉心也显出疲态。

两人过了百余招，各有损伤，宗子珩拼着一口气，看似越战越猛，实际已快要撑不住，这力量倒像是回光返照，烧得越猛烈，熄灭得越快。

陆兆风察觉后，便故意拖延起时间，他嘲讽道："我原本想给你个痛快，看在你把我儿子照顾得很好的分儿上。"

"闭上你的狗嘴！"宗子珩目眦尽裂，额上青筋暴突，恨不能吃了陆兆风。

陆兆风狞笑道："你可知道你崇敬的父君，吃过多少人丹？"

宗子珩浑身大震，一个失神，竟被陆兆风的剑风所伤。

"大殿下！"华愉心焦心道，"你不要听他胡说八道，他在激你！"

"呵呵。"陆兆风残忍地看着华愉心，"你不是想知道，你小师叔的丹，进了谁的肚子吗？"

华愉心的身体一抖。

"不错，正是那高高在上的宁华帝君。"

"畜生！"宗子珩再次扑了上去，陆兆风利落地接下他的剑，兵刃相交之声响彻整个石室，伴随着的，是陆兆风不肯停歇的、流着毒液的字字句句。

"还有你许大哥的师弟，那可是枚好丹啊。"陆兆风笑道，"宁华帝君平白有了元阳功法，修为更上一层楼。他一心想要振兴大名宗氏，没有天生的好根骨，只能靠后天增补了。"

宗子珩怒意攻心，他拼命告诫自己冷静，不要相信这些污蔑，不要上了敌人的当，可他身为人子，又岂能无动于衷？万一，万一有万一，他该如何自处？！

华愉心几乎要哭出来："我不信，我不信！"她厉喝一声，再次摇晃碎风铃，直追着陆兆风而去。

石室的面积不大，陆兆风想要闪躲，也没有太多余地，他被那铃声吵得仿佛脑袋都要裂开了，激怒之下，他拿出了赶山鞭。

"愉心，退回来！"宗子珩任灵力疯狂释出，君兰剑在手中挽了一个银闪闪的剑花，起式——宗玄剑法第七重天。

陆兆风手持长鞭，凶狠道："不仅如此，宗子珩，你好好听清楚了，这世上最想要你的丹的，正是你的亲生父亲！"

宗子珩只觉浑身血液逆流，喉头一甜，直接吐出一口血，是靠着君兰剑的支撑，他才没有在敌人面前倒下。

不，他不信，他不信，他不信！

"但我又怎么会把这么好的东西给他？"陆兆风邪笑道，"你根本不知道，你的丹有多珍贵，它将成为我陆兆风的儿子登顶修仙界的踏——步——石！"

赶山鞭金光乍现，卷起的石块悉数朝他们飞来，足够将他们砸成肉泥，宗子珩大吼一声，挥出的剑弧于半空中碰撞。

轰隆——

整个石室地动山摇，像一头刚刚苏醒的猛兽，而他们，正在那兽口之中，随时都会被吞吃入腹。

宗子珩于乱石翻飞中，看到了华愉心。华英派的剑法刚柔并济，华愉心舞剑时，优雅翩跹如一只蝶，当时擂台下，多少少年醉了心、迷了眼，此时这只蝶，被卷入一场残酷的暴风雨，她狼狈闪躲，依旧不能阻止暴风雨撕扯她的翅膀。

宗子珩奋力扑了过去，奋力伸出手，当碎石击中华愉心，时间好像在那一刻静止了，不，时间奔流如河海，从不为蝼蚁停歇，是他身体里的某样东西静止了。

宗子珩跪在地上，看着倒在血泊中的华愉心，他张开嘴，无声地哀号。

陆兆风走到宗子珩身前，举起了剑："你若不信，去了阴曹地府，亲口问你的大伯吧。"

一阵寒意骤然袭来，陆兆风敏锐地跳开，"嗖"的一声，一支冰箭没入石壁，以此箭为靶心，寒冰向着四周急速扩散，几乎冻住了半面墙。

这若射在人身上，后果可想而知。

祁梦笙和许之南同时出现在石室。

陆兆风不甘地咬了咬牙，一甩赶山鞭，石块朝俩人袭去，一堵石墙滑了过来，企图故技重施，将他们关在石室之外。

祁梦笙手握冰晶长弓，脚踩石壁横跑而来，她每一次拉弓，都有一支寒冰凝成的箭矢飞射而出，那些石块在半空中被冻结成冰，应声碎裂。

反观许之南，不紧不慢之下，却以难以置信的速度出现在石墙跟前，一手抵住了千斤重的石墙。

陆兆风后退了一步。

许之南阴寒道："用这等卑劣的伎俩算计一群孩子，寡廉鲜耻。"

陆兆风铁青着脸，往后退去。俩人意识到他要跑，拔腿就追。

陆兆风不断挥舞赶山鞭，抽得石壁啪啪作响，碎石乱飞，石墙快速移动，形成一道道屏障，陆兆风在掩护之下退出了石室，不见了踪影。

俩人担心伤者，没有再追，他们跑回宗子珩身边，看着他怀中奄奄一息的华愉心，纷纷注入灵力探她的心脉，又同时低下了头去。

宗子珩僵硬地擦着华愉心脸上的血，他努力想要看清这个好看的姑娘，可视线已然一片模糊，竟只剩下大片大片鲜红的色块。

华愉心张开嘴，口中再度涌出鲜血，她咳着血，气若游丝地说："那夜，沈妃娘娘……问我……愿不愿……做你……妻子……"

"愉心……"

华愉心努力翘了翘嘴角，盈满泪的眼眸也在尽力要看清宗子珩："我……愿意……"

她将这一眼随自己带走了。

一束光熄灭在黑暗中。

"啊啊啊啊——"宗子珩痛哭失声。

他的世界在眼前崩塌了，像赶山鞭操控的巨石般从头顶坍塌砸落，所有的一切，宗明赫、宗子枭、华愉心，每一块石头都砸得他血肉模糊，再也无法拼凑成一块。

一夕之间，他的父君变成了吃人丹增补的魔鬼，甚至想挖他的丹，他最爱的弟弟原来与他并无血缘，甚至还是仇人的儿子，而他为了掩盖母亲的龌龊行径，撒谎、隐瞒，利用了一个无辜的姑娘，害她卷入危险，丢了性命。

巨大的痛苦和悔恨几乎将他击垮。

许之南重重喟叹一声："子珩，现在不是悲痛的时候，我们得找到九殿下，抓住陆兆风。"说到"九殿下"时，他的口吻明显有些迟疑。

"子枭，子枭。"这个名字如当头棒喝，把宗子珩打醒了，他捕捉到了许之南话中的异样，"你们，听到了多少？"

祁梦笙面无表情地说："我们顺着铃铛的声音找到你们。"

许之南道："那是碎风铃吧？声音虽不大，但能传得很远，它还有一个作用，会把周围的声音也一起传出去，所以铃响之后的，我们都听到了。对他的身份，也猜出了个大概。"

宗子珩倒抽着气，眼中写满了惊恐："难道，地宫里的所有人都听到了？"

"不，没有。"许之南正色道，"华小姐用灵力给碎风铃引了路，所以声音没有扩散，我们听到铃声后，就用灵力一路追索，其间没碰到其他人，只有我们听到，你可以放心。"

宗子珩无力地抓住许之南的衣襟，近乎哀求地说："不要告诉任何人，绝不能……告诉任何人。"

宗子枭的身世若被人知道，就毁了，什么都完了——哪怕陆兆风说的是假的。

许之南垂下眼眸："我不会告诉任何人，但等你伤好了，我师弟的事，我要一个交代。"

宗子珩僵硬地点了点头。

"走吧。"祁梦笙抱起了华愉心，她眼中闪过不忍。

许之南也将伤痕累累的宗子珩搀扶起来："我们破解了这迷宫，已经找到一些人并安置在一起，离开这里并不难，但要确保没有人被留在下面。"

"小九在哪里？他肯定被陆兆风抓起来了。"

"如果真的像陆兆风所说，那是他的……"许之南道，"陆兆风并不会伤害他，正好相反，很可能是为了保护他才把他关起来，所以他一定在一个很安全的地方。"

"你们如何破解迷宫？"

"很简单，我将我走过的地方的墙，都冻住了。"祁梦笙指着一处墙根，那里果然结了冰，"地宫并不大，太大了陆兆风也无法支撑，他只是不停地变换石墙的位置，大多数人找来找去，只是在原地绕路。我料他灵力消耗极大，把墙冻住后，他很难再移动，路就慢慢出来了。"

"我先送你去安全的地方，然后我和梦笙去找九殿下。"

"我要一起去。"

"你伤成这样，只会拖累我们。"祁梦笙不客气地说。

宗子珩沉默了。

突然，不远处传来一阵窸窣之声。

"谁?!"祁梦笙厉声道。

一个瘦高的身影闪了出来，如释重负道："是你们，太好了！"

竟是李不语。

李不语大惊："大殿下，你……你怎么了？"

宗子珩摇了摇头。

他们回到另一间石室，这里果然聚集了很多人，共同撑起了一个防护结界，就算地宫塌了也能坚持很久。

"大殿下！"

"大殿下受伤了。"

"天哪，那是……华小姐吗？"

宗子珩失魂落魄地坐在华愉心的尸首旁，眸中一片灰败。

李不语小心翼翼地将一颗去了封蜡的丹凑到宗子珩嘴边："大殿下，这是我们无量派的真元玉炼丹，你吃了它，伤会好得快很多。"

宗子珩推开李不语的手，沉沉地说："多谢，此丹贵重，不必了。"

"大殿下，你吃了吧。"李不语红着眼圈说，"你当年从邪祟手中救我一命，难道我不能为你做点什么吗？"

宗子珩垂下了眼帘，没再推却，他其实连一句话也不想多说。

李不语小心掰开他的嘴，将丹送了进去。

约一个时辰后，许之南和祁梦笙果然将宗子枭带了回来，但陆兆风已经不知所终，有赶山鞭在，他逃走并非难事。

"大哥！"宗子枭扑到宗子珩身边，看着他一身是伤，快急疯了，"大哥，你……你怎么样？"

宗子珩慢慢抬起手，抚摸着宗子枭的脸，轻声道："小九，你没事吧？"

宗子枭含泪摇头："你怎么伤成这样？闫枢这个狗贼，我一定要把他千刀万剐！"

311

宗子珩费力地抱住了宗子枭，他悲从中来，险些落下泪。

"……大哥，你怎么了？"宗子枭感受到了难言的悲伤，这份悲伤也深深地感染了他。

"没事，你没事，就好。"

他的小九该怎么办？只要陆兆风活着，小九的身世就可能败露，若真有那一天，该怎么办？他岂能让这个心高气傲的天之骄子，承受那样的折辱践踏？

宗子珩从噩梦中惊醒。

他梦到闫枢拿着一把匕首，一点点刺入他的皮肉，切割、划拉，从他的丹田中挖走了他的金丹，他吼叫、求饶，他痛不欲生。

而那个"闫枢"，却揭掉了脸上的人皮，露出一张熟悉而狰狞的脸，竟是他的亲生父亲——宗明赫！

"大哥，大哥。"宗子枭像哄孩子一样将宗子珩扶着，轻抚他的后背，擦着他额上的汗，心疼地说，"你做噩梦了？别怕，我在这里呢，没事了。"

花了好半天，宗子珩才从混沌中抽离，他看着宗子枭，小鹿一般又黑又大的眼仁，此时却盛满了脆弱、无助、绝望。

宗子枭的心都揪在了一起，他心目中的大哥，总是温柔又强大，好像没有什么能将其难倒，何曾露出过这样的神情？

"大哥，别这样。"宗子枭轻声说，"华小姐的死不是你的错，我们一定会为她报仇的。"

"是我的错。"宗子珩悔恨地说，"她本不该卷入这件事，是我骗了她。"

"骗她的人是沈妃娘娘，不是你。"

宗子珩摇着头："有何差别？"

"大哥……"

"我们是怎么出来的？"他不记得自己是什么时候晕过去了。

"许之南和祁梦笙把地官里的所有人都集中到一起，父君将我们救了出去。"

只是"父君"这两个字，就令宗子珩浑身一颤。

闫枢，不，陆兆风在地官里说的每一个字，都如蛆附骨，啃食着他的灵肉。他并没有完全相信陆兆风，很可能那些话半真掺假，就为了污蔑他的父君，离间他们父子，他绝不能轻易上当，但他也不会允许自己因恐惧而逃避，他必须查明真相。

宗子珩猛然想起了什么。在他因为华愉心的死失魂落魄、陆兆风打算杀他时，说了一句话，那句话是……

"大伯！"

宗子枭不解道："什么？大伯？大伯怎么了？"

宗子珩骇然地看着前方，身体又痛又冷。

他们的大伯宗明甫，亦是他们的师父，是大名宗氏最厉害的修士，自他成人后便开始闭关，只为突破宗玄剑法第八重天。

可陆兆风的意思是，他大伯已经……不在了？

"大伯闭关，已经五年了。"

"是啊，五年了。"宗子枭担忧地看着大哥。

高阶修士，尤其是达到他大伯这种宗师级的，闭关个十几、几十年，都不稀奇，轻易也不会有人去打扰。

如果……如果他大伯真的不在了，能在无极宫中做这件事的，恐怕只有他的父君。

"你想大伯了吗？"宗子枭柔声道，"大伯闭关前，已经临界第八重天，他一定可以突破的。"

宗子珩却暗暗攥紧了被子。他深吸一口气，平复下情绪："我们离开地宫后，父君，可说了什么？"

"闫枢逃走了，父君向整个九州大陆通缉他。"

"那五蕴门？"

"如今各仙门世家，但凡有修士死于窃丹的，都要向五蕴门讨一个说法。出了这样的败类，谁也不信五蕴门毫不知情。现在，刘正父子就在无极宫求情呢。"

刘正是五蕴门长老之一，亦是宗若凝未来的公公。五蕴门前掌门身死，现任掌门是个人面兽心的窃丹贼，还带走了镇派之宝赶山鞭，这个百年大仙门正是风雨飘摇、岌岌可危，此时只有宗氏能保住五蕴门，也只有与宗氏有婚约的刘正父子能求情。

"出了这样的事，决不能让若凝嫁过去。"

宗子珩沉思片刻："华骏成呢？"

宗子枭显然不太想说："华骏成将所有参加蛟龙会的五蕴门弟子都抓了起来，华英派掌门赶来无极宫，要求父君严惩，此时正僵持着。"

宗子珩闭上了眼睛，他的面色苍白到几近透明，仿佛浅淡得下一瞬就会消失。

"外面混乱不堪，这几天，你就不要出门了，安心养伤。"

"让我见华骏成。"宗子珩哑声道，"我没有保护好他妹妹，我要亲自给他一个交代。"

宗子枭沉默了。

"去呀。"

"父君不让你离开清晖阁，也不让任何人见你。"

"……什么？"

"大哥，若父君怪罪你，你认错就是了。"宗子枭按住宗子珩的肩膀，"你受了这么重的伤，千万不能再受罚了。"

"……父君，有没有说为什么不让我见别人？"

宗子枭摇摇头。

难道，是担心"闫枢"在地宫里与自己说了什么？

"许大哥和祁梦笙呢？"

"暂时还在城里，父君昨日召见他们，商议如何抓捕闫枢。"

"小九，你想办法帮我瞒过父君，我要见他们。"

宗子枭疑惑地看着宗子珩："为何？"

宗子珩："……"

"大哥，你是不是有事瞒着我？"宗子枭皱起眉，"地宫里究竟发生了什么，闫枢跟你说了什么？"

宗子珩低着头，他本就不善于撒谎，何况宗子枭极为聪明，这时候他说"没什么"，谁会信呢？他沉默了一会儿，才道："是有关程衍之的，此事，有些私密，不便告诉你。"

宗子枭根本不信，但见宗子珩状态太差，也不忍心逼问他："你不想说，我不问就是了，但现在无极宫内外守卫森严，处处是结界，在咱们的地盘上出了这么大的事，父君自然会加强护卫，他们很难进来。"

宗子珩深吸一口气。

难道，他被软禁了？

"大哥，你就安心养伤吧，我会每天陪着你的。"宗子枭握住大哥的手，"你若不想见沈妃娘娘，我就帮你拦着。"

想到沈诗瑶，宗子珩只是更加痛苦，华愉心的死，她难辞其咎，从今往后，他要如何面对自己的母亲？

宗子枭用冰凉的手指抚平了宗子珩紧拧着的眉："大哥，我不要看到你这样，我知道你不喜欢留在宫里，你再等我两年，等我成人了我们就离开，带着你的兰花，我们去南方，过你喜欢的生活。"

宗子珩凝眸望着自己的弟弟，眼中是藏不住的哀伤，但他还是笑了一下："你真的愿意放弃这里的荣华富贵，跟大哥过散修的日子吗？"

宗子枭认真又笃定地说："愿意，我会每年回来探望父君和母亲，其他时候，都和大哥在一起。"

宗子珩摸了摸弟弟的头发，浅笑不语。

门外突然传来通报声，是宗明赫来了。

宗子珩的身体几乎是瞬时僵硬了，宗子枭捏了捏他的手："大哥，别担心。"

寝卧的门被打开了，宗明赫在随侍和沈诗瑶的簇拥下走了进来，并款款坐在内侍准备的椅子里。

"父君，沈妃娘娘。"宗子枭拱手问安。

"父君，母亲。"宗子珩强自镇定下来，一张脸除了苍白虚弱，毫无破绽。

"珩儿，你父君来看你了。"沈诗瑶笑中含泪，"你可要快点好起来。"

"儿臣不孝，让父君和母亲担忧了。"宗子珩说着就要下床。

宗子枭连忙扶住他："大哥，你就别动了。"

宗明赫摆摆手，态度竟十分平和："你受了伤，不必拘礼。"

"多谢父君。"

宗明赫打量他一番："伤势恢复得如何？"

"儿臣觉得好多了，伤口也都结痂了。"宗子珩为人坦诚磊落，从来不习惯撒谎作伪，此时却拿出了全副的注意力，只为在自己的亲生父亲面前不流露真实的情绪，他抬着头，神色是受宠若惊，就像从前他每一次得到父亲的关注和肯定时，"多谢父君关怀。"

"嗯，还好你们都没事。"宗明赫看了宗子枭一眼，"我的两个皇子竟险些在我宗氏的地盘上被贼人所害，简直是岂有此理。"

"闫枢人面兽心，狡诈多端，谁也没料到会这样。"宗子珩道，"多亏父君救了我们。"

宗明赫点点头，用寻常的语气道："你们先退下，我与子珩单独说几句。"

宗子珩心脏一紧，瞳孔猛烈地收缩，一股寒意顿时攀上脊椎。

众人不疑有他，都退了出去，还轻轻掩上了门。

宗明赫凝望着宗子珩："这次的事，弄得整个修仙界人心惶惶，华英派要本座严惩五蕴门，五蕴门要本座主持公道，你说，该如何是好？"

宗子珩张了张嘴："此事，实在为难。"

"为难？"宗明赫冷笑一声，"岂止是为难，简直是焦头烂额！那夜我召你和许之南等人入宫，其实你们早有打算，为何什么都不说？"他说到最后，口吻变得严厉。

宗子珩惶恐道："父君，并非儿臣有意隐瞒，有些事儿臣确实是不知。自去年儿臣回大名后，陈星永的审讯就全权交给了苍羽门，我只知道陈星永没死，但也没想到祁梦笙会带陈星永和公输矩来蛟龙会一个一个验人。"

宗明赫眯起眼睛看着宗子珩，印象中他的长子纯良耿直，甚至有些耿直过了头，不懂得转圜，看来不像在撒谎。他冷道："你和许之南私交甚笃，难道他就什么都没跟你说？"

"在我们分开之前，是全都互通有无的，可后来，他受了重伤，两个师弟身死，他一度一蹶不振，我们有数月断了联系。此次在大名相见，他便什么也没说，也许是怕这里人多口杂，也许是……对儿臣也有所戒备。"

宗子珩的手在被子下已经攥出了汗，他唯恐自己说出一个字的破绽。他不断回想起陆兆风说过的，是他的亲生父亲想要自己的丹，单独面对这个人时，他只觉毛骨悚然。

宗明赫冷哼一声："在地宫里，闫枢可有跟你说什么？"

宗子珩摇了摇头："他用吴生笔画成陌生人的模样，儿臣不备，被他偷袭，之后，华小姐就……"他不堪重负般低下了头。

宗明赫居高临下地盯着自己的儿子，半晌，道："可有任何能助我们抓捕到闫枢的线索？"

"儿臣暂时……想不到。"

"这几日，你就好好在清晖阁养伤，不要乱跑，剩下的事也不需要你再管，明白吗？"

"儿臣明白。"

宗明赫站起身。

"父君。"宗子珩道，"出了这样的事，若凝的婚约是否该取消了？"

"此事，同样轮不到你管。"

宗子珩："……"

宗明赫转头离去。

宗子珩脱力地躺回了床上，他瞪大了眼睛，空洞地看着虚空，有种劫后余生的感觉。

如今他脑中只有一个念头，那就是见到他的大伯，他必须知道，他的父亲，到底是什么样的人。

入夜后。

宗子珩悄悄下了床，换上一身夜行衣。

好不容易支开了所有人，他顾不得伤势未愈，急于去确认他大伯是否安好。

无极宫傍山而建，山上有一处洞府，是宗氏高阶修士闭关修炼的地方。洞府乃九州上灵气最浓醇之地，皆是上古洪荒时代形成，百万年来，随着人间灵气越来越稀薄，洞府就变得极为珍稀，所有大仙门世家的先祖都是争抢到了这洞天福地才能开宗立派。洞府、功法、法宝，只有三样俱全，才配称得上名门。

宗氏的洞府守卫森严，还有强结界，祖训有命，非宗氏血脉不得入内。宗氏子孙只有在成人之后，得到家主的许可，才能进去，宗子珩去过几次，却是头一次要偷偷潜入，但他是宗氏血脉，结界不会阻拦他。

宗子珩一路潜行，躲过了所有守卫，顺利进入了洞府。

宗明甫的简居外，还有一层防止打扰的结界，这是宗氏自创的咒印，宗子珩在不破坏结界的情况下直接解了印，他站在屋前，看着紧闭的门扉，迟疑了许久。

闭关之后，修士会辟谷，不允许任何人靠近，所以无论里面发生了什么，外面的人都不会知道。如果陆兆风撒谎，他就会打搅他大伯的修行，万一被人发现了，他甚至无法解释。

他后退几步，悄无声息地翻上屋顶，小心地掀开几片瓦，往下看去。

里面空无一人。

宗子珩顿觉头皮发麻，身上所有的伤都同时痛了起来。

他跳下屋顶，直接打开门冲了进去。

与无极宫的奢美华丽截然相反，这间屋子十分朴素，几乎没有多余的物品，让人心无旁骛，闭关历来是苦修，修身也要修性。

一眼扫过，没有可以藏人的地方。

这里没有人，没有宗明甫。

全天下人都知道，宗明甫在闭关修行，已经五年之久，闭关并非儿戏，不可能说离开就离开，为什么这里没有人?!

宗子珩深吸一口气，在狭小的屋内无助地转了一圈，不知该如何是好。

难道，难道陆兆风说的是真的，他大伯已经被……

突然，宗子珩发现地上铺的草席垫子，有两片没有对齐，一片压了另一片的边。

他大伯的性情有几分古怪，凡事要求干净、工整、井然有序，绝不可能允许自己坐的席垫铺不均匀，这里一定有别人来过。

他走过去，掀起了那片草席，赫然看到席子下有深褐色的痕迹，他心一沉，一把掀掉了整片席子，地面上那成片的干涸的印迹——是血!

宗子珩两腿一软，跌坐在地。

"大伯……"宗子珩用颤抖的手指，抚过地上的血迹，无边寒意将他凶狠地吞没，冻结了他的血液。

他的大伯、他的师尊，自他三岁教他修炼，赠他人生中第一把剑的人……

他想起五年前，大伯按着他的肩膀，对他说:"珩儿，你今日成人了，教授枭儿足矣，大伯可以放心去闭关了，待我出关之日，定会修成第八重天，重振我大名宗氏的雄威。"

宗子珩跪在地上，对着那摊血迹重重磕了个头，他的前额抵着冰冷的地面，痛入骨髓，泪如泉涌。

陆兆风根本无法进入宗氏洞府，这里面的情况，若不是有人告诉他，他无从得知，所以他说的……是真的？

父君，难道真的是你吗？你……杀了自己的亲兄弟？

宗子珩惶惶然地回到自己的寝居，却看到宗子枭双手环胸，坐在他的床上，一张漂亮的小脸十分严肃。

"你怎么……"

"你去哪儿了？"

俩人同时开口。

"你伤还没好，穿成这样到底是去干什么了？"宗子枭走了过来，劈头盖脸地斥道，"你到底瞒着我什么，我们兄弟之间从来就没有秘密，为什么自从你认识了许之南，总对我遮遮掩掩？"

宗子珩还没能从悲痛的情绪中解脱，此时身心俱疲，甚至不愿意多说一个字，他摇着头："你还小，别问了。"

宗子枭更是怒火中烧："你从来不曾这样敷衍我，你到底瞒着我什么?!"

宗子珩无力地倒在床上，像是经历了一场生死之战，只剩下一副伤痕累累的躯壳。

"你……你怎么样了？"宗子枭见他这样，又担心起来，"伤都没好就敢乱跑，父君明明不让你出去，被发现了怎么办？"他探了探宗子珩的脉象，又查看了一下伤势，既心痛又生气地说，"你看看，伤口又渗血了。"

宗子珩毫无反应，任弟弟忙前忙后地重新为他清洁、上药、包扎。

好不容易收拾完了，宗子枭坐在床边，凝神看了宗子珩一会儿，突然道："大哥，你是不是哭过？"

宗子珩空洞的目光终于移了过来，那双深邃黝黑的眼眸，不见了平素的温柔疏朗，此时好像承载了无远弗届的悲伤。

宗子枭咬了咬牙："因为华愉心吗？"

宗子珩不置可否。

"你真的喜欢她？"

宗子珩轻轻颔首："小九，你知道吗？她走之前对我说，愿意嫁给我。"

宗子枭转过脸去，炯亮的目光怒瞪着前方，他的下颌已初现男人的轮廓，此时绷得紧紧的："但她死了，永远都不可能嫁给你了。"

宗子珩垂下眼帘，苍白的唇微微嗫动着，最后什么也没说。

宗子枭看着他泫然欲泣的模样，又后悔说了这刻薄话，小声道："大哥，你别伤心了。"

宗子珩慢慢地躺倒在床上："我累了，你回去吧。"

宗子枭凝望着大哥，喃喃道："你伤心，我也会难过。"

"嗯。"宗子珩摸了摸他的脑袋，"别担心。"

"对了，你方才偷偷摸摸去哪里了？"

"我想出宫，但发现出不去，又折了回来。"

"见许之南？"

"嗯。"

"哼。"

屋内突然陷入了沉默。

良久，宗子枭开口了，声音很是落寞："大哥，你最近，为什么跟我都不亲近了？"

这份委屈听得宗子珩心头一软，他看着背对自己坐在床头的弟弟，想着从前这孩子闹别扭了，也爱这样拿后脑勺冲着自己。从小小的、肉乎乎的背影，到如今挺拔的少年身姿，再过几年，就会长成男人的骨架，或许会比自己还要高大，再也不是处处依赖他的幺弟。

时间为何会过得这样快，人生一世，不过如一颗流星，毫不留恋地划过万古长夜。

宗子珩放柔了声音，安抚道："大哥心里难受，需要一些时间，并不是跟你生分。"

"我知道你难受，所以我陪着你啊。"宗子枭转过身来，黯然地说，"我很后悔，当初就不该让你带我出宫，这样我们就不会途经古陀镇，就不会被卷入这么多是非。"

这番话直戳宗子珩的心，回想四年来发生的一切，如果能够重新来过，他会怎么选？原本他应该参加上一届的蛟龙会，顺利夺魁，令父君赏识，令母亲得偿所愿，那么往后的一切，是不是就都不会发生了？

是吗？是这样吗？

不。陈星永和陆兆风依然会残害修士，他大伯依然会死，而他的亲生父亲，也许会用别的手段，谋取自己的金丹。一切都没变，只是他会被蒙在鼓里，那他宁愿早点清醒。

宗子珩闭上了眼睛，无法控制恐惧渗入四肢百骸。

哪怕到了此时此刻，他仍然不敢、不愿相信，他找了各种各样的借口，只是不能接受，他的亲生父亲想挖他的金丹。

哪怕他出身不好，哪怕他不受喜爱，他们毕竟是亲父子啊！

宗子枭看着大哥再度失神的模样，立时后悔说了这番话："大哥，你休息吧，我明早再来陪你。"他依依不舍地起身，往门口走去。

"小九。"

宗子枭回过头。

宗子珩笃定地说："无论发生什么事，你都是我弟弟，是大哥最在意的人。"

宗子枭粲然一笑："嗯，我知道。"

无论发生什么事，大哥一定会保护你。

宗子枭并没有夸大，无极宫戒严后，没有宗天子的允许，出入都很困难。宗子珩现在形同被软禁，也不知道外界的情况，简直是度日如年。

在一个深夜，宗子珩正在床上辗转反侧，突然听到屋内有细微的响动，他警惕地掀被而起，一手抓过床头佩剑，循着声音看去，只见铺洒着银白月华的地上，有一个小小的人影。

非常小，不足巴掌大。

"……许大哥？"宗子珩压低声音，不确定地问道。

那小小的人倏地变回了正常的人，正是许之南。

许之南将公输矩收入乾坤袋，做了个"嘘"的手势，将窗户关严，用灵力探查四周，确定没人后，才返回宗子珩床边。

宗子珩激动地道："你就这么进来的？"

"不这样根本进不来。"许之南道，"帝君不知道在害怕什么，整个无极宫现在被围得密不透风，你被禁足了吧？"

"说是让我养伤，其实，确实是不许我出去。"

"你的伤怎么样了？"

"没大碍了。"

"听说李不语给你吃了真元玉炼丹。"

"嗯。"

"这仙丹他一年也只能得到一颗。"许之南多少有些不解，他从未听宗子珩说过自己与无量派有什么交情，倒是人人都知道无量派是帝后的娘家。

"我以前救过他，其实不过举手之劳，但他总想还这人情。"宗子珩看着许之南，"外面怎么样了？是不是很乱？"

"乱，非常乱。"许之南凝重道，"整个修仙界人心惶惶。"

"闫枢、陆兆风，没有任何消息吗？"

"一个宗师级的修士，可以把脸画成别人，还拿着赶山鞭这种等级的法宝，除非他自己出来，不然谁能找到他？"

宗子珩深深拧起了眉。

"地宫发生的事，你没有告诉别人吧？"

宗子珩苦涩地说："自我醒来后见到的人，全都是我要隐瞒的人。"

"我和梦笙也没有透露半个字，此事远比我们想象的牵扯更深。"许之南直勾勾地盯着宗子珩的眼睛，"你可有了准备？"

宗子珩暗暗揪紧了被角。他听得懂这句话的深意，但恐怕穷尽一生，他也无法做好亲生父亲想害自己的准备。

许之南的眉宇间有一股怆然之色："自大名宗氏一统修仙界，已近三百年，三百年来，九州无战事，但这平静之下尽是暗潮汹涌，也许马上就要巨浪滔天了。"

"外面，到底怎么样了？"

"华骏成把跟随闫枢来蛟龙会的十七名五蕴门弟子，全杀了。"

宗子珩神情一滞。

"不仅如此，华英派还要求五蕴门交出所有闫枢一派的修士。刘正现在暂代掌门之职，他想与闫枢割席，但他不同意按照华英派的标准清算本门弟子。华英派指责五蕴门是专门窃丹的邪教，欠了华英派两条人命，这样下去，两派很可能会开战。"

"我父君如何调和？"

"帝君明显偏袒五蕴门，但华英派怨恨太深，目前看来，无法调和。"

宗子珩又感觉到头开始疼了起来。

"子珩，你告诉我。"许之南的声音平静如水，"帝君真的与闫枢勾结，吃了我师弟的丹吗？"

宗子珩不敢看许之南的眼睛："我不知道。"

"帝君真的想要你的丹吗？"

"我不知道！"宗子珩低吼道。他真的不知道该相信什么，为人臣子，他心中还有一丝微弱却不灭的希望，希望一切都是陆兆风的阴谋。所以他不敢把他大伯的事告诉许之南，他知道如果他说了，至少在许之南眼中，是证实了一切。

"这几天我想了许多，从头到尾，所有的事情，我才明白，我们无意间被牵扯进了一场阴谋，这个阴谋直指九州之上最有权势的人，你、我、衍之，还有许许多多的人，不过是一群遭殃的池鱼。"

"你的意思是……"

"闫枢说的话，必然不可尽信，但关于他的身世，我这几天派人去查了，几乎没有出入。据他那天说过的话，以及他的所作所为，我想，他的最终目的，你应该也猜到了吧？"

宗子珩僵硬地点了点头。

"他想要九殿下做宗天子，对他来说，最好的复仇不外乎如此了。"

"我绝不会让他利用子枭。"宗子珩恨道，"我不能让他毁了子枭。"

"已经晚了。"许之南道，"如果他没有在你面前曝光身份，那么他的计划还会在暗中进行，但现在不行了。"

"可我不会告诉任何人。"宗子珩直勾勾地盯着许之南，"你和飞翎使也答应我了，不会告诉任何人。"

"子珩，你是在自欺欺人。"许之南不客气地说，"是，我和梦笙答应你了，绝不食言。但即便我们三人都不说，陆兆风也早晚会有所行动的，有一天，全天下人都会知道九殿下的身世。"

宗子珩："……"

"你若真想保护九殿下，就要早做准备，此事一旦曝光，九殿下会被抛扔进旋涡之中，到时候，你也自身难保，更遑论……"

"无论发生什么事，"宗子珩目光坚毅无比，"就算拼了这条命，我也会保护我弟弟。"

许之南轻声说："陆兆风想拿你的丹给九殿下吃。"

"我知道。"

"若九殿下知道真相，他会如何，你想过吗？"

"他会和我在一起。"宗子珩毫不犹豫道，"就算陆兆风是他的亲生父亲，他也不会背叛我。"

许之南看了宗子珩半晌，暗叹一声："九殿下得你做兄长，是不幸中的大幸。"

"他没有做错任何事，他仙途无量，大人的恩怨是非，岂能让他无辜受累？"

"九殿下确实无辜，可惜他终究无法独善其身。"

宗子珩无言以对。

俩人相对沉默了一会儿，许之南又道："我今日来，其实是来向你讨那个交代。"

"我明白。"

"你想知道帝君究竟有没有吃过人丹吗？"

宗子珩心中一紧："难道你有办法证实？"

"有一个办法。"许之南目光愈冷，"我从陈星永那儿得知一件事，如果帝君真的吃了衍之的丹，就会具备一些修炼元阳功法的人才有的能力。"

"当真？"

许之南点点头："只要吃了人丹，就能获得金丹主人的部分修为和能力，但是天下修士以剑修为主，同是剑修，吃了人丹也只会提升灵力修为，不会有别的明显不同，只有元阳功法不一样，它可以改变人的身体。"

"我见父君的外貌无明显变化。"

"不在外貌上。"许之南伸出双臂，分别卷起了两边的衣袖，露出两截一样修长健硕的小臂，但两只手臂的肤色深浅有别。

宗子珩恍然大悟："你的意思是……"

"衍之已经修到可以再生肉身，如果帝君吃了他的丹，应该具备这样的能力。"许之南看着宗子珩道，"这是我目前想到的唯一办法。"

"难道你要我去……"宗子珩转过脸去，"普天之下，谁能伤到人皇？何况他是我父君。"

"确实难以验证。"许之南淡道，"我不会要求你违逆孝道，我自己会想办法的。"

宗子珩惊道："许大哥，你想做什么？"

"其实并不需要很大的伤，只要一点小伤，伤口愈合速度若快于常人许多，也必是有元阳功法的功劳。"

"许大哥，你不要冲动，这太冒险了！"

许之南看着宗子珩，一双眼眸像寒秋的雨水，能将人彻底打透："你是担心我，还是担心你父君？"

宗子珩哑然。

"他如何对你们母子，天下人皆知。虽然我也不敢肯定闫枢所说的话几分真几分假，但他真想挖你的丹，我也不觉得意外。"

宗子珩的脸色变得愈发苍白。

原来，就连外人也这样想。

"我绝不会让我纯阳教弟子白白牺牲，他是人皇，是天子，都阻止不了我为我师弟讨回公道。"许之南看着宗子珩，"如果帝君真的如闫枢所说，是吃人丹的魔修，你还会维护他吗？"

宗子珩的眼睛红了，像是一头被逼到了绝路的小兽。

"天子犯法，与庶民同罪，若他身为人皇，却犯下魔修之恶行，就不配做人皇，对吗？"

宗子珩想到古陀镇自己险些丧命，想到他大伯，想到宗明赫昔日对他们母子的种种，心念动荡不堪。

许之南突然站起身，然后单膝跪在了宗子珩面前。

宗子珩色变："许大哥，你做什么？"

"大殿下可还记得我曾经说过的话？"许之南不肯起来，他仰视着宗子珩，"我见此事只有一条出路，可以还修仙界太平。九州需要一个仁爱正直的共主，没有人比大殿下更合适、更名正言顺。"

"许大哥，你快起来，这话不可……"

"为何不可？"许之南目光炯炯，"梦笙与我的想法一样。你身为皇长子，天资高绝，年少有为，再得了纯阳教和苍羽门的支持，人皇之位，舍你其谁？"

"我……"

许之南声色俱厉道："你难道不明白吗？你只有做了人皇，才能保护九殿下！"

宗子珩僵在当场，浑身血液好像也在这一刻冻结。

多年以后，当宗子珩回望自己短暂的一生，只见冥冥之中有一双司命之手，将他不住地推搡向深渊。

刹那无常

他和小九，恐怕真的要来世再见了。

来世，来世，来世他们一定要记得彼此，再做兄弟。

第十八章

入秋以来，天候渐凉。兰园里的花儿们开过一茬败一茬，即便是专在三秋时节竞艳的秋兰，也已是最后一次盛放。

这兰园倾注了宗子珩大量的心血，从九州各地带回的植株，按照时节悉心栽种，使这里一年四季都花开不断。

此时，宗子珩正在花圃里忙活，沈诗瑶带着侍女过来了。

"珩儿，太阳这么烈，快过来歇一会儿。"沈诗瑶笑盈盈地招手，"尝尝娘做的冰糖杏花羹。"

宗子珩身形一滞，他放下铲子，神色如常地走了过去。

侍女舀了一瓢水给他冲手。

沈诗瑶拿出带着幽兰香气的手帕，轻轻拭去他额上的细汗，慈爱地说道："你看你，不热吗，该晒坏了。"

"没事的，谢谢母亲。"宗子珩接过润白的搪瓷碗，尝了一口杏花羹，冰凉清甜，很好地消解了燥热。

"好喝吗？"沈诗瑶眼含期盼地看着自己的儿子。

宗子珩微微垂下眼睑，浓长的睫毛恰到好处地遮掩了他的情绪："好喝，谢谢母亲。"

自华愉心的事发生后，沈诗瑶自知理亏，在宗子珩受伤时悉心照料，宗子珩不可说不感动，毕竟是相依为命的、他最重要的娘亲，他又能如何呢。只是华愉心的死，在宗子珩心中留下了一个巨大的名为"愧疚"的疮疤，它终其一生都无法愈合，同样无法愈合的，还有他们母子间的隔阂。

沈诗瑶看着日渐冷淡、沉默的儿子，轻叹一声："听说，你前几天又顶撞了帝君。"

宗子珩的目光陡然变得冰冷。

"那婚约是早订下的，你就……"

"母亲，这田地里多蚊虫，您还是早点回清晖阁吧。"

沈诗瑶微蹙起柳眉，眼中有一丝哀怨。

宗子珩的心一软，又道："杏花羹给我留着，我多喝几碗。"

"好吧，那你早点回来吃晚饭。"

沈诗瑶走后，宗子珩转身回到花圃前，手握着铲子，狠狠插进了土里。

蛟龙会已经过去半年，这半年来，修仙界动荡不安，大仙门世家割据一方的局势正在悄悄发生变化。

在宗天子的干预下，华英派虽恨意难平，但暂时放弃了向五蕴门寻仇。可这只是明面上，暗地里，华英派联合一些大小门派开始蚕食五蕴门的势力，这其中就有纯阳教在推波助澜。

五蕴门原是与纯阳教、无量派、苍羽门并称九州四大门派，但先是德高望重的老掌门蹊跷身死，后又经历门派内斗，最后名不正言不顺的新掌门竟是个窃丹魔修，不仅在蛟龙会上身份败露，使得五蕴门百年声名毁于一旦，还带走了镇派法宝赶山鞭。

这样一块暴露在外的肥肉，谁能忍住不啃一口？于是短短半年时间，五蕴门就有大量弟子和属地流失。

就在修仙界以为五蕴门要一步步走向衰亡时，宗天子却突然做出了一个令人吃惊的决定——履行三公主宗若凝和五蕴门代掌门刘正之子的婚约。

消息传出时，修仙界议论纷纷。有人说，宗天子是为了制衡外戚无量派；有人说，宗天子不能容许纯阳教在楚地一家独大，无论如何，宗天子要保五蕴门，态度明确。

五蕴门虽然历经风雨，犹如一场大失血，但毕竟家大业大，有了大名宗氏的支持，暂时稳住了局面。

从头到尾，似乎都没有人考虑过那个身不由己的三公主。

宗子珩和宗子枭带着几个兄弟姐妹，去向宗明赫求情。五蕴门声名狼藉，风雨飘摇，哪个好人家的女儿嫁过去，岂不是毁了？

可无论他们如何哀求，宗明赫铁了心要联这门姻。

宗子珩看出宗明赫心意已决，要拿一个并不重视的女儿，换五蕴门的感激涕零、死心塌地。

那一刻，他想起许之南说过的话，说宗天子要吃他的丹，并不让人意外。他突然就明白了，他的父君，不只是不在意自己，儿女亲情，大约都是可以交换的筹码罢了。

宗若凝出嫁了，宗子珩在兰园里躲了三天，反复想着他的妹妹临行前，含泪叫他"大哥"时的无助与不舍，任凭无能为力的痛苦顺着骨血蔓延。

这半年来，他没有离开过大名。

尽管伤好之后，再没什么理由能关着他，但自从他出宫散心，发现黄弘、黄武暗中跟踪自己后，便干脆连无极宫也不出了。

就算没有人盯着，他也不敢离开这里，不敢离开宗子枭。全天下人都想知道阎枢的下落，只有他不想，他巴不得阎枢能永远消失。尽管那不可能，阎枢早晚会出现，宗子枭的身世就像在这无极宫下埋了无数雷火石，随时可能将他们炸得体无完肤。

他甚至已经计划好了，若事情暴露，且无转圜之余地，他该如何带宗子枭和自己的母亲逃离大名。

与此同时，他还要防着他的亲生父亲可能谋自己的金丹，防着许之南可能会有意想不到的行动，他每天看似平静地修炼、吃饭、睡觉、侍弄花草，与往日无异，其实时时刻刻都处在巨大的压力之下，几乎要透不过气来。

前些日子，他刚刚收到许之南的密信，再次规劝他，若做不到忤逆君父，便退而求其次，与宗子沫争夺储君之位，纯阳教和苍羽门将鼎力支持。

宗子珩将信粉碎后，又是整夜不成眠。

在兰园挨到了太阳落山，宗子珩实在找不到借口了，只好返回清晖阁，恰巧宗子枭来找自己吃饭。

"沈妃娘娘，大哥。"宗子枭见到沈诗瑶，规矩地请安。

沈诗瑶笑看着他："小九啊，你这个年纪的孩子，长得可真快，好像隔几日不见就有点不一样了。"

"母亲也说我最近长高许多。"自从华愉心的事之后，宗子枭对沈诗瑶心情微妙，但凡照了面，能敷衍就敷衍。

"盈若前几日染了风寒，可好些了？"

"好多了，母亲今日还说，等彻底好了再与沈妃娘娘去赏菊。"

"甚好。"沈诗瑶笑道，"来，吃饭吧。"

宗子枭刚动了筷子，沈诗瑶又说："听说，帝君在给你准备铸剑的材料了。"

宗子枭闻言一顿，偷偷瞄了宗子珩一眼，"嗯"了一声。

宗子珩早已经听说，他埋头吃饭，没有说话。

他们刚因为宗若凝的事，与宗明赫大闹一场，紧接着，宗明赫就宣称为宗子枭寻来了九州最好的玄铁，也请到了巨灵山庄庄主亲自淬剑，待一切物料和人力都准备就绪，最早明年开春，就前往昆仑山，为宗子枭用神农鼎铸剑。

如此一来，自然就缓和了父子关系。

尽管这样的施恩，向来与宗子珩无关。

宗子枭虽然也为三姐不平，但他抗拒不了神剑的诱惑，面对宗子珩时，难免有点心虚。

沈诗瑶也不着痕迹地扫了自己的儿子一眼，笑着说："帝君对你真是疼宠有加，上一次大名宗氏用神农鼎淬物，已经是二十多年前了，若一切顺利，这把神剑便能作为你的成人礼。"

"父君也是这样说的。"宗子枭再次偷瞄大哥。

宗子珩神色自若："好事，这是你蛟龙会夺魁应得的奖赏。"

宗子枭暗暗松了口气："大哥，到时候我们一起去昆仑，顺道去苍羽门瞧瞧。"

"好。"

吃完饭，兄弟二人照例切磋了一会儿剑法。

宗子枭走后，宗子珩也准备回屋休息，却发现沈诗瑶还在等着自己。

"母亲，您怎么还不睡？"他知道她这是有话等着自己，可他并不想听。

沈诗瑶低着头，轻轻抚摸着自己的鸽血宝石镯子，不紧不慢地说："珩儿，你知不知道，最近宫中都在传什么？"

"什么？"

"我虽然身在深宫，可有些传闻，必是外面有了风，里面才会起波纹，你说是不是？"

"母亲听说了什么？那些宫人嚼舌根，不可轻信。"

"用神农鼎淬物，历来都是各大门派的家主或继承人才能享有的荣耀，哪怕大名宗氏财大气粗，为一个尚未成人的小皇子如此劳民伤财，也是闻所未闻的。"

"这是父君答应了小九的奖赏。再说，四年前，也没有人料到他真的能夺魁。"

"话虽如此，可君无戏言，仅是这一句承诺，就非同小可。"

"母亲想说什么？"

"不是我想说什么，而是宫里宫外都在传，帝君至今不立储，是想将皇位给小九。"

宗子珩心中一紧："不可能，小九不是嫡子，年纪又小，母妃又没有权势。"

"是啊，可也许帝君要的就是这些。"沈诗瑶看着宗子珩，目光幽深，"帝君被无量派处处掣肘，早就与帝后离心，他力保五蕴门，难道还不能说明什么吗？如果宗子沫真的做了人皇，无量派将会威胁到宗氏的江山。"

宗子珩沉声道："母亲，不要再胡思乱想了，这不是您该考虑的。"

沈诗瑶站起身，慢慢走到儿子面前："娘之前走了弯路，华小姐的事，是娘对不住你们。靠妻子、靠岳丈，哪里比得上靠自己？吾儿当有更广阔的天地。"

"……母亲，您想说什么？"想到华愉心，一阵怨恨再次涌上心头。

沈诗瑶摸了摸宗子珩的脸，柔声道："早点歇息吧，天冷了，给你换了被子，别着凉了。"

自那场惊心动魄的蛟龙会后，大名城戒严了数个月，对进出城的所有人都严格盘查，也不允许民间举办任何庆典、集会，就连本应该大肆操办的宗子枭夺魁的庆功宴，都因为笼罩在窃丹贼的阴云下而作罢。

近日，大名城终于恢复了生机，盖因宁华帝君宗明赫的三十八岁生辰。

在大雪纷飞的寒冬里，无极宫内外却热情高涨，忙忙碌碌，为宗天子筹备着寿宴。其实往年的生辰都不曾这样兴师动众，宗天子垂范天下，也不该为了寿诞铺张浪费，但此次不同寻常，一来，这寿宴可以重燃大名城从前的活力；二来，据说宗天子要在寿宴上宣布一件大事。

修仙界和民间都盛传，宗天子要立储了。

伴随着这样的传言，外人都等着看热闹，但无极宫内的人却惶惶不安。

宗天子想立幺子为太子的说法传得沸沸扬扬，不过，大部分人都是不信的，千百年来，立储的基本规则都是有嫡立嫡，无嫡立长，怎么都不该轮到最小的、还未成人的皇子，何况嫡子背后的外戚可是无量派。

听说帝君和帝后在某日大吵一架，帝后还重罚了几个传谣的宫人，无极宫内人人自危，唯恐触到帝后的霉头。

宗子珩虽然也不信宗明赫会立小九为太子，但谣传多了，难免焦心，如果这件事成真，必然会变作一场噩梦。不会善罢甘休的帝后李襄桐、躲在暗处蠢蠢欲动的陆兆风，以及正在伺机发难的许之南，都有可能做出无可挽回之事，到了那一天，小九站得越高，摔得就越重。

他不得不暗暗筹划了一条逃离大名的路，以备不时之需。

而宗子枭却浑然不知灾祸将近，提着酒、提着剑，还照常来找大哥玩儿。

兰园内，兄弟俩窝在凉亭的竹榻上，赏白雪纷飞，对饮一杯逍遥酿，烈酒入喉，把整个身体都烧热了。

宗子珩用剑鞘打开宗子枭去够酒壶的手："说好了你只能喝这一杯。"

"多喝一杯怎么了，这么冷的天。"

"你还小，不宜饮酒。"

"我不小了。"宗子枭从地上跳了起来，舒展了一下自己修长的手脚，"再过两年，我就成人了，你看，我快要比大哥高了。"

宗子珩嗤笑一声："做梦。"

"哼，你这两年都不长了，我天天都在长，比你高，还不是早晚的事。"

"谁说我不长了？"

"你就是不长了，不信你站起来和我比比。"宗子枭笑着朝大哥伸出手。

宗子珩却没有动："你还当自己能年年长得这么快，我像你这么大的时候，可不比你矮，能不能比大哥高，别吹牛，先长起来再说。"

"那我要是比大哥高了，该如何呢？"宗子枭又重新卧倒，只是这一次躺在了宗子珩旁边。

"又能如何？"

"换你叫我一声好哥哥。"

宗子珩笑骂道："没大没小，快滚。"

宗子枭笑嘻嘻地抱住大哥的腰，绷直了身体非要比："你看，我是不是快要和你差不多高了，我的脚在这里，我跟你对齐，你看呀大哥。"

宗子珩凝眸看着宗子枭近在咫尺的脸，和那双亮晶晶的、深邃漂亮的眼睛，心中陡然一痛，他张了张嘴，最后只露出一个干笑。

"大哥，你怎么了？"宗子枭察觉到了什么。

"没什么，就是觉得……"宗子珩叹道，"你真的长得好快啊，都这么大了。"

宗子枭笑道："大哥养得好。"

宗子珩的眼神极尽温柔："你又挑嘴又任性，养你可让我操碎了心。"

宗子枭更凑近了一些，鼻翼翕张，眸中承载了许许多多的情绪："以后不叫大哥操心了，我长大了，换我来照顾大哥。"

宗子珩扑哧一笑。

"我说的是真的，我以后一定能照顾大哥。"宗子枭用一种立誓的口吻说，"大哥想要什么，我都奉到你面前。"

"好，有你这句话，大哥没白疼你。"宗子珩含笑着揉了揉弟弟的脑袋。

宗子枭顿了顿，环顾四周，突然凑到宗子珩耳边，低声说："大哥，你说父君真的会立我做太子吗？"

宗子珩浑身一僵，他按住宗子枭的肩膀，正色道："你从哪儿听来的？"

"宫里都在传啊。"

"宫里都在传，也没人敢传到你面前，你是听谁说的？"宗子珩问完这句话，就从宗子枭的脸上得到了答案。

是楚盈若。

楚盈若莫非是知道了什么？

这几个月，宗子珩每次去白露阁找宗子枭，都会偷偷留下自己的咒印，如果有灵压很高的陌生人进入白露阁，他就能察觉到。他想陆兆风早晚会忍不住去找楚盈若，可惜目前为止还未有所获。

如果楚盈若不是暗中与陆兆风有了联络，难道是从宗明赫那里得到了什么承诺？

宗子珩顿觉背脊发寒，他有预感，如果宗子枭真的被封为太子，一定会掀起一场腥风血雨。

宗子枭观察着宗子珩变幻莫测的神情，谨慎地说："大哥，假若，我真的成了太子，你会不高兴吗？"

宗子珩一愣，一时不知道怎么回答。

这沉默令宗子枭顿感不安："大哥，你要相信我，无论如何，你我之间都不会变。"

宗子珩重重吁出一口气："小九，你听我说，大哥是不愿意你做太子，但不是因为妒忌，而是不希望你卷入是非。你拥有绝顶天资不假，但在无量派面前，甚至没有自保之力，你还小，想象不出自己要面对什么，这绝不是一件好事，你明白吗？"

宗子枭郑重地说："大哥，我明白的，母亲也说了，如果我真的被立储，我们的处境会凶险万分。但是……"他抿了抿唇，瞳仁深深，晦暗难测，"大哥也知道，二哥不适合做人皇吧。"

宗子珩训斥道："这叫什么话？你二哥为何做不了人皇？难道人皇非要修为最高深吗？父君的资质也并非同辈翘楚。"

"可正因为父君资质平平，我大名宗氏才会式微。"

宗子珩厉声道："你知不知道自己在说什么?!"

宗子枭安抚道："大哥，你别生气，你当我童言无忌好了，可你也知道，我说的是实话。"

宗子珩推开宗子枭，只觉头痛欲裂。

"大哥。"宗子枭拉住宗子珩的手，"这么多年，帝后始终压在我们头上，没少为难我们的母妃，你这么好，却始终不得重视，难道你不会不甘吗？我们兄弟二人才是大名宗氏的未来。"

"……你懂什么。"宗子珩哑声道，"你什么都不懂。"

"大哥……"

"你如果真的把我当大哥，这种话以后休要再说。"

"哦。"宗子枭用一种既是撒娇又是任性的口吻说，"你不喜欢，我不说便是。"

宗子珩尽管觉得这语气有些古怪，也没往心里去。

"我只做大哥喜欢的事。"宗子枭的脑海中浮现了许多似懂非懂的幻想，"想让大哥永远都开心。"

宗子珩转过了身来："小九，你从前说过，愿意和大哥离开无极宫，过自由自在的日子，现在你还这么想吗？"

"嗯，只要是和大哥在一起，去哪里都可以。"

宗子珩抚了抚弟弟的面颊，心道，希望你说的是真心话，因为离那一天，恐怕不远了。

宗明赫的寿宴上，自四方而来的各仙门使者，逐一送上贺礼。从贺礼的贵重程度，完全可以看出各派间微妙的态度，比如五蕴门就奉上了一枚顶级的仙丹，以表忠心，反观华英派和无量派，较之往年都敷衍得多。

宗明赫面不改色地全收下了，他容光焕发，满面春风，叫众人暗中好一通猜测。要说立储兹事体大，中间各方势力制衡，实在不是什么值得高兴的事，这眉梢带喜究竟是为哪般？

寿宴过半，宗明赫举杯祝酒后，清了清嗓子，朗声道："今日邀诸位齐聚无极宫，另有一件大事，需与天下知。"

众人都绷紧了神经，几乎是屏息等待着。

宗明赫道："拿本座的剑来。"

内侍双手奉上宗明赫的佩剑，宗明赫手握剑柄，潇洒出鞘，他看着这把闪着银光的宝剑，皓洁冷刃倒映出他野心勃勃的双眼。

"自双华帝君后，大名宗氏已足足三代，不曾有修士突破宗玄剑法第八重天。"宗明赫的目光扫过在场每一个人，"三十多年来，本座苦心孤诣，唯恐辜负先祖盛望，终于……"

众人哗然。

宁华帝君宗明赫，竟突破了宗玄剑法第八重天?!

宗子珩怔怔地看着自己的父君，只觉耳边的话、眼前的人，都变得模糊苍白，唯有他在大伯闭关之处发现的那一摊血迹，在视线中愈发猩红。

"父君好厉害。"宗子枭对着路上的小石子踢踢踏踏，眼前是一段长阶，一脚下去，碎石毕毕剥剥地滚落，在寂静的暗夜里，是除了心跳以外唯一的喧嚣。

宗子珩听着自己的心跳，自宗明赫释出宗玄剑法第八重天的那一刻，就无法停止地鼓噪着。

"父君……有这么厉害吗？"宗子枭迟疑地问。他停住了脚步，看向一路沉默的大哥。

宗子珩也停下了，他抬起头，新月如钩，像一柄杀人的利器悬于头顶，月辉铺陈在莹白的雪地，更显幽森与冰冷。

"人人都说，要拥有绝顶天资，才能突破第八重天，从前也没听说父君有那样的根骨，倒是大伯……"宗子枭不解道，"大哥，大伯才是咱们宗氏最厉害的修士吧，若父君都突破了第八重天，那大伯也该出关了呀。"

宗子珩低下头，额发在风雪中缠舞，虚掩着他眼中的情绪。

"大哥？"

"大伯是该出关了。"宗子珩发出窒闷的、冰冷的声音。

"大伯应该比父君更快功成才对，好奇怪。"

"你想大伯了吗？"

"嗯。"宗子枭想了想，"其实，我想不起大伯长什么样子了，他闭关的时候，我才八九岁。"

"我也……我连一幅大伯的画像都没有。"宗子珩的声音难掩悲怆。

事到如今，他无法再为宗明赫找更多借口。世人最多只是意外，传闻中资质平平的人皇竟能有这番成就，大名宗氏沉寂三代，终于要重振雄风了，这件事的意义非同小可。世上恐怕只有他和陆兆风知道那肮脏的、血腥的真相。

为什么这样卑鄙残忍的人，会是自己的父亲？

陆兆风手握着这个足以毁掉宗氏的秘密，又会如何利用？

如今坐拥坦荡仙途，光宗耀祖的宗明赫，做梦也不会想到，为他鞍前马后、知道他所有不堪的"闫枢"其实另有其人，而那个人恨他入骨，正伺机谋夺他的江山，让他万劫不复。

宗子珩不知道该如何背负这些秘密，不知道如何面对自己的父君，他为大伯不平，为枉死的修士不平，可他要保护弟弟和宗氏百年基业，他该如何是好？

"大哥，你看起来心事重重的。"宗子枭拢了拢宗子珩的披风，让那前襟透不进一丝寒风，"父君得此道行，你不高兴吗？"

宗子珩低声说："我跟你一样，很惊讶。"

"但总归是好事，大伯也能早点出关就好了。"宗子枭思忖片刻，道，"但是大家都猜错了，父君没打算立储，大哥可以放心了。"

"也许只是不在此刻公布。"宗子珩想，前段时间的谣言，或许就是故意放出来试探各方的反应，包括在寿宴上昭示自己的修为，也像在向全天下示威。

"其实我不想做人皇。"宗子枭站定在大哥面前，盯着那双温润漂亮的眼睛，"我只是不愿意看到大哥受委屈。"

"大哥不委屈。"

"骗人。"宗子枭嘟囔道，"大哥总是护着我们，为我们着想，却没有人护着大哥，为大哥着想。"

宗子珩搂住弟弟的肩膀："为人兄长，自然就要多承担，再说，你不是总为大哥着想吗？"

"不够。"宗子枭抿着唇，不甘地说，"你再等等我，我会变得很强，父君能达到第八重天，我就能达到第九重天。我要这九州之上，再没有一个人能给你委屈受。"

宗子珩笑道："好，大哥等着你。"

俩人刚步下石阶，突然听到了惊雷般急促的钟声。他们双双回头，往远处的钟楼看去，脸色都变了。

这钟声代表无极宫内发生了重大变故，需第一时间展开最强结界，任何人不得进出。

此时身在无极宫内的所有人，都会最先认为是宗天子出事了，俩人也不例外，他们吊着一颗心，往宗明赫的寝宫狂奔。

但跑到一半，就发现许许多多的宫人正在往相反的方向会集。

"大殿下、九殿下。"一个内侍惊恐万状地说，"二殿下出事了！"

这一晚的剧变，仿佛从宗明赫挥出那强横的一剑开始，就以摧枯拉朽之势奔向了失控的深渊。

当宗子珩看到死状可怖的宗子沫，他的身体也变得冰冷僵硬。

哭号声、怒斥声、悲鸣声，如同在耳郭内沸了锅，咕噜作响下糊作一团，再也分不清字句，一个个人影在眼前忙碌交织，逐渐变作难以辨认的残像。

一切都乱了。

但他不能乱，他接到宗明赫悲痛欲绝下发出的第一个命令——将所有前来祝寿的宾客都抓起来。

那一夜，整座大名城无眠，等不到天亮，宗天子的嫡子被毒杀的消息就会传遍九州。

这是自蛟龙会以后，大名城解禁的第一天，很可能将是最后一天。

宗子珩和宗子枭带上一众修士，连夜将大名城内的两处客居围了起来，布下结界，将所有人监禁，严格盘问。

无极宫此时更是宛若金城汤池，连只鸟都飞不出去。无论下毒者是谁，他无疑还在大名城内。

事发的第二天，无量派掌门就和李襄桐的兄长一同赶到了大名。

宗子珩和宗子枭盘查外来宾客，足足三天两夜未眠，但没有发现宾客之中有任何可疑的人或事。

回宫后，俩人正撞上黄弘、黄武。

"可有进展?"宗子珩急问道。

黄弘道:"二殿下的一个内侍失踪了,几个时辰前,刚刚在荷塘里发现他的尸体。"

"他怎么死的?"宗子枭瞪大眼睛。

"被灭口。"黄武凝重地道,"只是现在,还不清楚他是被收买了,下毒后遭灭口,还是发现了下毒者才被灭口。"

"毒药呢?"

"那毒药有些罕见,配方与药谷的乌毒散相似,但配比有些粗糙,帝君找药师看了,不像是专精此道之人配出来的,倒像是用民间的方子自己调出来的。"

"这配方药谷可曾公开过,能查到什么线索?"

"药谷从不公布毒药的配方,但民间确有流传。这方子里,有一味药或许能提供线索。"黄弘道,"方子里用量最大的赤脂,只能在南海红土里找到,由于提炼十分不易,用处又不广,倒卖赤脂的商户很少,若去溯源,定会有所获。"

"赤脂?"宗子枭思索道,"我怎么记得,女子用的胭脂里就有赤脂?"

"有的有,赤脂价格不便宜,大部分胭脂里都用朱砂。就算是配了赤脂的胭脂,用量也十分少,只是用于固色,而要练乌毒散,需要大量的赤脂。"

"大量,是多大?"

"至少百余块,而且比从红土里提炼还难,所以,几乎无可能。"

宗子珩叹了一声:"我们盘查了宾客,也没有发现什么。"

"二位殿下辛苦了。"

"大哥,我们去看看父君和母后吧。"

"好。"

"二位殿下……"黄弘道,"现在,还是先别去了。"

"怎么了?"

"无量派掌门正与帝君、帝后议事,此时不宜打扰。"

宗子珩点点头:"小九,你回去休息一下吧。"

"那你呢?"

"我想去看看那内侍的尸体。"

"不行,你也回去休息。"宗子枭皱眉道,"等睡醒了,我们再一起去。"

"是啊大殿下,你们累了两三天了,还是先回去睡一觉吧,一时也查不出什么。"

宗子珩揉了揉酸痛的眉心："好吧。"

回到清晖阁，沈诗瑶在等他。

"珩儿。"沈诗瑶走过来，担忧地摸了摸儿子的脸，"你这两天是不是都没合眼啊？"

"儿子这不就回来休息了，母亲不必担心。"

"哎，叫我如何能不担心，你好像都累瘦了。"

"没事的。"

"你查得可有进展？"

"尚没有。"

"我听说今天在荷塘里找到了一个内侍的尸体。"沈诗瑶拢了拢头钗，不咸不淡地说，"说不定就是他下的毒。"

宗子珩没有接话。

"会不会是那个闫枢回来报仇？"

宗子珩沉声道："闫枢与二弟能有什么恩怨，要报仇，也该找我。"

沈诗瑶轻斥道："别瞎说。宗子沫宫里宫外一堆风流债，说不定就栽在这上面了。"

"母亲，未有定论，莫要非议。"

沈诗瑶轻哼一声："我就不信李襄桐没这么想过，她管不好自己的儿子，自然有人替她管。"

宗子珩感到一阵头痛："母亲，二弟尸骨未寒，您这说的是什么话？"

沈诗瑶眯起眼睛："你说的是什么话？你就这般顶撞自己的母亲？宗子沫死了，你该高兴才对。"

宗子珩瞪直了眼睛。

"小九还小，其他兄弟都不成器，他死了，就是你最大的机会。"

"母亲！"宗子珩厉声道，"我们是亲兄弟，你怎么能……能……"

沈诗瑶冷冷看着自己的儿子："妇人之仁！我怎会生出你这样软弱可欺的儿子？"

宗子珩握紧了拳头，双目赤红："儿子绝非软弱之人，母亲如此利欲熏心、冷酷无情，实在叫人失望透顶。"

沈诗瑶柳眉一挑，高高扬起了手。

宗子珩凌厉地直视着自己的母亲。

沈诗瑶的手却顿在半空，随后缓缓放了下来，她冷笑道："有一天，你会明白娘的用心良苦。"

那"用心良苦"四个字，和母亲说这句话时堪称阴森的神情，让宗子珩站在四下无靠的厅堂正中央，脑中反复回想。有一颗尖锐的、冰冷的种子，在心间冒了芽。

对这场暗杀的调查，最终演变成了一场旷日持久的斗争。

痛失独子的帝后变得歇斯底里，连最后一层虚伪的面纱也不再需要，坚称毒死宗子沫的一定是沈诗瑶或楚盈若，只有她们最盼着嫡子死。

这样的指责太过耸人听闻，且毫无证据，但帝后有无量派撑腰，反观沈妃和楚妃都无所依靠，宗明赫不得不下令彻查后宫，大量侍卫进入清晖阁和白露阁，将里外翻了个底朝天，连她们的贴身衣物都没放过。

看着母亲受辱痛哭的样子，宗子珩又愤怒又心疼，也后悔居然怀疑过自己的母亲。其实仔细想想也该明白，如此周全的计划、缜密的行动，岂是一个常在深宫中的妇人可以做到的？尽管他母亲的修为在后妃中算是不俗，但她连无极宫都出不去，又如何能拿到毒药，并在重重防卫下暗杀一个皇子？

宗子枭同样气得浑身发抖，几欲发作，被宗子珩拽到了一边。

"你放开我。"宗子枭用力挣开大哥的手，怒火中烧，"他们连我娘的卧榻都要动，岂有此理！"

"这时候决不能招惹是非，给帝后留下把柄。"宗子珩的手贴着弟弟的后脑勺，"忍一忍。"

"我们也想查出是谁害了二哥，可她无凭无据就怀疑我们的母妃！"宗子枭恶狠狠地说。

"我知道。"宗子珩用那把沉稳温润的声音在弟弟耳边说，"忍。"

侍卫将白露阁翻查了一遍，同样没有发现什么可疑之物。楚盈若眼看着自己的闺房一片狼藉，小声抽泣着，那梨花带雨的模样令人心生怜惜。

"母亲，别哭。"宗子枭已经比自己的母亲高了小半头，他搂着她轻声安慰着。

沈诗瑶也走到楚盈若身边，红着眼圈说："妹妹，别难过了，如果这样能证明我们的清白，我们也认了，姐姐帮你收拾。"

李襄桐却不肯罢休，其实人人都知道，她真正想查的是宗子珩和宗子枭，只是碍于二人的身份，不能明目张胆地发难，于是提出由自己的父兄重新审问当日在无极宫内的每一个人。

这下惹恼了宗明赫。他也想查出是谁毒杀自己的儿子，但他绝不可能让无量派的人在自己的宫中横行无阻，最后，两相妥协之下，让李不语参与进了调查。

于是整个冬天，包括新年，大名城都在阴云笼罩中。

宗子枭一如既往地讨厌李不语，李不语因为表哥的死，伤心憔悴，也懒得对宗子枭假客套，甚至在看着宗子枭的时候，眼神似乎别有深意。

在调查时，李不语也时不时问出一些意有所指的问题，尽管这些问题他每个人都会问，但宗子枭却感觉李不语针对的是自己。

他把这件事告诉了大哥，但宗子珩并不信："你对不语总有诸多成见。父君既然让他来协助调查，他查问无极宫内的每一个人，不是应当的吗？"

宗子枭冷冷地说："可他问我那些问题，就好像把我当凶手一样。"

"那些问题他也同样问了我，本就是为了查出凶手，自然要事无巨细。"宗子珩低声道，"再者，帝后必然跟他说了许多对我们的怀疑，无论他心中怎么想，我们也只能配合。"

"配合？"宗子枭发出一声冷笑，"父君叫人搜白露阁，我只能'配合'，他李不语算什么东西，想叫我配合？"

"小九。"

"大哥。"宗子枭板着脸，"怎么，就因为他给了你一颗真元玉炼丹，你反倒要为他说话了吗？你救他一命，难道还抵不过区区一颗丹？他欠你的罢了。"

宗子珩的面色也沉了下来，他这个弟弟骄纵惯了，不高兴的时候常常口无遮拦："随你吧。"

宗子枭见大哥生气了，忙哄道："好了好了，我听你的就是了，你别生气了，你最近好容易生气。"说到最后，声音越来越小，还带些委屈。

宗子珩怔了一下。

"大哥,事情都过去那么久了,你还放不下吗?"宗子枭看着大哥脸上仿佛凝固了一般的轻愁,以为他还念着华愉心,心里堵得厉害,"你以前很爱笑的,可现在,我几乎见不到你笑了。"

宗子珩下意识地摸了摸自己的脸。

是吗,他很久不曾笑了吗?

也许吧,一个终日背负着秘密,活在担忧、怨愤、恐惧、迷茫中的人,如何笑得出来?

宗子枭心中充满了无能为力的怒意,他失落地说:"你要怎样才能变回从前的大哥?"

宗子珩摸了摸弟弟的脑袋:"人是会变的,等你再大一些就明白了。"

宗子枭看着大哥脸上落寞的神色,心中满是愤懑,他多希望他们能回到无忧无虑的从前。

转眼间,冬去春来,蛟龙会已经过去了一年,而修仙界的风波从未停歇。

华英派和五蕴门争斗不休,闫枢和赶山鞭依旧下落不明,人皇在寿宴上宣布自己突破了宗玄剑法第八重天,同日,嫡子被毒杀,凶手至今没有查到。这一年中发生的所有事,仿佛都在朝着同一个方向愈发失控地前行,人人都看到了风吹水皱,却未必能窥见水面下暗藏的涡流。

而要掀开这层水幕,看到那吃人的漩涡,似乎只需要一个契机。

这个契机很快来了——宗天子将要为在蛟龙会夺魁的九皇子用神农鼎淬剑。

宗子珩本以为,二弟的死会让这件事无限期的搁置,毕竟不能不考虑帝后的感受,此举连他都觉得不妥。

此事自然遭到了李襄桐的强烈反对,她甚至当着众妃嫔的面与宗明赫起了争执,整个后宫乌烟瘴气。

这一回,沈诗瑶却罕见地没有幸灾乐祸,谈起这件事,她神色如常地做着手里的绣工,只是在宗子珩询问起俩人争执的细节时,浅笑着说:"还能如何呢?帝君现在的心思,都在楚妃和小九身上,他原本就不喜欢李襄桐,如今老二没了,俩人很久都不同房了。"

宗子珩皱眉思索着什么。

"帝君要为小九用神农鼎淬剑,接下来,怕是就要立他为太子了吧。"沈诗瑶抬头看着儿子，樱唇微抿，"若小九以后真成了人皇，你这个做大哥的，该如何自处啊，要对他俯首帖耳吗？"

宗子珩："……"

"你是皇长子，论任何资质，你都比他更应该做人皇，可惜啊。"沈诗瑶低下头，继续绣着手中的绢帕，口吻淡漠冰冷，"日月不可同辉。"

ᕦ… 第十九章 …ᕤ

开春之后，地里的土开始化冻，休眠的植株们也渐渐缓了过来。为了越冬，天冷之前，兰园里最不耐寒的花儿都要被搬到屋内，天暖之后，再一株一株地搬回兰园，每年这个时候，宗子珩总要在花圃间忙活好一阵。

在宗子珩的指挥下，清晖阁的内侍们将各色兰花一盆一盆地往兰园搬。

当一个侍女抱着花盆经过宗子珩身边时，他突然把人叫住了："等等，这盆先放下。"

侍女放下花盆，去搬其他的了。

宗子珩皱眉看着那刚刚冒芽的细枝。

为了让植株冬眠，入冬前都要进行修枝，比如眼前这一盆蕙兰，对比它开花时的繁盛娇艳，此时这光秃秃的样子实在是"判若两花"。它刚刚苏醒、发芽，可那本应该绿生生的小芽的根部，却带着些红晕。

他养兰花十多年了，对蕙兰这样常见的品种可说是了若指掌，这盆花并未有过杂色的培育，怎么可能长出红色的芽？

除非土有问题，染了色。

宗子珩心生疑窦，他用手指戳了戳花盆里的土，是他惯常用的黑土，并无异样。他犹豫了一下，想拿铲子翻开土看看。

"珩儿。"沈诗瑶不知何时进来了，她目光沉沉地望着自己的儿子。

宗子珩怔了一下，母亲平寂的眼神下似是有暗流涌动，他心室一颤，低头看着那盆花，寒意直冲脊背。

"你不是要搬花吗？快去吧，不要耽误了晚饭。"沈诗瑶一步步走了过来。

宗子珩看了看花，又凝眸望着自己的母亲。

沈诗瑶微扬起下巴，用一种温和又强硬的口吻说："快去。"她叫住一个内侍："把这盆也搬出去。"

那内侍就要过来搬花，宗子珩却沉声道："出去。"

内侍吓了一跳，无措地看向沈诗瑶。在他的印象中，大殿下温润如玉，哪怕是对下人，也不会被平白无故地呼喝。

"你们全都出去。"宗子珩阴沉的目光扫过所有宫人。

众人鱼贯退了出去，并关上了门。

"你这是做什么？"

宗子珩突然抬手将那红泥花盆拨到了地上，"啪"的一声，四分五裂，花和土都撒了一地，在那黑土之中，分明掺杂着一些赤色的土，比血还刺目、还罪恶。

宗子珩有种天塌地陷的错觉，他踉跄着后退了一步，惊恐万状地看着自己的母亲。

沈诗瑶伸手结印，布下了一个隔音的结界："珩儿，你听娘说。"

"你杀了二弟？"这句话冲口而出，声音却抖得不成样子。

沈诗瑶低下头，沉吟片刻，轻声道："我都是……"

"不要再说你是为了我！"宗子珩嘶吼一声，他白釉般的脸此时涨得通红，一双眼睛圆瞪，形容变得狰狞不已。

"可我就是为了你。"沈诗瑶捂着自己的心口，"我是你的娘亲，我不为你，谁为你？"

"你疯了，你疯了。"宗子珩避她如洪水猛兽，一张脸被恐惧和痛苦所扭曲，"你害了华小姐，又毒死二弟？你……你怎么会如此歹毒?!"

"都是李襄桐逼我的！"沈诗瑶尖厉地吼道，"她一而再再而三地逼我，你同情她的儿子？她可曾给过我们半点同情？这二十年来我们母子在宫中过的是什么日子？你想一辈子被人踩在脚底下吗？"

"为了这个你就要杀人?!"

"我原本不想杀他，是李襄桐不给我们留活路。"沈诗瑶的神情有几分癫狂，"我原本想，你娶了华愉心，离开大名自有一番天地，我也可以安心了，可她偏不让我们如愿，她何其歹毒，看不得你半点好！现在华愉心死了，你最后一条路也被李襄桐给毁了，我还能怎么办?!"

"你……简直丧心病狂，你丧心病狂！"宗子珩觉得自己也疯了，他不知道要如何面对这一切，如何面对自己的父亲是吃人丹的魔修，而自己的母亲毒杀了自己的亲兄弟。

疯了，全都疯了。

或许他所处的并非人间，或许一切都是一场噩梦，谁能带他逃离这里？

沈诗瑶含泪道："是，我疯了，我丧心病狂，只要能让你成为人皇，我就是豁出这条命也甘愿。"

"人——皇？"宗子珩恶狠狠地瞪着她，"你还想做什么？"

"珩儿。"沈诗瑶一把揪住宗子珩的衣袖，哀求道，"宗子沬死了，宗子枭还小，现在正是你的机会啊，如果你……"

宗子珩一把甩开她的手，眼睛血红："我不想做人皇，更不想手足相残，你以为世上没有因果报应吗？你所作的恶，只会让我们万劫不复！"

"只要你做了人皇，天底下便再没有人能伤害我们母子！"

"住口！"宗子珩握紧了双拳，只觉浑身的血液都在逆流，他恨不能毁掉眼前的一切，也许只有让周遭变得更加混乱，他才能找到一丝清醒，"你疯了，你犯下这样的罪，你要我如何为人？"

"你为什么不能为娘考虑？若不是被逼到了走投无路，我又岂会这么做？我自己的安危有何要紧？我只是想要你好啊！"

"是吗，你是被逼的？"宗子珩眼中几乎滴出血来，他颤抖地指着地上的赤土，"这东西，要用来入药，需要非常大的量，你出不了官，也没什么信得过的帮手，它们是从胭脂里提炼出来的吧？若一次买很多胭脂，必然会被发现，但常年买就不会引起任何怀疑，你是攒了多少年，你是蓄谋了多少年，才有了这些足够毒死人的赤脂?！"

沈诗瑶怔怔地望着宗子珩。

宗子珩已经满脸是泪。

沈诗瑶掏出绢帕，轻轻拭掉了眼泪，她还是那副柔柔弱弱的模样，说出来的话却令人胆寒，"十三年，我足足攒了十三年。"她轻轻地说，"你还记得八岁那年吗，你生了一场大病，发热烧得神志不清，宗明赫天天检查宗子沬的功课，天天去看刚出生的宗子枭，却连一眼都没有来看过你，我就是从那一天起，彻底死了心。"

宗子珩沉默着。

沈诗瑶环臂抱住自己，纤瘦的身体如风中摇曳的小树："当初明明是他说喜欢我、要娶我，可为了讨好无量派的千金，他反倒怪我率先生下你，让他因为这件事，一辈子被李襄桐拿捏。我年轻时心高气傲，根本不愿意做妾，我天资过人，有望在仙道上有所建树，让我沈家一脉可以流传下去。可宗明赫用几句花言巧语，毁了我一辈子。我的一辈子啊，已经完了，我绝对不会让他们再毁了我的儿子。"

宗子珩哑声道："你只是想利用我报仇。"

"那又如何？"沈诗瑶瞪着宗子珩，目光凌厉，"我不该报仇吗？你不该报仇吗？你不恨吗？你不恨吗?!"

"我恨，可我不会滥杀无辜。"宗子珩哽咽道，"更不想像你一样，被仇恨左右一生。"

"没有人无辜。"沈诗瑶冷笑道，"李襄桐的儿子，绝不无辜，她该死，宗明赫该死，他们的儿子一样该死。从十三年前的那天起，我就下定了决心，要让他们一个一个地付出代价！"

宗子珩深吸一口气，心肺仍是要炸开一般地痛，他不知道该怎么办，眼前人是他的亲生母亲，那个记忆中温柔慈爱，与他相依为命的可怜女子，怎么会变成这副模样？

"珩儿，娘告诉你一个秘密。"沈诗瑶露出一个诡谲的笑，"李襄桐如此恨我们母子，还有一个原因，我一直都没有告诉你。"

"……什么秘密？"

"在你还小的时候，宗明赫曾经招一个隐士高人入宫，他有一件法宝叫作洛水玉甲，传闻中，是周文王的法器，取自洛水神龟的背甲，可以占卜万物。"沈诗瑶眼中闪动着狂热的光，"那人卜算出宗明赫会有九子，但拥有帝王命格的，只有你一人。"

"这种江湖骗子的话，你也信？"

沈诗瑶笑了笑："宗明赫和李襄桐也将他当作江湖骗子，赶了出去，但我相信他，他在出宫的路上，一眼就认出了我是你的母妃，用传音入密告诉我这件事。可在那之前，我们素不相识。珩儿，从你出生的那天起，娘就相信你有帝王命格，你注定要做人皇。"

"你不要一错再错了。"宗子珩痛苦地说，"你还想做什么？你杀了二弟，难道还想杀小九？"

"我不会杀他，他是你疼惜的弟弟，与宗子沫不同。"

"你到底想做什么？"宗子珩逼近了沈诗瑶，"娘，你不要逼我，无论你想做什么，我都会阻止你，你不要逼我。"

"你要阻止我，你要如何阻止我？"沈诗瑶仰头看着自己的儿子，"你要杀了我吗？"

"我……"

沈诗瑶抚着宗子珩的面颊："我是你娘亲，我们才是这个世界上最亲的人，我所做的一切都是为了你好，你不感激我，难不成还要与我反目成仇？你想如何阻止我，你要告发我吗，还是杀了我？"

宗子珩倒退了一步，僵硬得说不出话来。

沈诗瑶满意地笑了笑："吾儿当为人皇。"

宗子珩眼看着沈诗瑶将那盆蕙兰处理掉，只是僵在原地不知该如何是好。

一如他发现大伯已死的那一天，仿佛九州陷落于前，他却无能为力。

他能拿自己的爹娘如何？

但他必须阻止他们，无论付出什么代价，他都不能让更多人被害！

宗子珩拦在打算离去的母亲面前，目眦欲裂，一字一顿地问道："你想干什么？"

沈诗瑶拢了拢鬓发："我有点累了，小憩一下。"

"我问你接下去想干什么。"宗子珩咬牙道，"如果你敢伤害小九……"

"只要你做人皇，他仍然是你的好弟弟。"沈诗瑶嘲弄一笑，"否则，你又能做什么？"她推开宗子珩，信步往外走去。

宗子珩的脑子"轰"地烧了起来，他一把拽住沈诗瑶的胳膊，扑通一声重重跪在了地上，他哑声道："娘，子枭是我最亲的兄弟，无论你与父君、帝后有什么恩怨，他都是无辜的，如果你害了他，我就以死谢罪，我说到做到。"

沈诗瑶狠瞪着宗子珩，咬牙道："你……这般妇人之仁，如何成就大业?!"

"成就大业，难道就要手足相残，丧尽天良！"宗子珩低吼道，"你敢动子枭，我便代母受过，以我一死，偿还你犯下的罪孽！"

沈诗瑶气得浑身发抖，她一手捏住宗子珩的下巴，声色俱厉："我的儿子，岂能如此心慈手软，肉食者谋，难道你甘做羔羊？"

"不违本心是为道，不择手段趋名逐利，还谈什么道心！"

她一脚踹开了宗子珩："废物！"

宗子珩瘫坐在地，浑身冰冷僵硬，仿佛死过了一回——自蛟龙会开始到现在，他的心经历了一场旷日持久的凌迟，每一刀，都来自自己的血亲。

他生出一种拔足逃跑的冲动，放下一切，逃离这个富丽堂皇的地狱，逃离他最亲近却让他最害怕的人，天高海阔，几步之外就是他向往的逍遥生活。偏偏他被缚住了手脚，捂住了嘴，看着罅隙处漏进来的光，只是看着。

门外传来宗子枭熟悉的声音，欢快地叫着"大哥"，好像永远不知忧愁为何物。

宗子枭进了屋，正撞见宗子珩从地上爬起来，试图整理自己皱了的衣襟。

"……大哥，你怎么了？"宗子枭几步走了过来，"你……你难道又哭了？是因为沈妃娘娘吗？"

宗子珩徒劳地想要掩饰自己狼狈的脸："你来做什么？"

"大哥，你到底怎么了？"宗子枭烦躁道，"她说你什么了？你们吵架了？为什么？"

"别问了。"

"你为什么成天都心事重重的却什么都不跟我说？你跟我说啊，我可以为你分忧啊！"

"你能分什么忧？"宗子珩低吼一声。

宗子枭愣住了。

宗子珩抹了一把脸："大人的事，你别管。"

宗子枭咬了咬牙："是因为我吗？"

"……你听谁说了什么？"

"我还用专门听谁说什么。"宗子枭薄唇微抿，"我知道，没有人愿意让我得到神农鼎铸的剑，沈妃娘娘也不愿意。"他用澄澈的眼睛看着宗子珩，"难道大哥，也不愿意吗？"

"不是，跟剑没有关系。"宗子珩疲倦地背过身去，"如果没事的话你就回去吧，我累了。"

"你不要再这样敷衍我！"宗子枭怒道，"你什么都瞒着我，对我愈发冷淡疏离，你以为我感觉不到吗？你为什么要这样对我，我做错什么了？我们从前亲密无间，为什么你现在这样对我?!"

宗子珩痛苦地蹙起眉："大哥没有……我只是……"

"你不愿意我做人皇，不愿意我得到神农鼎铸的剑，我都听你的。"宗子枭的目光沉静，深远如海，"无论是皇位，还是神剑，我什么都可以给你。"

"小九，大哥不是这个意思。"宗子珩感到口干舌燥，他藏了太多秘密，根本无法解释，或许，也不需要解释了。

宗子枭道："我只要大哥开心。"

宗子珩的心被悍然触动。

这时，一个内侍着急忙慌地跑了进来："大殿下、大殿下，不好了。"

宗子珩心脏一紧："怎么了？"

"您快去兰园看看吧！"

两人飞快地朝兰园跑去。

借着春晖，休眠了一冬的花株们已经开始冒芽，天候还不够暖，汲养不足，正是最为脆弱的时候，年复一年，宗子珩悉心照料、呵护着它们再次怒放。

可现在，它们被一丛一丛地连根掘起，珍贵的根茎一条条地暴露在干冷的空气中，像是死而未僵的昆虫的脚，还在无力地挣扎，新嫩的绿芽碾入泥土，碧色的血流成了河。

沈诗瑶站在花圃前，她生得柔美而端庄，却像一个屠戮四方的魔。

宗子珩如被冰封。

"住手！"宗子枭暴戾地吼了一声。

正在掘地的宫人们都缩了缩手。

沈诗瑶冷冷道："继续挖，把所有根都挖出来，一株不留。"

"你疯了?!"宗子枭早已将礼数抛之脑后，他"唰"地抽出了剑，狠声道，"谁敢动我大哥的花，我剁了你的手！"

沈诗瑶扬着下巴，瞳眸深不见底："挖。"

宗子枭提剑就要上去，却被一股力死死地拽住了。

"……大哥？"

宗子珩死死盯着自己的母亲，他眼前的画面，竟不是他十数年苦心培育的花园正被摧毁，而是他小的时候，母亲对他温柔抚慰、悉心呵护，在冰冷无情的后宫中他们相依为命，那些千般万般的好，二十年的母子情深，被冰冷的铲子一下一下地撕成了碎片。

他就那样看着，看着自己从天南海北收集而来的、耗费无数心血养护的百余种兰花，被撕扯，被踩躏，被践踏。他听到了凄冷的哭声，却不知道是谁在哭。

"大哥，你就让他们挖吗？"宗子枭急道。

宗子珩用力握住弟弟的手腕，如泥塑般一动不动。

他亲眼看着他的兰园被摧毁。

沈诗瑶缓缓走到他们面前，她凝视着自己的儿子："你心中不该有太多牵挂。"

"你疯了吗？"宗子枭怒骂道，"大哥做错了什么，你要这样罚他，你可知道这些花是大哥的十几年心血！"

沈诗瑶阴恻恻地看了宗子枭一眼，露出一个似是而非的笑容，转身走了。

当所有人都撤出了兰园，宗子珩双膝一软，跪在了地上。

"大哥。"宗子枭看着大哥仿佛万念俱灰的模样，心痛如绞，他哽咽道，"大哥，我们重新种，有些还没死，我们重新种好不好？"

宗子珩不言语、不动作，眼神黯然无光。

一场春雨，恰逢其时，劈头盖脸地砸落，九天散银，缭乱纷飞，像是花的殡葬。

宗子珩的泪水混着雨水，悄无声息地滑落。

宗子枭跪在地上，一把抱住了宗子珩，哭道："大哥，大哥。"他只知道叫着"大哥"，却不知道如何安慰已经伤心欲绝的大哥。

宗子珩将弟弟紧紧拥入怀中，像是溺水之人抱住浮木，受冻之人抱住暖炉，他抱着这世上唯一真的在乎自己的人，像是拥抱着活下去的理由——哪怕只有这一个理由——无声地痛哭。

或许他们是对的，只有做人皇，才能守护自己想要守护的一切。

宗子珩呆滞地坐在床边，已经许久未发一言。

"大哥，你冷不冷？"宗子枭用布巾擦拭着宗子珩的肩背。

宗子珩此时像个提线木偶，脸上只有任人摆布的茫然。

"大哥，花没了可以再种的，我陪你去找花种，我们再建一个兰园，比以前种得更多、更好。

"我不知道你和沈妃娘娘怎么了，如果是因为我……我把神剑给你，我说到做到。

"我让人去看了，如果有根系比较完整的就种到盆里，一定有能活下来的。"

"泡了水了。"宗子珩轻轻地说，"活不下来了。"

宗子枭心里一痛："不一定，那么多呢。我会陪你重建兰园的，真的。"

宗子珩慢慢抬起脸，他的眼睛刚刚下过一场雨，阴霾未散："小九，如果大哥现在就想带你走，你跟我走吗？"

宗子枭愣了愣："什么？"

我想离开无极宫，离开大名，永远不再回来。

宗子珩心里想着，却没能说出口。

在他的兰园被毁的那一刻，他感觉到更多的是解脱，这个他出生、长大的地方，连最后一样留恋的东西也消失了，他应该头也不回地逃走，去过属于自己的人生。

他会把兰园建在一个依山傍水、终年如春的地方，让他的花儿不必再经历越冬的苦，天天看着日出日落、云卷云舒，过田园野趣的生活，偶尔也要去九州四处游历，除崇降魔，安民平乱。出世入世，问道修仙，尽随本心。

"大哥，你是认真的吗？"愣怔过后，宗子枭小心翼翼地问。

宗子珩深吸一口气，露出一个惨笑。

可是他不能走，可惜、可恨、可悲、可笑、可叹，他不能走。

他的大伯、他的二弟，还有许多已经牺牲和将要受难的人，如今都成了压在他肩上的千斤重担，他父母造下的孽，他如何独善其身？如果不能阻止他们，他就是身在天边，心也会被囚在这深不见底的无极宫。

"大哥，我跟你走，我说过的啊，我愿意跟你去任何地方。"宗子枭给大哥披上衣服，"但是，你再等一等，等我拿到神农鼎铸的剑。我想好了，那神剑就给你用，反正我们血脉相通，你一样能用，好不好？"

宗子珩的心猛然一颤。他突然想到了能将陆兆风引出来的契机。

如今修仙界出产的顶级武器、法宝，都要在铸造的过程中加入主人的血，如此一来，这武器、法宝就只有主人及其血亲可以使用，免于落入外人之手。若铸剑的过程中加了宗子枭的血，陆兆风一定会来抢这把剑，以陆兆风的修为，若同时拥有神剑和赶山鞭，恐怕天下将无人能敌。

　　若能在一切尚未晚时杀掉陆兆风，也许小九身世的秘密就能保住。

　　宗子珩抓住弟弟的手腕："大哥不要你的剑，那剑是你应得的。"

　　宗子枭面显迟疑："大哥，我之前说的每一句都是认真的，我什么都可以给你，你我之间，不要有隔阂，好不好？"

　　宗子珩抚了抚弟弟的头发，柔声道："不会的，大哥只要你好。"

　　"我也只要大哥好。"宗子枭抓住宗子珩的手，握在手心。

　　"小九，你答应我一件事。"

　　"你说。"

　　"这段时间，就不要来清晖阁了，如果有事我会去白露阁找你，然后……离我母亲远点。"

　　宗子枭皱了皱眉："好。大哥，如果沈妃娘娘再罚你，你就来白露阁跟我住。"

　　"不会的，你只要照顾好自己。"宗子珩黯然道，"杀害你二哥的凶手，还没抓到，你吃喝的东西，一律要先验毒，明白吗？"

　　"嗯，放心吧。"

　　宗子珩给许之南写了一封密信，以灵力封缄，信中，他要求借助纯阳教和苍羽门之力，杀掉陆兆风，作为回报，他决定争夺储君之位。他全然明白，许之南要他做太子，绝不是要他几十年后熬死宗明赫再登基，成为储君，下一步就要筹谋如何让宗明赫让出皇位，为子为臣，若能保住宗明赫的命，就是他尽到了最后的孝与义。他只有成为人皇，才能阻止自己的父母，才能尽力偿还他们犯下的罪孽，才能封住许之南和祁梦笙的口，让宗子枭永远是宗天子的九皇子，而不是通奸生下的窃丹贼的野种。

　　所有的危机，只有他成为人皇，似乎才有转危为安的可能。

　　送走这封信后，他找到沈诗瑶，面无表情地说："母亲，我要你答应我三件事。"

　　沈诗瑶平静地说："你说。"

"第一，不准再去白露阁；第二，不准接近小九；第三，不准再擅作主张。"

"继续说。"

"若你答应，我会向父君觐见，求他立我为太子，小九还小，且向来听我的话，他不会跟我争。若你不答应，或言行不一被我发现，我会将你关在清晖阁，除非父君或帝后召见，否则你一步都不能离开。"

沈诗瑶眯起眼睛："你敢？"

"我敢。"宗子珩冷冷看着自己的母亲，不怒自威，"你害死了子沫，我绝不会让你再有任何机会作恶。"

沈诗瑶冷哼一声："你当你求宗明赫，他就会把皇位传给你？你高估了他，低估了李襄桐。"

"若我能得纯阳教和苍羽门的支持呢？"

沈诗瑶眼前一亮："你是说……"

"对，有纯阳教和苍羽门，足够父君制衡无量派。"

沈诗瑶脸上的表情变幻莫测：欣喜、得意、忧虑、犹豫俱全。

半晌，她才轻轻摇了摇头："不，不行。现在不行。"

宗子珩："……"

沈诗瑶上前一步，想要去握宗子珩的手，他却马上退了一步。沈诗瑶面色一滞，说道："能得纯阳教和苍羽门相助，自然是如虎添翼，但是，这是一把双刃剑。宗明赫如何忌惮李家，也会同样忌惮你，如果让他知道你现在就收拢了纯阳教和苍羽门两个未来的掌门人，一定会适得其反，所以，在你当上太子之前，反而不能露了这个底。"

"那该如何？"

沈诗瑶微微一笑，一对美眸中尽是野心勃勃："吾儿没有让娘失望，娘也不会让你失望。"

"你……"

"珩儿，娘答应你。"沈诗瑶诚挚地说，"我不会再去白露阁，也不见小九，你大可以放心。"

宗子珩将信将疑地看着她。

"你能得纯阳教和苍羽门助力，这人皇宝座，早晚都会是你的，娘相信你。"

宗子珩心中隐隐有些不安，他已经无法相信这个原本应该是世上最亲的人，但他一时也想不出她还能做什么，毕竟她修为有限，下毒这种伎俩，当所有人都严加防备的时候，也几乎不可能再找到下手的机会。

在入夏之前，宗子珩接到了许之南一切已准备好的消息，而这一头，宗明赫也已经就铸剑一事筹备妥当，三日后就要动身前往昆仑。

为了催动神农鼎，宗明赫自九州搜集到了最好的材料，从大名和其他门派拢共召集了百名高阶修士，又请了巨灵山庄庄主出山，亲自铸剑。

巨灵山庄以铸剑之能名扬九州，修仙界所有的名剑，除了祖辈流传下来的，当数巨灵山庄淬炼出来的最好，除了剑，许多兵器、法宝、仙丹，巨灵山庄皆擅长，举凡名门世家的公子千金，若得不到祖传兵器，也必然要有一把巨灵山庄的兵器。

那巨灵山庄的老庄主已经去颐养天年、含饴弄孙，多年不亲自动手淬剑，也只有宗天子能请动冉老庄主出山。

这一趟铸剑之旅，声势浩大，已经是修仙界二三十年不曾有的盛况。

尽管这把剑是宗明赫多年前就承诺了幺子的，但嫡子尸骨未寒，这种做法连外人也议论纷纷，可想而知李襄桐和无量派是什么滋味。

宗明赫想立宗子枭为太子的传言再次流传于无极宫内外，如今他大功得成，嫡子又死于非命，他如此宠爱九子，甚至为其用神农鼎铸剑，而九子天资高绝，百年难遇，继任宗天子，似乎是顺理成章的事。

流言传得越凶，宗子珩就越是胆战心惊。动身去昆仑前，他一直在盯着沈诗瑶，生怕这些话进了她耳朵，但沈诗瑶果然像自己说的那样，如无必要，几乎不踏出清晖阁。

但他并没有因此而放松警惕，因为沈诗瑶平静得反常，反倒令他惴惴难安。

临行前，宗明赫命宗子珩留在宫中，与五弟一起辅佐帝后，协理大名的机务。

宗子珩没料到自己竟然还不被允许离开大名，或许就像沈诗瑶说的那样，宗明赫忌惮他与许之南、祁梦笙交好，又或还有别的原因，总之，自蛟龙会以后，他能感觉到宗明赫对自己的防备。

表面上他只能答应，打算等大班人马离开后再偷偷出宫。

宗子枭得知他不与自己一同去昆仑，十分不满，想要去求宗明赫。

宗子珩马上赶到白露阁，将他拦了下来。

"大哥为何不能跟我一起去？这一行短则一两个月，长则……谁也不知道要多久，我从来没和大哥分开那么久过。"宗子枭皱着一张脸，愤愤道，"父君竟让你辅佐帝后，谁知道帝后会怎么为难你。"

"你不用担心我，你只要保护好你自己。"宗子珩忧心忡忡道。这一路不知道会发生什么，他也不知道几时能赶到弟弟身边，躲在暗处伺机而动的陆兆风，绝对不会错过这把神剑，他真担心会发生对小九不利的事，若他不在身边该怎么办。

"我跟父君以及这么多高阶修士在一起，自然安全，我就是担心你，你让我去求父君，我们一起去，好不好？"

宗子珩摇摇头："父君不会答应的，这个时候，不要无事生非，你听话。"

宗子枭失望地说："其实，我还担心我娘，父君不在，帝后一定会借机欺负我娘，大哥，你要帮我照顾好她。"

"放心吧，我会的。"想到楚盈若，宗子珩心情复杂，但无论如何，她都是小九的娘亲，他必然要护她周全。

"你要好好吃饭，不能再瘦下去了。"

宗子珩扑哧一笑："说话越来越像个大人了，知道了。"

宗子枭盯着宗子珩的脸："我原本想和大哥一起去苍羽门看看。"

"大哥也想去，下次吧，飞翎使会欢迎我们的。"

"听说，苍羽门别具一格，怎么修仙的都有。"

"嗯，苍羽门有别于中原教派，没有那么多规矩纲常，倒也独树一帜。"

"听说他们有的会双修。"宗子枭眨了眨眼睛。

"你听谁说的？"

"还有谁不知道的？"宗子枭偷偷瞥了宗子珩一眼，"这双修嘛，夫妻间关上门的事儿，倒也不鲜见，但像苍羽门这样公然将双修当作一种修道之术的，也难怪被中原门派所鄙夷。"

"只要不害人，我倒觉得不必墨守成规。"

"我也这么觉得。"宗子枭快速地接话，"同修一脉功法的，能同时精进，这分明是件好事嘛。"

"你小小年纪，想这些做什么？"宗子珩警惕地说，"你不会像你二哥那样……"

宗子沫嗜好女色，从小就不老实，十二三岁便已经在李襄桐的默许下收了通房丫鬟，同时也四处勾搭其他女子。但李襄桐吃过亏，没有让宗子沫的任何一个女伴怀上孩子，如今怕是反倒后悔了。

宗子珩素来看不惯这一点，但他从不论人是非，何况斯人已逝，他话到嘴边，觉得不妥，就没往下说。

"好了，明日就要出发了，你的行装收拾好没有？"

"嗯。"

"那走吧。"

晚上宗明赫设了家宴，他们都要列席。

两人并肩走了几步，宗子枭想着此次一别要数月，就有些沉不住气，突然一把扳过宗子珩的肩膀，仿佛是鼓足了勇气，正色道："大哥，待我拿到神剑，一切都会不一样了。"

"你什么意思？"宗子珩眯起眼睛，"可是父君跟你说了什么？"他脑子里想的只是，宗明赫或许已经向宗子枭暗示，甚至明示了立储的想法。

宗子枭愣了愣："大哥，我想说的是……"

"父君到底与你说了什么？还是楚妃娘娘与你说了什么？"宗子珩急问道，他担心宗明赫迫不及待宣布立储，那事情就更复杂了。

宗子枭却有些被吓到了。

"大殿下、九殿下。"这时，恰巧有官人经过，"二位殿下还请尽快移步百花厅。"

两人对视一眼，各怀心事地、沉默地往前走去。

这一次家宴，是今年的头一次，李襄桐不意外地根本没出席。

少了喜欢张罗的宗子沫，少了机灵欢快的宗若凝，再加之这一年变故丛生，人人自危，这场家宴再不复从前的热闹。

宴席间沉闷不已，仿佛宗子沫的丧期到今日还没结束。

就连宗明赫也受不了了，他轻咳一声："明日启程去昆仑，为枭儿铸一把神剑，有了这把剑，我枭儿定能大展宏图，大名宗氏也必将重临巅峰。"

宗子珩举起杯，淡然道："恭贺父君，恭贺九弟。"

众兄弟姐妹齐齐祝酒。

楚盈若一副不胜恩宠的模样："帝君如此器重枭儿，臣妾与有荣焉，枭儿定不会辜负帝君的厚望。"

宗子枭也道："多谢父君，儿臣定会助父君一臂之力，光耀宗氏。"

宗明赫长笑两声，满脸的欣慰。

沈诗瑶柔声道："子枭这么争气，妹妹真是好福气。"

楚盈若微笑道："也要多亏了子珩从小教导他。"

"帝君的佩剑也出自神农鼎，不知与子枭的剑，会有什么不同？"沈诗瑶望着宗明赫。

宗明赫拍了拍自己的剑，感慨道："这把剑是祖宗流传下来的，是九州之上最好的剑之一，它随着一代代的宗氏修士斩妖除魔，但剑身却没有一丝瑕疵，剑客得了它，便是猛虎添翼。"

"这样的神剑，不知子枭现在能否驾驭？"

宗子枭皱眉看了沈诗瑶一眼。

"子枭虽然年少，但潜能无限，适应一段时间，不成问题。"

"那神剑滴入子枭的血，便只有我宗氏血脉的人才能使，臣妾说得对吗？"沈诗瑶依旧笑靥如花，"帝君的这把剑，也是一样的吧？"

宗子珩越听越觉得有些不对劲儿。

宗明赫似乎有些不耐烦于沈诗瑶的诸多问题，敷衍地"嗯"了一声。

"臣妾想，不如帝君将自己的剑借给枭儿试一试，免得他得了神农鼎铸的剑，却不能驾驭，当场闹出笑话来。"

宗子珩面色骤变，他怔怔地望着自己的母亲，身体一寸一寸地冷了下去，直至寒意刺骨。

不可能，她不可能知道，可她提出这样的要求，难道真的是为了让宗子枭试剑？

楚盈若的神色也变了变，她马上做出若无其事的样子："姐姐，帝君的剑岂是旁人能碰的？"

"枭儿岂是'旁人'？"

宗子珩死死盯着沈诗瑶，双拳在桌下攥紧了。

宗明赫也觉出不对劲儿了："诗瑶，你是什么意思？"

"臣妾想让子枭用帝君的剑适应一下，免得拿到神剑会露怯。"沈诗瑶笑意不变，"都是一家人，这家宴之上，还讲那么多规矩吗？"

宗子枭的眉头越发拧了起来，他看不懂沈诗瑶到底想干什么，其实在兰园被毁掉的那一天，这个女人在他心里就不正常了。

楚盈若脸上的血色正在慢慢褪去，她勉强笑道："帝君为父亦为君，哪里都少不得规矩，子枭不可僭越。"

宗子珩低喝道："母亲，别说了。"

沈诗瑶看着楚盈若，目光森寒："有何不可呢，难道妹妹怕子枭用不了吗？"

宗明赫狠狠一拍桌子，怒道："大胆！"

众妃嫔、子女都纷纷跪了下去。

"沈诗瑶，你今天发的什么疯！你若说不出个所以然来，别怪本座不给你脸面。"

沈诗瑶抬头直视着宗明赫，面上毫无惧色："帝君要怪罪，臣妾认了。臣妾只想知道，子枭能不能用这把剑。"

楚盈若气得浑身发抖："沈妃娘娘究竟意欲何为？"

宗子珩只觉眼前一阵阵地发黑，他终于知道这段时间沈诗瑶为何如此乖训，也终于知道她最终的计划是什么，他下意识地去摸腰间，但进入百花厅前，所有人都卸了武器。

沈诗瑶说到了这份儿上，还有谁能听不懂，宗子枭怒喝道："我敬你是我大哥的母妃，一直对你礼让恭谦，你竟敢如此羞辱我和母亲，你……你这个疯妇！"

宗子珩颤声道："父君，母亲她近日有病在身，神志糊涂，儿臣这就将她带回清晖阁！"

宗明赫抬起手，整个百花厅立时安静了下来。他阴冷地瞪着沈诗瑶："你为何觉得，子枭使不了这把剑？"

沈诗瑶微扬起下巴："臣妾也不知道他使不使得，但自从臣妾发现了楚妃妹妹的秘密后，寝食难安，此事事关大名宗氏的基业，臣妾不能看着帝君受到蒙蔽。"

宗子珩缓缓转过头，看着茫然的、无辜的弟弟，双目逐渐猩红一片。

第二十章

百花厅内落针可闻。这沉默像是逐渐垂落的天幕，预示着黑暗即将降临。

楚盈若发着抖，惊恐而不敢置信地瞪着沈诗瑶："这十几年来，我待你如亲姐妹，怎知你心如蛇蝎，只因嫉妒子枭得圣眷，就这样含血喷人，诋毁我们母子。"

沈诗瑶泪流满面，她明明干着背后捅刀的事，看起来仍是楚楚可怜："盈若，我也将你当作亲人，我看着小九长大，你以为我忍心吗？可是，为了宗氏的江山基业，我岂能继续隐瞒帝君，倘若神剑炼成，那一切就无可挽回了。"

"住口，你这个毒妇！"楚盈若膝行到宗明赫脚边，抓着他的衣角哭道，"帝君万不可听信谗言啊，这毒妇如此羞辱我们母子，也是在辱没帝君！"

宗明赫阴鸷地看着沈诗瑶："你说，你发现了什么？"

宗子珩跪伏在地，四肢软得几乎难以支撑身体，他想不出任何办法阻止这一切，他甚至不敢再看宗子枭的脸。

沈诗瑶拭着泪，颤抖道："当时为了调查二殿下遇害一事，帝君命人搜查白露阁，事后，是臣妾帮盈若整理闺房私物，结果，无意间发现她藏了一块绣着三只白鹭的绢帕，那白鹭，两大一小。"

"白鹭？"宗明赫眯起眼睛。

"你胡说！"楚盈若眼睛红得要滴出血来，她疯了一样喊道，"你胡说八道，我何时绣过什么白鹭绢帕，你胡说！"

"白鹭有什么问题？"宗明赫喝道。

"帝君有所不知，白鹭是兖州一代湿地最常见的鸟儿，当年的兖州陆氏，将其作为家徽。"

听到"兖州陆氏"四个字，宗明赫脸色铁青，旋即又涨得通红，一道道筋脉浮现在前额。

"陆氏只是一个名不见经传的小门派，臣妾出身齐鲁，所以才略有所闻。当我听说盈若将自己的寝殿改名白露阁时，我就知道她心中一直念着从前的未婚夫，甚至还见她醉酒后唤过那人，深情款款。我一直为她守着秘密，便是不想帝君与她生出嫌隙，可她玷污皇室血脉，甚至……甚至帝君有意立子枭为储君，臣妾万死，也不能眼看着宗氏百年基业毁于一旦啊！"

楚盈若那一张绝美动人的脸，此时扭曲得吓人，好像恨不能扑上去吃了沈诗瑶，她尖厉地叫道："毒妇！你诬陷我，这些年你假装好心接近我，你蓄谋了多久?!"

　　宗子枭怔怔地看着大人们上演的这一出荒唐戏，字字句句如刀子般雨落，他本能地、求助地看向他的大哥，可大哥却不看他。

　　大哥为什么不看他？

　　"咔嚓"一声，椅子的扶手在宗明赫手中被掰断了，他目眦欲裂，厉声道："去搜，去搜！"

　　黄弘、黄武两兄弟领命而去。

　　"帝君！"楚盈若哭求道，"这毒妇在陷害我，我没有绣过什么白鹭绢帕，倘若真搜出什么，也是她趁我不备放进去的，你相信我啊。"

　　宗明赫低下头，目光阴寒："那'白露阁'，也是她陷害你吗？"

　　楚盈若哑口无言。

　　宗明赫解下自己的佩剑，扔到了宗子枭面前。

　　"咣当"一声，回荡在殿内，余音久久不散，像是阵前的鼓点子，每一声响都在逼近一场大战。

　　宗子珩跪爬了过去，挡在那把剑和宗子枭之间，他哀求道："父君，不要在这里……"

　　楚盈若也痛哭哀求着。

　　"拿起来！"宗明赫对着宗子枭吼道。

　　宗子枭浑身冰冷，这种眼看着一片天在自己眼前塌陷的感觉，此生绝无仅有的。桌上的饭菜还没凉，就这么短暂的工夫，他的一生即将被颠覆。他听着自己开口问道："你早就知道了？"

　　那声音很轻、很小，几乎只有离得最近的宗子珩能听到。

　　宗子珩看着这个自己一手带大的弟弟，几乎要落泪。

　　宗子枭突然一把抽出了剑。

　　"枭儿——"楚盈若嘶喊道。

　　灵力尽数灌入剑刃，宗子枭的衣、发无风自动，飘然若仙。

　　一个还未成人的少年，能释放出这样强大的灵压，可说是惊为天人，可此时所有人的目光，只落在那把剑上。

这把宗氏先祖流传下来的、只有宗氏血脉才能使用的剑，在宗子枭手中，毫无感应。

如果恐惧有声音，百花厅内应该是震耳欲聋，而不会像现在这般，甚至没有人敢呼吸。

宗明赫拿一双血红的眼睛看着宗子枭，他暴喝一声，庞大的灵压如海浪般推了过来，以横扫千军之势将所有人冲倒在地。

宗子珩心中只剩下一个念头——怎么保住宗子枭的命。

宗明赫一把握住楚盈若的脖子，将她从地上提了起来，狠戾地说："贱人，你这个贱人！"

楚盈若的脸憋得通红，双腿在空中无助地踢踏着。

"娘！"宗子枭大喊着就要扑上去。

宗子珩一把抱住他的腰，将他死死地按在地上。

"放开我！"宗子枭像头被逼入绝境的小兽，朝着宗子珩龇牙，"你早就知道！"

宗子珩心中一痛，他第一次在宗子枭眼中看到了真切的恨。他狠下心，掏出黄符贴上宗子枭的嘴，又封上其穴位，此时此刻，宗子枭命悬一线，绝不能说错一句话、做错一件事。他扭头去求宗明赫："父君，事情尚未查清，求您先放过楚妃娘娘。诸位娘娘和弟妹们都在啊。"

这句话终于唤回了宗明赫的理智，他到底不能当着儿女的面杀了自己的妾，他将楚盈若扔在了地上，如猛兽环伺般看看沈诗瑶，又看看宗子珩，狰狞地问："你们早就知道了?!"

沈诗瑶急忙辩解道："帝君，子珩不知道，他若知道，岂敢隐瞒？是臣妾……臣妾心中怀疑，但苦无证据，不敢妄言，可随着帝君要动身去昆仑的日子越来越近，臣妾实在无法再坐视不管。若臣妾误会了楚妃和小九，甘愿以死谢罪。只要能守护我宗氏江山，臣妾万死不辞啊！"

"你……你们……"宗明赫脸色煞白，一双眼睛里杀气四溢。

这时，李襄桐闻讯赶来，与黄弘、黄武前后脚进入了百花厅。

李襄桐扫视全场，眉宇之间，隐隐有一丝快意，当她信步走过宗子珩和宗子枭身边，那居高临下的一瞥，分明蕴藏着恨意滔天。

黄弘将手中之物交给内侍，内侍又转呈给宗明赫。

宗明赫将那块散发着柔柔珠光的上等丝绢抖搂开来，上面赫然绣着三只白鹭，两大一小，针法细腻娴熟，栩栩如生。

楚盈若蜷缩在地上，气若游丝。

宗子珩闭上了眼睛。

"把这个贱人……"宗明赫的目光落到宗子枭身上，昔日的慈爱宠溺如今只剩下暴怒和怨毒，"还有这个贱种，都关入地牢！"

宗子枭瘫在地上，目光空洞而绝望。

"给我查，查出这贱种究竟是谁的！"

黄弘、黄武齐声领命。

"今日之事，若有人敢泄露半个字，严惩不贷！"宗明赫扔下这句话，仓皇离去。

宗子枭被带走了，宗子珩呆滞地看着自己的手，那上面还残余着弟弟的体温。

一夕之间，天就变了。他最害怕、最想阻止的事，在他最猝不及防的时候以最难堪的方式，被他最亲近的人，昭示于人前。他最想保护的、最无辜的人，被卷入了风暴的最中心，随时可能被撕扯成碎片。

他一辈子都忘不了宗子枭那双含怨带恨的眼睛。

去往白露阁的这条路，宗子珩走过无数遍，但没有哪一次，他的每一步都需要使出额外的力气，仿佛要把脚从泥沼中一遍又一遍地拔出来。

在他的规劝下，宗明赫最后没有把母子二人下狱，并非是顾念旧情，而是一旦下了狱，必然会被更多人知晓，家丑不可外扬，宗明赫恨归恨，绝不想让这件事闹到人尽皆知。

楚盈若被打入冷宫，宗子枭则被关在白露阁，等待下一步发落。今日原本该是他们动身去昆仑山的大日子，对外，只能宣称宗子枭突染了疾病。

即便如此，风言风语还是在无极宫不胫而走，在传言中，连宗子沫的死都和他们母子有了干系，要不了多久，这些带有目的性的流言就会像散播者需要的那样，传遍修仙界。

宗子珩将沈诗瑶软禁了起来，他忘不了他的母亲那张原本柔美端庄的脸被复仇的快意扭曲后的模样。

选择在临行前一天，当着宗明赫的所有后妃、子女，暴露这天大的丑事，是她深入骨髓的恨，亦是她冲出胸臆的野心。

死了宗子沫，废了宗子枭，她的儿子就是宗天子仅剩的选择。

她的计谋和手段、、冷酷和歹毒，让宗子珩毛骨悚然。

那竟是他的母亲。

当他诘问沈诗瑶是如何知道小九的身世时，她笑不可抑，她得意万分，她痛快淋漓，但她什么也不说。他愤恨到心肺几乎要炸裂，却无法动她一根头发。

他怀疑许之南和祁梦笙，在有限的知晓真相的人中，只有他们两个有动机。如果真的是他们，他一辈子都无法原谅。

白露阁前的守卫拦住了宗子珩的去路："大殿下，帝君有命，任何人不得见九殿下。"

"退下。"宗子珩冷冷地说。

"大殿下，属下做不了主，求您不要为难属下。"

"你们挡不住我，出什么事，我来担。"

守卫不得不让出了路。

宗子珩鼓足勇气，走了进去。

白露阁内一片狼藉，它如同原主人的尊严一般被翻掏得面目全非。

宗子枭闭目靠坐在墙角，他头发絮乱，神色委顿，这个万千宠爱于一身的天之骄子，从不曾如此狼狈过。他的身下，是一个困住他的法阵，眼前所有不在其位的物件都像一场正在流动的混乱，只有他是静止的，而更显得沉默和孤寂。

"子枭。"宗子珩走到法阵边沿，他无法更进一步，无法把他的弟弟拥在怀里或护在身后。

宗子枭慢慢掀起了眼皮，他用血线密织的双眼看着宗子珩，但又好像眼里空无一物。

宗子珩的心被揪得生痛，他张了张嘴，千言万语堵在喉头，最后竟只问了一句："你吃饭了没有？"

宗子枭依旧沉默，只是看着宗子珩，好像在重新认识眼前的人，想将他从全貌至细节，都仔仔细细地看一遍。越看，越是模糊，好像两人不是十数年的兄弟，而是素昧平生的陌生人。

否则昨夜发生的一切，又如何解释得通？他的大哥连他一顿饭也要操心，又怎么会为了皇位，要置他于死地？

"小九。"

这一声"小九"，让宗子枭不寒而栗，一举击碎了他可怜的幻想，告诉他，这个人，就是他大哥。

宗子枭回应，或者说重复了昨晚那句话："你早就知道了。"

"我……"要如何回答呢？是与不是，于事无补。

"你早就知道了。"宗子枭重复了第三遍，每说一次，他的身体就流失掉一些东西。

"大哥会想办法救你的。"

"救我？"宗子枭凝视着宗子珩，这个他曾经最信任、最爱的大哥，困惑地说，"为什么要救我？这不是你想要的吗？"

宗子珩："……"

"我娘跟我说，要防备你，她说你一定见不得我后来居上，一定见不得我有而你没有，我总是反驳她，我说不可能，大哥最疼我。"宗子枭嘲弄地笑了笑，"你不愿意我得到神剑，不愿意我做太子，我都理解你，因为父君确实薄待你，你在白露阁偷偷放咒印，我想你是因为蛟龙会出事，担心我们的安全，你隐瞒我那么多事，我仍然信任你。"

"小九，事情不是你想的那样。"

"为了让你放下心中的不平，我什么都可以让给你。"宗子枭龇着牙，目光凶狠又脆弱，"你想要皇位，我绝不会和你争，为什么还是不能放过我们母子?!"

"小九，不是的，我不是……"宗子珩的辩白极其无力。他猜这阵法有监视之用，有些话不敢说，即便没有，为人子女，他能说"一切都是我娘干的，我是无辜的"？他们母子荣损辱与共，陷害小九他获利最大，谁信他的"无辜"？

他不无辜，父母犯下的罪孽，他注定要还。

"你筹谋了多久？"宗子枭恨道，"从什么时候开始的？你是不是早就跟许之南串通一气，二哥是不是也是你害死的？"

"不是我！"宗子珩咬牙道，"你相信大哥，大哥从来没想害你。"

宗子枭厉吼道："那你为什么对我遮遮掩掩，为什么在白露阁放咒印，为什么早知道这件事却指使沈诗瑶置我们母子于死地?!"

宗子珩绝望地看着弟弟。

他无法说出真相,如果宗明赫知道,闫枢其实是陆兆风,而他早在蛟龙会就已经知晓这一切,恐怕连自己也性命不保。一个能挖亲兄弟金丹的人,一定会毫不犹豫封他的口。

百口莫辩,也不过如此。

宗子枭狞笑着流下泪来:"你连一个借口都找不出来吗?如果你编个高明的谎言,说不定我还会信你。你为了皇位,连自己的手足兄弟也能残害,你跟沈诗瑶不愧是母子,表面上温柔良善,待人百般地好,其实毒如蛇蝎,我娘、我,所有人,都被你们骗了!"

宗子珩忍着痛说:"大哥还是那句话,我从没想过要害你。你娘的事,无论如何你是无辜的,大哥一定会想办法救你。父君不会放过你娘的,但看在十四年父子情分上,他应该……不会为难你,你切记不要忤逆父君,保命要紧。"

宗子枭阴鸷地瞪着宗子珩:"你最好盼着我早点死,只要我活着,我就不会放过背叛我的人。"

宗子珩哑声道:"很好,你要报仇,就要先活下去。"他后退了一步,"子枭,有朝一日,大哥会跟你解释的。"

宗子枭看着他的眼神,只剩下冰冷的恨。

宗子珩刚走出白露阁,就见黄弘在等着自己,不需要多余的话,他木然道:"走吧。"

不过一夜之间,宗明赫看起来就沧桑了许多,他闭目扶额,任宗子珩在下面跪了许久。

终于,宗明赫开口了,声音无波无澜:"你去见他了。"

"是的,父君。"叫出"父君"二字,宗子珩突然感到一阵反胃。所有的罪孽,皆因眼前人起。如果不是他见色起意,夺人所爱,如果不是他泯灭人性,窃食人丹,这一切可能都不会发生。那么多无辜人的命,而他却还坐在这高不可攀的皇位之上,哪管脚边白骨堆垒。

恶心。

"你是何时知道的,怎么知道的?"

宗子珩低垂着头，无比驯顺地说："儿臣也是昨夜才……"

一股灵压猝然袭来，如一记重锤轰击在宗子珩的心口，他的身体倒飞出去，狠狠撞在了墙上，又跌落到地面。他四肢麻软，口涎掺血，半天都没爬起来。

他可以挡下，但他不敢挡。

宗明赫寒声道："少在我面前装模作样，像足了沈诗瑶。"

宗子珩抹掉嘴角的血，重新跪好，颤声道："儿臣，确实，不知。"

"你以为没了子沫，没了子枭，本座就非你不可了？"宗明赫恶声道，"我真是没有想到，你看起来最老实，实则城府最深，心思最毒！"

"父君误会儿臣了。"宗子珩咳了两口血，看上去依旧卑微，"儿臣不敢欺瞒父君，母亲也是一样的，只是，母亲不能眼看着宗氏江山落入歹人之手。"

宗明赫气得脸色发青，这个秘密是他一生最大的耻辱，却是当着他妻妾子女的面被剥得精光，他现在满腹戾气却无处发泄。他又是一脚将宗子珩踹翻在地："你心里是不是快意极了？"

"儿臣不敢。但儿臣以为，现在发生，为时尚不算晚。"

宗明赫握紧了拳头，看着跪在地上的长子，心中五味翻涌，他一甩袖袍："起来！"

"谢父君。"宗子珩摇晃着站了起来。他抬起头，脸色惨白，眼睛却亮得瘆人："父君，儿臣自请去捉拿那个陆氏贼子。"

"……他应该早就死了。"

宗子珩做惊讶状。

"算算时间，那贱人在入宫时，可能就已经有了身孕。"

"那……父君打算如何处置他们？"

宗明赫沉默了。

宗子珩便一言不发地等着，他知道，小九的命全系在自己身上了，只有他能救小九。

宗明赫慢慢抬起头，口气和缓了几分："珩儿，你怪本座吗？"

"儿臣不敢。"

"不敢，还是不怪？"

"父君对儿臣悉心栽培，儿臣莫不敢忘。"

"子沫是你杀的吗？"宗明赫问得十分平淡。

宗子珩扑通又跪了下去："儿臣绝没有杀害二弟，求父君明鉴。"

"他们两个出事，我的子嗣中，便只剩你能堪大任，不是你们母子，还能是谁？"

宗子珩以额杵地，大声道："儿臣做不出手足相残的事，求父君明鉴。"

宗明赫冷笑一声："子沫的死，究竟是你们母子干的，还是那个贱人干的，本座自会查清楚，若真是你所为，就算我顾念父子之情留你一命，无量派也会把你挫骨扬灰。"

宗子珩感觉后背都被汗打透了。

"不过。"宗明赫话锋一转，"若并非你所为，本座也不会让无量派诬陷你。"

宗子珩缓缓抬起头，他从宗明赫脸上看到了无可奈何之下的妥协，正如沈诗瑶所说，宗子沫死了，宗子枭废了，宗天子将别无选择，不得不正眼看他这个长子。他道："多谢父君。"

"如今当务之急，是保住皇家的颜面。"宗明赫睨着宗子珩，"这件事，你认为应当如何处理啊？"

宗子珩深吸一口气，徐徐道："如今外界已经有一些风言风语，但没有凭据，儿臣以为，应该暗中处理。可以将楚妃……楚盈若囚于冷宫，令她终身思过，至于子枭，可对外宣称他不幸病故，将他逐出宫去，改名换姓，终身不得以真实身份示人。"

宗明赫冷冷一笑："简直便宜了他们。"

"楚盈若毕竟服侍了父君十几年，而子枭他浑不知情，且年纪还小，父君尊为人皇，若能对他们略施宽宏，也可抚慰几位娘娘和弟妹的惊惶。"

"那贱种的一身修为，皆我宗氏赐予，本座在他身上耗费了多少心力和天材地宝，本座可以念在过去情分上，饶他一命，但绝无可能让他带着宗氏赐予他的东西走出大名。"

宗子珩一震，心中升起一个可怕的念头："父君，您放过子枭吧，他还未成人，对我宗氏构不成什么威胁。"

"废话。"宗明赫剜了宗子珩一眼，"难道他不会长大吗？他十三岁就在蛟龙会夺魁，这种天资，几百年难遇，若放他全须全尾离去，将来必成大患！"

宗子珩掩在袖袍下的手，止不住地颤抖。

"这件事，你不用再管了，本座命你去一趟兖州，调查陆氏，陆——兆——

风。"宗明赫突然念出这个名字，"那陆氏的杂碎，好像是叫这个名字。当年听说他已经死了，但本座现在怀疑他是否真的死了，那贱种出生的时间实在微妙，这件事，你亲去一趟兖州查清楚。"

"父君……"

"尽快去。"

"父君。"宗子珩膝行到宗明赫脚边，哀求道，"求父君放过小九吧，我必让他从修仙界消失，他会听我的，他会……"

宗明赫厉声道："妇人之仁！留着他，就是给宗氏江山留祸根。他不是你的兄弟，只是一个贱人通奸生下的贱种，你若放不下他，我就杀了他。"

"不要！"宗子珩颤抖着伏下身去，"儿臣，领命。"

宗子珩走出门，双腿有些虚浮，他一手支着一棵树，才勉强撑住如上了重枷的身体。微微抬头，空洞的目光注视着远方一点残阳，为天地间抹开长长的红霞，凄切而又壮美，可倒映入他漆黑的瞳孔，就变成了一滴针鼻大小的血。

他闭上眼睛，夕阳的余晖拂面，为他脸上的痛苦凝了一层金光灿灿的面具。

宗明赫想要小九的丹，他毫不怀疑。

尽管早已经有所预感，但宗子珩此前准备的逃离大名的计划还不完善，尤其是在他的计划中，宗子枭要作为自己的帮手，而不是被囚禁着等待解救。

一切都发生得太快，让他措手不及，现在宗明赫要把他支出大名，才好挖宗子枭的丹，留给他的时间太短了，他完全没有把握带走宗子枭，反而可能将自己暴露。

宗子珩苦思一夜，想到了一个铤而走险的办法。

他在天明后觐见宗明赫，想走之前见一见楚盈若，要查陆兆风，这个要求合情合理，宗明赫同意了。

宗子珩见到楚盈若时，这个女人尽管精神不佳，但神色并无慌乱，看到宗子珩也不意外，只是阴狠地瞪着他，问道："你如愿了吗？"

宗子珩面无表情道："你身陷囹圄，朝不保夕，见我第一面，问的竟然不是小九的安危，难道你一点都不担心他？"

楚盈若微微一愣："小九怎么样了？"她的口气变得尖厉："你还有脸说，你还有脸叫他'小九'？你和沈诗瑶那毒妇虚伪狡诈，不择手段，你们不得好死！"

宗子珩面不改色道："你不问，是不是因为你知道有人会救你们？"

"你在说什么？难道宗明赫会放过我们？"

"他自然不会放过你们。"

楚盈若哈哈大笑了两声："是啊，他当然不会放过我们，他是个怎样阴险狭隘、睚眦必报之人，你这个做儿子的，恐怕都见不全。"

"你很恨他。"

楚盈若咬着牙，双目染了红："我与陆郎青梅竹马，情投意合，如果不是他，我们一家三口本该幸福快乐，何至于沦落到今天这步田地？换作你，你不恨吗？"

宗子珩知道这个女人也是可怜人，但他同情不起来，陆兆风做的事，她必然知晓，大人间的龌龊龃龉，最终受害的，是无辜的孩子。

"你来这里干什么？想问我陆郎的事？还是想杀了我？"楚盈若嘲弄地笑，"虽然宗明赫看不上你，但你跟他分明是一路货色，都是卑鄙下作的东西。"

"我没有时间听你的谩骂，我来，是为了小九，你想救他，就如实回答我的问题。"

楚盈若眯起眼睛："为了小九？你这个……"

"你到底想不想救他?!"宗子珩厉声道。

楚盈若怔了怔："你到底想说什么？"

"你和陆兆风的事，我全知道，或者，该叫他闫枢？"

楚盈若瞪圆了一双美眸。

宗子珩逼近了一步："没错，我知道陆兆风没有死，我知道他用吴生笔画脸，假扮闫枢接近宗明赫，为虎作伥，我知道你们处心积虑，就是想让小九谋篡宗氏江山！"

楚盈若震惊道："不可能，你怎么可能知道？"

"因为我在白露阁看到了你和陆兆风，在地宫里，他以为我死定了，索性告诉了我真相。"

楚盈若瞪着宗子珩："我还百思不解，沈诗瑶是怎么知道的，那绢帕是她放在我宫中栽赃我的，我行事小心，不可能在她面前说漏嘴，原来是你告诉她的。"

宗子珩不想浪费时间辩解："你一定有办法联系上陆兆风，现在小九命悬一线，是时候了。"

楚盈若愣怔片刻，讥诮道："你想诓我，有那么容易吗？你想把他引出来，将我们一网打尽，如此大功一件，宗明赫再不立你为储，都说不过去了。"

宗子珩气得脑仁涨痛，他几步逼到楚盈若跟前，咬着牙道："我不管你相不相信，我现在只要保住小九的命。你如此不慌不乱，就是料定了陆兆风会来救你们母子，对不对？我告诉你，来不及了，宗明赫要将我立刻支出宫，我一走，他就会挖小九的金丹！"

楚盈若脸上立刻没了血色，她恶狠狠地看着宗子珩："你把秘密告诉沈诗瑶，害惨我们母子，现在又说要救他？你还指望我信你?!"

"不是我告诉我娘的，我不知道她如何得知的。"

"这种鬼话你也敢说？"

"我不管你信不信，我没时间废话了。当年在古陀镇，陆兆风想要我的丹，这件事你知道吧？"

"我当然知道。"楚盈若鄙夷道，"虎毒尚不食子，宗明赫这个畜生，为了突破宗玄剑法第八重天，想要挖你的丹。"

宗子珩呼吸一滞，哪怕他早已经知道，可再次从知情者口中确认，仍是令他心室绞痛，他咬了咬牙："他连亲儿子、亲兄弟的丹都不放过，你觉得他会放过小九这样的天纵奇才吗？"

楚盈若咬住下唇，眼珠快速转动着。

"你担心我是为了引他出来，我知道你很难相信我，但我将小九一手带大，十四年啊，谁能装出十四年的虚情假意？你必须信我一次。小九等不了了，陆兆风来晚了就来不及了。宗明赫答应留小九一条命，就算他说的是真的，没了金丹，小九心高气傲，他会生不如死的！"

陆兆风是宗子珩不共戴天的仇人，是他不惜一切代价也要除掉的祸害，可命运如此恶浊而扭曲，他竟然需要陆兆风的帮助，毕竟，会全心全意救宗子枭，且有能力将其从结界重重、守卫森严的无极宫中救出的人，只有陆兆风。

至于他们之间的恩怨，待宗子枭平安了，仍然要算。

楚盈若深知宗明赫的为人，护子心切，最终被宗子珩说服了。

俩人约定，第二天晚上，由宗子珩潜入白露阁，解开法阵，陆兆风将宗子枭带走。由于那法阵是宗氏独创，若是强行破坏，就会被发现，只要法阵不是宗明赫亲自步下，他自认无极宫内没有能压他一筹的修士了，所以这一步必须由他来做。

深夜，宗子珩避开守卫，凭着对白露阁的熟悉，悄悄潜了进去。

宗子枭面冲着墙躺在地上，宗子珩眼尖地发现他的肩膀微微动了一下，但并没有转身。

"子枭。"宗子珩悄声道，"我知道你醒着。"

宗子枭坐起身，慢慢转了过来，那双异常明亮的眼睛，于黑暗中与宗子珩对视。他的面颊明显收窄了几分，不知是月光的阴影，还是消瘦了。

被打落在地的饭菜，给了宗子珩答案。

宗子珩暗叹一声："大哥来带你走。"

"为什么？"

"'为什么'？"

"我娘呢？"

"她在冷宫。"

"父君要杀我们吗？"

"他不会放过你的。"宗子珩双手结印，诵念咒语，将灵力注入法阵，阵法开始逆转，直至悄无声息地被解除。

宗子枭冷冷扫了宗子珩一眼，试探着走了出来，发现法阵竟是真的消失了，他皱眉道："你真的是来救我的？"

"别废话了，快走。"

"我娘呢？"

"自会有人救她。"宗子珩一把拉住宗子枭的手腕。

宗子枭却狠狠甩开了那只手，逼问道："谁？"

"现在哪有时间解释，马上跟我走，再晚就来不及了！"

"我不会扔下我娘一个人跑的。"宗子枭冷道。

"你……"宗子珩咬了咬牙，"我说了，会有人救她，是你的……生父。"扪心自问，就算沈诗瑶作了这么多孽，若是生死关头，他还是无法弃她不顾，所以若不让宗子枭放心，他们肯定都走不了。

宗子枭愣了愣："那个……陆氏的人？他活着？"

"嗯。"陆兆风的身份，就留给他们自己去解释了，无论宗子枭能不能接受，那都是他要面对的宿命。

宗子枭沉默了。

俩人离开白露阁，悄无声息地往兰园的方向潜行而去，他们都对此地熟悉到闭着眼睛也能找到路，普通守卫根本发现不了。

兰园的位置本就在无极宫最偏僻的角落，自从花儿被沈诗瑶毁掉后，这里就变得一片荒芜，宗子珩看着眼前的萧条，那些繁花似锦、无忧无虑的春天，仿佛就在昨天，再想到他们如今的处境，一颗心难受得像被摁在了热油里。

"为什么救我？"宗子枭瞪着宗子珩，仍是戒备。

"小九，大哥有苦衷，你相信我，我从来没想过害你和你娘。"

"那你就解释。"宗子枭寒声道。

千头万绪交织如麻，宗子珩一时竟不知道要如何解释。他平复了一下心情："我对你有所隐瞒，和我在白露阁放咒印，都是因为知道了你的身世，担心你的生父陆兆风来找你们。至于我娘是怎么知道的，我真的不知道。"

"你一句不知道，就想把自己撇干净？"宗子枭危险地眯着眼睛，"沈诗瑶所做的一切，难道不是为了你？"

"……是为了我，但我事前并不知情。"

宗子珩也知道这样的解释听来多么单薄，简直像是狡辩，可他觉得他的小九应该相信他，凭他们十四年兄弟情分。

宗子枭的眼中果然浮现犹豫和挣扎，他沉吟片刻："那你是怎么知道的？"

宗子珩无法当着宗子枭的面说自己看到他母亲偷情，只好道："这件事，等你离开这里，让你娘跟你解释吧。"

宗子枭："……"

"小九，离开以后，你要隐姓埋名，从此不再是宗子枭。只要父君在位一天，你甚至不能暴露自己的行踪，大哥只希望你安度余生。"

宗子枭眼中有茫然与痛楚："父君，真的要杀我？"

就在不久以前，他还是宗明赫最宠爱的幺子，宠爱到甚至愿意为他用神农鼎铸剑，叫他如何接受，一夕之间，他的父君想要他的命？难道十数年父子情，便一丝一毫都不剩了吗？

宗子珩想到他遭逢如此变故，从九天跌落泥潭，亦是心疼不已，实在不忍心告诉他更残忍的真相："父君还顾念父子情分，没打算杀你，但论国法论家规，他都无法赦免你，难道你想被关一辈子吗？"

宗子枭闭上了眼睛，倒吸一口气，轻声说："那你呢？"

"我……"他放走了宗子枭，宗明赫就不可能放过他，但他赌宗明赫不会杀他。

"你跟我一起走。"宗子枭睁开眼睛，那双极美极魅的狐狸眼，如盯梢猎物般盯着宗子珩，"你问过我好几次，愿不愿意跟你离开无极宫，现在轮到我问你了。如果你跟我一起走，我就相信你，相信你不是为了皇位残害手足。"

宗子珩露出一个快要哭出来的表情："小九，大哥不能跟你一起走。"

他走了，他娘怎么办？他走了，枉死的大伯和那么多无辜的修士，谁为他们讨回公道？他走了，谁能阻止宗明赫继续作恶？

宗子枭红着眼睛说："你果然舍不得皇位。你口口声声说想要离开这里，过自由的生活，全都是谎言。原来我娘早就看透了你，她说你虚伪善妒，可笑我从来都相信你！"

宗子珩心痛如割："大哥有必须留下的理由，有一天你会明白的。"

"我……"

兰园外突然传来喊杀声。

宗子珩脸色一变，抽出了君兰剑。

一道高挑黑影匆忙闪入兰园，仔细一看，是一蒙面男子，他护在身边的人正是楚盈若。

"娘！"

"枭儿！"

母子二人再度相见，险些落泪。

宗子珩瞪着那蒙面男子，脑海中浮现华愉心临死前的画面，满腔恨意翻涌。

大批守卫依次拥入兰园，他们手中的火把将这个几乎被遗忘的偏殿照得明如白昼，令它的荒芜无所遁形。

在黄弘、黄武两兄弟的护驾下，宗明赫施然而至，他一身奢华的白金皇袍在暗夜中更显尊贵，与鬼鬼祟祟的黑衣人相比，似乎是霄壤之别，可九州之上最美的、原本属于他的女人，此时却站在另一方。

宗明赫的眼神阴狠而怨毒，妒意仿佛要当场化形，从瞳仁中冲将出来。

宗子枭神色复杂地看了看蒙面人，又望向他叫了十四年父亲的男人，双唇嚅动着，不知该说什么。

楚盈若仇恨地瞪着宗子珩："这果然是你设下的陷阱。"

潜入九州之上守备最森严的无极宫救人，本就是铤而走险，怎么可能万无一失？宗子珩铁青着脸，当着宗明赫的面，却不敢解释。

宗明赫眯起眼睛："看来吾儿早就知道这蟊贼还活着。"

宗子珩抿着唇，一言不发。

宗子枭僵硬地转过脸来，凝视着宗子珩的眼神静寂而深沉，他的瞳光仿佛就消失在生命的这一瞬，此后余生再没有被点亮。

宗明赫恶狠狠地看着蒙面人："奸夫淫妇，可是没脸示人？"

闻言，蒙面人扯下了面罩，阴鸷英俊，正是陆兆风。他凝视着宗明赫，目眦欲裂："我与盈若两情相悦，没脸示人的，该是你这见色起意的狗贼。"

"本座贵为人皇，区区一个女子算什么？便是要你的命，你也要跪着奉上来！"

陆兆风大吼道："人皇！天下人可知，人皇为了强娶女子，害死我陆氏满门？"

在场众人面面相觑。

"蕞尔蟊贼，胆敢含血喷人，冒犯帝君！"黄弘抽出佩剑，袭向了陆兆风，黄武也立刻发难，一众守卫都回过神来，攻向三人。

宗子枭夺过一个守卫的剑，他将楚盈若护在身后，加入了混战。

宗子珩持剑站在一旁，额上的汗淌进了眼睛里，视线一度模糊。

宗明赫负手而立，冷冷地看着宗子珩："子珩，你还不将这奸夫淫妇和他们的贱种拿下？"

"……是。"宗子珩提剑迎了上去，心里想着陆兆风打算何时用赶山鞭，那是他们逃走的唯一可能。

一股杀意腾腾的剑气从身侧袭来，宗子珩本能地挥出一招，以攻为守，可当他下一瞬看清来人时，不得不化掉招式，但余威仍旧强劲，凌厉的剑气划伤了宗子枭的左臂，血花飞溅。宗子枭却对自己的伤浑然不觉，厉声一吼，以更加疯狂的杀招击向宗子珩，剑刃铿锵之余音未散，他就撞进了一双猩红的、绝望的眼睛。

宗子珩心脏剧痛。

宗子枭的声音仿佛在泣血："为什么……我那么相信你，什么都听你的，为什么要这样对我?!"

凶悍的剑气从头顶压了下来，宗子珩抬手格挡，两把银刃十字相交，"哐"的一声响，不知是谁的心应声而碎。

宗子枭狠狠压着手中的剑，力气大得吓人，好像为这一刻的角力押注了一切。

俩人隔着锋锐的凶器相望，彼此都从对方眼中看到了铺天盖地的、极致的痛。

宗子珩隐忍道："小九，是大哥对不起你。"

是大哥无能，无法保护你，大哥愧为兄长。

宗子枭龇起银牙，像猛兽露出的獠牙："我——恨——你!"

"这是，赶……赶山鞭!"一个守卫惊恐地叫道。

金光闪现，一条古朴的螣蛇鞭横空出世。

这变故令众人始料未及，宗明赫脸色骤变。

宗子枭也愣住了，疑惑地看着眼前这个陌生的，但却是自己生父的男人。

宗明赫指着陆兆风的手在发抖："你……你为何会有赶山鞭?"

陆兆风狞笑一声："宗明赫，若我说闫枢死了，你是否终于能松一口气?"

"你想说什么?!"

"我不仅有赶山鞭，还有吴生笔。"陆兆风突然换了一种古怪的腔调，"今日你敢拦我，我就将你造下的孽，公诸于众，让九州子民都知道宁华帝君的真面目!"

那说话的腔调，只有与闫枢交谈过的人才听得出来，宗明赫和宗子枭的脸色都在瞬间变得苍白无比。

陆兆风一挥赶山鞭，兰园顿时飞沙走石，土地龟裂，四方围墙像豆腐块一样被轻易地拆解，全都在那法宝的指挥下变成了陆兆风的矛与盾。

大批的守卫或陷入地下，或狼狈躲避飞石，场面一时混乱不堪。

楚盈若喊道："枭儿，快过来，不要恋战!"

宗子枭咬了咬牙，收剑跑向楚盈若，护着她跟随陆兆风一起撤退。

陆兆风操控着土石，试图带着楚盈若和宗子枭逃入地下。

宗明赫只想灭口，再顾不上天子威仪，抽出佩剑，亲自加入战局，且一出手就是杀招，达到宗玄剑法第八重天后，他的剑气凶悍霸道，势如洪水，不可阻挡，一招就破了陆兆风的石墙。

"子枭，照顾好你娘！"陆兆风无力还击，且守且退。

宗明赫身形突然一晃，以令人错愕的速度扑向宗子枭和楚盈若。

宗师级的修士的身体虽然早已非凡人，但这般速度对于熟悉宗氏功法的人来说，还是出乎意料地快，他们都以为这与宗明赫破界有关，只有宗子珩知道这身法从何而来——程衍之的金丹。

剑气直取宗子枭命门，他不得不避让，但宗明赫的目标一开始就不是他，而是楚盈若。

宗明赫揪住楚盈若的头发，迫使她献祭般露出自己的雪白玉颈，森冷的锋刃悬停在皮肉上方，如毒蛇环伺。

"娘！"

"盈若！"

宗明赫满目凶光："陆兆风，你若想要她活命，便束手就擒。"

"你敢杀她，我就让一切大白于天下！"

"那我就让这贱人和你们的贱种统统给你陪葬！"

"陆郎，快走！"楚盈若喊道，"带子枭走。"

陆兆风双目赤红："一起走。"

"还愣着干什么？杀了他。"宗明赫吼道。

守卫一拥而上，宗子珩也急红了眼，在重重包围下，陆兆风无法操控赶山鞭太久，一旦错过逃命的时机，他们就一个都走不了了。

"你们快走啊——"楚盈若撕心裂肺地喊着。

宗子枭的伤还在不住流血，他几次想冲破重围，手中这把普通的剑却被黄武斩断。

陆兆风亦是挨了两剑，愈发吃力，赶山鞭的光芒忽隐忽现，明显变得微弱，而大批宗氏修士还在源源不绝地拥入兰园。

楚盈若流着泪，决然说道："陆郎、枭儿，我们一家人，今生无缘，来世再聚。"

"不要——"

一截雪颈喷涌出妖冶的红。

宗子珩的视线也变成了猩红一片。

"娘——"凄厉的悲鸣响彻云霄。作为宗子枭的一辈子，在此终结，活下来的，再不是曾经那个被命运偏宠的少年。

陆兆风惨号一声，眼中淌下血泪："宗明赫，我要你宗氏断子绝孙！"

宗明赫怔怔地看着自己，一手剑，一手血，一璋瘗玉埋香。

陆兆风抓起宗子枭，赶山鞭甩出巨响，地陷土崩，俩人快速隐入地下，只见地表的砖石碎裂，他们逃跑的路留下一串土包。

宗明赫回过神来，恨意滔天："追，追，活要见人，死要见尸！"

黄弘、黄武领命追去，宗子珩也跟了上去。

地底是唯一可能躲过无极宫结界的出路，陆兆风带着宗子枭，果真逃出了无极宫，但他们不可能一直在地底，那太消耗灵力。

三人速度最快，率先追出了宫，地面只留下一个土坑，人已经不见了踪影，但地上分明有血迹。

"往这个方向。"黄弘循着血迹追去。

宗子珩紧随其后，他指望陆兆风能带着宗子枭尽快逃离，可眼看着一路上血流得越来越多，也分不清是谁的，情况肯定很糟。

又追了一段，地上的血迹竟一分为二，往两个方向而去。

黄弘拿出鸣镝，打算通知宗氏修士："有一个肯定进了山，两个应该都跑不远，只要命人搜……"

宗子珩一剑挑断了他的鸣镝，出剑快得像蛇吐芯子，两兄弟还没回神时，君兰的剑锋已经抵住了黄弘的喉结。

"……大殿下这是何意？"

"你说呢？"宗子珩冷道，"谁都不准追了。"

"大殿下要违抗帝君命令，放走贼人吗？"

"他是我弟弟，不是贼人。"宗子珩红着眼睛说，"后果我一力承担。谁敢动一下，我就杀了你。"

"大殿下为何这么糊涂？"黄武皱眉道，"好不容易熬出了头，难道要自毁前程吗？"

"熬出头？"宗子珩回首，看了一眼雄丽的无极宫，露出一个凄冷的惨笑。他被埋在了这暗无天日的活坟里，这辈子都无法出头。

但至少他的小九逃出去了。

小九，你要好好活下去。

无极宫的内狱，乃宗氏先祖所设立，只关押触犯国法家规的宗氏子弟及内眷，但如今早已形同虚设。

尘封已久的地牢里，霉腐的气味像凝结的云雾，笼罩在每一个角落，伴随着每一次呼吸被囫囵吞下，令人胸闷又作呕。

宗子珩在剧痛中醒来，呼入口鼻的，便是这浓稠的霉腐味和血腥味。他尝试着想爬起来，但哪怕一根手指的颤动，也引来无边的痛。

决定回无极宫复命时，他就知道等待自己的会是什么，但他无法一走了之，他清醒着受完了这一百下鞭刑。

被扔到内狱后，他几度昏迷又几度清醒，也不知道时间过去了多久。清醒的时候，他就想宗子枭，想他的小九是不是成功逃脱了，受的伤怎么样了，现在是不是在伤

心难过。他疼了十四年的弟弟，一夕间失去了所有，往后只能独自面对险峻的人生。

他能照顾好自己吗？他会勤奋修行吗？他难过的时候该怎么办？会有人知他冷热吗？他会……怎么想自己呢？

宗子珩回忆起宗子枭对他说"恨"时的神情，一时痛彻心扉，甚至盖过了背后血肉模糊的鞭痕。

不知道这辈子，他们还能不能再相见，自己还有没有机会解释。

或许，不如不见。

空寂的地牢里，突然传来了一阵脚步声。

宗子珩能凭这步履分辨出来者何人，他忍着痛，勉力撑起了身体，坐在一堆狼藉血污中，看着自己的父亲。

父子二人隔着铁栏相望，中间仿佛横了一道天堑。

对视许久，宗明赫开口了："我一直后悔生下你。"

宗子珩木然地看着他。

"若不是你先于我的嫡子出生，我何至于亏欠李襄桐？这么多年了，还时不时被无量派指摘。"

宗子珩冷笑了一下。

"但这确实不是你的错。"宗明赫道，"时而我也觉得，是薄待了你。"

从前，宗子珩幻想过宗明赫对他能有哪怕半点愧疚，可如今听到了，心中却毫无波澜。

"可惜，你始终不是个识时务的、听话的儿子。"宗明赫摇摇头，"我是想过将帝位传给你的，如果你没有放走他们。"

宗子珩嘲弄一笑："就算我没有放走他们，你也不会放过我的。"对于宗明赫来说，有远比储君更重要的事，那就是守住那些足以毁掉宗氏的秘密。

"那你为什么还回来？为了你娘？"宗明赫目光深深，"这样心软，你究竟像谁呢？你若走了，凭你的本事，恐怕还真没人抓得住你。"

"如今你抓不抓我，都已经没什么分别了，陆兆风跑了，你害死楚盈若，他一定会将你的真面目公诸于天下。"

"他不敢。"宗明赫胸有成竹道。

宗子珩："……"

"因为那贱种没有跟他一起逃跑，而是下落不明，他定然以为那贱种被我抓了回去，便不敢轻举妄动。"

"什么……"宗子珩急道，"小九在哪里？"

"我会找到他的。"

宗子珩沉吟片刻："不，你找不到他。"宗子枭聪明且修为不俗，一定可以逃出生天。

宗明赫怒道："你放走了他，日后必成大患，你这个成事不足败事有余的蠢货！"

宗子珩冷笑一声："你永远都找不到他。"

宗明赫阴森地问："你在地宫时，就已经知道了陆兆风的身份，知道了一切。这么长的时间，你在谋划什么？"

"我没有谋划什么。"

"没有谋划什么？那沈诗瑶又怎么可能知道那贱种的身世，真以为那些拙劣的言辞能哄骗我？你一面害他，一面又于心不忍想救他，优柔寡断，真是可笑。"

宗子珩微微颔首，他也觉得可笑，他抬起头，直视着自己的父亲："我确实放不下手足之情，你呢？你挖大伯的金丹时，可想过他是你的亲哥哥？"

宗明赫一怔，眼神开始闪躲。

"五年前在古陀镇，你指使闫枢挖我的丹时，可记得我好歹是你的亲儿子？"

宗明赫的鼻子皱了一下，面目闪现狰狞之色："我所做的一切，都是为了保住我宗氏江山！大名宗氏已经有三代，足足三代！没有一人突破第八重天！各方势力蠢动，越来越不把宗氏放在眼里，再这样下去，祖宗的基业就要终结于我手！"

宗子珩平静地问："你作恶多端，就不怕报应吗？"

"报应？什么死后下地狱，什么来世入畜生道，我统统不在乎！"宗明赫露出扭曲的笑，"只要我修至大乘，死后就能尸解成仙，超脱六道轮回！"

"你凭什么以为自己能得道，就凭吃人丹？"

"我大哥的丹，已经助我突破了宗玄剑法第八重天，若不是人丹有如此奇效，又怎么会引人前仆后继，窃丹魔修又怎么会屡杀不尽呢？"宗明赫眯起眼睛，"身为宗氏子弟，这是他效忠氏族最有用的方法。"

宗子珩咬住了牙，宗明赫的残忍和无耻，令他心生杀意。

"你也一样。"宗明赫轻轻呼出一口气，声音突然变得温和，"子珩，你知道吗？你的丹，能助父君达到大乘期。"

"你天资平平，后天又修这泯灭人性的邪门歪道，还想得道成仙？"宗子珩恨道，"你做梦！"

"不，只要有你的丹，便真的有可能。"宗明赫颤声道，"有一种传说中的仙丹，服用者能脱胎换骨，修为大增，这味仙丹，叫作——绝品人皇。"

宗子珩瞪直了眼睛。

"这仙丹，需取拥有帝王命格的人的金丹，以神农鼎炼制。"宗明赫的脸上散发出令人胆寒的狂热，"我虽尊为人皇，却并非天道投生。洛水玉甲不会出错，它曾经卜算出，只有你，只有你拥有帝王命格，你的丹，就是绝品人皇。"

宗子珩毛骨悚然，身体下意识地往后蹭去，宗明赫那双贪婪的眼睛，仿佛下一瞬就要冲破铁栏将自己生食。

原来他的生父，一直觊觎着自己肚子里的金丹。难怪他最不受宠，却能得宗氏最厉害的修士为师，难怪宗明赫从不给他好剑、法宝，但其他皇子该有的仙丹补药一样不短，难怪宗明赫轻易答应小九用神农鼎铸剑，难怪……

给予他生命，将他养大成人的亲生父亲，自始至终，将他当作养丹的活器，一直筹谋着将自己开膛破肚，而他的母亲机关算尽，坏事做绝，只为将他扶上皇位，却不知道这一开始就是条绝路。

宗子珩已分不清，他现在是在地狱，还是人间。

宗明赫深吸一口气，似乎冷静了下来，他抚了抚衣襟，以劝诱的口吻说道："子珩，你我毕竟是亲父子，只要你老实听话，我不会杀你。子沫的事，也是沈诗瑶干的吧？你就拿你一颗丹，抵我嫡子一条命吧。"

"你疯了。宗明赫，你——疯——了！"

"用神农鼎炼丹所需的一切都已准备齐全，我们马上就要启程去昆仑。"宗明赫看着长子的目光，终于有了一点点怜悯，"事成以后，我会将你和沈诗瑶送出大名，择处安顿，保你们一生衣食无忧。但你若再坏我的事，或乱说什么话，就别怪我一丝情面也不留了。"

"多行不义必自毙，宗明赫，你会有报应的。"

宗明赫最后看了宗子珩一眼，像在看砧板上的鱼肉，而后拂袖离去。

宗子珩再也支撑不住身体，倾倒在地，空洞的双眸中是深不见底的绝望。

莫名地，他想起了五年前，他们在古陀镇除祟时的一段对话，宗子枭天真地说着死后他们都不喝孟婆汤，来世再做兄弟。

他知道宗明赫绝不会留他活口，他和小九，恐怕真的要来世再见了。

来世，来世，来世他们一定要记得彼此，再做兄弟。

（未完待续）

图书在版编目（CIP）数据

无常劫 / 水千丞著 . -- 长沙：湖南文艺出版社，2024.4

ISBN 978-7-5726-1307-4

Ⅰ . ①无… Ⅱ . ①水… Ⅲ . ①长篇小说－中国－当代 Ⅳ . ① I247.5

中国国家版本馆 CIP 数据核字（2023）第 128397 号

上架建议：畅销·青春文学

WUCHANG JIE

无常劫

著　　者：	水千丞
出 版 人：	陈新文
责任编辑：	张子霏
监　　制：	邢越超
策划编辑：	郭妙霞　王小岛
营销支持：	李美怡　文刀刀
装帧设计：	有点态度设计工作室
插画绘制：	逐　夜　舟行绿水　圣　圣　嗨无可嗨　野山浇
内文排版：	百朗文化
出　　版：	湖南文艺出版社
	（长沙市雨花区东二环一段 508 号　邮编：410014）
网　　址：	www.hnwy.net
印　　刷：	三河市兴博印务有限公司
经　　销：	新华书店
开　　本：	680 mm×955 mm　1/16
字　　数：	434 千字
印　　张：	24
插　　页：	4
版　　次：	2024 年 4 月第 1 版
印　　次：	2024 年 4 月第 1 次印刷
书　　号：	ISBN 978-7-5726-1307-4
定　　价：	56.00 元

若有质量问题，请致电质量监督电话：010-59096394

团购电话：010-59320018